레인보우
브릿지

Rainbow Bridge

초판 1쇄 찍은 날 § 2006년 10월 13일
초판 1쇄 펴낸 날 § 2006년 10월 23일

지은이 § 정유하
펴낸이 § 서경석

편집장 § 문혜영
편집책임 § 이종민
편집 § 한지윤

펴낸곳 § 도서출판 청어람
등록번호 § 제1081-1-89호
등록일자 § 1999. 5. 31
어람번호 § 제5-0112호

주소 § 경기도 부천시 원미구 심곡1동 350-1 남성B/D 3F (우) 420-011
전화 § 032-656-4452 팩스 § 032-656-4453
http://www.chungeoram.com
E-mail § eoram99@chollian.net

ⓒ 정유하, 2006

ISBN 89-251-0360-5 03810

레인보우 브릿지

정유하 지음

도서출판 청람

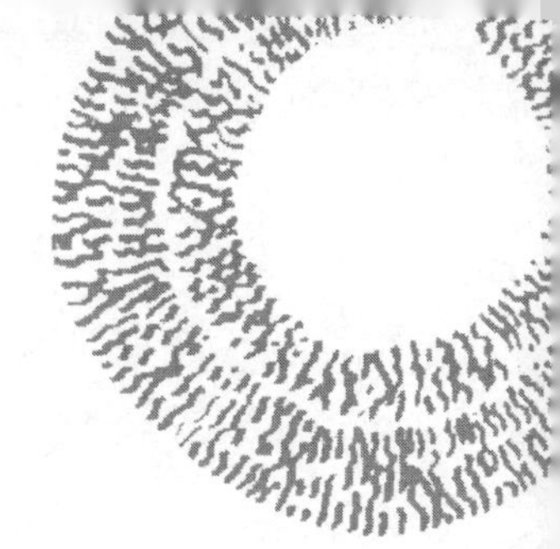

*「　」안의 대사는 한국어, "　" 안의 대사는 일본어입니다

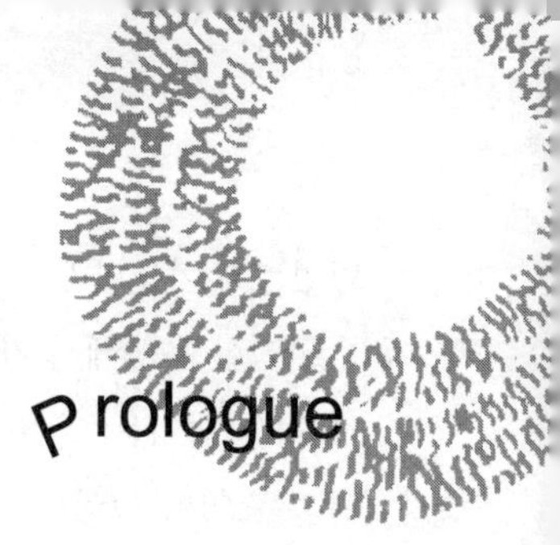

도쿄 에비스 키쿠치 가(家).

도코노마(그림이나 꽃꽂이를 감상하기 위해 다다미방 벽면에 만들어 둔 공간)가 갖추어진 쇼인(서재 겸 방) 안에는 적막감이 감돌았다. 어두워 사위가 잘 보이지 않았지만, 좌식 책상을 사이에 두고 두 남자가 대치 중이었다. 상석에 앉은 남자는 나이 지긋한 노신사였고, 건너편에서 무릎을 꿇고 있는 이는 건장한 젊은 사내였다. 언뜻 보기에도 둘은 무척이나 닮아 있었다. 한참을 이어진 침묵을 먼저 깬 이는 나이 든 노신사였다.

"한낱 사무라이였던 우리 조상 키쿠치 다케노 상께서 에도 막부 시절 전장에서 큰 공을 세워 다이묘가 되신 이후로, 삼백여 년이 지났다. 그 후 오랜 세월 우리 키쿠치 가문이 어떻게 이어올 수 있었는지 아느냐?"

굵직한 음성에서 거부할 수 없는 연륜과 권위가 느껴졌다. 그러나 젊은 남자는 여전히 형형히 안광을 빛내고 있을 뿐 꾹 다물린 입술을 열지 않았다. 물음을 띄운 이 역시 그다지 대답을 기대하지 않은 듯 곧장 도코노마에 걸린 한눈에도 예사롭지 않은 검을 바라보았다. 마지못한 듯 젊은 남자의 시선 역시 그곳으로 돌려졌다.

"바로 '충(忠)'이다."

홀린 듯한 눈길로 자리에서 일어난 노인은 조심스런 손길로 가보를 벽에서 내려 들었다. 여닫이 문을 통해 희미하게 비춰드는 햇살에 검날이 반짝여 젊은 남자의 시야를 방해했다. 눈살을 찌푸린 채로 검을 휘두르고 있는 이를 똑바로 바라보려 노력하던 그의 안면 근육이 이어진 말에 스르륵 굳어졌다.

"타치바나 가(家)와의 혼인 역시 천황폐하께 충성하는 길이다."

"하지만 아버님……!"

힘이 실린 어조는 끝까지 이어지지 못했다. 아무리 대범한 사내라 해도, 공기를 가르며 자신의 코앞으로 순식간에 다가드는 검 앞에서는 숨을 멈출 수밖에 없을 것이다.

"너는 내 아들이다, 레이."

이십 년 만에 처음이었다, 키쿠치 이치로의 입에서 '아들'이라는 말이 나온 것은.

인정받기 위해 그토록 발버둥을 쳤건만 눈 하나 꿈쩍 않던 아버지는 타치바나 가와의 정략결혼을 앞둔 지금에서야 그의 존재를 받아들이려 하고 있는 것이다. 기쁘다기보다 씁쓸했다. 레이의 입가에 비틀린 미소가 맺혔다.

여전히 무덤덤하기 짝이 없는 그에게서 반응을 이끌어내려는 듯 아버지는 높아진 음성으로 선언을 하다시피 말을 이었다.

"누구와 견주어도 손색이 없는 내 아들, 나 키쿠치 이치로의 차남이란 말이다."

가만히 바라본 키쿠치 이치로의 시선은 그를 비켜 건너편의 허공을 향하고 있었다. 그 모습을 보노라니 안 그래도 비뚤어진 레이의 입술 끝이 더욱 말려 올라갔다. 그의 생각이 맞다면, 아버지는 지금 사생아 아들의 존재를 인정하고 있는 것이 아니다. 그저 손 닿지 않는 아주 먼 곳의 무언가를 쫓고 있을 뿐. 이십 년을 잊고 지냈던, 이름 모를 한국 여자가 낳은 그따위에게 새삼 관심을 둘 리가 만무했다.

챙―

금속이 부딪치는 소리에 레이가 상념에서 깨어났다. 그는 자신의 눈앞에서 검집 안으로 사라지는 칼날을 물끄러미 바라보았다. 아버지의 짧은 고갯짓에 이어 뒤에서 스르륵 문 열리는 소리가 들려왔다. 그는 무릎을 꿇은 채로 천천히 시선을 돌렸다. 확 트인 공간 속에 호리호리한 실루엣이 어렴풋이 드러났다. 눈을 가늘게 뜨며 상대를 관찰하던 레이의 귓가에 속삭임과 같은 아버지의 한마디가 파고들었다.

"타치바나 유리, 네 정혼녀다."

선홍빛 비단 기모노를 입은 여자가 그에게로 다가오고 있었다.

그들 사이의 거리가 좁혀질수록 도자기 인형처럼 하얗고 갸름한 얼굴에 새겨진 표정이 눈에 들어왔다.

그것은 단 두 자로 규정지어질 성질의 것이었다. 지금껏 살아오면서 수도 없이 보고 듣고 느꼈던 감정.

경.멸.

키쿠치 가의 사생아 아들과의 혼인이 전혀 반갑지 않다는 빛이 여자에게서 뿜어져 나오고 있었다. 하지만 레이는 동요되지 않았다. 이깟 일로 흔들린다면 그건 키쿠치 레이가 아니었다.

그는 오랜 세월 단련되어 누구도 깨뜨릴 수 없는 얼음 가면을 쓴 채 자리에서 서서히 일어났다. 그리곤 누구에게랄 것도 없는 짧은 목례를 건넨 후 곧장 그 공간을 벗어났다. 놀란 시선을 감추지 못하는 아버지와 타치바나 가의 영양을 내버려 둔 채.

그를 경멸하는 이들이 원하는 대로 해줄 의향도, 하고 싶은 생각도 없었다. 지금껏 그는 키쿠치 가에서 철저한 이방인이었고, 앞으로도 그렇게 남을 생각이었다. 외로움은 이미 충분히 익숙했다.

그렇게 생각에 잠긴 채 집 안을 가로지르던 레이는 왜소한 중년 여인과 맞닥뜨렸다. 그의 고개가 기계적으로 숙여졌다. 법률상 자신의 어머니, 그가 키쿠치 가에서 유일한 가족이라 인정하는 배다른 형 미노루의 어머니, 키쿠치 회장의 정실 부인인 키쿠치 요시코. 그 차가운 눈길 앞에서 상처 입지 않으려면 레이는 그보다 더 단단한 벽을 쌓아야 했다.

“잘 지내셨습니까?”

의례적인 인사.

"그래. 오랜만이구나."

의례적인 답변. 그리고 누가 먼저랄 것도 없이 서로에게서 멀어져 가는 그들. 처음엔 그 무심함에 상처받고 외로워했지만, 오랜 세월이 지난 지금은 되레 편했다.

키쿠치 가의 대 저택을 나오자마자 레이는 미리 시동을 걸어둔 은빛 렉서스에 올랐다. 해가 점점 저물어가고 있었다. 그는 거칠게 액셀러레이터를 밟아 자신이 맨손으로 일구어낸 직장과 맨션이 위치한 오다이바를 향해 출발했다.

오다이바 레인보우 브릿지.

꼭 한 번 가보고 싶었던 곳이다. 하지만 이렇게 쫓기는 듯한 극한의 상황에서는 아니었다.

불이 밝혀지기 시작한 레인보우 브릿지 그 한가운데 스커트 자락을 휘날리며 서 있는 가녀린 여자가 보였다. 그녀의 멍한 시선은 시커멓게 입을 벌리고 있는 도쿄만의 파도에 내내 머물러 있었다.

바닷바람이 온몸을 할퀴고 지나갔으나 아픔은 느낄 수 없었다. 사진으로만 접해왔던 아름다운 야경은 눈에 들어오지도 않았다. 마음속에서 휘몰아치는 슬픔, 분노, 절망과 같은 암울한 감정으로 인해 그녀는 넋을 잃고 있었다.

"너와 난 안 돼. 안 되겠어."

"네까짓 게 그 사람 잡을 수 있을 것 같아? 네가 뭘 해줄 수 있는데?"

"그 어미에 그 딸년이지."

"오갈 데 없는 년 먹여주고 재워줬더니! 감히 날 거부해?"

쉴 새 없이 움직이는 수많은 사람들의 입이 그녀의 온몸에 생채기를 내고 있었다. 뺨에 서늘한 기운이 느껴졌다. 손을 들어 눈가를 훔치니 어느새 차갑게 식은 물기가 만져졌다. 허탈한 웃음이 흘러나왔다. 이제 정말 갈 곳이 없다. 아무것도 가진 것이 없다. 몸도, 마음도 너무 지쳤다.

난간을 잡고 있던 손에 힘이 들어갔다. 흐느낌으로 흔들리던 상체가 다리 아래로 깊숙이 숙여졌다. 저 파도 속에 몸을 내맡기면 이 모든 고통들도 끝이 날 것이라는 묘한 유혹을 느꼈다. 울먹이던 그녀의 표정이 결연하게 바뀌어져 갔다. 충동적이지만 여느 때보다 절실한 선택이었다.

그녀는 저도 모르게 더듬더듬 발 디딤을 하여 난간 위로 올라갔다. 공포와 추위로 기둥을 움켜쥔 손가락의 손톱이 시퍼렇게 변해가고 있었지만, 그녀는 이를 악물고 참았다. 덕분에 핏기 없던 입술에 그나마 생기가 돌았다.

이제 저 아래로 구차한 이 한 목숨, 던져 버리기만 하면 되었다. 그러나 쉽사리 발이 떨어지지 않았다. 개똥밭에 굴러도 이승이 좋다는 말을 여느 때보다 절감하는 순간이었다. 나약한 자신이 한심하기 짝이 없었다.

결국 그녀는 너무 좁아 위태로워 보이기까지 하는 그 공간에서 무너져 내리고 말았다. 아래로 뛰어내리지도, 그냥 아무 일도 없었던 것처럼 제자리를 찾지도 못한 채. 그렇게 한참을 흐느끼고 있던 그녀는 갑작스레 들려오는 사람의 목소리에 놀라 움찔 몸을 떨었다. 코를 훌쩍이며 돌아보니 장신의 남자가 차에서 내려 그녀 쪽으로 다가오고 있었다.

"당장 내려와요!"

지금껏 이곳을 지나는 누구도 그녀에게 신경 쓰지 않았는데. 저 사람은 어떻게 날 발견했을까. 왜 낯선 여자의 일에 참견을 하는 것일까.

그녀는 그저 눈길로 그를 응시할 뿐 몸을 움직일 생각조차 하지 못했다. 굳어버린 것인지 움직여지지가 않았다.

"젠장, 내려오라는 말 안 들려?"

저 남자 왜 화를 내지. 내가 내려오든 말든 자기가 무슨 상관이라고.

머릿속에 몽롱한 기운이 퍼져 가면서 시야가 흐릿해지기 시작했다. 그러나 그 와중에도 그녀의 눈에는 보였다, 남자의 눈동자에 드러난 감정이.

바람을 맞아 흐트러지는 머리칼을 쓸어 넘기는 그의 눈 속에 스민 감정은 분명 공포였다. 비록 그녀를 비껴 아주 먼 곳을 보고 있는 것처럼 공허했지만, 어찌 되었든 극렬한 공포가 그 속에 드러나 있었다.

"그 손 절대로 놓지 마."

그녀를 향해 팔을 뻗으며 그는 조심스레 움직이고 있었다. 그러자 우습게도 누군가 자신을 잡아주는 것에 기분이 좋아졌다. 스르륵 감기려는 눈을 억지로 뜨며 그녀는 도쿄만을 향하고 있던 몸을 돌려 보도로 한 발을 내디디려 했다. 조금 전의 성급하고 다분히 충동적이었던 행동은 잊어버리자 다짐하며. 이젠 그저 쉬고 싶다는 생각뿐이었다.

그러나 그녀가 어떤 동작도 취하기 전 격한 고함 소리와 함께 허리가 강한 손아귀에 의해 확 뒤로 끌어당겨졌다.

"안 돼!"

퍽—

따뜻하고 단단한 가슴에 그녀의 어깨가 부딪쳐 통증을 호소해 왔다. 그러면서도 추위로 떨리던 몸은 너무도 반가운 온기에 저도 모르게 그 속으로 파고들고 있었다. 안도감 때문일까. 갑작스레 죽음과도 같은 피로감이 그녀를 덮쳐왔다. 의식이 점차 수면 속으로 빠져들고 있었다.

"이봐, 정신 차려……."

커다란 손바닥이 뺨을 약하게 두드려 대고 있었다. 남자의 다급한 음성이 귓가를 파고들었지만 그녀는 더 이상 들을 수가 없었다. 그대로 정신을 잃고 만 것이다.

낯선 남자의 품에서. 아주 평온한 얼굴을 한 채로.

Blue Rain

후두두둑.

잠결에도 비가 내리고 있다는 것을 알 수 있었다.

규칙적으로 창문을 때리던 소리가 더욱 거세어지자, 조금씩 꿈틀거리던 의식이 완전히 수면에서 깨어났다. 들어올려진 눈꺼풀 사이로 희끄무레한 어둠 속에 잠긴 낯선 공간이 드러났다. 자세히 보이진 않았지만 전통 일본식이 아닌 현대식으로 꾸며진 꽤 넓은 방이었다.

밀려드는 당혹감에 초아는 아픈 머리를 누르며 가까스로 침대에서 몸을 일으켰다. 자신이 어딘지도 모르는 곳에 누워 있다는 것을 깨닫자 마음이 쓰여서 그대로 있을 수가 없었다.

지끈한 두통 사이로 쓰러지기 전 잠시잠깐 만났던 남자의 영상이 떠올랐다. 그가 누구인지도 몰랐고, 이곳이 그의 집이라는 확신도 없었다. 어찌해야 좋을지 생각을 가다듬어 보던 그녀는 눈길을 더듬어 벽에 걸린 시계를 바라보았다. 여섯 시를 조금 넘긴 시간. 창을 통해 조금씩 날이 밝아오는 것이 보였다. 아마도 새벽인 듯싶었다.

그러자 바로 떠오른, 어서 이곳을 나가야 한다는 생각은 그녀가 침대 아래로 발을 내려뜨리도록 만들었다. 순간 왼팔에 느껴지는 날카로운 통증에 자신을 잡아당기는 것으로 고개를 돌렸다. 그리곤 팔에 꽂힌 바늘과 침대 머리맡에 걸린 링거 병을 차례로 발견한 초아는 한숨을 푹 내쉬었다. 한 치의 주저없이 그녀는 바늘을 뽑아냈다.

욱신거리는 팔을 움켜쥔 초아는 조심스럽게 걸음을 옮겨 입구를 향해 다가갔다. 문고리로 손을 가져가려던 중 그녀는 반대편에서 느껴지는 움직임에 놀라 고개를 돌렸다. 그건 전신거울에 비친 자신의 모습이었다.

창백하기 짝이 없는 얼굴에 달라붙은 기다란 검은 머리채, 언제 누구에 의해 갈아입혀진 것인지 턱하니 걸치고 있는 연보랏빛 유카타 아래 뼈만 앙상한 몸은 마치 영혼이 없는 귀신같은 느낌을 주었다. 무서웠다. 더는 보고 싶지 않았다.

그녀는 마치 도망을 치듯 방문을 격하게 열어젖혔다. 그리고 마주한 공간은 드넓은 거실이었다. 커다란 창을 통해 순백색의 레인보우 브릿지가 한눈에 내려다보이는.

여느 사람들 같으면 그곳에서 보이는 전경의 아름다움에 감탄을 금하지 못했을 테지만, 윤초아 그녀는 아니었다. 그 위에서의 짧은 기억이 그녀를 집어삼키는 듯해서 두려웠다. 애써 그것을 외면하려 노력하며 초아는 왼편에 위치한 출입문으로 몸을 틀었다. 그러나 이내 들려온 음성이 그녀를 더는 움직이지 못하게 만들었다.

"고맙다는 말도 없이 가는 건가?"

그것은 아직 어둠이 완전히 걷히지 않은 공간 속으로 깊게 퍼져 나갔다.

분명 사람의 흔적이라고는 보이지 않았는데. 아니, 창밖으로만 신경이 집중되어서 제대로 느끼지 못한 것일까.

몸을 굳힌 채, 초아는 커다랗게 확대된 눈동자를 담은 고개만 움직여 뒤를 돌아보았다. 희미한 빛이 스며드는 창을 배경으로 놓인 긴 소파 위로 호리호리한 실루엣이 서서히 드러났다. 스멀거리며 피어오르는 아지랑이처럼.

일어나 자신에게로 다가오고 있는 상대방을 보며 초아는 도망가고 싶다는 생각을 했다. 어제 일을 떠올리는 것만으로도 민망했다. 낯선 이에게 자신의 치부를 들켜 버린 느낌이었다. 그러나 그녀는 물러서지 못했다. 다만 남자를 향해 천천히 몸을 돌려 점점 확대되어 들어오는 가슴팍으로 시선을 고정하고 있을 뿐이었다.

마침내 그들 사이의 거리가 채 한 걸음도 남지 않게 되자, 침착하면서도 질책을 하는 듯한 물음이 흘러나왔다.

"왜 그랬지?"

언뜻 들어서는 이해할 수가 없었다. 인사도 없이 가려고 했던 것을 말하는 것일까? 아니면 다리에서 뛰어내리려고 했던 것을? 그러나 분명한 건 둘 중 어떤 것이라도 지금 이 남자는 지나친 참견을 하고 있다는 것이다.

그녀는 고개를 쭉 들어올려 자신을 내려다보고 있는 남자를 응시했다. 그리고 보았다, 다리 위에서 마주했던 그 짙은 눈동자를. 공포라는 감정이 걷힌 그것은 깊은 호수 같았다, 너무도 어두워 끝이 보이지 않는.

갸름한 턱에 꾹 하고 힘이 들어가는가 싶더니 조금 높아진 어조로 그는 다시 물었다.

"왜 그랬냐고 묻잖아. 설마 말을 하지 못하는 건가?"

"상관하지 말아요."

지독한 가뭄으로 갈라진 땅바닥처럼 메마른 음성이 툭 하니 비집고 나왔다. 당혹스러웠다. 자신의 목소리가 아닌 것 같았다. 그녀의 반박을 예상치 못한 듯 남자의 눈썹이 일그러지는 것이 시야로 들어왔다.

"훗, 구해준 보답치곤 거참 야박하기도 하지."

"구해달라 애걸하지 않았어요."

극한 상황에 내몰리면 쥐새끼도 깨무는 법이다. 그녀는 날카로워질 대로 날카로워진 자신의 신경을 건드리는 그에게 미안한 마음을 갖기는커녕 화가 치밀어 올랐다. 그가 뭔데 그녀의 인생에 멋대로 끼어드는 것이냔 말이다.

그토록 사납기 짝이 없는 그녀의 응대에도 불구하고 남자의 입술이 스르륵 말려 올라가고 있었다. 그 모양을 초아는 어이없는 눈길로 바라보았다. 설마…… 지금 웃고 있는 것일까.

그녀가 미처 피하기도 전에 귓가로 그의 놀림 깃든 속삭임이 내려앉았다.

"기세를 보아하니, 진짜 죽으려 했던 건 아니었나 보군."

초아는 따스한 숨결이 귓불을 파고들자 저도 모르게 얼굴이 확 달아올랐다. 뒤로 몇 걸음 물러나려고 했지만 그녀의 동작보다 그의 물음이 더 빨랐다.

"이름이 뭐지?"

이 남자, 전후좌우로 공격을 해대는데 정신이 없다. 이 말을 했다가 저 말을 했다가, 그리고 눈길은 끊임없이 그녀를 훑고 있었다. 초아의 머릿속에서 적색 경계경보가 울려대기 시작했다. 작은 입술을 앙다문 그녀는 그의 말을 깡그리 무시하며 선언하듯 말했다.

"이만 가보겠어요."

"그 차림으로? 갈 데는 있나?"

팔짱을 낀 그는 마치 모욕감을 주기로 작정한 듯 느긋한 시선으로 그녀의 위아래를 쓸어보았다. 그 끈적한 집요함은 유카타 아래의 알몸까지 꿰뚫어 보는 듯한 착각을 초아에게 안겨주었다. 그녀는 벌어진 여밈을 손바닥으로 누르며 입술을 깨물었다. 자신의 그런 작은 행동들이 상대에게 얼마나 우스워 보일지 생각할 여력도 없었다.

까슬한 옷감을 만지작거리고 있노라니 갑자기 이 옷을 누가 갈아입힌 것인지 신경이 쓰였다. 설마하니 그는 아닐 것이라 위안을 해보았지만 그 이외에는 이 집에 머물고 있는 사람은 없는 듯해 또다시 얼굴이 뜨거워졌다.

그녀의 반응을 읽은 듯 그의 입술이 기울어지는 것을 보고서야 초아의 생각이 멈추었다. 흔들리던 그녀의 몸이 굳어졌다. 앞에 우뚝 선 남자를 철저히 외면하며 그녀는 획 발길을 틀었다.

"이봐."

말투와는 달리 따스한 손길이 어깨 위로 내려앉았다. 초아는 그 이질적인 감촉에 흠칫 놀라 몸을 뒤틀어 그의 손을 밀쳐 내고 말았다.

"옷과 소지품은 챙겨가야지?"

마치 타이르는 듯한 남자의 말투는 과민 반응을 보이는 그녀를 조롱하는 것만 같았다. 지나친 생각일 테지만.

초아는 몸을 돌려 어디론가 걸어가는 남자의 뒤태를 물끄러미 응시했다. 소리없이 매끄럽게 움직이는 그의 걸음걸이에는 왠지 모를 기품이 흘렀다. 그녀가 홀린 듯 그를 지켜보는 동안 잠시 모습을 감추었던 남자는 잘 개켜진 옷을 받쳐 들고 다시 거실로 들어섰다.

가까이 다가온 그는 그녀의 코앞에 그것을 불쑥 내밀었다. 잘 말려진 옷감에서 상큼한 섬유 유연제 향기가 풍겨왔다. 그것에서 며칠 동안 입고 방황했던 흔적은 찾아볼 수조차 없었다.

옷을 훑어보던 그녀의 시선이 그의 눈길과 마주쳤다. 초아는 얼른 고개를 내려뜨리며 남자에게서 그것을 빼앗듯 받았다. 그에게 자신의 사정을 들킨 것 같아 부끄러워서. 그 짙은 눈동자 속에 알만하다는 기색이 어려 있을까 두려워서.

"갈아입고 나와요."

머쓱한 듯 어깨를 으쓱한 그는 면바지에 손을 찔러 넣은 채 뒤편에 위치한 문을 고갯짓으로 가리켰다. 아마도 욕실인 듯싶었다.

말없이 그곳으로 들어간 초아는 욕실 하나가 한국에 있는 자신의 오피스텔보다 큼직하여 놀라고, 깔끔하고 세련된 인테리어에 다시 한 번 놀랐다. 상황에 걸맞지 않게도 둥글고 커다란 욕조에 몸을 담그고 싶은 충동까지 밀려들었다. 그것을 애써 억누른 그녀는 얼른 잘 말라 뽀송뽀송한 느낌의 옷을 걸쳤다. 그리고 찬물로 간단하게 얼굴과 머리칼을 정리하고 유카타를 신속한 손놀림으로 개킨 다음 욕실을 나왔다.

그는 여전히 같은 자리에 서 있었다. 수수한 면 재킷과 스커트를 걸친 그녀에게 남자의 탐색하는 듯한 시선이 머물렀다. 얼른 고개를 내려뜨린 그녀는 들릴 듯 말 듯 중얼거렸다.

"고, 고마워요."

왠지 그렇게 말해야 할 것 같았다. 처음엔 지나친 참견을 해대는 이 낯선 남자를 이해할 수도 없었다. 그냥 자신의 갈 길을 가면 되지 왜 처음 보는 여자의 인생에 끼어드는 것인지. 하지만 그의 참견으로 인해 그녀가 얻은 잠시잠깐의 보금자리와 깨끗한 옷을 보고 나니 생각이 조금 바뀌었다. 그의 주제넘음이 호의로 비쳐졌고, 이젠 반갑기까지 하였다. 차가운 바깥 공기 속으로 지금 당장 나서고 싶지 않을 정도로.

그 말도 안 되는 생각을 몰아내려 초아는 더욱 강하게 자신을 밀어붙였다.

"그럼."

그녀는 소파 팔걸이 위에 유카타를 가만히 내려놓은 후, 그에게서 돌아섰다. 혹시나 했지만 뒤에선 어떤 기척도 느껴지지 않았다. 그는 그녀를 또다시 붙잡지 않았다. 이상스럽게도 밀려드는 실망감을 억누르며 초아는 등 뒤로 가만히 현관문을 닫았다. 그리곤 다시 격하게 몰아치는 현실의 빗줄기 속으로 발을 들여놓아야 했다.

비가 그친 늦여름의 하늘은 명도 높은 푸른빛이었다.

그 찬란함에 초아는 눈을 가늘게 뜬 채, 그저 오가는 사람들을 바라보고 있었다. 오다이바 해변공원의 산책로에 앉아 있는 그녀에게는 가야 할 곳도, 가고 싶은 곳도 없었다.

절망의 끝에서 하나 얻은 것이 있다면 지금까지 그녀의 삶에서는 찾아보기 힘들었던 '여유로움'이었다. 흘러가도록 가만히 내버려 두는 시간은 참 빠르다. 그것은 속절없이 지나 어느덧 점심나절을 알리고 있었다.

꼬르륵.

뱃속 신호에 그녀는 점차 현실을 인식하기 시작했다. 마음의 고통과 허기짐은 전혀 상관관계가 없는 듯했다. 그녀는 재킷 주머니를 뒤적여 수중의 동전과 지폐를 모두 꺼내 들었다.

전 재산 삼천오백 엔.

이 정도만이라도 가진 것이 천만다행이다. 이모부라는 작자에

게 쫓겨 그 집을 나올 때, 마침 생필품을 사기 위해 '백 엔 샵'에
다녀오던 길이라 몇 푼이라도 돈을 지니고 있었던 것이다. 여권
도, 현금도, 카드도 모두 그대로 두고 나와야 했다.

지친 몸을 일으켜 그녀는 공원 왼편에 위치한 편의점을 찾았다.
별다른 고민 없이 샌드위치와 녹차 음료를 금세 골라 나온 초아는
조금 전 앉았던 그 자리로 다시 돌아가려 했다. 그곳에서 바라본
도쿄만의 풍경이 가장 마음에 드는 까닭이었다.

샌드위치의 비닐 팩을 벗겨내며 걷던 중 그녀의 시선이 순백색
의 다리 근방에 우뚝 선 고층 맨션에 머물렀다. 자신을 구해준 이
름 모를 남자가 살고 있는. 그녀는 더는 생각하지 않으려 고개를
내저었다.

까악. 까악.

그 와중 갑작스레 모래사장에서 들려오는 까마귀 울음소리에
그녀는 시선을 그쪽으로 틀었다. 때를 맞추어 오른쪽 몸과 팔꿈치
를 치는 따스한 무엇으로 인해 들고 있던 샌드위치가 길 위로 툭
떨어졌다.

"아!"

아직 한 입도 베어 물지 못했는데.

안타까움과 절망감으로 초아는 길 위에 떨어진 샌드위치만 한
동안 내려다보았다. 그러다 불쑥 화가 치밀어 오른 그녀는 '이게
뭐냐' 고 쏘아붙여 주리라 다짐하며 자신의 생계를 위협한 존재를
향해 세차게 고개를 돌렸다. 하지만 대여섯 살 정도로밖에 보이지
않는 작은 사내아이의 동그랗고 투명한 눈동자에 들어찬 두려움

과 마주한 순간, 그녀는 아무런 말도 할 수가 없었다. 그저 아이를 안심시켜 주어야겠다는 생각뿐.

"난 괜찮아."

허리를 숙여 아이와 눈높이를 맞춘 그녀의 입가에 부드러운 미소가 맺혔다.

아이라면 무조건적으로 좋아하는 그녀였다. 그들은 어른들보다 순수한 만큼 솔직했고, 쉽게 상처 입히거나 상처를 받지 않았다. 그래서 아이들과 함께 있을 때가 가장 마음이 편했다. 행복했다.

흐뭇하게 소년을 바라보고 있던 그녀의 귓가로, 어색한 발음의 한국어가 들려왔다.

「어, 엄마!」

타국 땅에서 들은 한국말에 반가워할 겨를도, 그 호칭에 놀랄 겨를도 없었다. 미처 대응할 틈도 없이 아이는 그녀의 품으로 뛰어들었다. 그 충격으로 휘청하면서도 초아는 힘을 주어 소년을 두 팔로 감싸주었다. 가녀린 아이가 넘어지지 않도록. 하지만 그녀의 허리를 꼭 껴안고 있는 작은 손길은 어찌나 단단한지 도저히 풀릴 것 같지 않았다. 낯선 아이의 포옹이 어리둥절하면서도 '엄마' 라는 떨리는 부름에서 소년의 마음이 고스란히 느껴져 초아의 가슴이 아렸다.

"류타!"

젊은 남자의 다급한 목소리가 들리는가 싶더니, 곧 아이를 그녀에게서 떼어내는 손길이 느껴졌다. 소년의 어깨를 잡고 선 이는 아이의 아버지인 모양으로, 선이 고운 미남자의 모습이었다. 분명 알지 못하는 사람인데도 이상하게 낯익은 느낌을 주는.

"죄송합니다."

고개를 깊숙이 숙여 사과를 하는 남자에게 초아 역시 마주 고개를 숙여 보였다. 그러나 그녀의 시선은 눈물범벅이 된 채 여전히 자신에게로 팔을 뻗고 있는 류타라는 소년의 하얀 얼굴을 향해 있었다.

「엄마! 엄마!」

한국말로 계속되는 아이의 부름에 놀란 듯, 남자의 눈동자가 그녀를 향했다. 관찰하는 듯한 눈빛. 새하얗고 반듯한 이마와 정돈된 이목구비가 이제 보니 소년과 판박이였다.

그게 뭐 어떻다고. 어쨌든 나와는 상관없는 그들은 '타인'인걸.

그대로 돌아서서 그녀의 갈 길을 가면 그만이었다. 하지만 초아는 류타의 눈빛과 목소리에 깃든 간절함에 그럴 수가 없었다. 눈물이 맺힌 아이의 얼굴 위로, 이십여 년 전 아버지에게 버림받았던 자신의 모습이 겹쳐졌기 때문일까. 그녀는 저도 모르게 자신에게로 뻗어지고 있는 작은 손을 마주 잡아주었다.

그녀에게로 오기 위해 류타가 몸부림을 치자 작은 어깨를 잡고 있던 남자의 손아귀에 힘이 빠졌다. 마치 반대쪽에 이끌리는 자석처럼 아이의 몸이 그녀에게로 착 감겨들었다. 무릎을 완전히 굽힌 채 초아는 소년의 등과 머리를 쓰다듬어 주었다.

「울지 마, 아가야.」

그녀에게서 자연스럽게 한국말이 흘러나왔다. 계속되는 그녀의 달램이 효과가 있었던 것인지 소년의 몸에서 힘이 빠져나갔다. 소년의 울음이 잦아들었다. 초아는 아이 특유의 순수한 살내음에 코를 묻은 채 가만히 눈을 감았다.

그러나 곧이어 들려온 전혀 기대하지 않았던, 어색하긴 했지만 분명한 고국의 언어에 그녀는 고개를 들어 소년의 아버지를 바라보아야 했다.

「한국…… 사람입니까?」

잘못 보지 않았다면 남자의 눈동자 깊은 곳에서부터 떠오른 감정은 아련한 그리움이었다.

「혹시 일본말은, 할 줄 압니까?」

그 눈빛과 이어진 말까지 차마 외면하지 못한 초아는 서서히 고개를 끄덕였다. 그러자 남자는 일본어로 즉시 바꿔 말했다.

"그랬군요. 그래서 이 녀석이……."

그는 여전히 그녀에게 붙어 떨어지지 않는 아이를 내려다보며 뒷말을 잊지 못했다. 도대체 무슨 사연일까. 잊었다 생각했던 호기심이라는 감정이 동했다.

"애 엄마가 한국인이었거든요."

그녀의 눈빛을 읽어냈는지 남자가 대꾸해 주었다.

그에 초아는 당황한 나머지 몸을 일으키려 했으나 아이는 그녀를 놓아주지 않았다. 어쩔 수 없이 그녀는 류타를 안은 채 일어섰다.

"사실 아까 무척 놀랐어요. 같이 산책을 하고 있던 류타가 갑자기 어디론가 휑하니 달려가길래 쫓아왔더니, 처음 보는 당신에게 안겨 있어서. 게다가 제 엄마 죽고 나선 말도 안 하고, 무엇에도 별다른 관심이 없던 녀석이 '엄마' 라며 낯선 사람에게 매달리다니."

이어진 남자의 말에 대충 상황을 이해한 초아는 자신의 품에서 고개를 든 아이에게 빙그레 미소 지어주었다. 그러자 류타 역시 그녀를 향해 방긋 미소를 돌려주었다.

「류타, 만나서 반갑다.」

그녀의 인사에 아이의 고개가 갸웃거렸다. 당황한 나머지 초아는 맞은편에 선 아이의 아버지를 바라보았다.

"한국말이라고는 '엄마' 라는 말밖에 할 줄 몰라요. 제 엄마가 가르쳐 준 건 그것뿐이니까. 알아듣지 못하는 건 당연하지요."

씁쓸히 이야기를 하던 남자의 시선이 어딘가를 향했다. 그가 바라보고 있는 것은 다름 아닌 류타와의 부딪침으로 그녀가 떨어뜨린 샌드위치였다.

"이런…… 정말 큰 피해를 드렸군요."

그는 말이 끝나기가 무섭게 청바지 뒷주머니에서 지갑을 꺼내 들었다. 그것을 열고 지폐를 꺼내 드는 긴 손가락에 드문드문 묻은 물감이 꽤나 인상적이었다.

"제 성의라 생각하시고 받아주십시오."

고운 흙으로 빚어진 듯 모양 좋은 그의 손은 만 엔짜리 지폐 한 장을 내어놓고 있었다. 샌드위치 가격의 이십 배나 되는 돈을 낯선 여자에게 선뜻 건네는 그가 고맙기는커녕 불쾌하기 짝이 없었다. 돈으로 모든 것이 해결된다고 생각하는 인간들에게 신물이 나 있던 그녀였기에.

「당신도 똑같은 사람이었군요.」

저도 모르게 한국말이 튀어나왔다. 초아는 류타를 내려놓으며 휙 돌아섰다. '물컹' 하고 운동화 아래 밟히는 빵의 감촉에 이어 옷자락을 잡는 아이의 손길이 느껴졌다. 하지만 애써 그것을 무시하며 그녀는 레인보우 브릿지 보도교의 입구가 있는 다이바 공원을 향해 걸음을 떼어놓았다.

윤초아, 너 지금 저 앨 동정했니? 홋, 우습다. 네 처지도 수습 불가면서 누굴 동정한다는 거니.

초아는 잠시나마 저 소년에게 뭔가 해주고 싶다 생각했던 자신을 질책했다. 하지만 뒤에서 들려오는 아이의 울부짖음에 걱정이 되는 맘은 어쩔 수 없었다. 그렇게 몇 걸음 떼어놓지 않았을 때, 다급한 발걸음 소리와 함께 류타를 안은 남자가 그녀의 곁에 다시 모습을 드러냈다. 그리고는 자유로운 한 팔로 들고 있던 지갑을 보란 듯 바지 뒷주머니로 집어넣는 것이었다.

"조금 전 일, 기분 나빴다면 사과할게요. 하지만 난 고마움을 표시하기 위해 그랬던 겁니다."

비교적 따스한 느낌을 주는 남자. 낯선 사람에게 다가서는 것에도 머뭇거림이 없다. 그 남자와 그 남자의 품에 안겨 그녀를 바라보고 있는 아이에게 향하는 눈길을 애써 눌러 참으며 초아는 걸음을 멈추지 않았다. 그러나 이윽고 들려온 물음마저 외면하기는 어려웠다. 그것은 그녀의 발길에 제동을 걸고, 그녀의 시선을 다시 그들에게로 되돌려 놓았다.

"아이를 좋아하는 것 같은데, 혹시 아르바이트해 볼 생각 없어요?"

　낯선 일본 땅에서 한국말을 들었을 때보다 더욱 놀라고, 반가운 물음이었다. 솔직한 그녀의 마음이 그랬다. 지금 한국으로 돌아갈 수도 없고, 당장은 이모 집으로 가고 싶지도 않은 그녀였기에. 갈 곳 없이 방황하고 있던 차였기에. 삶을 저버릴 용기조차 자신에게는 없다는 걸 깨달은 후였기에.

　하지만 그녀는 일본에서 머물 수 있는 단 석 달의 시간을 떠올리며 고개를 내저었다. 그녀는 그를 만나고서 처음으로 제대로 된 대답을 돌려주었다.

　"전 단순히 관광 비자로 나온 거예요."

　"당신만 괜찮다면 난 상관없는데. 그냥 류타 곁에 있어주기만 하면 안 될까요? 이 아이가 이렇듯 관심을 보인 사람은 당신이 처음이거든요."

　간절한 부정(父情)이 느껴졌다. 그녀는 익히 경험해 보지 못했던. 아이가 안된 반면 부러웠다.

　그녀의 흔들리는 눈빛을 읽은 것일까. 남자는 더욱 짙어진 미소를 앞세워 돌진해 들어왔다.

　"얘기 좀 할 수 있을까요?"

　참으로 아이러니한 일이었다, 소심쟁이에다 심하게 낯을 가리는 그녀가 처음 본 남자의 뒤를 그렇게 쉽게 따른 것은. 그것은 예의 바른 남자의 태도에 믿음이 가는 까닭도 있었지만, 가장 근본적인 원인은 세상에 다시없을 간절함으로 자신을 바라보고 있는 소년으로 인함이었다. 게다가 그녀 자신의 거취를 도모하고자 하는 이기심까지 더해져.

머릿속은 이런저런 생각들로 혼란스럽기 짝이 없었지만 어쨌든 초아는 남자를 따라 공원 건너편의 쇼핑몰이 밀집한 지역으로 더듬더듬 발길을 옮기기 시작했다.

초아는 자신의 품에 안긴 아이의 존재를 고스란히 느끼며 레스토랑의 창을 통해 자유의 여신상과 유람선 선착장, 그리고 레인보우 브릿지를 차례로 바라보고 있었다. 그때 한동안 멈춰 있던 남자의 음성이 다시 들려왔다.

"오다이바에는 관광차 온 모양이죠? 그런데 혼자?"

초아는 그 관심이 부담스러웠다. 그럼에도 불구하고 봄 햇살 같은 눈동자를 보니 매몰찬 말을 내뱉기가 쉽지 않았다. 그저 어깨만 으쓱하며 그녀는 대답을 피해 버렸다.

"대답하기 곤란한 질문인가요? 음, 그럼…… 어디 머물러요? 한인 민박촌?"

보통 이 정도의 무표정과 무반응이면 머쓱해서라도 물러나기가 일쑤인데, 이 남자는 마치 파도 같다. 끊임없이 밀려드는. 그녀는 그저 그것에 몸을 내맡긴 바위가 된 기분이었다.

"별로 말하고 싶지 않으면…… 뭐 어쩔 수 없죠."

마치 오래도록 알고 지낸 사이처럼 남자는 그녀의 경계심을 너무도 쉽사리 허물고 있었다. 그녀의 표정이 굳어졌다. 마음의 문에 걸어둔 빗장이 약해진 모양이다. 더욱 단단히 못질을 해야 할 듯싶었다. 그런 그녀를 보며 남자 역시 빙글거리던 미소를 거두었다.

"그럼 본론을 이야기하죠. 류타에게 한국말을 가르쳐 줄 적당한 사람을 찾고 있었습니다."

비록 건조한 어조로 이야기하고 있었지만, 초아의 마음엔 충분히 느껴졌다. 그는 아내를 그리워하고 있다. 아들이 어머니의 기억을 잊지 않으면서 다시 건강해졌으면 하고 바라고 있다. 괜히 코끝이 찡해져 그녀는 고개를 내려뜨렸다.

"저에 대해 잘 모르시잖아요."

초아는 품에 안긴 류타를 내려다보며 툭 하고 말을 던졌다.

"지금부터 알아가면 되지요. 그리고 류타가 그렇게 당신을 좋아하는 것만으로도 충분해요."

예의 그 빙글거리는 어조다. 만난 지 한 시간도 채 되지 않았는데, 벌써 그에게 익숙해져 가는 것 같아 기분이 별로였다. 자신이 왜 이곳에 앉아 있나 회의감이 밀려들었다. 그때 갑자기 끼어든 낭랑한 한국말이 혼란한 그녀의 의식을 뚫고 지나갔다.

「엄마…… 엄마.」

아이를 바라보고 있다가 고개를 들자 이번엔 애절한 남자의 눈동자가 그녀를 붙잡고 놓아주지 않는다. 당황한 눈빛을 어디에도 두지 못한 채 초아는 흔들렸다.

"보수는 넉넉하게 드리겠습니다."

"다른 훌륭한 선생님들도 많을 텐데요."

"그냥 선생님을 구하는 것이 아닙니다. 아이의 친구가 되어줄 사람, 뭐든 함께해 줄 수 있는 사람이 필요해요."

초아는 저도 모르게 '친구'라는 말을 입 밖으로 소리 내어 되새 김질했다. 그러자 굳건한 표정으로 고개를 끄덕이는 남자의 모습 이 들어왔다.

"도저히 안 되겠습니까?"

"……근무 시간은 어떻게 되죠?"

흔들리는 마음에서 나온 물음. 초아는 나약해 빠진 스스로를 향 해 조소를 날렸다.

"글쎄요. 따로 머무는 곳이 있어요? 만약 거취가 일정치 않으면 우리 집으로 들어와도 괜찮은데."

만약 오늘 처음 본 다른 남자가 저런 말을 했다면 다른 속셈은 없는지 의심부터 했을 것이다. 하지만 머쓱한 웃음을 짓고 있는 이 남자는 그런 사람으로는 보이지 않았다. 도저히.

초아는 잠시 생각에 잠겨들었다. 더 이상 이모 집에 있을 수 없 다. 짐을 찾으러 들르는 것은 어쩔 수 없지만 이모부와 두 번 다신 부딪치고 싶지 않다. 이모 이외에 일본 땅에 아는 사람이라곤 하 나도 없기에 혼자 방을 구해 나와야 하나 고민이었다. 죽을 용기 도 없어 마음을 바꿔먹은 이상 이젠 어떻게든 살아야 했다.

"얼마나 주실 수 있는데요?"

생각보다 말이 직설적으로 흘러나와 버렸다. 그러나 남자는 별 다른 불쾌한 기색 없이 받아쳤다.

"얼마를 원합니까? 당신의 요구를 충분히 반영하도록 하죠."

"류타를 돌보던 다른 선생님들도 있었을 텐데요? 얼마나 받으 셨죠?"

"경력이나 능력에 따라 다르긴 했지만, 보통 이십만 엔 선이었죠."

남자가 부른 액수에 초아는 놀라움을 애써 감추었다. 이십만 엔이면 일본의 보통 중고등학교 교사의 월급과 맞먹는 수준이었기 때문이다. 그녀는 자신의 품에서 꼼지락거리는 류타를 다독여주며 잠시 생각을 골랐다.

세상에 돈에 현혹되지 않는 인간은 없을 것이다. 게다가 거취까지 해결될 뿐 아니라, 그녀가 제일 자신있고 좋아하는 아이를 돌보는 일이니 일석삼조였다. 예전의 자신이었다면 두려워 물러났을지도 모른다. 하지만 지금은 물러날 데도, 더 나빠질 것도 없었다.

초아는 천천히 고개를 끄덕였다. 즉시 남자의 안색이 놀랍도록 환해졌다.

"그럼, 승낙의 의미로 받아들여도 되는 겁니까?"

"그런데…… 관광 비자로 취업시 고용주는 물론 피고용인도 일본 이민법에 의해 처벌받는 건 알고 계시죠?"

자신이야 여기서 더 잃을 것도 없지만, 엄한 사람까지 피해를 받는 건 원치 않았다. 그래서 확인을 받듯 초아는 그에게 물었다. 그러나 남자는 전혀 문제될 것 없다는 듯 빙그레 웃을 뿐이었다.

"그런 건 걱정 마세요. 내 선에서 알아서 처리할 테니."

어찌나 자신만만한지 초아는 더 이상 물을 수가 없었다. 그저 앞에 놓인 주스 잔에 입을 가져갈 뿐이었다. 그런 그녀에게 남자의 중얼거림이 다가들었다.

"류타 녀석. 훗, 이렇게 보니 참…… 닮았네요. 당신과."

"네?"

초아가 뒷말을 미처 듣지 못해 되물었으나 그는 그저 씁쓸한 웃음만 보여줄 뿐이었다. 남자는 애써 밝은 음성으로 말을 돌렸다.

"그럼 이제 우리 고용 관계는 성립된 겁니다?"

그리고 마치 목을 축이듯 냉커피를 들이킨 남자는 잔을 내려놓으며 자신을 소개했다.

"난 미노루라고 합니다. 키쿠치 미노루. 이제 그쪽 이름…… 물어도 되죠?"

"이름이 뭐지?"

불현듯 미명 속에 서 있던 그 남자의 목소리가 떠오르는 것은 왜일까. 초아는 입술을 깨물며 그때처럼 대답하지 못했다. 윤초아라는 이름을 이야기하는 즉시 피하고 싶은 현실과 마주하게 될까 봐 겁이 났다.

"이봐요."

그의 부름에 초아는 어쩔 수 없이 고개를 들었다. 그러나 미노루의 눈동자는 이내 그녀를 비껴 먼 곳을 향했다. 그 속에서 미소가 번져 가고 있었다. 의아한 눈초리로 그 모양을 바라보던 초아는 그가 손을 흔드는 방향을 따라 시선을 돌렸다.

내부로 들어서고 있는 건장한 남자를 발견하는 순간 심장이 멎어버리는 듯한 기분이었다. 그는…… 그는 분명 어젯밤 다리 위의 그 남자였다. 미노루를 보았을 때 왜 낯이 익다고 느꼈는지 이제 알 것 같았다. 표정이 전혀 다르긴 했지만 이목구비가 너무도 흡사한 그들은 한눈에도 혈연관계임을 알 수 있었다.

당황한 그녀와는 달리 상대의 짙은 눈동자는 전혀 동요의 기색을 보이지 않았다. 성큼성큼 다가온 그는 몸을 기울여 류타에게 인사를 속삭이고는 마치 처음 만난 사람처럼 짧게 그녀에게 목례를 해 보였다.

그리고 맞은편에 남자의 존재가 느껴졌다. 그는 그저 빈자리를 찾아 앉은 것뿐인데, 초아의 몸은 뒤로 움찔 움츠러들었다. 시원한 바람을 담은 바다 내음이 그녀의 코끝을 스쳤다. 그에게서 나는 것일까. 왠지 모르게 기분 좋아지는 향이었다.

"무슨 일이지?"

낮은 목소리, 일본어라기엔 너무도 단조로운 억양은…… 독특했다. 이름도 모르는 남자지만 그 음성은 눈을 감고 들어도 분별해 낼 수 있을 것 같았다.

"아, 레이. 류타의 적당한 선생님을 찾았어. 이쪽은……."

아, 저 사람 이름이 레이구나. 키쿠치 레이. 청명한 느낌, 그와 잘 어울린다.

후다닥 생각에서 빠져나온 초아는 외려 미노루의 묻는 듯한 시선을 대면해야 했다. 순간 그 의도를 알 수가 없어 눈만 멀뚱거리던 그녀는 입모양으로 '이름'이라는 말을 반복하고 있는 미노루를 보고서야 '아'라는 깨달음의 감탄사를 흘렸다. 하지만 여전히 선뜻 대답할 수가 없었다. 두 사람의 시선이 한동안 얽혀들었다.

"니지."

뜻밖에도 묵직한 한마디가 그들 사이를 갈라놓았다. 동시에 그들은 레이를 향해 시선을 두었다.

"뭐라고? 너 이 아가씨를 아는 거냐?"

레이의 입가에 스칠 듯 미소가 어리는 것이 보였다. 초아는 도무지 속을 알 수 없는 그 남자를 이해하길 포기했다. 한숨을 쉬며 반대쪽으로 고개를 돌린 그녀의 시야에 다시 레인보우 브릿지가 들어왔다.

니지…… 설마, 무지개[虹]?

머리를 스치는 깨달음으로 초아는 그를 돌아보았다. 새벽엔 제대로 살피지 못했는데, 이제 보니 거무스름한 얼굴은 매처럼 날카로운 인상을 준다. 깨끗하고 부드러운 느낌의 미노루와는 닮았지만 또 다른 느낌이었다.

"조금."

짧은 대답에 이어 다가온 종업원에게 레이는 손을 들어 '조금 있다가' 라는 듯한 제스처를 취해 보였다. 미노루의 의구심 가득한 눈길이 두 사람 사이를 왔다 갔다 했다. 그건 마치 '아닌데?' 라는 뜻을 내비치는 듯하였다. 그러나 다행인지 불행인지 맑은 아이의 음성이 그의 입을 막아버렸다.

"니지."

뭐라 반응해야 좋을까. 나도 모르는 내 이름인데. 불과 몇 초 전 내 이름이 되어버린 이름인데. 자신을 올려다보며 배시시 웃음을 짓는 아이에게 초아 역시 어색하게나마 미소를 되돌렸다.

"뜻밖인걸? 네가 이름을 기억하는 여자도 있다니. 게다가 니지는 한국 사람인데."

조금은 풀어졌다 느꼈던 남자의 입매가 다시 굳는 것이 보였다. 특히 '한국'이라는 말 앞에서 그것은 극렬한 변화를 일으키는 듯했다.

"그것 때문에 여기까지 나오라고 한 건가?"

냉기마저 도는 레이의 물음에 미노루는 어색한 웃음을 지을 뿐이었다. 그러자 남자는 일말의 망설임도 없이 의자를 뒤로 밀며 일어섰다.

"마무리할 일이 있어. 그만 가볼게."

"레이."

"그럼."

그는 조금 전 자리에 앉을 때처럼 그녀에게 짤막하게 고개를 숙여 보인 후 류타에게 안녕을 고하고서 돌아섰다. 그가 걸어간 방향으로 내내 시선을 꽂고 있던 미노루는 초아의 뒤에서 출입문이 닫히는 소리가 들리자마자 중얼거렸다.

"냉정한 녀석."

어리둥절하여 있던 그녀에게 예상했던 미노루의 물음이 날아들었다.

"그런데, 내 동생과는 어떻게 아는 사이입니까?"

자꾸 일이 묘하게 꼬여간다. 애초 알지도 못하는 남자를 따라오는 것이 아니었는데. 그렇다면 이런 난처한 상황에 처하는 일은 없었을 텐데. 아니, 저 아름다운 무지개 다리에서 뛰어내리려 했던 것이 가장 큰 원인일 것이다. 그 일로 인해 키쿠치 레이를 만났으니까.

생각이 거기까지 이르자 초아는 안고 있던 류타에게 '잠시만'이라 속삭인 후, 미노루의 곁에 아이를 내려놓았다. 그녀는 어리둥절해 있는 남자에게 양해를 구했다.

"실례할게요."

레이에게 묻고 싶은 것이 많았다. 갑자기 마음이 조급해졌다. 뒤에서 '니지'라는 귀에 선 이름이 미노루에 의해 들려오고 있었지만, 초아는 뒤돌아보지 않았다. 그녀는 뛰다시피 걸어 레스토랑의 출입문을 열고 나갔다. 주위를 둘러보았지만 이미 그의 모습은 보이지 않았다. 생각할 겨를도 없이 버튼을 누르고 엘리베이터에 올라탄 초아는 이내 일층 로비에 도착할 수 있었다.

쇼핑몰을 오가는 이들을 밀치며 바닷바람이 감도는 밖으로 나온 그녀는 열대식물인 가로수들을 따라 시선을 옮겨가며 길 이편과 저편을 살폈다. 한참을 그러고 있던 초아의 시야에 길 건너 저편으로 단호한 걸음을 옮기고 있는 키 큰 남자가 들어왔다.

낯선 반가움에 자신도 모르는 사이 미소를 머금으며 초아는 그를 향해 뛰기 시작했다. 지나는 차들 사이를 비집으며 길을 건넌 그녀는 쉼없이 달려 레이의 앞을 막아섰다.

"이봐요."

그녀의 등장이 뜻밖이라는 듯 짙은 눈썹이 슬쩍 치켜올라 갔다. 그의 정수리 부근을 건드리고 지나간 바람은 그녀의 긴 머리를 흔들어 온몸을 때리도록 만들었다. 날카로운 아픔을 애써 눌러 참은 초아는 새벽녘 그가 했던 물음을 그대로 내뱉고 있었다. 본인은 의식하지도 못한 사이에.

"왜 그랬죠?"

"뭘 말이지?"

되묻는 그 눈빛에 알 수 없는 번뜩임이 일었다. 그는 한쪽으로 약간 고개를 기울인 채 그녀를 관찰하듯 살피고 있었다.

"날 '니지' 라고 불렀잖아요."

"난처한 상황에서 당신을 구해준 거야. 이번에도 내가 괜한 참견을 한 건가?"

"구해달라고 한 적 없어요."

"훗, 또다시 반복되는군."

"구해달라 애걸하지 않았어요."

새벽 나절 그를 향해 내쏘듯 자신이 했던 말들이 머릿속을 스쳐 갔다. 익숙치 않은 약간의 죄책감이 들었지만 초아는 그것을 애써 밀쳐 내며, 속내에서만 맴돌던 다른 말을 건넸다.

"날 왜 구해준 거죠?"

"당신이야말로 왜 다리 위에 있었던 거지? 질문은 내가 먼저 했던 것 같은데?"

"상관하지 말아요."

매몰찼던 자신의 대답이 떠오르자 계면쩍음으로 인해 초아의 고개가 숙여졌다.

"버리고 싶었으니까요."

미약하긴 했지만 분명한 발음의 일본어.

말을 내뱉은 그녀 스스로도 놀랄 만큼 그것은 솔직한 내용을 담고 있었다. 다행히도 레이는 더 이상 묻지 않았다. 그에 자신감을 얻은 초아는 슬쩍 시선을 들었다. 그는 팔짱을 낀 채로 그녀를 묵묵히 내려다보고 있었다. 꾹 다물려 열리지 않을 것 같던 레이의 입술이 보일 듯 말 듯 움직였다.

"아무리 그렇다고 해도 이기적인 선택이었어. 주제넘는다고 여겨도 좋아. 난 그대로 보아 넘길 수 없었으니까."

그의 눈동자가 흔들린다고 느낀 것은 바닷바람 탓이었을까.

그녀에게서 이내 시선을 비껴내는 그의 움직임으로 인해 제대로 살필 겨를이 없었다. 도쿄만을 바라보고 선 그의 옆얼굴에 물기가 감돌았다.

침묵이 이어졌지만, 이 남자와의 이런 분위기가 불편하다거나 어색하지 않았다. 초아는 그를, 그는 바다를 바라보며 그렇게 한동안 서 있을 뿐이었다. 미노루 부자(父子)가 자신을 기다릴 것이다. 그만 가서 어떤 방식으로든 해결을 보아야 한다는 생각을 하면서도 그녀는 쉽사리 움직이지 못했다.

"다시 걸어 들어갈 건가?"

"네?"

만난 지 얼마 되지 않았지만 그에 대해 알게 된 점이라면 말수가 적다는 것, 그중 가끔씩 툭툭 던지는 말들은 여간 신경을 쓰고 있지 않는 한 금세 대답할 수 있는 성질의 것이 아니라는 것이었다. 지금도 바로 그랬다.

그녀를 돌아본 그의 눈동자는 다시금 고요함을 되찾고 있었다.

"버리려 했던 인생이지 않아? 다시 그 속으로 걸어 들어가겠냔 말이지."

생각만 해도 거센 손이 목을 졸라대는 것 같았다. 멍한 눈으로 그를 바라보기만 하던 초아는 레이의 미간이 찌푸려지는 것을 보며 애써 정신을 차릴 수 있었다.

그래야겠죠.

내키지 않아도 의례적인 답변을 해야 했다. 하지만 또다시 해일처럼 덮쳐온 그의 한마디가 그녀의 입을 막고 머릿속의 혼란한 생각들을 일시에 씻어내려 버렸다.

"만약 또다시 그런 선택을 하려거든, 그냥 니지로 남아."

짙은 눈동자가 건 주술에 취한 것처럼 초아는 그저 가만히 서 있기만 하였다. 그녀가 이렇다 할 반응을 보이지 않자 레이는 가볍게 손바닥을 들어 보인 후 돌아섰다. 너른 등이 시야에서 멀어져 가는 것을 지켜보던 그녀는 비 온 뒤 하늘처럼 자신의 생각이 맑아짐을 느꼈다.

그 자리에서 레이의 말을 홀로 몇 번이고 곱씹어보던 초아는 레인보우 브릿지를 바라보며 결심을 굳혔다. 돌아서는 그녀의 발걸음은 쇼핑몰을 나올 적보다 느리긴 해도 훨씬 가벼워 보였다.

불과 몇 시간여 전까지만 해도 이 맨션에 다시 발을 들여놓는 일 따윈 없을 거라 생각했다. 그렇기에 키쿠치 부자와 함께 비교적 눈에 익은 로비로 들어서는 순간 초아의 눈동자는 휘둥그레졌다. 거기다 미노루를 향해 경외에 찬 눈빛을 보내며 허리를 깊숙이 숙이는 경비원들의 행동에 그것은 더 크게 확대되었다.

미노루가 평범한 집안의 평범한 인물은 아닐 것이라 나름 짐작하긴 했었지만, 점차 피부에 닿아오기 시작하는 현실이 두려워졌다. 그녀의 혼란스런 머릿속에서 또 다른 키쿠치가 떠올랐다. 그렇다면…… 우습게도 씁쓸함이 밀려왔다. 초아는 미약하게 고개를 저으며 생각을 비워내려 노력했다.

그녀는 엘리베이터 문을 열고 선 미노루를 지나 안으로 들어갔다. 물감 묻은 그의 하얀 손이 구층 버튼을 누르고 있었다. 초아의 눈길이 바로 위 '10'이라는 숫자에 머물렀다. 오늘 아침까지 단 하룻밤 머물렀던 곳, 그의 집이 있는 곳.

"내려요."

뭐 하느냐는 듯한 눈빛의 미노루는 복도에 내려서 그녀를 바라보고 있었다. 그 재촉 어린 눈길에 초아는 그의 곁으로 다가갔다. 어느새 그들은 나란히 906호라 적힌 현관문 앞에 이르렀다.

미노루가 벨을 누르자 키가 작고 통통한 몸집의 사십대 후반쯤의 여인이 모습을 드러냈다. 환하게 미소를 짓는 여인의 가느다란 눈매와 고르지 못한 치아가 전형적인 일본 여자의 특징을 보여주고 있었다.

"도련님, 이제 오셨어요?"

"사치코, 그렇게 부르지 말라니까."

그녀와 류타를 멋쩍게 돌아보며 미노루가 중얼거리다시피 대꾸했다.

"우리 집 일 봐주시는 분이에요."

초아는 그저 고개를 주억거리며 류타의 손을 잡은 채 안으로 들어갔다. 들어선 내부의 구조는 레이의 집과 같았지만, 느낌은 전혀 달랐다. 냉(冷)과 온(溫)처럼.

슬리퍼로 갈아 신은 그녀는 현대식이 아닌 전통적인 일본식 분위기가 풍기는 거실로 올라섰다.

"우선 이분에게 방을 안내해 주고, 식사도 좀 챙겨 드려. 아, 잠깐."

사치코라는 여인에게 명령 섞인 부탁을 하던 미노루는 손을 들어 말을 멈춘 후 그녀와 류타를 번갈아 돌아보았다.

"아마 오랜만의 외출이라 류타가 많이 피곤할 거예요. 그만 쉬게 해주세요."

작은 얼굴에 실망 어린 표정이 희미하게 드러났으나 아이는 가만히 그녀의 손을 놓고서 사치코를 따라 방으로 들어갔다. 이제 그녀가 떠나지 않을 거라는 확신이 생겼기 때문일까. 아니면 정말 피곤한 건지도. 문을 닫기 전 자신을 돌아보는 아이에게 다시 안심하라는 듯 웃음을 지어 보이고 고개를 든 초아는 미노루와 눈이 마주치고 말았다. 그의 얼굴에 이제는 익숙한 미소가 맺혀 있었다.

"혹시 예전에 살던 집에서 짐 챙겨 오려거든 그렇게 해요. 류타는 이제부터 낮잠 잘 시간이고, 나도 빛 좋을 때 마저 해야 할 일이 있거든요.”

“그럼…… 그리세요?”

물감 묻은 손을 바라보며 내내 생각했던 물음을 던지고 말았다. 정작 말을 꺼낸 그녀가 당황하는 것에 반해, 그는 태연자약한 표정으로 대답해 주었다.

“그린다기보다 즐긴다고 봐야지요.”

순간 그의 눈 속에 아픔이 일렁인다 느낀 것은 그녀만의 착각일까.

“그럼.”

훌쩍 일어나는 미노루의 행동에서 어쩌면 그가 보기보다 따스한 사람은 아닐 것이라는 생각을 해보는 초아였다. 그녀는 그가 류타의 방을 기점으로 왼편에 있는 문을 여는 모양을 멍하니 지켜보았다. 그 틈새로 다다미 방 위에 어지럽게 세워진 그림들을 발견한 초아는 뭔가 비밀을 엿본 사람처럼 흠칫 몸을 떨며 고개를 돌려 버렸다. 그러다 바로 뒤에 선 일본 여인의 모습을 발견하고 한 걸음 물러났다.

“뭘 보고 그리 놀라요? 이 방이에요.”

사치코의 뭉퉁한 손가락이 가리킨 문은 류타의 방 오른편에 있었다.

문을 열자 작은 침대와 벽장만이 눈에 띄는 단순하면서 별로 크지 않은 공간이 펼쳐졌다. 하지만 일본에 온 이후 쭉 머물렀던 이모네 민박집과 비교해 볼 땐 세련되고 깔끔한 인테리어였다.

"이름이 니지라면서요? 홋, 내 조카 이름과 같아요. 아까 미노루 도련님께서 말씀하셨듯이 난 사치코라고 해요. 와타나베 사치코. 앞으로 한집에서 잘해보자구요."

그녀는 손을 내미는 대신 고개를 깊숙이 숙여 보였다. 초아도 덩달아 주춤 인사를 했다.

초아는 천천히 창가로 다가갔다. 유리를 통해 투영된 광경의 대부분은 실망스럽게도 쇼핑몰과 상가가 차지하고 있었다.

"작은 도련님을 가르치기로 했다면서요?"

뒤에서 들려오는 물음에 초아는 창밖을 향하던 시선을 거두어 사치코를 바라보았다. 상대는 깨끗이 정리된 침대 시트를 매만지는 척하며 그녀에게 호기심 어린 눈빛을 보내고 있었다. 그녀의 침묵을 긍정으로 받아들인 사치코는 홀로 고개를 끄덕인 후 다시 말을 이었다. 중얼거리듯이.

"닮았네, 닮았어. 에이구, 모정이 그리운 게지."

"네?"

그녀의 물음이 사치코가 이야기를 시작하도록 하는 데 도화선이 된 듯했다. 중년 여인은 그녀에게로 몸을 기울이곤 목소리를 낮춰 말했다.

"주인 마님 말예요. 아가씨, 아니, 선생님이랑 닮았다구요. 일년 전 갑작스런 사고로 돌아가신."

그랬구나. 사고였구나.

그저 듣는 것만으로도 가슴 한켠이 싸아하니 아려왔다. 엄마가 얼마나 그리웠으면 그저 닮은 낯선 여자에게 매달리는 것인지.

그녀가 생각에 잠겨 있는 것에 아랑곳없이 말이 끝나고도 사치코는 이가 삐쳐 나온 입술을 더 움직이려 하였다. 아마도 미노루에게는 더한 사연이 있는 듯싶었다. 그러나 처음 만난 한국 여자에게 소소한 집안사를 털어놓는 것이 잘못된 것임을 그제야 인식한 듯 사치코는 입술을 꾹 다물었다.

"잠시 후 나와요. 식사 준비해 놓을 테니."

도망치듯 여자가 방을 나서자 혼자 남겨진 초아는 그제야 지친 몸을 침대에 의탁했다. 그녀의 시선은 이제부터 자신이 머물 공간을 훑어보는 듯했지만, 생각에 사로잡힌 머리는 어떤 것도 보는 것을 허락하지 않았다.

의식은 성급한 행동이었다는 질책과 오히려 잘되었다는 격려의 두 부분으로 나뉘어 그녀를 휘청거리게 만들고 있었다. 사실 언제나 삶에 순응하며 살아왔던 신중함의 대명사 윤초아가 한 결정이라고는 스스로도 믿기지가 않았다.

하지만 지금 그녀는 예전의 윤초아가 아니다.

어머니의 착한 딸, 시아의 착한 언니, 유치원 아이들의 착한 선생님, 그리고 '그'의 착한…… 연인……. 그중 어떤 것은 타의에 의해 놓아야 했고, 포기해야 했다. 그리고 자의에 의해 버리기도 했다. 어쨌든 다시는 달고 싶지 않은 이름표였다. 착.한.

그렇기에 초아는 이 집으로 들어오기로 결정한 자신을, 이 결정의 촉매제 역할을 해준 레이라는 남자를 원망하지 않았다. 자신의 삶에 한 번 더 기회를 주기로 한 이상 새로운 현실에 충실하면 그뿐이었다.

그제야 답답했던 속이 조금은 뚫리는 기분이었다. 초아는 자신을 옭아매고 있던 삶의 올가미를 풀어내며 자리에서 일어났다.

"혹시 예전 살던 집에서 짐 챙겨 오려거든 그렇게 해요."

미노루의 제안을 듣는 그 순간은 어떻게 해서라도 이모부와의 만남만은 피하고 싶은 생각뿐이었다. 하지만 지금 그녀는 결연한 발걸음을 옮겨놓고 있었다. 빠른 시일 내에 새로운 삶에 적응하고 싶은 마음이 그녀에게서 두려움을 조금씩 몰아낸 모양이다. 매도 먼저 맞는 게 낫다고, 이모 집에서 어서 빨리 짐을 가지고 나와 다시는 이모부와 마주칠 빌미 따위는 만들고 싶지 않았다.

"어딜 가우, 식사 다 되어가는데?"

식탁 위에 접시를 놓고 있던 사치코가 고개를 들어 의아한 시선을 던졌다.

그녀가 좋아하는 일본식 생선 조림 냄새가 코끝에 와 닿았다. 오전 내내 아무것도 먹지 못해 사실 배가 고팠다. 그러나 이제 시간이 너무 지나 그 공복감조차 느껴지지 않았다.

"짐 가지러 다녀올게요."

"예?"

"키쿠치 씨께 말씀 전해주세요."

이대로 있다가는 또다시 미루고 말 자신임을 알기에 초아는 부랴부랴 현관으로 나가 신발을 신었다. 지금 가면 그 집과는, 이모부와는 정말 마지막이다. 보란 듯 당당하게 짐을 찾아 나올 것이다. 종종걸음으로 다가오는 사치코의 존재가 느껴졌지만 그녀는 망설임없이 문을 닫고 엘리베이터의 하강 버튼을 눌렀다.

곧 청명한 소리와 함께 도착한 승강기에 몸을 실은 그녀는 일층 버튼으로 손을 가져갔다. 자신은 잘못한 게 없는데, 무엇이 이리 두려운 것인지. 자꾸 그때의 일이 떠올라 털어내려 고개를 좌우로 젓다가 버튼이 눈에 들어왔다. '10' 이란 숫자 버튼. 그러자 자동적으로 떠오르는 이름 키쿠치 레이. 그것을 멍하니 응시하고 있노라니 엘리베이터의 문이 열렸다. 어느새 로비였다.

오가는 많은 사람들 속에 묻혀 입구로 나간 초아는 유리까모메(무인전동차) 오다이바까이힌꼬엔역을 향해 걸음을 옮겨놓았다. 지리에 익숙하지 않은 그녀로서는 이곳까지 온 경로 그대로 신오오꾸보까지 갈 수밖에 없었다. 유리까모메를 이용하는 것이 가장 손쉬운 방법일뿐더러.

터벅터벅 길을 걸으며 무의식적으로 재킷 주머니에 손을 찔러 넣은 그녀는 당황한 얼굴이 되었다. 당연히 그 자리에 있어야 할 지폐 뭉치가 느껴지지 않았던 것이다. 후다닥 반대쪽 주머니까지 뒤적거려 보았으나 헛일이었다. 아무것도 없었다.

샌드위치와 녹차 음료를 사느라 오백 엔 가량을 써버리고, 남은 돈이 삼천 엔이었는데 그것이 만져지지 않았다. 이제 정말 빈털터리가 되어버렸다. 저도 모르게 울상을 짓던 초아의 머릿속에 류타와 부딪쳤던 그 순간이 떠올랐다. 만약 돈을 떨어뜨린 거라면 그때밖에 없었다. 샌드위치에 정신이 팔려 있느라 아무것도 느끼지 못한 모양이다.

그녀는 더 생각할 겨를도 없이 해변공원을 향해 돌아 뛰었다. 그 돈이 없으면 짐을 찾으러 가지 못한다는 사실이 그녀를 다급하게 만들었다.

마침내 열대 가로수들이 가까이 보이기 시작하자 초아는 허리를 숙여 나무가 깔린 산책로를 샅샅이 훑어보았다. 지나가던 사람들과 부딪히기 일쑤였으나 자동적으로 '스미마셍'을 연발하며 그녀는 찾고 또 찾았다. 하지만 역시나 천 엔짜리 한 장도 보이질 않았다.

털썩.

기운이 빠졌다. 이 정도 불행이야 이제 아무렇지도 않게 느껴지지만, 돈이 없으면 신오오꾸보까지 갈 수가 없다. 내친김에 짐을 가져오고 싶은데, 결국 오늘은 글렀구나 싶어서 그녀의 어깨에 실망감이 내려앉았다. 미노루에게 조금이라도 월급을 미리 받아둘 걸 그랬나. 이런저런 생각을 해보던 초아는 힘없이 돌아섰다. 지금은 미노루의 집으로 돌아가는 수밖에 없다. 월급 얘기는 내일 해보자. 그 후에 짐을 찾으러 가고.

힘이 실리지 않아 가뿐하지 못한 그녀의 걸음마다 한숨이 내려앉았다. 어느새 저물어가는 해는 그녀의 얼굴에 그림자를 드리웠다.

맨션의 거대한 문 앞에 이른 초아는 잠시 멈춰 섰다. 짐을 가지러 간다며 나가, 채 삼십 분도 못 되어 돌아온 것을 사치코가 의아하게 생각지나 않을지. 왜 짐도 없이 왔냐고 물어보면, '돈이 없어서'라고 해야 하나? 그건 너무 창피한데.

생각에 잠겨 있던 그녀는 마침 지하주차장에서 날렵한 형체의 은빛 승용차 한 대가 올라오고 있는 것을 보고도 별다른 신경을 쓰지 않았다. 하지만 그것이 자신의 곁에 멈춰 섰을 때는 문제가 달랐다. 그녀의 생각은 잠시 뒤로 물러났다. 초아는 고개를 살짝 기울여 선팅된 내부를 애써 들여다보려 하였지만 달칵 운전석 문이 열리는 소리에 놀라 몸을 바로 세웠다.

바닷바람 사이로 흩날리는 검고 부드러운 머리칼과는 상반되는 날카로운 눈매가 그녀를 위아래로 쓸어내리며 드러났다.

"니지로 남기로 결심한 건가?"

초아는 보일 듯 말 듯 고개를 끄덕였다. 그 와중 남자의 입매가 살짝 올라가는 것이 보였다. 그들 사이에 또다시 침묵이 깃들기 전에, 그가 돌아서 가버리기 전에 초아는 서둘러 말을 건넸다.

"당신은 대답하지 않았어요."

"뭘 말이지?"

그는 부러 느물거리는 것 같았다. 그래, 다시 한 번. 숨을 몰아쉰 초아는 자세한 설명을 덧붙였다.

"왜 날 구했는지, 왜 니지라고 불렀는지."

그러자 뜻밖에도 자동차 위로 왼팔을 올려놓으며 레이는 대수롭잖게 대답하는 것이 아닌가.

"그냥 그러고 싶었어."

그녀의 의문에 찬 시선을 받으며 그는 말을 이었다.

"당신을 돕고 싶었다고."

그제야 초아는 깨달았다. 키쿠치 레이는 특이한 성격의 소유자

이긴 하지만 그녀가 아는 누구보다 솔직하다는 것을 말이다. 대부분의 한국 사람들은 자신의 속내를 드러내 보이길 좋아하지 않는다. 두려워한다고 해야 하나. 그러나 이 남자에게서는 그런 점을 전혀 찾아볼 수가 없다.

"그리고 지금은 호기심이 생겨."

생각에 잠긴 그녀의 의식 속으로 또 다른 그의 한마디가 날아들었다.

"많은 여자를 만나봤지만 삶을 버리려고 했던 여잔 없었거든."

너무도 태연자약한 말에 불쾌감을 느낄 수도 없었다. 그가 여전히 차도에 내려서 있는 관계로 그들의 눈높이는 비슷했다. 초아는 당혹스러움을 숨기기 위해 그에게서 시선을 비껴냈다.

"지금 그 말이 실례된다는 사실은 모르시나요?"

"그렇군."

그걸로 끝이었다. 그는 잠시 생각에 잠긴 듯하더니 별다른 인사도 없이 차에 올랐다. 그녀가 어리둥절해 있는 사이 차창이 스르륵 내려가고 레이의 흑수정 같은 눈동자가 드러났다.

"니지, 호기심은 말이지. 대상에 대한 의문이 어느 정도 충족되면 사라지는 법이야."

도대체 무슨…… 이 사람은 그녀를 바보로 만드는 걸 즐기는 모양이다. 멍해 있는 와중에 다시 올라가는 차창을 보며 초아는 성마르게 다가섰다.

"자, 잠깐만요."

그의 눈동자가 할 말이 있으면 해보라는 듯 슬쩍 치켜떠졌다.

그 모습을 보며 힘겹게 침을 삼킨 초아는 중얼거리다시피 말을 꺼
낼 수 있었다.

"어딜 나가시는 길인가요?"

별로 대답하고 싶지 않은 모양이다. 그는 그저 그녀를 처음처럼
물끄러미 바라보고만 있을 따름이었다.

"그럼 가는 길에 저 좀 데려다 주실래요?"

미노루에게 월급을 받은 후 짐은 찾으러 가도 되었다. 오늘은
못 가겠구나 체념을 하고 맨션으로 돌아오던 차였다. 하지만 레이
와 마주치고 나서 생각이 바뀌었다. 왠지 그에게 부탁하고 싶었
다.

"중간에 내려주셔도 돼요. 그냥 가시는 데까지만……."

"타지."

말이 끝나기도 전에 뚝 잘라낸 그는 그녀의 면전에서 창을 올려
버렸다. 약간 기분이 상하기도 했지만 초아는 안도의 한숨을 내쉬
며 차를 돌아 조수석의 문을 열었다.

내부의 공기 중으로 은은한 솔잎 향이 떠돌고 있었다.

그녀가 시트에 몸을 기대앉자마자 레이는 전진 기어를 넣고 차
를 출발시켰다. 어쩐 일인지 어디로, 무엇 때문에 가는지 그는 아
무것도 묻지 않았다. 어쩔 수 없이 그녀가 먼저 입을 열었다.

"신오오꾸보에서 이모가 민박집을 운영하세요. 일본에 온 뒤로
쭉 거기서 머물고 있었죠."

개인적인 일을 남에게 털어놓는 것은 쉽지 않았다. 하지만 그는
그녀의 더한 치부도 알고 있질 않는가. 그래서인지 보통의 남들보

다는 조금은 말하기가 편했다.

여전히 대꾸가 없는 그의 쪽을 바라보지도 못하고 초아는 잠시 후 조금은 딱딱해진 어조로 말을 이었다.

"그럼, 심바시까지만 태워주시면 JR 타고 갈게요."

돈도 한 푼 없으면서 무슨 베짱인가 모르겠다. 못 말릴 자존심으로 툭 하니 내뱉고 나니 후회가 밀려들었다. 돌아오는 차비는 이모에게 좀 빌릴 수 있겠지만, 심바시에서 신오오꾸보까지 가는 JR비는 어떻게 충당하려고. 하지만 귓가에 들려오는 그의 대꾸에 초아는 소리없이 안도의 한숨을 내쉴 수 있었다.

"신오오꾸보 한인 민박촌?"

"네."

"……괜찮겠어?"

머뭇거림이 서린 뜻밖의 물음에 초아는 운전석을 돌아보았다. 그러나 그는 마치 아무 말도 한 적이 없는 것처럼 묵묵히 앞만 바라보고 있을 따름이었다. 놀랐던 가슴을 진정시키며 초아는 그저 고개만 주억거렸다.

조용한 엔진 소리만 들리는 가운데, 그의 긴 손가락이 CD 플레이어의 버튼을 눌렀다.

왠지 모를 익숙한 반주에 이어 들려온 목소리는 뜻밖에도 '이문세'였다. 그다지 그 한국 가수의 팬은 아니었으나, 낯선 일본 땅, 일본 남자의 차 안에서 한국 노래가 나오자 기분이 묘하게 좋아졌다.

"'광화문 연가' 네요."

들뜬 목소리에 스스로도 놀란 초아는 레인보우 브릿지를 지나고 있는 바깥 풍경을 응시하는 척하였다.

"몇 년 전 단 한 번 한국을 다녀온 적이 있어. 단지 광화문과 덕수궁 돌담길을 보기 위해서."

우스갯소리처럼 내뱉고 있지만, 그 음성에서 숨길 수 없는 애잔함이 묻어났다. 초아는 더 묻지 않았다, 그저 한숨과 같은 말을 읊조릴 뿐.

"좋네요."

그들 사이에 공통된 음악이 있어 분위기가 조금은 부드러워지는 듯했다. 초아는 차에 탄 후 처음으로 뒷머리를 편하게 기댔다. 그제야 널찍한 차 내부와 고급스런 장치들, 그리고 세련된 짙푸른 빛의 셔츠를 걸친 남자에게까지 눈이 갔다. 적절히 잘 어울리는 공간 속에 이질적인 존재는 그녀 자신뿐인 듯했다.

그 후 내내 초아는 눈을 감고 있었다. 잠이 든 건 아니었지만 그다지 맑은 정신도 아니었다.

"니지."

레이의 부름이 멀리서 들려왔다.

초아는 묵직한 눈꺼풀을 들어올렸다. 차는 어느새 신오오꾸보의 한인촌으로 들어서고 있었다. 그녀는 손가락으로 100m 전방에 보이는 편의점을 가리켰다.

"저기 큰길에서 세워주세요."

"좌회전? 우회전?"

그의 물음에 초아는 됐다고 말하려 했으나 고집스런 턱을 보곤 어쩔 수 없이 대답했다.

"좌회전해서 오른쪽 세 번째 집이에요."

점점 이모 집이 가까워질수록 초아의 가슴이 두방망이질 치기 시작했다. 그날의 기억이 떠오르자 구역질이 치밀어 올랐다. 그녀는 오른손으로 입을 막아 가까스로 그것을 밀어내었다.

그의 고급 승용차가 허름한 골목길을 가득 메우고 섰다. 그와 동시에 뜀박질 쳐대던 그녀의 심장은 멈춰 버리는 듯했다. 드디어 현실과 맞설 때가 온 것이다.

"여기서 기다리지."

잘못 들은 것인가 싶어 초아는 미간을 찌푸리며 그를 돌아보았다. 그러자 그녀를 응시하고 있던 레이의 입매가 굳어졌다.

"왜 그래? 안색이 안 좋아 보이는데."

"아, 아니에요. 그냥 가세요. 어딜 가는 길이라고 하셨잖아요."

"급하지 않아. 기다리지."

그녀에게서 시선을 비켜낸 그는 느긋한 태도로 팔짱을 낀 뒤 시트에 뒷머리를 기댔다. 더는 무슨 말을 해도 통할 것 같지 않았다.

그에 관해 깨달은 사실 하나 더 추가. 고집이 엄청나다는 것.

"그러세요, 그럼."

초아는 한숨을 내쉬며 차에서 내렸다. 입구의 문을 밀기 전 잠시 차가 선 방향을 돌아본 그녀는 그대로 내키지 않는 걸음을 옮겼다.

이제 해가 완전히 진 터라 삼층 건물의 내부는 어둠으로 뒤덮여 있었다. 그녀는 이모와 이모부가 생활하고 있는 일층의 101호의 벨을 눌렀다. 처음에는 조심스레 다가섰던 손길은 안에서 응답이 없자 점점 자신감있게 바뀌어갔다. 문 건너편의 침묵은 계속되었다.

그녀는 좀 더 가벼워진 걸음으로 계단을 오르기 시작했다. 열쇠를 가지고 있진 않았지만 혹시나 싶은 마음에서 자신이 머물던 303호로 가보기로 했다. 초아는 끔찍했던 기억을 떠올리지 않으려 노력하며 드문드문 녹이 슨 철문 앞에 섰다.

떨리는 손을 가까스로 들어 올려 문고리를 잡자 뜻밖에도 그것은 스르륵 돌아갔다.

협소하기 짝이 없는 현관으로 들어선 그녀는 정면의 닫힌 방문을 열고 스위치를 눌러 불을 밝혔다. 좁은 다다미방은 그녀가 나갈 때와 별다른 변화가 없어 보였다. 방 여기저기를 둘러보던 시선을 거두어들인 초아는 다급한 손길로 벽장문을 열어 커다란 여행 가방을 꺼냈다. 이러고 있을 시간이 없었다. 이모에게는 전화로 사정을 이야기하면 될 것이라 여기며 그녀는 한국에서 가져온 옷가지와 소지품들을 닥치는 대로 가방 안에 처넣었다.

"어허, 이게 누구신가?"

급하게 짐을 꾸린 탓인지 지퍼가 제대로 닫히지 않아 낑낑거리고 있던 차에 초아의 귓가에 쇳소리 같은 음성이 들려왔다.

문 잠그는 것을 잊은 자신이 저주스러웠다. 등줄기를 타고 식은 땀이 흘러내리는 것이 느껴졌다. 그녀는 덜덜거리는 고개를 가까스로 돌려 문간에 선 거구의 중년 남자를 응시했다. 초저녁부터 술에 취한 것인지 붉게 충혈된 눈동자에 여거운 욕정이 번들기리고 있었다.

"네년이 올 줄 알고 기다리고 있었지."

"저리 비켜요."

"망할 년! 어디서 명령이야, 명령이!"

커다란 덩치에 걸맞지 않게도 빠른 몸놀림이었다. 어느새 다가온 거대한 손바닥이 그녀의 뺨을 후려쳤다.

"아악!"

비참하게도 비명이 터져 나왔다. 아픔도 아픔이었지만 우선은 도망가야 한다는 생각만으로 초아는 곧장 널브러진 몸을 일으키며 동물처럼 기었다. 그러나 긴 머리채를 휘어잡는 거친 손길에 의해 초아는 또다시 바닥으로 엎어지고 말았다.

"아, 안 돼!"

발버둥을 쳐보았으나 바싹 마른 그녀의 몸 위로 육중한 체구가 올라온 것은 순식간의 일이었다. 그녀는 시큼한 땀 냄새와 술 냄새가 배인 이모부라는 작자의 품에 묶인 채 꼼짝도 할 수 없는 처지가 되고 말았다.

"어차피 네 그 오래된 애인 녀석한테는 한두 번 다리를 벌려준 것도 아닐 거면서 왜 이렇게 깨끗한 척이야? 하여튼 한국 년들은 다 똑같다니까."

역겹다는 말투는 야생동물처럼 날뛰던 그녀의 몸을 충격으로 굳어져 버리게 만들었다. 초아는 가슴을 움켜쥐는, 치마를 들추어 허벅지를 쓰다듬는 성마른 손길을 제지하지 못했다.

"네년, 한국으로 가봤자 반겨주는 사람 하나 없잖아. 여기서 이렇게 사는 것도 나쁘진 않을 거야.”

헉헉거리는 더운 숨을 귓가에 내뿜어대며 속삭이는 이 짐승이 내 이모부란다. 아니다. 그는 이제 내 이모부가 아니다. 별 볼일 없는 일본인 노름꾼 ‘세키 준’일 뿐이다.

볼을 타고 흘러내리는 눈물을 고개를 저어 털어낸 초아는 바지의 버클을 푸는 그 작자를 향해 있는 힘을 다해 침을 뱉었다.

“더러워.”

끈적한 액체를 얼굴에서 쓰윽 닦아낸 준은 음흉한 미소를 머금었다.

“훗, 그러는 넌? 이 집에 온 이후 계속 내게 꼬리를 쳐댄 넌?”

어이가 없어 말문도 막혀 버렸다. 꼬리를 쳐대다니. 그녀가 이 집에 와서 한 일이라고는 방에 조용히 틀어박혀 있거나, 혼자 민박집을 운영하느라 바쁜 이모를 도운 것밖에 없었다. 젊은 시절과 달리 너무도 흉측하게 변해 버린 이모부 곁에는 왠지 부담스러워 가까이 가지도 않았는데. 그녀가 멍해 있는 사이 꺼칠한 입술이 목덜미와 가슴 부근까지 파고들었다. 끔찍해 견딜 수가 없었다.

“아악!”

그녀는 다시 한 번 처절한 고함을 내질렀다.

“니지!”

너무 간절한 바람으로 인한 환청인 줄 알았다. 하지만 곧 그녀의 위에서 꿈틀대던 남자의 몸이 번쩍 들려지고, 이글거리고 있는 레이의 눈빛을 마주하는 순간 초아는 안도의 한숨을 내쉴 수 있었다. 그의 눈 속에 이렇다 할 감정이 드러난 것은 그들이 만난 후 처음이었다. 그것은 마치 이렇게 묻는 듯하였다.

'괜찮아?'

저도 모르게 고개를 끄덕인 초아는 몸을 일으켜 엉덩이 걸음으로 뒤로 물러났다. 그것을 눈으로 확인한 레이는 준의 멱살을 들어올려 벽으로 밀어붙였다.

"네, 네놈은 또 뭐야! 누군데 여기까지 들어와서 우리 일에 끼어드는 거야?"

숨을 컥컥거리며 물음을 내뱉는 준의 목은 레이의 한 손에 의해 거세게 조여들었다. 그것은 손등으로 불거져 나오는 힘줄을 통해 충분히 그녀에게 전달되었다. 이따금씩 준의 주먹이 레이에게로 날아들었으나 그는 여유롭게 그것을 피했다. 점점 상대의 얼굴에서 핏기가 빠져나가는 것을 레이는 태연하게 지켜보고 있었다. 되레 그녀가 초조해질 정도로.

"웃기지 마. 멋대로 끼어든 건 너야. 더 이상 저 여자의 인생을 흔들지 마. 내가 용납 못해."

그에게서 마치 선언과 같은 말들이 흘러나온 후 준이 반론을 제기할 틈은 없었다. 레이의 주먹이 상대의 살찐 복부를 깊숙이 파고들자 거구가 마치 흐물거리는 풍선처럼 바닥으로 주저앉아 버렸다.

놀란 눈으로 그 모양을 지켜보던 초아는 그을린 손이 자신의 시야로 내밀어지자 그것을 따라 시선을 옮겼다. 그곳엔 푸른빛 희망이 있었다. 그녀는 망설임없이 그것을 부여잡았다.

02

Orange Sunshine

오다이바의 하늘이 주홍빛으로 물들어가고 있었다.

레인보우 브릿지가 한눈에 들어오는 전망대에 서서 초아는 점점 더 짙어지는 그 빛을 하염없이 바라보았다. 레이의 손에 이끌려 그 집을 나오던 자신과 죽은 듯 누워 있던 이모부란 작자의 모습이 교차되어 떠올라 그녀의 마음을 무겁게 했다.

초점이 흐려지던 그녀의 시야 속으로 종이컵이 불쑥 디밀어져 상념이 깨어졌다.

"따뜻한 홍차야. 마셔봐."

생각에 잠겨 있느라 그가 자리를 비운 것도 몰랐다. 초아는 컵을 휘감고 있는 레이의 손가락을 피해 그것을 받아 들었다.

"고마워요."

그들은 거의 동시에 컵에 입술을 가져가며 해가 지는 모양을 나란히 지켜보았다. 레인보우 브릿지의 불빛이 어둠 속에서 점차 그 영롱함을 더해가고 있었다. 초아는 난간에 컵을 내려놓으며 천천히 그를 올려다보았다.

"왜 아무것도 안 물어요?"

"말하고 싶지 않잖아."

그의 대답이 초아의 정곡을 찔렀다. 헛웃음으로 그에게서 시선을 비껴낸 그녀는 홀로 읊조렸다.

"저 다리가 내게는 희망이었어요. 저기서 삶을 버리면 행복해질 수 있을 거라는 생각이었죠. 그런데 바로 눈앞에 희망을 두고도 난 용기를 낼 수가 없었어요. 구질구질한 인생…… 무엇에 미련이 남아서……."

"저 불빛들을 좀 봐."

그녀의 곁에서 팔이 길게 뻗어졌다. 레이의 말에, 다리 아래의 시퍼런 바다를 보고 있던 초아의 눈빛이 다리 위의 야경을 향했다. 그녀는 본 느낌 그대로를 조용히 뇌까렸다.

"참 예뻐요."

"그래, 그냥 그렇게 느껴."

그녀의 의아한 시선이 다시 그를 향했다. 어둠을 담은 눈동자는 그녀에게로 기울어져 있었다. 살짝 벌어진 그의 입술 사이로 바람과 같은 한마디가 이어졌다.

"만약 당신이 그대로 몸을 던졌다면…… 지금쯤은 저 아름다운 빛도 느끼지 못했을 테지."

그의 말이 맞다.

한순간 생을 끝내려 했던 자신의 나약함을 또다시 질책하며 초아는 새삼 현재의 아름다움을 만끽했다. 육신이 사라진 후에는 그 무엇인들 소용있을까. 아무리 힘들어도 이곳에서 새로운 희망을 찾아볼 것이라 다짐하며 초아는 스스로에게 격려와 위로를 던졌다.

"니지로 새롭게 시작할 거예요."

단 몇 달간의 한시적인 시간이라는 것을 안다. 그 후엔 한국으로 돌아가야 한다는 것도 안다. 하지만 지금 일본에서의 생활이, 차후 그녀 삶의 전화점이 되어줄지 어떻게 알겠는가. 지금 당장은 자신이 도망친 현실로 되돌아가고 싶지 않았기에, 초아는 우선 니지로서의 삶에 충실해 보기로 했다.

결의에 찬 그녀의 한마디에 그의 입술 끝이 슬쩍 들려졌다 다시 내려왔다.

"그래, 당신이 원한다면 얼마든지."

지나치게 관용적인 그의 태도 앞에서 초아는 잠시 할 말을 잊었다. 그 순간 바람이 그들 사이를 가르고 지나가며 그녀의 닫혔던 마음의 문을 두드렸다.

"고마워요."

이미 여러 번 날 구해줘서. 당장 아무것도 묻지 않아줘서. 이렇게 대화 상대가 되어주어서…… 고마워요.

기대하지 않기도 했지만 그는 딱히 감동받은 표정을 짓지 않았다. 그녀의 컵과 자신의 것을 겹쳐 곁의 쓰레기통으로 던져 넣은 그는 멀거니 선 그녀의 손목을 덥석 부여잡을 뿐이었다.

"그만 가지."

전혀 거리낌이 없는 레이와 달리 초아는 그 짧은 접촉에도 화들짝 놀라 손에 힘을 잔뜩 주었다. 그것은 그가 몇 걸음을 이끈 후 그녀의 손을 놓을 때까지 계속되었다. 가자는 의사 표현을 하기 위해 아마도 무의식중에 한 행동이리라 치부하며 초아는 그와 나란히 걸었다.

그런 와중, 그들의 오른편으로 줄지어 이어진 쇼핑몰의 입구 쪽에서 반가움 어린 음성이 들려와 그녀는 고개를 들었다.

"레이!"

하얀색 양복을 멋들어지게 차려입은 중키의 젊은 남자가 손을 흔들며 다가왔다. 잘 손질된 검은 머리칼에서부터 끝이 올라간 구두까지 전체적인 느낌이 굉장히 댄디한 사람이었다. 자신의 이름을 부른 상대를 돌아보는 레이의 입가에 슬며시 미소가 맺히는 것을 초아는 놓치지 않았다.

"저 밖에 예쁜 아가씨랑 서 있는 사람이 네가 맞냐 아니냐로 사무실에서 설전이 벌어져서 말이지, 내가 직접 나와볼 수밖에 없었어."

"아직 퇴근 안 했구나."

긴장이 풀어진 눈매는 류타를 대할 때와 같았다. 우연찮게도 그들 사이에 끼듯이 서게 된 초아는 레이의 반대편에서 자신에게로 쏟아지는 낯선 남자의 시선을 느꼈다.

"니지, 여긴 신이치. 신이치, 니지."

간단하기 짝이 없는 레이의 소개말을 들으며 초아는 신이치라 소개된 남자를 자세히 훑어보았다. 그것은 상대남 역시 마찬가지였다. 그녀를 탐색하듯 바라보고 있던 신이치는 마침내 매력적인 미소를 머금으며 직접 자신을 소개했다.

"레이의 동업자이자 친구인 이토 신이치입니다."

그의 하얀 이가 불빛 아래서 더 빛을 발하는 듯 보였다. 무언가 대꾸를 해야 하긴 하는데 딱히 레이와의 관계를 규정짓는 말을 떠올릴 수 없어 초아는 물끄러미 신이치를 응시하다 그저 고개만 숙여 보이고 말았다.

그러자 머쓱했던 듯 남자는 그녀에게서 관심을 돌려 레이에게 질책성의 말을 건넸다.

"도대체 얼굴 보기가 왜 이렇게 힘들어. 파크는 나한테만 맡겨 놓고 도대체 뭘 하는 거냐."

파크? 초아의 의아함을 담은 시선이 그들을 비켜 뒤에 선 '조이타운'이라는 고층 건물을 향했다. 설마 저곳을 말하는 건 아니겠지? 조이타운이라면 오다이바의 관광명소로서 빠지지 않는 게임 테마 파크였던 것이다. 그러나 그녀의 생각은 물론이고 더 이어지려던 신이치의 말을 레이의 한풍과도 같은 음성이 끊어냈다.

더 이어지려는 신이치의 말을 끊어낸 건 레이의 예의 그 한풍과도 같은 음성이었다.

"나중에 얘기하지. 오늘은 이만."

또다시 손목에 그의 손길이 느껴졌다. 점점 멀어지는 신이치에게 제대로 인사도 하지 못한 채 초아는 그렇게 이끌려 걸어야 했다.

레이는 오가는 사람들의 무리가 조금 뜸해진 곳에까지 이르렀을 때에야 그녀를 놓아주었다. 초아는 아픈 손목을 문지르며 주머니에 손을 찔러 넣는 그를 의아하게 올려다보았다. 그러다 입술 끝에서만 맴돌던 물음을 결국 내뱉고 말았다.

"이토 씨와는 어떤 일을 하는 거예요?"

보통 사람들과 같은 직장에서 업무를 보는 그의 모습은 상상이 되질 않았다. 무엇인가에 얽매이는 것은 키쿠치 레이와 그다지 어울리지 않는 듯싶었다.

"별거 아니야."

그러고 레이는 휭하니 앞서 차를 세워둔 곳으로 걸어가 버렸다. 그 굳건하고 넓은 등을 보고 있노라니 서운한 생각이 들었다. 초아는 있는 힘을 다해 냅다 소리를 질렀다.

"전 여기서 걸어갈게요!"

또다시 냉정한 태도를 견지하는 그가 야속해서 해본 말이었다. 게다가 바로 눈앞에 보이는 맨션을 두고 주차장까지 걸어가 갑갑한 차에 오르고 싶지 않았다.

혹시나 하는 그녀의 기대를 무너뜨리며 짧은 순간 뒤를 돌아본 레이는 무뚝뚝하게 대답했다.

"그렇게 해. 그럼."

멀어져 가는 그의 뒷모습을 보고 있노라니 왠지 모를 아쉬움이 들어 초아는 주먹을 꼭 움켜쥐며 돌아서야 했다. 키쿠치 부자의 집에 다 와서야 그녀는 자신의 짐을 그의 차에서 내리지 않았음을 깨달았다.

더 늦기 전에, 더 미루고 싶어지기 전에 초아는 침대가에 놓인 전화기를 들었다.

혹시나 이모부가 잘못되었다는 말이 들려오지나 않을지 주체할 수 없이 떨리던 가슴은, 가던 신호가 멈추고 수화기 저편에서 활기찬 중년 여자의 음성이 들려오자 진정되었다.

[네, '준 민박' 입니다.]

다행히 아무 일도 없는 모양이다. 이모는 여전히 아무것도 모르는 것이다. 정말이지 다행이다.

「이모, 저 초아예요.」

[뭐? 초아? 이, 이것아! 너 지금 어디야!]

기운없던 목소리에 다급함의 감정이 서리는 것이 전화선을 통해서도 충분히 느껴졌다. 낯선 땅에서 살아남기 위해 억척스러워질 수밖에 없었던 이모. 그 이모의 거친 말투 이면에 사랑이 감추어져 있음을 알기에 초아의 마음이 짠해져 왔다.

「이모, 나 직장 구했어요.」

[뭐? 단기 비자 받아서 나온 애가 무슨 일자리를 구했다는 거니?]

「그냥 아르바이트 자리예요. 숙식도 해결되고, 보수도 좋아서 그냥 한다고 했어요.」

[애가, 애가…… 도대체 무슨 소릴 하는 거야. 어서 들어와!]

차마 이모에게 말할 수는 없었다.

이모부란 사람의 만행을 입에 담기조차 민망했다. 게다가 비록

못난 남편이긴 해도 이모에게 이모부는 일본 땅에서 유일한 가족
이었다. 그녀가 만약 그 사건을 내뱉는다면 이후 이모는 이제 의
지할 곳을 잃게 된다. 또한 서로의 얼굴을 보기도 힘들어질 것이
다. 어머니를 먼저 보낸 그녀였기에 이모마저 잃고 싶지 않았다.
초아는 목구멍을 치밀고 오르는 씁쓸함을 참아냈다.

　「미안해요, 이모. 근데 나 그냥 여기서 지내는 게 편할 것 같아.」

　[이구, 못된 것. 매정한 것.]

　「먼 데 아니에요. 오다이바인데 뭘.」

　[오다이바?]

　초아는 이모가 보지 못할 것을 알면서도 수화기를 든 채 고개를
끄덕였다. 뜨거워지는 눈시울을 눈을 깜빡여 무마시킨 그녀는 조
금 밝아진 음성으로 다시 말했다.

　「전화 자주 할게요.」

　[초, 초아야!]

　겨우 수화기를 내려놓으려던 그녀의 귓가에 이모의 다급한 부
름이 들려왔다. 초아는 다시 손목에 힘을 주어 그것을 바로잡았다.

　[재원이 놈한테서 연락 여러 번 왔었다. 그놈은 낯짝을 어디다
팔아먹은 건지, 어찌 그리도 뻔뻔한지 모르겠다.]

　수십억 개의 바늘이 심장을 찔러대는 듯한 내부에서의 통증을
숨기기 위해 초아는 표정을 있는 대로 굳혀야 했다. 슬프고 화가
났다. 심재원, 그의 이름을 듣는 것만으로도 여전히 이렇게 아프
다는 것이, 그로 인해 죽은 어머니를 떠올려야 한다는 것이 그녀
를 견딜 수 없게 했다.

[널 찾더라, 여기 없다고 아무리 얘길 해도.]

「아무것도 모른다고 하세요.」

잠긴 목소리가 떨리고 있었다.

「우리 안 되겠어. 난 효주가 필요해.」

기억 속에서 여전히 몇 달 전 이별을 고하던 재원의 목소리가 너무도 쟁쟁하다. 그 이후 그녀가 맛봐야 했던 깊은 좌절감과 수많은 고통, 그리고 어머니의 죽음. 돌이키기엔 이제 너무 멀리 와 버렸다.

「전화 또 할게요.」

바보처럼 눈물이 터져 나올 것 같아 초아는 황급히 전화를 끊었다. 제지하는 이모의 말소리가 들려왔지만 어차피 지금은 더 들을 수 없을 것 같았다.

침대 위에 몸을 웅크린 채 초아는 뺨을 타고 흐르는 물방울을 훔쳐 냈다. 소리없이 우는 데는 이제 익숙했다. 홀로 눈물을 닦는 일도.

대충 자신을 추스른 그녀는 시계를 힐끗 바라보고서 다시 수화기를 집어 들었다. 세상에서 가장 가까운 사람, 가족이라고 남은 유일한 존재에게로 초아는 전화를 넣었다.

[Hello.]

태평양을 사이에 두고 있다기엔 너무도 생생한 음성을 듣노라니 그녀의 기분까지 밝아지는 듯했다. 같은 배[腹]에서 같은 날, 비숫한 시간에 태어났음에도 그들은 생김새를 빼곤 참 많이 달랐다. 그녀의 이란성 쌍둥이 자매, 엄밀히 말해 동생인 시아는 에너지가 넘치는 아이였다.

「바쁘니?」

초아는 마치 오늘 아침 집에서 헤어진 사람처럼 조용히 자신의 존재를 알렸다. 그러자 숨을 들이키는 소리에 이어 이내 빽 하는 고함이 터져 나왔다. 이런 결과를 예상하고 미리 수화기를 귀에서 멀찌감치 떼어놓고 있었기에 초아는 미간을 찌푸리지 않을 수 있었다.

[야! 윤초아! 너 지금 어디야?]

「일본에 간다고 했잖아.」

[설마 설마 했는데, 정말 간 거야? 어디? 이모집?]

「아니, 다른 데야.」

시아에게서 얼핏 걸쭉한 욕설이 들려온 것 같았지만 초아는 되묻지 않았다. 그녀는 조용히 동생의 다음 반응을 기다렸다.

[그 씨팔새끼 때문이지?]

시아는 애초부터 별로 재원을 좋아하지 않았다. 동생은 그가 너무 자기중심적인데다가 다른 사람을 이용해 먹는 스타일이라 마음에 들지 않는다고 대놓고 이야길하곤 했었다. 게다가 어머니가 그렇게 돌아가시고 나서부터는 거의 시아의 그 비호감은 극렬한 증오심으로 변해졌다.

「그냥 쉬고 싶어서 온 거야.」

[그래. 어린이집 때려치운 건 잘했어. 그 여자, 그리고 그 집안, 좋은 일 해줄 필요없는 거였다구. 명색이 원장이지 너 완전 노동

력 착취당했잖아. 와, 지금까지 몇 년이야, 도대체? 그.런.데.]

「넘겨짚지 마.」

[내가 널 모르니. 너 쉬고 싶어서 거기 간 거 아니잖아. 그 새끼 피해서 도망간 거잖아. 부잣집 딸년이랑 결혼했으면 됐지 왜 너한테 껄떡대는 건데? 뻔뻔한 새끼. 내가 우리 엄마 일 생각하면…… 아직도 속에서 신물이 올라와! 그 새끼 일족들 다 밟아버리지 못한 게 두고두고 한이 될 거라고!]

시아의 적나라한 말들이 그녀의 속내 곳곳에 난 상처를 헤집고 돌아다녔다. 다시금 떠올리게 되는 아픔에 치를 떨며 초아는 쌍둥이인 시아의 말을 그쯤에서 끊어냈다.

「오다이바에 아르바이트 자리를 구했어. 그러니까 내 걱정 하지 말라고 전화한 거야.」

그녀가 만약 잠시라도 죽을 마음을 먹었었다는 걸 알면 시아는 어떤 반응을 보일까. 아마 엄청난 광풍이 불어닥치리란 생각이 들면서 동생에게 미안해졌다. 자신이 시아를 내버려 두고 어머니를 뒤따르려 한 것은 지금 와 생각하면 정말 몹쓸 생각이었다.

이제는 조금 진정이 된 듯 시아가 말을 받았다.

[뭐? 거기서 뭔 아르바이트야? 그만둬, 그러다 너 큰일나.]

「그냥 잠시 동안 한국어 가르쳐 주는 일이야.」

[그래도. 아…… 초아야, 나 지금 취재 나가야 하거든? 나중에 다시 이야기하자.]

「그래. 수고해.」

시아와 통화를 하고 나니 그래도 마음이 조금은 개운해졌다. 시원스런 동생의 말들을 듣고 있다 보면 속이 뚫리는 기분이었다. 언제나.

초아는 다시 침대 위에서 애벌레처럼 몸을 말고 앉았다. 그녀의 주변으로 어둠이 고요히 내려앉고 있었다.

잠을 제대로 이루지 못해 피곤하긴 했지만 미노루의 집에서 처음 맞는 아침이라는 생각은 초아를 이른 시간부터 서두르도록 만들었다. 아직 밖에서는 인기척이 느껴지지 않았으나 간단히 세면을 마친 그녀는 입고 있던 옷의 주름을 대충 편 후 방을 나섰다.

"잘 잤어요?"

커피 잔을 든 초췌한 모양새의 미노루가 마침 거실로 나오고 있었다. 작게나마 그의 인사에 답례를 한 초아는 고요하기만 한 부엌을 흘끔거렸다. 그런 그녀의 사소한 행동이 무엇을 의미하는 것인지 알아챈 듯 미노루는 웃으며 말을 이었다.

"사치코는 조금 더 있어야 출근을 해요."

"그렇군요."

"원래 이렇게 일찍 일어나요? 이 집이 불편해서 그런가?"

고개를 갸웃거리는 미노루는 여섯 살 난 아이의 아버지라기엔 너무도 천진하게 다가왔다.

"아뇨, 아니에요."

"그럼 다행이고. 참, 교재든 뭐든 류타를 가르치는 데 필요한 것 있으면 얘기해요. 언제든."

"네, 그럴게요."

그녀의 대답을 듣는 둥 마는 둥하며 미노루는 남은 커피를 한 모금에 털어 넣었다. 그리고 그는 아무렇지도 않게 빈 컵을 코너장 위에 올려놓더니, 방금 카페인을 섭취한 사람답지 않게 늘어지게 기지개를 켜며 방으로 걸어 들어가는 것이었다.

"밤을 꼬박 샜더니 조금 피곤하네요. 쉬어야겠어요."

닫혀지는 문틈으로 유화물감 특유의 독한 냄새가 확 끼쳐 왔다. 초아는 그 어지러운 공간 속으로 사라지는 미노루를 바라보다가 현관에서 나는 금속의 마찰음에 그곳으로 시선을 돌렸다. 장바구니를 손에 든 사치코가 환한 미소를 머금으며 들어서고 있었다.

"어제 늦었나 봐요? 내가 갈 때까지 안 들어오던데."

"네, 일이…… 좀 있었어요."

그 후로도 줄줄이 이어지는 사치코의 말을 들어주며 초아는 아침 준비를 도왔다. 처음엔 그녀의 도움을 한사코 거절하던 사치코는 식탁이 다 차려졌을 즈음엔 이런저런 일을 부탁하기까지 하였다. 수저를 놓는다거나 밥을 고슬하게 담아내는 등의 일쯤은 일도 아니었다. 단 하나를 제외하고.

"식사 준비 다 되었어요. 이제 키쿠치 씨게 전화를 해야지요."

"네?"

너무 갑작스런 말이라 놀라면서도 의문이 들었다.

도대체 어느 키쿠치 씨를 말하는 것인지. 미노루는 도련님, 류타는 작은 도련님이라 불렀던 것으로 기억하는데, 그럼 혹 레이?

거실로 나간 사치코는 다분히 사무적인 얼굴로 수화기를 들고 번호를 눌러보더니 고개를 흔들며 다시 부엌으로 돌아왔다.

"내 안 받을 줄 알았다니까. 잠시 십층에 좀 다녀올게요."

십층에 사는 키쿠치 씨라 하면 역시 레이였다. 그런데 왜 사치코는 레이에게만은 키쿠치 씨라는 딱딱한 호칭을 사용하는 것일까.

"무슨?"

"아, 아침 식사만은 이 집에서 늘 함께하죠. 이렇게라도 하지 않으면 한 달이 지나도 얼굴 한 번 보기가 힘들다고 미노루 도련님께서 만든 규칙이에요. 그동안 혹시 배고프면 먼저 먹고 있어요. 키쿠치 씨가 내려오고도 미노루 도련님을 깨우는 데 제법 시간이 걸리니까요."

여자는 앞치마를 벗어놓으며 현관으로 걸어나갔다. 그 모양을 잠시 동안 바라보던 초아는 머릿속에서 맴돌고 있던 생각들을 행동으로 옮겨놓았다. 슬며시 사치코의 앞을 막아선 그녀는 상대의 놀란 눈을 흔들림없이 응시하며 단호하게 말했다.

"제가 갈게요."

어차피 짐을 찾기 위해서 그와 적어도 한 번은 맞닥뜨리게 될 것이다. 나중에 따로 시간을 내기 위해 전전긍긍하느니 차라리 지금이 기회가 좋았다. 초아는 그렇게 자신을 타이르며 사치코에게서 승낙의 말이 흘러나오기를 기다렸다.

"뭐 그럼 그렇게 해요. 참, 혹시 벨을 몇 번 눌러도 안에서 아무런 반응이 없거들랑 비밀번호를 누르고 들어가요."

아침마다 이런 일이 비일비재한 모양이다. 사치코는 전혀 아무렇지도 않은 표정으로 여섯 자리 숫자를 불러주었다. 몇 번이고 속으로 숫자를 읊어대며 초아는 현관을 나섰다.

계단을 올라 1006호의 문 앞에 이른 초아는 심호흡을 내뱉은 후 손가락 하나를 벨로 가져갔다. 한 번. 두 번. 세 번까지 시도를 한 그녀가 더는 참지 못하고 비밀번호를 누르려던 찰나 묵직하게 가라앉은 음성이 스피커를 통해 들려왔다.

[무슨 일이지?]

"사치코 씨 부탁으로 왔어요. 식사하러 내려오세요."

[알았어.]

문을 열어줄 기미가 보이기는커녕 레이가 그대로 인터폰을 내려놓아 버릴 것 같아 불안해진 초아는 목소리를 높여 그의 이름을 불렀다.

"레이!"

침묵이 계속되긴 했지만 아직 끊기진 않았다. 그녀는 약간 비굴한 미소를 지으며 말을 이었다.

"저기, 제 옷 가방 좀 주시겠어요?"

또다시 침묵이 이어진다 싶더니, 달칵 소리를 내며 문의 잠금 장치가 풀렸다. 그가 먼저 문을 열어주는 일은 없을 거라 생각한 초아는 스스로 문고리를 돌려 안으로 들어갔다.

입구에서 팔짱을 끼고 선 레이는 아주 피곤해 보이는 얼굴을 하고 있었지만 차림은 대체적으로 말끔했다. 그에게 짧은 눈인사를 건넨 초아는 슬리퍼를 신고 거실로 올라섰다.

그의 시선을 피할 요량으로 그녀는 잘 정리된 넓은 공간을 훑어보았다. 그를 처음 만난 날엔 잘 몰랐는데, 커다란 TV와 소파가 전부인 거실은 황량하기 짝이 없는 느낌을 안겨주었다. 흐트러진 것은 단 하나, 탁자 위에서 입을 벌리고 있는 최신형 노트북뿐이었다. 불현듯 그가 무슨 작업 중이었을지 궁금해졌다. 그런 그녀의 생각을 약간 귀찮다는 기색을 띤 레이의 음성이 막아섰다.

"가방은 저기 작은방에 있어."

팔짱에서 슬며시 빠져나온 그의 손가락이 가리키는 곳은 아래층에서 미노루의 작업실로 쓰이는 그 공간이었다. 그가 가져다주었으면 싶었지만 레이는 얼굴을 두 손으로 쓰다듬으며 그대로 노트북 앞으로 돌아가 버렸다. 아무래도 중요한 일을 하던 중이었던 모양이다.

굳은 그의 옆모습을 잠시 동안 바라보던 초아는 어쩔 수 없이 문을 열고 방으로 들어갔다. 놀랍게도 다다미방은 텅 비어 있었다. 놓인 물건이라고는 그녀의 캐리어 가방 하나뿐이었다. 잠시 자신의 눈을 믿지 못해 껌뻑대던 초아는 그것을 끌고 거실로 다시 나왔다. 그러나 그녀의 인기척에도 레이는 LCD 화면에 시선을 고정한 채 움직일 줄을 몰랐다.

입구에서 잠시 머뭇거리던 초아는 사치코의 당부를 기억해 내고는 짧은 헛기침을 내뱉은 후 어렵사리 말을 꺼냈다.

"저기…… 식사하러 안 가시나요?"

여전히 꾹 닫힌 입술은 좀처럼 열릴 기미가 보이지 않았다. 그냥 먼저 내려가 버릴까 하던 초아는 '그래도'라는 참을성을 가지고 그에게로 좀 더 다가섰다.

그러자 LCD 화면을 가득 채우고 있는 화려한 동영상이 그녀의 눈에 들어왔다. 그것이 무엇인지 잘은 몰라도 3D 입체 화면임은 분명했다. 그걸 바라보고 있노라니 그녀는 새삼 레이가 하는 일에 호기심이 생겼다. 그래서 허리를 숙인 채 그의 작업을 꽤 오래도록 지켜보았다.

"뭐죠?"

본인이 생각해도 너무 갑작스런 물음이었다. 재원과의 이별 이후, 그녀가 누군가에게 특히 남자에게 이렇듯 다가선 것은 처음이었다. 그것을 깨달은 초아는 흠칫 놀라며 숙였던 상체를 들었다. 첫 만남에 대한 인상 때문일까. 이상하게도 레이에게는 거부감이 들지 않는다. 벌써 오랫동안 알아온 사람처럼. 그녀의 뺨이 불그스름하게 달아올랐다.

"아직 안 간 건가?"

"당신이 불러도 대답을 하지 않길래요. 안 갈 건가요?"

초아는 애써 목소리를 정리하며 물었다. 옅은 한숨을 내쉰 레이는 노트북의 전원을 끄더니 자리에서 일어났다. 그녀를 지나치는 그에게서 은은한 비누 향이 풍겼다.

"가자면서 왜 그러고 서 있어?"

어느새 그는 신발을 신고 현관에 선 채 종용하고 있었다. 당혹스러운 낯빛을 감추지 못하며 초아는 그 곁으로 가방을 끌며 다가섰다. 현관문을 열기 전 가방을 잡고 있는 그녀의 손을 밀치는 레이의 손길이 느껴졌다.

"괜찮아요."

"내가 안 괜찮아서 그래."

가방을 들고 묵묵히 계단을 내려가는 그의 뒤통수만 바라보다가 초아는 결국 물음을 던졌다.

"아까 뭐 하던 거였어요?"

어제 신이치와의 대화를 통해 얼핏 '파크'라는 단서를 얻긴 했지만 여전히 그가 하는 일은 그녀에게 미지수였다. 정말 다른 사람의 일에 대해 궁금해하는 편이 아닌데, 또다시 그녀는 그에게 묻고 있었다.

"아이들 좋아해?"

물음에 또 다른 물음으로 대응하는 그의 등에다 대고 초아는 슬쩍 눈살을 찌푸렸다. 어느새 계단을 다 내려와 906호 앞에 이른 그들은 누가 먼저랄 것도 없이 서로를 바라보고 섰다.

"당신이 하던 일이랑 아이들이랑 무슨 상관이죠?"

"난 류타를 돌보는 일이 마음에 드는지 묻고 있는 거야."

그야말로 동문서답. 그의 말에 초아의 입이 슬며시 벌어졌다. 그녀의 입술에 고정된 레이의 시선은 대답을 듣지 않으면 물러설 의향이 없는 듯 굳건했다.

"네. 원래 아이들을 좋아해요."

한국에서 여태껏 하던, 내가 제일 잘하는 일인걸요.

그러나 초아는 차마 그 뒷말까지 잇진 못했다.

그녀의 대답이 떨어지자마자 레이의 입매가 부드러워졌다 느낀 것도 잠시, 스륵 문이 열려 초아는 표정을 수습해야 했다. 그는 언제 벨을 눌렀던 것일까.

그녀보다 앞서 들어간 레이는 가방을 거실 입구에 내려놓고서는 사치코에게 묵묵히 고개를 숙여 보인 후 부엌으로 향했다. 초아는 여느 사람에게와는 달리 레이에게 굳은 얼굴을 하는 사치코를 보며 의아하다는 생각을 했다. 세 사람이 만들어내던 숨 막힐 듯한 정적은 마침 방에서 나온 류타로 인해 적절하게 깨어졌다.

"삼촌."

말을 잃었다던 아이가 자신을 부르는 것에 감동을 받은 듯, 식탁 의자에 앉으려던 레이는 류타를 향해 한달음에 달려가 작은 몸을 안아 들었다. 냉랭하기만 한 그 얼굴에는 놀랍도록 환한 미소가 맺혀 있었다. 류타의 작은 얼굴에도 환한 웃음이 영글었다. 그 모습이 너무 아름다워 넋을 놓고 바라보고 있던 초아는 입가에 맺혔던 미소를 추스르며 자리에 앉았다. 그러면서 그녀는 식탁에 자리하고 있던 미노루와 사치코의 눈매가 젖어 있는 것을 보았다.

곧 그녀의 귓가에 의자 끌리는 소리가 들리더니 아이 특유의 살 내음이 코끝으로 전해졌다.

곁에 앉은 류타의 맑은 눈동자가 그녀를 향해 있었다.

"선생님."

선생님이라는 호칭이 가슴속에서 익숙한 파장을 남기며 퍼져 갔다. 몇 달 전까지만 해도 자신을 향해 있던 수많은 어린 얼굴들이 있었다. 그들을 떠나오면서 얼마나 큰 상실감을 느꼈던가. 다시는 '선생님'이라 불리게 될 날이 없을 줄 알았는데, 낯선 땅 일본에서 뜻하지 않게 새로운 제자를 맞이한 지금 기분이 미묘했다.

"니지, 당신에게 정말 고마워요. 류타가 다시 말을 하게 된 건 모두 당신 덕분이에요. 참, 호칭은 언제까지 엄마라고 부르게 놔둘 수가 없어서."

기쁨에 들뜬 듯한 미노루의 말에 초아는 그저 고개만 끄덕여 보이고 말았다. 그녀의 시선은 다시 아이를 향해 돌려졌다.

"안녕, 류타."

"류."

선심을 쓰는 듯한 아이의 말에 초아의 입매가 모처럼 호를 그렸다.

"그래. 류, 안녕."

다행히도 류타는 말을 하지 않았던 것이지, 지능에 이상이 있다거나 사회성이 결여된 등의 문제점이 생긴 건 아니었다. 오래된 사이마냥 아이는 그녀를 굉장히 잘 따랐고, 학습력도 우수했다.

미노루와 합의한 대로 그들은 오전에 보통 수업을 하고, 오후에는 류타가 낮잠을 자고 난 후 산책이나 놀이 등으로 시간을 보냈다. 그녀의 하루 일과는 너무도 편안하고 평범해서 미노루가 제시한 임금이 너무도 많다 느껴질 정도였다.

그녀가 미노루의 집에 온 지 일주일쯤 지나자, 해변공원을 산책하는 일은 그들에게 하루의 일과로 거의 자리잡혀 갔다. 보통 저녁 식사 전, 류타가 지루하거나 무료한 기색을 보일 때 그들은 나란히 해변공원을 거닐었다.

"선생님, 한국…… 좋아요?"

이제 아이는 긴말도 곧잘 했다. 하지만 이상하게도 여전히 아버지인 미노루에게만은 마음을 열지 않는 류타였다. 그녀나 사치코와 대화를 하다가도 미노루가 나타나면 말을 멈춰 버렸다. 아이가 말문을 열었다는 것에 무척이나 기뻐하던 미노루였는데 그 대상이 제한되어 있다는 것에, 그 범위 안에 자신이 들 수 없다는 것에 그는 괴로워하는 듯했다.

"아마도 제 엄마가 사고로 세상을 떠난 것이, 내 탓이라 여기고 있는 모양이에요."

모두들 잠이 든 밤, 술잔을 기울이며 중얼거리던 미노루의 모습이 떠올랐다.
"선생님?"
다시 들려온 류타의 물음에 초아는 레인보우 브릿지를 향하고 있던 시선을 돌렸다. 잠시 머뭇거리던 그녀는 아이가 아마도 죽은 어머니의 나라에 대해 동경을 가지고 있나 보다라고 결론 내리고 대답을 해주었다.
"아름다운 곳이야. 여기 일본이랑 비슷한 것 같으면서도 달라."
"가보고 싶어요."
"별거없어. 선생님은 되레 일본이 더 좋은걸?"
"정말?"
"그럼, 여긴 류가 있잖아."
한국엔 아무도 없거든. 날 필요로 하는 누군가가.
그녀의 말에 웃음을 짓는 류타를 내려다보며 초아는 아이의 작은 손을 꼭 잡아주었다. 그 뒤로 그들은 한국의 문화에 대해 이런 저런 이야기를 나누며 맨션까지 걸어왔다. 물론 이야기를 주도하는 쪽은 그녀였고, 류타는 그저 듣기만 하였지만 초아는 모처럼 남과 대화를 나누는 것이 즐겁다 느꼈다.

그러나 내내 웃음을 띠고 있던 그녀의 얼굴은 주차장의 입구를 지나쳐 로비로 들어서려던 순간 굳어졌다. 길가에 세워진 고급 세단과 이내 그 안에서 내려서는 레이의 모습이 차례로 그녀의 시야를 적셔왔다. 그리고 반대편에서 뛰다시피 내려 그의 팔을 부여잡는 도자기 인형처럼 생긴 여자는…… 그와 심상치 않은 분위기를 연출하고 있는 모양새가 한눈에도 보통 관계가 아닌 듯싶었다. 그의 팔에 올려진 여자의 손에 자꾸만 시선이 갔다. 그와 지나치게 붙어 선 여자의 존재가 괜히 신경 쓰였다. 묘한 기분이었다. 그것을 비워내려 초아는 류타를 데리고 어서 빨리 맨션으로 들어가려 했다.

“삼촌!”

못 보고 그냥 지나쳐 주길 바랐건만, 불행히도 레이를 발견한 듯 류타의 목소리에 반가움이 묻어났다.

“지금은 삼촌이 바쁘신 것 같으니까 그냥 가자.”

그 상황에서 그와 마주치고 싶지 않았다. 그래서 아이를 설득하듯 타이른 그녀는 잡은 손에 힘을 주며 걸음을 재촉했다. 약간 버티던 류타는 곧 끌려왔다.

남녀의 언성이 약간 높아진다 싶더니 그들에게로 쏠리는 시선이 느껴졌지만 초아는 그것을 못 본 척했다. 그러나 이내 높다랗게 들려온 부름은 류타를 자리에서 굳어지게 만들었고, 그녀도 멈춰 설 수밖에 없었다.

“류!”

"삼촌."

류타는 환한 미소와 함께 레이를 향해 돌아섰다. 한참 여자와 심각한 분위기를 연출하던 레이는 언제 그런 일이 있었던가 싶게 밝은 얼굴로 다가와 조카를 안아주었다.

"산책 다녀오니?"

류타와 눈높이를 맞추고 있던 그의 깊은 눈빛이 언뜻 그녀를 향했다. 그것을 외면하느라 고개를 튼 초아는 얼마 떨어지지 않는 곳에서 자신을 노려보고 있는 하얀 얼굴의 여자와 마주치고 말았다. 짙은 눈 화장과 깨문 입술 사이로 언뜻 드러나 보이는 덧니는 일본의 여느 젊은 여자들과 비슷했으나, 풍기는 느낌이 사뭇 달랐다. 보통의 여자들이 흔한 벚꽃이라면 여자는 고고한 매화 같았다. 아름다운 여자였다. 그러자 지금 자신의 모습이 괜히 신경 쓰였다. 손질하지 않은 긴 생머리를 질끈 묶고 낡은 청바지를 입은 모습이라니. 최고급 수트 차림의 여자보다 더 아름다울 수 없겠지만 이보다 나을 순 있었는데.

칠흑같이 검은 머리칼을 찰랑거리며 다가오는 여자에게서 눈을 떼지 못하던 그녀의 시야를 레이의 넓은 등이 가로막고 나섰다. 그는 안고 있던 아이를 초아와 자신의 사이에 내려놓았다. 뒤도 돌아보지 않으며 여자에게 말을 내뱉는 레이의 어조는 매서웠다.

"얘기 끝났잖아. 그만 돌아가."

"난 안 끝났어."

류타는 그들에게서 심상치 않은 분위기를 느낀 모양인지 초아의 품으로 파고들어 손을 찾아 잡았다.

"이봐, 타치바나 양."

"감히 당신이 날 거부할 수 있다고 생각해?"

작은 류타의 손을 쓸어주면서도 괜한 호기심에 초아는 레이의 뒤편으로 고개를 내밀었다. 그러자 파르르 떨리는 여자의 붉은 입술이 먼저 들어왔다. 틀어쥐어지는 작은 두 주먹은 여자의 심리가 무척이나 격앙된 상태라는 것을 알려주었다. 여자가 자신을 사납게 노려보자, 초아는 뭔가를 훔쳐본 사람처럼 황급히 시선을 거두었다. 고개를 내려뜨린 그녀는 당황한 표정의 류타의 손을 더욱 단단히 움켜쥐었다.

"그런 것 따윈 상관없어."

여자에게 명확하게 의사를 전달한 레이는 칼날처럼 매서운 동작으로 돌아섰다. 그리고 보란 듯이 초아의 손목을 휘어잡고서는 성큼성큼 걸음을 떼어놓았다. 무슨 짓이냐고, 아프다고 말릴 겨를도 없이 그녀는 그에게 이끌려 갈 수밖에 없었다. 반대쪽 손으로는 여전히 류타의 손을 잡은 채. 그들은 마치 연결고리처럼 그렇게 뛰다시피 걸었다.

"서, 선생님, 나 숨차요."

마치 끊어질 듯한 류타의 한마디에 레이는 놀랍게도 자리에서 움직임을 즉각 멈추었다. 그녀의 손목을 던지듯 놓고서 조카에게로 금세 관심을 기울이는 남자를 초아는 어이없는 눈길로 바라보았다. 아픈 손목을 반대쪽 손으로 문지르며.

엘리베이터 문이 열리자 마치 신주단지 모시듯 류타를 안으로 데려간 레이는 그녀가 타는 것을 힐끔 바라보더니 닫힘 버튼을 눌

렀다. 자신을 보던 여자의 눈빛이 자꾸 떠올라 찝찝한 기분과는
별개로 피곤한 듯 레이에게 기대서 있는 류타를 보고 있노라니 안
쓰러움이 밀려들었다.

"괜찮니?"

얼굴을 쓰다듬는 그녀의 손길에 아이는 작은 입매를 기울여 해
맑게 웃기만 했다. 하지만 창백하기 짝이 없는 얼굴은 전혀 괜찮
아 보이지 않았다.

복도로 내려서기가 무섭게 레이는 류타를 안아 들었다. 초아는
묵묵히 그들의 뒤를 따랐다. 다급하게 울려대는 벨에서 뭔가를 느
꼈는지 현관 밖으로 놀라움 어린 사치코의 얼굴이 금세 나타났다.

"무슨 일이에요?"

"많이 피곤했나 봅니다."

키 차이가 굉장히 많이 나는 그들이 나란히 류타의 방으로 들어
가는 모습이 상황에 맞지 않게 우스워 보였다. 초아가 소파에 몸
을 의탁하고 얼마 지나지 않아 레이가 먼저 거실로 나왔다.

"류타는 굉장히 체력이 약해. 갓 태어난 병아리 같다고 생각하
면 될 거야."

주머니에 손을 찔러 넣은 채 그녀의 맞은편에서 서성이는 남자
의 목소리에 희미한 죄책감이 배어나왔다.

"내 실수야."

순순히 자신의 잘못을 시인하는 모습도 초아는 낯설었다. 이런
일이 있을 경우 그녀의 주변에는 남의 탓으로 돌리거나 회피하려
드는 사람들이 대부분이었는데 말이다.

“유리 때문에 지나치게 흥분해 있었나 봐.”

그에게서 또 다른 중얼거림이 흘러나왔다. 초아는 어둠이 감도는 그의 정수리를 물끄러미 바라보았다.

그녀의 이름이 유리로구나. 타치바나 유리. 한 송이 백합같이 고고하다 못해 도도한 느낌을 준다.

“약혼녀…… 인가요?”

사랑하는 사이냐고 물으려다가, 유리를 보던 레이의 눈빛이 확실히 그건 아니라는 것을 드러내고 있었기에 초아는 조금 더 격식을 차린 물음을 띄웠다.

그의 짙은 눈썹이 기묘하게 일그러져 눈동자에 그림자를 드리웠다. 아무것도 보이지 않는다. 아무 감정도 감지되지 않는다.

한참의 시간이 흘러 대답을 듣기를 스스로 포기해 버렸을 무렵, 귓가를 스치는 듯한 한마디가 들려왔다.

“그래.”

초아의 입가에 스산한 미소가 어렸다. 그렇구나. 무심한 듯 외로워 보이는 저 사람에게도 짝이 있었구나.

“그런 표정 짓지 마.”

갑작스런 명령에 그녀의 얼굴이 굳어졌다. 고개를 들자 조금 전과 달리 그녀를 향해 곧장 떨어지고 있는 번뜩임을 띤 눈동자가 보였다.

“난 원치 않으니까. 그들이 원하는 대로는 절대 살아주지 않아.”

짙은 증오가 깔린 음성은 초아의 심장에 스며들었다. 그녀가 갖기 힘들었던 의지가 그에겐 있었다. 그녀처럼 삶을 포기하려 들기보다 그는 개척하려 하고 있었다. 비록 적대심과 증오뿐일지라도.
그것이 생겨난 근본 원인조차 알지 못하지만 초아는 그의 강건한
태도가 부러웠다.

"후회를 남겨선 안 되겠죠."

나처럼.

중얼거림과 같은 그녀의 말에 레이의 고개가 짧게 끄덕여진 것
도 같았다. 어느새 그녀의 앞까지 다가온 그에게서 긴 손가락이
뻗어져 나와 어깨에 흘러내린 머리칼을 쓸어 넘겨주었다. 그 지독
히도 부드러운 손길이 피부에 직접 닿은 것도 아니었건만 초아의
온몸이 부르르 떨렸다. 발끝이 찌릿한 이상한 감정이 그녀의 말초
신경을 타고 흘러 뇌에까지 전달되고 있었다.

"내 인생은 내가 결정해."

그의 말이 바람처럼 뺨을 스쳐 간다 싶더니, 입술 위로 부드러
운 무엇이 내려앉았다. 그녀가 밀쳐 내거나 붙잡을 겨를도 없이
너무도 급작스레 일어난 일이었다. 그 가볍기 짝이 없는 접촉에
화끈거림을 토해내고 있는 자신의 입술을 손바닥으로 누르며 초
아는 다시금 우뚝 선 남자를 가만히 올려다보았다. 어둠이 내려앉
아 그가 잘 보이지 않는 것이 천만다행이었다.

"왜 그랬냐고 물어보려거든 그만둬."

그녀의 반응을 나름대로 예상해 본 듯 무뚝뚝한 음성이다. 하지
만 초아는 지금 뭐라고 말할 수 있는 상황이 아니었다. 그저 침을
꿀꺽 삼키며 그의 다음 말을 기다릴 뿐.

"당신을 잘 아는 건 아니지만, 늘 '왜' 라고 묻는 걸 즐기는 것

같으니 말이지.”

잠시 동안의 정적이 흐른 후 그는 몸을 돌려 현관으로 다가갔다. 그 뒷모습을 바라보며 초아는 어떤 목적도, 이유도 없이 조용히 그의 이름을 불렀다.

“레이.”

“당신, 그런 눈빛으로 날 바라보는 게 아녔어.”

그녀를 홱 돌아보며 윽박지르듯 하는 그로 인해 초아의 말문이 막혀 버렸다.

“빌어먹을.”

그녀가 어떤 반응을 보이기도 전에 열린 현관문을 통해 바람이 스며드는가 싶더니 낮은 욕설과 함께 레이의 호리호리한 실루엣이 그 사이로 사라졌다.

그 바람은 그녀의 가슴속에 뚫린 구멍을 통해 연신 불어들고 있었다.

진정, 너무 투명해 감정을 온전히 담아내는 그녀의 눈빛을 마주하는 것이 아니었다.

레인보우 브릿지 난간 위에서의 절망, 이모부란 작자에게 유린당하는 그 순간의 두려움, 유리의 존재를 확인받는 즉시 나타났던 실망에 이은 슬픈 빛까지…… 그녀는 그의 마음을 뒤흔들어 놓고 있었다.

왜일까. 왜 나는 그녀에게만은 무심해질 수 없는 것일까.

바위처럼 단단하다 여겼던 심장이 다리 위에서 그녀를 마주했던 그 순간부터 조금씩 깨어나고 있는 듯했다.

그래. 아마도 이십 년 전, 어머니란 여자가 삶을 버린 다리에서 같은 비극이 일어나는 것은 막고 싶었기 때문일 것이다. 그럴 것이다.

그녀의 눈빛이 자신을 버리고 삶을 버렸던 한국 여인, 어머니와 닮아 있음을 그는 외면하려 노력했다.

이자까야(주점)의 구석진 자리에 앉아 그렇게 한참 동안 생각에 잠겨 있던 레이는 사께(일본 술)가 담긴 잔을 입가로 가져가 털어 넣었다. 빈 잔을 탁자에 내려놓자 낯선 손길을 따라 기울어진 도자기 병을 타고 액체가 다시 채워졌다.

말끔한 양복 차림의 신이치였다.

"술친구가 필요하면 부르지 그랬어."

"그러는 넌 웬일이야? 곧장 귀가하지 않고."

그의 말엔 놀림이 깃들어 있었다. 오랜 소꿉친구인 유키와 한 달 전 결혼을 한 이후로 신이치는 퇴근 시간이면 제일 먼저 모습을 감추었던 것이다.

"오늘 야근한대."

그러면 그렇지. 레이는 씁쓸하게 웃으며 신이치의 빈 잔에 술을 따라주었다. 그러나 그것에는 시선도 두지 않은 채 친구는 그의 얼굴을 뚫어져라 바라보고 있었다.

"무슨 일 있어?"

"아무 일 없어."

무슨 일이 있었다고 인정을 한다는 것은, 유리와의 약혼을 중요한 부분으로 받아들이는 것이나 진배없었다. 레이는 자신의 머릿속을 맴도는 유리의 음성을 알코올로 지워 버리려 다시 잔을 집어들었다.

"토요일 두 시야. 타나카와 프린스 호텔……. 당신 올 때까지 기다릴 거야. 누구 맘대로 파혼한다는 거지? 내가 'NO' 라고 말하지 않은 이상 앞으로 우리 관계에 변하는 건 없어."

쉴 새 없이 움직이는 유리의 붉은 입술이 점점 확대되어 떠올랐다. 여자의 도도하기 짝이 없는 눈빛에는 '감히 너 따위가' 라는 기색이 선명하게 어려 있었다.

"타치바나 가와의 결혼 문제 때문이야?"

생각이 깊어 잘못 들은 것인가 했다. 그러나 그를 바라보고 있는 신이치의 얼굴은 여느 때보다도 심각했다. 그의 한쪽 눈썹이 들리는 것을 의문의 뜻으로 이해한 듯 신이치는 손도 대지 않던 술을 한 모금 들이킨 후 미간을 찌푸린 채 얕은 기침을 뱉어냈다. 천성적으로 술과 친하지 않은 신이치인 줄 잘 알지만 레이는 말리지 않았다. 그저 그 모습을 참을성있게 응시할 뿐.

"회장님께서 파크로 찾아오셨었다."

믿을 수가 없었다. 대 키쿠치 회장이 조이타운으로 직접 왕림하셨었다니. 열두 살 그때 어머니를 잃은 그를 키쿠치 가로 데려가기 위해 온 사람조차 아버지의 비서였는데. 부정을 기대했던 그는 그때 세상이 무너지는 걸 느꼈고, 그 이후 계속된 아버지의 무관심은 그를 체념하게 만들었다. 그런데 이제 와 너무도 갑작스러운 관심은 구역질이 날 정도로 부담스럽다. 레이는 입가를 기울여 웃으며 짧게 되물었다.

"왜?"

"왜라니, 이미 짐작하고 있잖아. 미노루 형이 저렇게 사는 마당에 이제 믿을 곳은 너뿐이니까. 동업 관계를 청산해 달라 부탁…… 아니, 명령하시더라. 타치바나 양과의 혼인 얘기도 그래서 알았지."

"넌 신경 쓰지 마."

"어떻게 신경이 안 쓰이겠어. 네 일인데."

걱정 가득한 신이치의 시선을 레이는 외면했다. 가끔 친구의 눈 속에 절로 드러나는 저 동정이 싫다. 잔을 든 손에 주어지던 힘은 이어지는 신이치의 물음으로 인해 극대화되었다. 탁자 위에 놓인 손이 떨렸다.

"결혼할 거냐?"

"아니."

어찌나 세게 다물었던지 아릿한 어금니의 통증을 누르며 레이는 대답했다.

"어쩌려고 그래. 그럴 거면 차라리 그 집안과의 연을 완전 끊든지."

신이치의 말대로 그렇게 쉬운 거라면 얼마나 좋을까. 키쿠치의 일원이 된 이상 성에서 탈출하기는 목숨을 걸어야 할 정도로 어렵다는 사실을 친구는 모를 것이다. 오다이바에서 이만큼 그만의 터전을 일구기도 얼마나 힘겨웠는지…….

생각에 잠긴 그의 귓가에 조금 격앙된 신이치의 말이 들려왔다.

"솔직히 말해볼까? 레이, 넌 모두들 부러워하는 조건 속에 살았지만…… 조금도 행복해 보이지 않았어. 네가 어떻게 생각할지 몰라도, 좁아터진 아파트에서 우린 다섯 식구가 모여 살았지만 난 네가 하나도 안 부러웠다."

가슴에 뜨끔 벌침이 쏘인 것 같은 단말마의 통증이 느껴졌다.

불공평하다. 난 신이치를 얼마나 부러워했는데. 저 친구의 따스한 가족들, 진심으로 사랑하는 오래된 여자 친구, 그리고 좋은 인간관계에서 우러나는 순수한 마음까지. 그런데 객관적으로 볼 때 레이보다 나은 게 쥐뿔도 없는 저 자식은 레이가 하나도 안 부러웠단다. 정말 불공평하다.

속내를 드러내지 않기 위해 무뚝뚝한 어조로 레이는 물었다.

"무슨 말을 하고 싶은 거냐."

"행복해지라고. 난 더할 나위 없이 행복한데, 너는 여전히 아닌 것 같아서 맘이 편하지 않단 말이다."

어느새 빈 잔에 술을 따르느라 신이치는 고개를 숙였다. 잠시잠깐 시선이 마주친 순간 언뜻 눈가가 젖어 있었던 것 같기도 하다. 레이는 겉보기와 달리 마음 약한 친구 녀석을 위로해 주기로 마음먹었다. 그는 입가를 기울여 장난스레 그러나 진심으로 대꾸해 주었다.

"그러지 않아도 이제부터 행복해져 보려고."

뜻밖인 듯 신이치는 약간 충혈된 눈에 의문을 가득 담아 그를 바라보았다. 지난 십오 년간을 그랬듯 레이는 신이치에게만은 진심을 털어놓았다.

"우습지만 그런 생각이 들었어. 누군가를 행복하게 만들어주면…… 나 역시 행복해질 것 같다는."

"뭐? 누구? 설마, 전망대에서 함께 있던 그녀?"

가라앉아 있던 신이치의 표정이 눈에 띄게 달라지고 있었다. 뭔가를 발견했을 때의 희열감을 간직한 채 그것은 환하게 빛을 발했다. 레이의 희미한 고갯짓에 그것은 커다랗게 폭발해 버렸다.

"야~! 맞구나! 그렇지? 어쩐지 그때 분위기가 심상치 않더라니. 누구야? 어떤 여자야?"

"나도 몰라."

대수롭잖은 듯 대답을 하는 그를 향해 신이치의 의아한 시선이 와 닿았다. 그것을 피하지 않고 응시하며 레이는 조용히 그러나 명확한 어조로 읊조리듯 말을 이었다.

"그녀가 후회하지 않는 삶을 살게 해주고 싶어. 다시는 이 모든 것 버리고 떠날 생각하지 못하도록 만들어주고 싶어. 그 눈 속에 절망도, 두려움도, 슬픔도 깃들지 못하도록 지켜주고 싶어."

내뱉고 보니 자신이 그녀에게 원하던 것이 무엇인지 조금은 감이 잡히는 것 같았다. 그의 답변에 놀란 듯 신이치는 이렇다 할 반응을 내비치지 않았다. 그렇기에 불기둥처럼 치미는 다음 말을 레이는 속내로 삼켜야 했다.

예전엔 너무 어려서 무기력하게 어머니를 보내야 했지만, 지금의 난 아니다. 어머니처럼 절망에 사로잡혀 그녀가 삶을 버리도록 놓아둘 수는 없어. 그건 내 자신이 용납 못해.

입가는 웃고 있지만 눈빛만은 진지한 신이치의 물음이 또다시 들려왔다.

"동정이냐, 사랑이냐?"

"그건 때가 되면 알 수 있겠지."

"넌 한 번도 누군가를 사랑해 보지 않아서 몰라. 레이, 그녀를 보면 기분이 어떠냐?"

알고 보면 집요한 구석이 있는 신이치다. 니지를 생각하자 또다시 그 투명한 눈동자가 떠올랐다. 모든 감정을 다 투영해 내는 그 눈빛. 그에게까지 모든 감정을 전달해 내는 그 눈빛. 심장을 잡고 뒤흔들어 대는 그 눈빛.

레이는 미간을 찌푸린 채 자신의 심정을 전달하기 위해 노력했지만 쉽지 않았다.

"모르겠어. 하지만 어쨌든 신경이 쓰이는 여자임에는 틀림없다."

감정의 소용돌이가 점점 격해짐을 느낀 레이는 그저 고개를 내저으며 잔을 쳐들었다.

"그 얘긴 그만 하고, 한 잔 하자."

"그래, 좋아. 대신 건배 제의는 내가 하기로 하지."

그를 보는 신이치의 입가에 짓궂은 미소가 어렸다.

"부디 미지의 여인이 따사로운 태양빛을 내리쬐어, 키쿠치 레이의 심장을 녹여주길! 건배!"

감정의 공기가 환기된 듯 마음이 가뿐해졌다. 어느새 아버지와 유리로 인해 우울했던 기분은 조금씩 날아가 버리고, 그 빈자리를 니지라는 여인이 채우고 있었다.

　재원과의 이별 이후 언제나 느린 제자리걸음만을 할 수 있을 거라고 여겼던, 다시는 뛸 수 없을 거라고 여겼던 심장이었다. 그런데 레이가 이 공간을 나가고 한참이 지난 지금까지도 그 박동은 멈추질 않고 있다. 기껏 짧디짧은 입맞춤 한 번에 마치 사춘기 여고생처럼 열에 들떠 있는 자신이 우스웠지만 몸이 말을 듣지 않았다.
　언제부터 그 사람을 이렇게 의식하게 된 걸까.
　레인보우 브릿지에서 허리를 잡아끌던 그 순간? 아님 새벽녘 맨션의 거실에서 마른 옷을 건넨 그때? 그것도 아님 아무것도 묻지 않은 채 니지라는 이름을 붙여준 그때? 그럼 이모의 집까지 데려다준 걸로 모자라 이모부란 인간의 손아귀에서 그녀를 구해준 그날?
　생각해 보니 오다이바에 온 이래 그녀의 기억은 레이로 시작해 레이로 끝을 맺는다. 그토록 짧은 시간 그는 생명력 강한 나무처럼 어느새 그녀의 심장에 뿌리를 내리기 시작한 모양이다.
　무섭다. 두렵다.
　다시는 누구도 들여놓지 않으리라 다짐했던 마음이 이렇듯 쉽사리 흔들리다니. 자신이 참으로 못나게 느껴졌다.
　모두들 잠이 든 시간, 침대에 홀로 앉아 한참 동안 생각을 이어가던 그녀는 더는 참지 못하고 벌떡 몸을 일으켰다. 아무리 길을 달리해 보아도 종착역은 언제나 '자책'이었다. 자신은 순수한 설렘을 느껴서도, 그를 의식해서도 안 된다는 것. 그녀는 영원한 사랑 따윈 없다는 것을 누구보다 잘 알고 있었다.

초아는 카디건을 걸쳐 입고 조용히 거실로 나왔다. 미노루의 방에서 희미한 불빛이 스며 나오고 있는 것으로 보아 아직 작업 중인 듯싶었다. 그녀는 그에게 들키지 않기 위해 발끝을 들고 조심스레 현관으로 다가가 운동화를 신고 문을 열었다. 복도로 나온 그녀는 벽에 기대섰다. 괜스레 답답해서 나서긴 했는데, 갈 곳이 없었다.

그녀의 움직임이 멈추자 복도의 조명도 꺼졌다. 어둠 속에서 하릴없이 주위를 훑어보던 초아의 시선이 십층으로 가는 계단에 멎었다.

그는 지금쯤 무얼하고 있을지 불현듯 궁금해졌다.

자신이 별다른 뜻 없이 한 행동에 그녀는 잠 못 이루고 있다는 사실을 그는 모를 것이다. 지금 그녀가 얼마나 두려워하고 있는지, 얼마나 스스로를 한심하게 느끼고 있는지 그는 모를 것이다.

터벅터벅.

레이에 관한 생각을 하는 사이 발은 어느새 저절로 움직여 계단을 오르고 있었다. 잠이 오지도 않고 딱히 할 일이 없어서라고 변명을 해보지만, 사실은 그가 궁금해서였다. 그의 집 문을 두드릴 순 없겠지만, 그저 문 앞까지만이라도 가보고 싶었다.

그녀가 십층 복도로 완전히 올라서는 순간, 정면에서 엘리베이터 문이 열리고 환한 빛과 함께 휘청이는 걸음의 남자가 모습을 드러냈다. 뜻밖의 상황에 놀란 초아는 자리에서 더는 움직이지 못했다.

고개를 늘어뜨린 채 현관문으로 다가서던 레이는 그제야 다른 사람의 존재감을 느낀 것인지 거슴츠레한 눈으로 그녀를 돌아보았다.

"너지?"

"아, 잠이 안 와서 잠시 나왔어요."

스스로가 듣기에도 왠지 변명 같은 말이었다. 그의 뚫어지듯 바라보는 시선 앞에서 붉어지는 얼굴을 감추려 초아는 얼른 몸을 돌렸다. 하지만 채 한 계단도 내려가기 전에 허리를 감싸 쥐는 커다란 손과 목덜미를 파고드는 따스한 숨결에 그녀는 몸을 굳히고 말았다.

"많이 취했군요?"

냉랭함이 감도는 물음은 예기치 못한 순간 다가서는 그에 대한 방어책이었다. 하지만 떼어내려 하면 할수록 그녀를 뒤에서 안은 팔의 힘은 점점 세어지고 있었다. 귓불을 스치는 속삭임은 그의 가슴과 맞닿은 등줄기에 파르르 소름이 돋아나게 만들었다.

"취해서 이러는 거 아냐. 그리고 아까 역시…… 진심이었어."

그에 의해 흔들리지 않으리라 다짐한 것이 채 한 시간도 되지 않았는데, 또다시 그녀는 풍랑을 만난 배처럼 기우뚱거리고 있었다. 마치 기댈 데가 필요하다는 듯 그녀를 의지하고 서 있는 이 남자를 매몰차게 뿌리칠 수가 없었다.

"잠깐만 이대로 있지."

부탁과도 같은 중얼거림에 초아는 승낙의 뜻을 담은 한숨을 내쉬었다. 그러나 레이에게서는 어떤 응답도 없다. 그저 고른 숨소리만 들려올 뿐이었다.

설마 잠이 든 건 아니겠지.

　확인해 볼 요량으로 고개를 돌리려던 초아는 급작스레 자신의 어깨를 짓눌러오는 무게에 희미한 비명을 내지르고 말았다. 그리고 레이를 업은 자세 그대로 무너지고 말았다. 낑낑대며 몸을 뱀처럼 휘감고 있는 묵직한 팔을 풀어낸 초아는 그를 현관문에 기대어 앉혔다.

　짙은 속눈썹이 수정 같은 눈동자를 완전히 덮고 있었다.

　무엇 때문에 술을 이렇듯 많이 마신 것일까.

　곯아떨어져 있는 그를 한참 동안 내려다보고 있던 그녀는 점점 바닥으로 기울어지는 고개를 바로잡아 주었다. 그러고 계속 서 있기가 뭐해 초아는 주춤주춤 그의 곁에 앉았다. 마치 기다렸다는 듯 레이의 반듯한 얼굴이 그녀의 어깨로 툭 떨어졌다.

　화끈거리는 얼굴과는 반대로 엉덩이는 시렵기 짝이 없었다. 콘크리트 바닥의 냉기가 고스란히 전해지고 있었던 것이다. 집에 들어가 침대에 눕고 싶은 마음이 간절했지만 그녀는 그대로 그의 옆자리를 지키는 편을 택했다. 도저히 이 남자를 이대로 두고 들어가서는 편하게 잘 수 없을 것 같았다.

　자포자기의 심정으로 눈을 감자 취기에 섞여서 그의 향기가 느껴졌다. 그 시원한 향을 맡고 있노라니 너른 바다 앞에 있는 듯한 착각이 밀려들었다. 아니, 그녀의 시야에 눈앞엔 눈이 시리도록 푸른 파다가 펼쳐지고 있었다. 그러자 더 이상 이곳은 차가운 콘크리트가 아니었다. 따스한 모래사장이었다. 그 위에 나란히 앉은 두 사람의 머리 위를 주홍빛 태양이 따사롭게 비추고 있었다.

03

Yellow Wind

그의 곁에서 거의 뜬눈으로 밤을 지새웠다. 레이의 고른 숨소리, 규칙적인 심장 박동을 그저 자장가만으로 느끼기에는 그의 존재감이 너무도 컸던 것이다.

꼼짝도 않은 채 앉아 있던 초아는 미명이 밝아올 무렵, 레이가 몸을 뒤척이는 틈을 타 비척거리며 자리에서 일어났다. 그제야 몸 여기저기서 소리를 질러대는 고통들이란 이루 말할 수가 없었다. 인상을 찌푸리며 허리를 펴던 그녀는 헝클어진 모습으로 문에 기대어 앉은 레이를 잠시 동안 내려다보았다. 그를 두고 이대로 돌아서는 게 마음에 걸렸지만, 그가 깼을 때 자신이 이곳에 있는 모습을 보이기 싫기도 했다. 밤새 자신이 곁을 지켰음을 레이가 몰랐으면 했다.

그래서 초아는 그가 깨기 전, 도망치듯 구층으로 가는 계단을 밟았다. 무작정 내려와 현관 앞에 선 순간, 오도독 추위가 밀려들었다. 콘크리트 바닥에서 전해진 냉기가 이제야 혈관을 타고 흐르기 시작한 모양이다.

다행히도 문은 열려 있었다. 사치코도 출근 전이었다. 조용히 자신의 방으로 들어가려던 초아는 기지개를 켜며 갑자기 소파에서 몸을 일으키는 남자로 인해 우뚝 멈춰 서고 말았다. 어슴프레한 대기 중에 헝클어진 머리를 한 미노루의 얼굴이 드러났다.

"니지? 어디 다녀와요? 이 새벽에?"

어찌 당신 동생인 레이와 함께 맨션의 복도에서 밤을 지새웠다고 이야기할 수 있으랴. 입술을 지그시 깨물고 섰던 초아는 결국 거짓말을 늘어놓고 말았다.

"오늘은 일찍 깨서…… 식전에 해변공원 한 바퀴 돌고 왔어요."

"그랬군요. 이런…… 일이 고되지 않은 모양이네. 후훗, 이제 좀 더 당신 부려먹어야겠는데요?"

그의 말이 농담이라는 것이 웃고 있는 눈매를 통해 드러났다. 그의 눈 속에 어떤 의심도 깃들어 있지 않다는 것을 깨닫자 마음속의 긴장이 스르륵 풀려갔다. 그러자 와락 밀려드는 나른한 졸음. 그녀는 그에게 그저 미소를 되돌려 준 후 자신의 방으로 휘적휘적 걸어 들어갔다.

횅한 내부를 그나마 채워주는 침대를 보자마자 밀려드는 반가움이란. 쓰러지듯 그곳에 누워 시트를 목까지 끄집어 올려보았지만 좀처럼 추위는 사그라들지 않았다. 몸을 파르르 떨며 한참을 뒤척이다 잠이 들었다.

어깨를 뒤흔드는 손길에 초아는 자신을 하염없이 잡아끌던 수렁과 같은 수면 세계에서 깨어났다. 눈자위에 화끈 열이 오르는 것 같았고, 사지가 욱신거렸다. 아무래도 감기에 된통 걸린 듯했다. 그 아픔을 가까스로 참은 그녀는 자신을 굽어보고 있는 사치코를 발견하고 몸을 일으켰다.

"이런, 어디 아픈 거예요? 얼굴색이 영 안 좋네."

약간의 물기를 머금은―부엌일을 하다 온 탓일 게다―사치코의 손이 그녀의 이마를 짚었다.

"에그머니나! 이 열 좀 봐! 아무래도 몸살감기인 것 같네. 안 되겠어요. 어서 밥 먹고, 약 먹어요. 어서! 이럴수록 많이 먹어야 해. 일어나요!"

사치코는 이마에 주름을 그으며 그녀를 무지막지하게 일으켜 세웠다. 사실 지금은 아무것도 먹고 싶지 않았다. 그저 좀 더 잤으면 좋겠다는 생각뿐이었지만, 그녀는 윤초아였다. 다른 이들이 하는 말이나 행동에 언제나 못 이기는 척 따라주는 것이 몸에 밴.

그녀가 문을 나서자 부엌에서 기다리고 있던 류타가 서슴없이 안겨들었다. 그런 그녀와 아이를 보는 미노루의 표정에 부러움이 깃들어 있다 느낀다면 착각일까.

그런 와중에도 열로 흐릿해진 시선으로 초아는 한 남자를 찾았다. 그러나 언제나 맞은편에 표정없는 얼굴로 앉아 있던 그는 보이지 않았다. 정신이 혼미한 가운데도 걱정이 되었다. 무슨 일이 있는 걸까. 혹시 자신처럼 그도 아픈 건 아닐까.

그러나 그런 그녀의 상념은 사치코의 말로 인해 깨어졌다.

"도련님, 아무래도 선생님이 감기에 걸리신 것 같네요."

"그래요?"

들고 있던 젓가락을 내려놓으며 미노루가 류타와 함께 천천히 자리에 앉는 그녀를 향해 놀란 눈길을 돌렸다.

"전 괜찮아요."

비록 합법적이지 않고 일시적이긴 해도 여긴 엄연한 자신의 직장이었다. 아프다고 해서 특별대우를 받는 걸 원하지 않았다.

"선생님, 아파?"

걱정 가득한 류타의 까만 눈이 그녀를 향해 있었다. 초아는 크게 고개를 가로저으며 속삭여 주었다. '아니'라고. 하지만 영민한 아이는 알고 있는 듯했다. 그녀의 부정이 온전한 부정이 아님을.

정말 괜찮다는 척을 하며 젓가락을 들려던 그녀의 뒷목에 사치코의 제지가 날아들었다.

"잠시만 있어요. 금방 죽이라도 끓일 테니."

"됐어요. 사치코."

"그렇게 미안해할 것 없어요. 어차피 위층에 키쿠치 씨한테도 가져다 드려야 하니까."

벌써 식탁에서 등을 돌리고서 조리 작업에 열심히인 사치코였기에 그녀가 '왜?'라는 의문에 찬 눈빛을 돌려보았자 그에 대한 설명은 들려오지 않았다. 대답을 해준 이는 미노루였다. 아마 그녀의 표정을 읽은 모양이다.

"레이 녀석이 어제 과음을 한 모양이에요."

아, 다행히 아픈 건 아니구나. 순간 드는 안도감이란. 지나치게 레이에게 신경을 쓰고 있는 자신을 속으로 질책하며 초아는 고개를 내려뜨렸다.

"죽 끓일 동안 미소시루(된장국)라도 좀 마셔봐요. 류타, 우리도 먹자."

그녀에게 그릇을 밀어주던 미노루의 동작이 거실에서 울리는 전화벨 소리에 멈추었다. 그는 칼질을 그만두고 거실로 나가려는 사치코를 제지하며 자리에서 일어났다.

"여보세요."

전화를 받는 미노루의 등을 바라보고 있던 초아는 류타 역시 그러하다는 것을 발견하고는 아이에게로 관심을 돌렸다. 어질어질한 시야를 애써 눈을 깜빡여 바로하려 노력하며 그녀는 류타의 손에 젓가락을 들려주었다.

"웬일이세요?"

그러나 미노루의 굳어진 목소리가 그녀의 신경을 잡아끌었다. 류타가 밥을 입 안으로 떠 넣는 것을 지켜보던 초아의 귓가에 그의 말이 이어 들려왔다.

"네? 꼭 그렇게까지 해야 해요? 본인이 싫다는데."

내키지 않는 목소리였다. 그리고 한참 동안 이어진 침묵. 그것을 깨뜨린 것은 길고 깊은 한숨이었다. 미노루는 더할 나위 없이 가라앉은 음성으로 대답을 한 후 전화를 끊었다.

"알겠어요."

수화기를 내려놓은 후에도 미노루는 무슨 생각에 잠긴 듯 자리를 지켰다. 그러다 잠시 후 식탁으로 다시 다가온 그의 표정은 여느 때와 다름이 없었다. 나른한 미소를 머금은, 약간은 무심한 듯한 표정.

"곧 류타랑 외출을 해야 할 것 같아요. 그러니까 니지, 오늘은 몸도 안 좋은데 그냥 푹 쉬어요."

입매는 웃으면서 이야기를 하고 있지만 그의 눈매는 그렇지 못했다. 통보 형식의 말을 끝낸 미노루는 그녀가 어떤 질문도 할 수 없도록 밥으로 시선을 돌렸다. 그와의 사이에 보이지 않는 장막이 쳐진 것 같았다. 다가설 수가 없었다. 게다가 더욱 깊어지는 두통으로 인해 키쿠치 부자의 갑작스런 외출에 대한 그녀의 생각은 더이상 이어지지 못했다.

꿈이었던 모양이다. 믿을 수 없을 정도로 따스했던 그 체온이 정녕 꿈이었던 모양이다.

잠을 깨자 숙취로 지끈거리는 레이의 머릿속에 가장 먼저 떠오른 생각이었다. 뭔가 채워지지 않은 아쉬움, 알 수 없는 것에 대한 갈망을 지워내려 자리에서 벌떡 몸을 일으킨 레이는 커튼을 열어젖혔다. 그러자 마치 그의 눈동자를 태워 버릴 듯 강렬한 햇살이 순식간에 방 안 가득 들어왔다.

시계를 보니 정오가 가까워지고 있었다. 아침나절, 사치코에 의해 깨워졌을 때야 그는 자신이 복도에서 잠이 들었음을 알았다. 아침 식사도 거절하며 집으로 들어온 그는 편안한 침대에서 다시 잠이 들었었다. 그 후 꽤 오랜 시간이 흘렀다.

아침엔 피로와 숙취로 인해 전혀 떠올리지 못했던 생각들이 잠을 충분히 자고 난 지금 그의 머릿속을 둥둥 떠다녔다. 어젯밤 자신의 곁을 지켰던 존재, 실제인지 허상인지도 모르는 그 존재에 대한 의문이었다. 기억나는 거라고는 빛 속에 서 있던 작은 실루엣뿐이었다. 믿을 수 없게도 그 실루엣이 니지, 그녀를 닮았다는 것뿐.

생각이 거기에 이르자 레이는 고개를 털어냈다. 아무래도 신이치와 잔을 기울이며 니지에 대한 이야기를 너무 했던 모양이다. 그런 꿈까지 꾼 걸 보면. 그래, 꿈이었던 거야. 꿈.

고개를 내리자, 형편없이 구겨진 자신의 옷가지들이 드러났다. 어제 입었던 복장 그대로 잠이 들었던 탓이다. 갑자기 그 모든 것이 참을 수 없어진 레이는 그대로 셔츠를 머리 위로 벗어내며 욕실로 들어갔다.

쏴아아.

차가운 물줄기가 혼탁해진 머리와 가슴, 그리고 온몸을 적시자 차츰 맑아지는 기분이었다. 한참을 그러고 서 있던 레이는 피부에 감각이 없어졌을 무렵에야 가운을 걸치고 침실로 나왔다. 때맞춰 전화벨이 울렸다.

젖은 머리를 털어낸 수건을 침대 위로 던져 놓은 그는 수화기를 들었다.

[레이? 마침 집에 있었구나.]

미노루였다. 집으로 전화를 하는 이는 보통 형밖에 없었기에 발신자가 누구일 거라고 대충 예상은 했었다. 갑자기 갈증을 느낀 그는 무선전화기를 받은 채 부엌으로 나가 냉장고에서 생수병을 집어 들었다. 수화기를 귀와 어깨 사이에 낀 채 뚜껑을 돌려 연 그의 귓가에 미노루의 말이 이어 들려왔다.

[오늘 류타와 함께 공연을 볼까 하는데, 넌 어떠니?]

"공연?"

너무 뜻밖의 제안이라 레이는 물을 들이키다 말고 되물었다.

[내가 전시회 관계자랑 미팅이 있어서 아무래도 중간에 보다가 나와야 할 것 같거든. 네가 함께 가주면 좋을 것 같은데.]

부탁이라기엔 거절할 수 있는 여지를 주지 않으니, 이건 명령인가. 피식 웃음을 머금은 레이는 되물었다.

"어디로 가면 되지?"

[여섯 시쯤 히비야코엔(히비야공원)에서 만나자.]

도대체 무슨 공연이길래 미노루 성격에 이렇게까지 하면서 류타를 데리고 가고자 하는 것일까. 갑자기 궁금해져 물으려 하였다. 하지만 이미 전화는 끊긴 뒤였다.

하는 수 없어진 레이는 오늘 오후 파크 내부의 리모델링 건으로 인해 신이치와 잡혀 있던 미팅을 미뤄야겠다고 생각하며 생수병을 내려놓고서 끊겨진 전화기의 버튼을 눌렀다. 왠지 평소와 다른 듯했던 지금의 미노루보다는 신이치에게 양해를 구하는 편이 낫겠다 싶었던 것이다.

여섯 시가 조금 넘은 시간, 히비야코엔 앞에서 레이는 미노루 부자를 픽업했다. 차에 오른 후 얼마가 지날 때까지 목적지에 대해 말이 없는 미노루를 그는 룸미러를 통해 바라보았다.

"형? 무슨 일 있어?"

그제야 미노루는 창밖을 향해 고정되어 있던 시선을 돌려 그를 바라보았다.

"응? 으응. 레이, 다카라즈카 극장으로 가자."

그제야 바로 앞에 그 위용을 드러낸 다카라즈카 극단 전용 공연 건물을 발견한 레이는 핸들을 잡은 손에 힘을 주었다.

다카라즈카. 다카라즈카시를 본거지로 하며 여자들로만 구성된 구십 년 이상의 전통을 자랑하는 가극단이다. 그리고 그의 약혼녀 타치바나 유리가 소속된.

이제야 왜 미노루가 자신을 이곳까지 불러들였는지 짐작이 된 레이의 목소리가 차가워졌다.

"오늘이 다카라즈카의 도쿄 공연이 있는 날인 걸 잊고 있었군."

"부모님들과 타치바나 가의 어른들도 나와 계셔."

다카라즈카 음악학교를 졸업하고, 몇 년간 극단에서 경험을 쌓아온 유리가 첫 주연급의 배역을 맡은 무대였다.

이렇게까지 한 부모님도, 미노루도 이해할 수가 없었다. 당장이라도 차를 돌리고 싶었다. 하지만 잔뜩 일그러진 그의 얼굴을 겁먹은 표정으로 힐끔거리는 류타로 인해 과격하게 행동할 수도 없었다.

"삼촌, 왜 그래? 화났어? 난 만화 공연 보고 싶은데."

아마 오늘의 공연인 '베르사이유의 장미'를 말하는 것이리라. 미노루는 아이가 이해하기 쉽도록 그렇게 설명했겠지.

그가 이런저런 생각에 잠긴 사이, 차는 어느새 타카라즈카 극장으로 들어섰다. 마지못해 주차를 한 레이는 류타의 손을 잡고 입구에 깔린 붉은색 융단을 밟았다. 그들의 앞에서 걷고 있는 미노루는 휴대전화로 누군가와 통화를 하는 데 여념이 없었다.

좀처럼 보기 드는 반짝이는 샹들리에와 카펫 등 뮤지컬 극장의 모습을 입을 벌린 채 둘러보던 류타의 작은 입술 사이로 감탄의 말이 흘러나왔다.

"예뻐."

아이의 손가락이 크리스털 샹들리에를 가리키고 있었다. 그것에 묵묵히 고개를 끄덕여 동조를 해주던 레이의 몸이 류타의 이어진 말에 굳어졌다.

"꼭 선생님처럼 예뻐."

그를 보는 아이의 눈이 진심으로 반짝이고 있었다. 그러다 무슨 생각이 떠올랐는지 갑자기 눈동자에 감돌던 생기가 스르륵 빠져나가는 것이 느껴졌다.

"선생님도 왔음 좋았을 텐데."

"류타가 '함께 가요' 그러고 모셔오지 그랬니."

니지가 이곳에 온다는 생각만으로도 명쾌하지 않은 기분이 드는 것을 억누르며 레이는 아이에게 그렇게 얘기해 주었다. 그러자 작은 얼굴이 더욱 어두워졌다.

"선생님 아파."

너무도 작게 흘러나온 말에 자신이 잘못 들은 것인가 했다. 하지만 그를 보는 아이의 눈길은 여느 때보다 진지했다. 류타와 눈높이를 맞추기 위해 레이는 허리를 굽혔다. 아이의 손을 잡은 아귀에 자꾸 힘이 들어가는 까닭에 그는 손을 놓아버렸다. 그의 온몸에 터질 듯한 긴장감이 퍼져 나갔다.

"류타, 너 지금 뭐라고 그랬니? 선생님이 아파?"

아이의 어깨를 붙잡으며 그는 한쪽 무릎을 꿇고 앉았다. 그런 그들에게 지나는 사람들의 의아한 시선이 달라붙었지만 레이는 신경 쓰지 않았다. 통화에 몰두한 미노루는 그들을 돌아보지도 않은 채 안으로 들어서고 있었다.

"응. 사치코 아줌마 말로는 감기에 걸렸대."

감기. 그 말을 듣는 순간 그의 머릿속에 아른거리던 영상이 명확한 형체로 떠올랐다.

니지. 밤새 그의 곁을 지켜주었던 그 체온은 꿈이 아니었던 것이다. 니지, 그녀였던 것이다.

머릿속을 울리는 깨달음에 이어 기쁨이 온몸을 감싸고돌았다. 술에 취해 쓰러진 그의 곁에서 그녀가 밤새 있어주었다니. 그건 그녀가 어느 정도 자신에게 마음을 쓰고 있다는 뜻인 것 같아 마음이 들떴다. 그러나 그녀가 아프다는 말에 마냥 좋아할 수만은 없었다. 그런데도 혼자 있다니. 걱정이 밀려들었다.

더 이상 레이의 시야에 다카라즈카 극장의 모습은 들어오지 않았다. 갔던 길을 다시 돌아 나오며 그들을 부르고 있는 미노루의 모습도.

그는 벌떡 몸을 일으켰다. 지금 자신이 가야 할 곳은 타치바나 유리의 곁이 아니라는 생각이 명확하게 머리를 때리고 지나갔다. 니지에게로 가야 했다. 당장. 그녀가 아픈 것을 알면서도, 홀로 힘든 것을 알면서도 그냥 둘 수는 없었다. 그녀에게 느끼는 이런 감정의 정체가 무엇인지 규정지을 수 없지만 확실한 건, 신이치에게도 말을 한 것처럼 '신경이 쓰인다' 라는 것이었다. 견딜 수 없이.

레이는 류타의 머리를 한번 쓰다듬어 준 후, 돌아서 성큼성큼 걸었다. 그러나 걸음은 점점 빨라졌고 종래에는 저도 모르는 사이 뛰고 있었다.

차에 오른 그는 지체없이 오다이바를 향해 방향을 돌렸다. 그런 와중 휴대폰이 끊임없이 울려대자 레이는 배터리를 집게손가락으로 분리해 낸 후 조수석에 던지다시피 했다. 이루 말할 수 없는 갑갑함이 밀려들어 그는 오랜만에 맨 넥타이의 조임을 풀며, 차창을 내렸다. 그러자 초가을에 접어든, 그러나 여전히 조금은 습한 공기가 그의 머리칼을 스치고 지나갔다.

얼마나 그렇게 달렸을까. 눈에 익은 도쿄만과 레인보우 브릿지가 그의 시야를 가득 메웠다. 그러자 어김없이 떠오르는 건 이십년 전 그를 버려둔 채 그곳에서 생을 마감한 한 여인의 모습이었다. 이젠 얼굴도 기억나지 않는 자신의 어머니. 생각하고 싶지 않지만 이제 그 어머니의 모습 위로 니지, 그녀가 겹쳐져 그를 놓아주지 않았다.

아이러니하게도 그의 아픔을 묻은 레인보우 브릿지, 그 위에서 만난 그녀의 아픔을 치유해 주고 싶었다. 일종의 보상 심리라 해도 어쩔 수 없었다. 그의 입매에 씁쓸한 웃음이 맺혔다.

다리를 지나 맨션의 입구로 들어선 레이는 능숙한 솜씨로 주차장에 차를 밀어 넣었다. 그리고 마침 도착한 엘리베이터의 구층 버튼을 누른 그는 차키로 남빛 수트에 감싸인 허벅지 부근을 톡톡 건드려 댔다. 그런 자신의 작은 동작에서 얼마나 초조함이 묻어나는지 레이는 미처 알지 못했다.

승강기의 문이 열리자마자 906호 앞으로 가서 선 그는 벨을 눌렀다.

"키쿠치 씨? 웬일이세요?"

그의 존재를 확인한 사치코가 문을 열며 물었다. 그러나 그에 대한 대답없이 그는 사치코를 밀치다시피 하며 주인이 없는 집 안으로 들어섰다. 늘 니지가 조용히 아침 식사 시간에 모습을 드러내는 그 방으로 곧장 가보려던 레이는, 혹시 그녀에게 방해가 되지나 않을까 싶은 마음에 먼저 사치코에게 물음을 던졌다.

"사치코, 니지는 좀 어때요?"

"글쎄. 약을 먹긴 했는데, 하루 종일 잠만 자네요."

그에 고개를 끄덕한 레이는 부엌의 맞은편에 위치한 작은방 앞으로 가 조심스레 문을 열었다. 그러자 그에게 다가오는 니지만의 체취. 그 아련한 느낌에 레이는 가슴이 뻐근해지는 것을 눌러 참으며 침대가로 다가갔다. 커튼이 드리워진 방 안에서 유일하게 빛을 내고 있는 작은 생명. 하얀 시트만큼 창백한 그녀의 얼굴에서 시선을 떼지 않으며 그는 한쪽 무릎을 세워 앉았다.

레이는 송골송골 땀방울이 맺힌 니지의 이마를 수트 안주머니에서 꺼낸 손수건으로 세심하게 땀을 닦아준 후, 그에 달라붙은 머리칼까지 떼어주었다. 그러자 그의 손가락 끝에 느껴지는 비정상적으로 뜨거운 체온. 그것을 손바닥을 대어 직접 확인한 레이의 표정이 걱정으로 흐려졌다.

아무래도 이대로 둬선 안 될 것 같았다. 얼음 주머니라도 만들어와야겠다 싶어서 자리에서 몸을 일으키던 그는, 가뭄이 든 논바닥마냥 갈라진 입술과 감은 눈을 움찔거리며 고개를 내젓는 니지로 인해 다시 주저앉고 말았다. 그녀의 입술 사이에서 알 수 없는 말들이 웅얼웅얼 흘러나오고 있었다. 그리고 꾹 닫힌 눈꺼풀 사이로 흐르는 눈물.

그것을 떨리는 엄지손가락으로 닦아준 레이는 가슴을 뭔가가 후벼 파는 듯한 통증에, 그녀가 마치 이대로 떠나 버릴 것 같은 두려움에 구명줄처럼 니지의 손을 움켜잡았다.

"니지?"

그러나 그의 부름을 듣지 못한 듯 니지는 더욱 고개를 내저으며 흐느낄 뿐이었다.

그런 그녀를 보면서도 아무것도 해줄 수 없어 레이는 안타까워 견딜 수가 없었다. 그녀의 손을 잡은 그의 손에 절로 힘이 들어갔다. 도대체 누가, 무엇이 그녀를 이토록 힘들게 하는지. 궁금하다기보다 원망스러웠다.

니지, 돌아와. 그렇게 아파하지 말고 이곳으로 돌아와.

그의 가슴이 하는 말을 그녀가 조금이라도 가까이 느꼈으면 하는 바람에서 레이는 자신의 심장 부근으로 니지의 손을 가져다 댔다. 그러자 차츰 그녀의 도리질이 멈추었다. 찌푸려져 있던 그녀의 미간이 스르륵 펴졌다.

그제야 안도감이 든 레이는 그녀의 손등에 가만히 입을 맞추었다. 그리고 속삭였다.

"당신은 그냥 니지로 있으면 돼. 그저 이대로만."

그의 말을 들었는지 그녀의 표정은 조금 전보다 훨씬 평화로워 보였다. 그러나 레이는 여전히 손을 놓기가 겁이 났다. 안심이 되지 않았다. 마치 수호석상처럼 굳은 채 한참을 그 자리를 지키던 그는 그녀에게서 고른 숨소리가 들려오자 한 손을 놓고, 이마를 짚어보았다. 열이 그리 심하지는 않았다. 그래도 완전히 내린 건 아닌지라 레이는 힘겹게 손을 놓고서 자리에서 일어났다.

조용히 문을 열고 나오는 그에게 거실장 정리를 하던 사치코가 다가와 물었다.

"아직도 많이 안 좋아요?"

"사치코, 얼음 주머니 좀 만들어줄래요?"

그의 부탁에 다행히 사치코는 더 이상 말을 잇지 않고 조용히 냉장고를 뒤적여 얼음을 꺼내더니 능숙한 솜씨로 주머니를 만들어 건넸다. 아마 류타의 병간호를 하며 터득한 것일 게다.

사치코가 해주는 대로 작은 볼에 그것을 받쳐 방으로 다시 들어간 레이는 침대 위에 오롯이 앉아 있는 니지를 발견하곤 놀라 굳어버렸다. 미명 아래 그녀가 희미하게 웃고 있었다. 마치 환영처럼.

볼을 화장대 위에 올려둔 그는 그녀에게로 다가갔다. 차마 손을 뻗지도 못한 채 레이는 그녀를 바라보기만 했다. 그러다 흘러나온 물음은 꽉 잠겨 있었다.

"언제 깼어?"

"조금 전에요. 당신은 언제 왔어요? 날…… 간호해 주었군요."

"나 때문에 당신이 아픈 걸 알아. 어젯밤, 내 곁에 있어주었지?"

그의 물음에 그녀의 볼이 붉어진다고 느낀 것도 잠시, 니지는 고개를 돌렸다. 말을 돌렸다.

"내가 잠꼬대를 했죠?"

"아마도. 하지만 난 듣지 못했어."

그의 말에 초아는 해가 뉘엿뉘엿 넘어가는 창에서 시선을 떼어 다시 레이를 바라보았다. 붉은 빛에 물들어가는 그의 얼굴은 너무 평온했다. 한국에서의 아픈 기억들로 전쟁을 치르고 있는 자신의 속내와 달리.

"당신은 한국어로 뭐라 중얼거렸지. 하지만 난 한국말을 몰라. 그리고……."

초아는 반듯한 입술이 다시금 움직여 주기를 바랐다. 그의 다음 말을 진실로 기다리고 있는 자신을 발견했다.

"니지, 당신이 아파하는 모습밖에 보이지 않았어. 그래서 아무것도 들을 수가 없었어."

더할 나위 없이 진지한 눈빛으로 자신의 감정을 이야기하는 남자. 그의 그 말을 듣는 순간 눈물이 터져 나올 것 같아 초아는 아무 말 없이 다시 창으로 고개를 돌리고 말았다.

"아파하지 마."

속삭임과 더불어 침대 쿠션을 누르는 그의 존재가 느껴졌다. 그리고 그녀의 등 뒤에 따스하게 와 닿은 그의 체온. 초아는 자신을 감싸 안은 든든한 팔을 느끼며 입술을 깨물었다. 이 손에 온전히 의지하고 싶어지는, 그의 품에서 위안을 얻으려는 자신을 다잡고 또 다잡으며.

이러지 말아요, 레이. 이렇게 다정하지 말아요.

그녀의 눈에서 결국 흘러내린 눈물방울이 그의 손등을 적시고 떨어졌다.

공연은 성공적이었다.

그녀의 오늘 연기에 찬사를 늘어놓는 동료 연기자들과 환호를 보내주는 수많은 팬들로 행복했던 기분은 가족들과의 저녁 식사 자리에서 완전히 박살나고 말았다. 아버지, 어머니, 그리고 그의 부모님과 형님, 조카 사이를 샅샅이 훑어도 그토록 기대했던 그의 얼굴이 보이질 않았던 것이다. 자신의 정혼자 키쿠치 레이.

비록 아무렇지도 않은 듯 환하게 웃고 있었지만, 탁자 아래 꽉 쥐어진 유리의 주먹은 손바닥 안으로 손톱이 깊숙이 파고드는 고통을 만들어내고 있었다.

처음엔 도저히 용납할 수 없었던 사생아와의 혼인이었다.

그러나 예술 나부랭이에 빠진 정실 자식 덕에, JG그룹은 레이에게 고스란히 떨어지게 되어 있다는 사실을 알게 된 후 흥미가 생겼다. 게다가 사사건건 그녀를 무시하는 약혼자로 인해 도전정신과 승부욕까지 일었다.

그는 오늘까지 어김이 없었다. 하지만 타치바나의 자존심상 유리는 레이의 불참에 대해 먼저 묻지 않았다. 그녀에게 변명하듯 말을 꺼낸 이는 미노루였다.

"사업상 취소할 수 없는 미팅이 잡혀 있어서 레이는 못 왔어요.

타치바나 양이 이해해 주세요."

"사업이요? 무슨 사업을 말씀하시는 건가요? 그는 아직 JG그룹의 정식 후계자 수업을 받지 않고 있는 걸로 아는데요."

그깟 작은 게임 파크 따위의 일로 나를 물먹여? 하!

그녀의 냉랭한 대꾸에 미노루의 얼굴이 붉어졌다. 그때 갑자기 끼어든 아이의 낭랑한 목소리.

"삼촌은 선생님한테 갔어."

동그란 눈이 그녀를 곧장 바라보며 한 말에 유리의 어금니가 앙 다물어졌다. 아무것도 알 리 없는 아이인데, 유리는 왠지 류타가 자신을 싫어하고 있다는 말도 안 되는 착각이 들어 슬며시 고개를 내저었다. 그 와중 그녀의 머릿속에 예전 레이의 맨션 앞에서 류타와 함께 있던 작고 창백한 여자의 모습이 스쳐 지나갔다.

홋, 결국 게임 파크 때문이 아니라 그 계집 때문이었구나. 당신에게도 마음은 있었구나, 키쿠치!

"쉿, 류타."

미노루의 제지에도 아이는 그녀를 쏘아보는 눈길을 풀어내지 않았다.

"흐음."

불편하게 헛기침을 내뱉은 이는 키쿠치 회장이었다. 마치 그만하라는 듯. 미노루는 잠깐 실례한다는 말을 남긴 채 류타를 안고 어디론가 나가 버렸다. 그들 부자가 나가자 식탁 주변엔 침묵만 감돌았다.

키쿠치 회장 내외와 타치바나 의원 내외는 전형적인 상류층의 모습으로 각자의 껍질 속에 갇혀 서로에게 허물없이 다가서지 못했다. 그저 남자들은 정치와 사업에 관련된 의례적인 대화를 나누고, 여자들은 곁에서 꽃처럼 웃고 있을 뿐.

그에 염증을 느낀 유리는 의자를 밀며 일어났다.

"너무 급하게 먹었던 모양이에요."

화장실을 가야겠다는 말을 우회적으로 돌려 표현한 그녀는 최고급 레스토랑을 나와 여성전용 휴게실로 들어갔다. 커다란 거울에 비친 자신의 모습이 초라하게 느껴졌다. 진하고 화려한 무대 화장을 지워서일까. 무대 위에서는 넘치던 에너지도 지금은 찾아볼 수 없다.

결혼을 하면 정해진 규칙대로 그녀는 타카라즈카 극단을 떠나야 한다. 그것이 못내 아쉬운 유리였다. 하지만 연극의 주연 자리만큼 성취하고 싶은 것이 또 하나 있었으니, 바로 키쿠치 레이의 마음이었다.

자존심을 잠시 꺾은 그녀는 휴대폰을 꺼내 그의 번호를 눌렀다. 하지만 전원이 꺼져 있다는 기계음만 들려올 뿐이었다. 몇 번을 해보아도 마찬가지였다.

입술을 앙다문 유리는 있는 힘을 다해 거울을 향해 휴대폰을 던져버렸다. 그러자 산산조각이 난 파편들 속에 자신의 모습이 수십, 수백 개로 보였다. 그것을 만족스레 내려다보며 유리는 중얼거렸다.

"나 타치바나 유리, 당신 키쿠치 레이에게 모든 걸 걸었어. 만약 계속 이런 식으로 날 무시한다면, 결과는 파멸뿐이야. 저 거울처럼 산산이 부서뜨려 주겠어. 당신도, 그리고 내가 가질 수 없는 당신의 마음도.”

　　신이치가 파크의 실질적인 경영을 맡고 있다면, 레이는 게임 프로그램 개발 쪽을 담당하고 있었다. 그것이 적성에 맞기도 하거니와, 사람들과 관계를 형성하는 게 서툰 성격 탓에 재택근무를 할 수 있는 일이 편했다. 그런 그였기에 파크로 출근을 하는 날은 한 달 중 겨우 다섯 손가락 안에 꼽힐 정도였다. 그중 하루가 바로 오늘이었다. 파크 내부 리모델링 업체 선정을 위해 레이는 이른 아침부터 ‘조이타운’으로 향했다.

　　사실 오늘도 그다지 출근이 내킨 것은 아니었다. 다만 어제 갑작스레, 그리고 일방적으로 그가 약속을 깨는 바람에 단단히 화가 난 신이치의 폭탄선언에 움찔하는 척이라도 해줘야 할 것 같아서였다.

　　“대신 내일 아침 일찍 파크로 들어와! 도대체 사장이라는 놈이 한 달이 가도 얼굴 한 번 보여주질 않으니 말이 돼?”

　　맨션에서 조이타운까지 천천히 걷고 있던 그는 전화로 방방 뜨던 친구의 말을 되새기며 피식 웃었다. 그러다 고개를 들자 청명한 가을 햇살 아래 레인보우 브릿지가 한눈에 들어왔다. 자연스레 그 위로 떠오르는 니지의 얼굴. 오늘 아침 식탁에서 마주쳤던 그녀는 어제보다 훨씬 좋아 보여 안심이 되었다. 반면 식사 내내 무거운 표정을 짓고 있던 미노루는 결국 나오는 그를 방으로 불러들여 충고를 건넸다. 전혀 형답지 않은 언사였다.

"아버지를 거스르지 마, 레이. 그건 나 하나로 족했어. 너는 그러지 마라."

아픔의 감정이 녹아나는 형의 말에 레이는 반기를 들 수 없었다. 그는 긍정도, 부정도 하지 않은 채 그대로 미노루의 집을 나왔다.

깊은 한숨이 도쿄만으로 흘러들었다. 생각을 하느라 잠시 멈추어졌던 걸음이 다시 내디뎌졌다. 금세 '조이타운'에 이른 레이는 직원 전용 엘리베이터를 타고 사장실이 있는 사층으로 향했다. 아직 이른 시간이라 개장 전인 관계로 파크 내부는 한산했다.

승강기에서 내려서 왼쪽 편으로 아래층과 반대로 활기 넘치는 사무실의 광경이 그의 시야에 들어왔다. 서류철을 들고 부산하게 오가거나, 아니면 컴퓨터 작업에 몰입해 있는 직원들의 모습을 지켜보던 레이는 반대쪽으로 걸음을 옮겨놓았다. 비교적 조용한 그곳에 사장실이 있었다.

그의 등장에 앉아 있던 여비서가 일어나 깍듯이 예를 차렸다. 몇 번 얼굴을 본 적 있는 수더분한 인상의 여자의 성이 야마구치라는 것을, 그녀가 인터폰을 들고 그의 존재를 신이치에게 알렸을 때야 레이는 기억해 냈다.

"녹차 한 잔 부탁할게요, 야마구치 양."

그가 중간 문을 열고 들어가기 전, 내뱉은 말에 조금 긴장하고 있었던 듯했던 어린 여자의 얼굴이 몰라보게 밝아졌다.

이 방 반대쪽에 자신을 위해 마련된 또 다른 공간이 있음을 알

면서도 레이는 뒤도 한번 돌아보지 않고 문을 열었다. 그의 등장
에 탁자 앞 소파에 앉아 서류를 펴놓고 있던 신이치는 환하게 미
소를 지었다.

"앉아."

친구의 맞은편에 자리를 잡은 레이는 신이치가 건네는 서류철
을 집어 들었다.

"네가 부탁한 대로 한국의 업체들을 위주로 선정했다. 흠, 인지도
나 대규모보다는 내실있는 중소업체가 낫지 않을까 싶어. 한번 봐."

안다, 다분히 편파적인 결정임을. 하지만 한국이라는 나라에 대
해 레이는 우호적이 될 수밖에 없다. 죽은 어머니의 나라. 왠지 일
본보다 더욱 마음이 쓰이는 그의 제2의 조국.

레이는 업체 대표와 이력 등에 대해 기술된 보고서를 쭉 훑어
내려갔다. 무심하게 그것을 읽어보던 그의 시선을 끈 것은 구구절
절 화려한 경력을 뽐내는 업체들 사이에서 비교적 간단하게 서술
된 경력 몇 줄 만을 내밀고 있는 특이한 이름의 업체였다. 인테리
어 전문 업체 '가시'.

"가시(佳示)?"

그의 혼잣말을 들은 모양인지 신이치가 얼른 말을 받았다.

"응. 생긴 지는 이 년 정도밖에 안 됐는데, 한국에서 꽤 큰 건수를
심심찮게 성사시키고 있는 모양이야. 젊은 실장이 감각도 있고."

레이는 시선을 돌려 대표의 이름을 읽어 내렸다.

심재원. 삼십일 세.

한참을 그 이름에서 눈을 떼지 못하던 레이에게 신이치는 슬그

머니 자신의 의견을 피력했다.

"솔직히 내 의견은 '가시' 쪽보다는 같은 중소 업체라도 좀 더 경험있는 '지오' 쪽이 낫겠다 싶은데. 넌 어때?"

"흠, 글쎄. 이렇게만 봐서는 선뜻 결정하기 힘들군. 조만간 양측 사전 브리핑을 들어보고 판단하지."

탁자에 서류를 내려놓으며 그가 한 대답에 친구는 어깨를 으쓱하면서도 결국 동조하는 기색을 내비쳤다.

그렇게 대충 리모델링 건에 대한 의견 조율이 끝난 후, 그들은 파크 운영 전반과 새로운 컴퓨터 게임 개발 등에 대한 의견을 나누었다. 그러다 보니 어느덧 점심시간이 가까워져 있었다. 누가 먼저랄 것도 없이 허기짐을 느낀 그들은 내부 식당의 음식 점검도 해볼 겸 점심을 파크 안에서 해결하기로 했다.

지하로 내려간 그들은 라면과 교자(군만두) 세트를 시켜 마주 앉았다.

사무실에서는 동업자 관계로서 극히 한정된 대화 즉 파크에 관련된 이야기만 하던 그들은 이제 친구로 돌아왔다. 교자를 입에 넣으며 볼멘소리로 먼저 말을 꺼낸 이는 신이치였다.

"그래서 어제 공연은 재미있게 봤냐?"

미노루의 말을 곧이곧대로 믿은 레이는 신이치에게도 똑같이 말을 하며 양해를 구했었다. 그런데 이제 와 그것이 사실이 아니었다고 설명하기도 뭐해 레이는 그저 피식 웃고 말았다.

그의 심드렁한 반응에 신이치는 말문을 돌렸다.

"그녀와는 잘되어가? 이제 누군지 정체 파악은 좀 되셨나?"

“정체 파악은 무슨. 니지는 니지이기만 하면 돼.”

친구는 농으로 던진 말인데도 레이는 가볍게 받아넘길 수가 없었다. 그제야 그는 자신이 두려워하고 있음을 깨달았다. 니지가 아닌 그녀의 모습을 알게 되는 것을. 참으로 비겁한 이면이었다. 그녀를 위한다는 명목하에 자신이 현재에 그녀를 가둬두려 들고 있는 건 아닌가 싶었다.

“설마, 한국 여자는 아니지?”

혹시나 하는 표정으로 물어본 신이치의 입매가 그의 무응답에 굳어졌다. 그것이 긍정의 대답임을 친구는 잘 알고 있었다. 그리고 그의 어머니에 대한 일 역시.

“알아? 넌 가끔 한국에 관계된 거라면 지나치게 관대해. 키쿠치 레이답지 않아.”

그러고 고개를 숙인 채 라면을 먹는 일에만 몰두하는 신이치였다. 그에 레이 역시 젓가락을 놀리긴 했지만, 무슨 맛인지 전혀 느껴지지 않았다.

“신이치, 꼭 그래서만은 아니야.”

친구의 침묵을 견디다 못한 레이는 조용히 항변했다. 그리고 무슨 말이든 더 이으려는 찰나 재킷 주머니 속에 있던 핸드폰 벨이 울렸다. 휴대폰 액정에 뜬 번호를 보는 그의 표정이 차갑게 얼어붙었다. 레이는 아무런 말 없이 폴더를 열었다.

[파크 앞이다. 좀 나오너라.]

그의 서류상 어머니 요시코였다. 아마 미노루에게 들렀다 오시는 길이겠지. 그의 소재까지 파악하고 전화를 한 걸 보면 말이다.

받을 때처럼 끊을 때 역시 마찬가지였다. 조금도 입술을 달싹이지 않으며 레이는 휴대폰을 다시 안주머니에 넣었다.

"난 그만 가봐야겠어."

어두워진 그의 안색에서 전화를 건 상대가 누구인지 신이치도 짐작을 한 듯했다. 친구는 그저 말없이 고개를 끄덕여 그를 보내주었다. 하지만 일어나 일층 입구로 향하는 레이의 걸음은 전혀 가볍지 않았다.

조이타운과 해변공원 사이에 난 도로변에 세워진 검은 차를 발견한 그는 사무적인 태도로 그것의 문을 열었다. 시리도록 차가운 공기가 그의 온몸을 확 덮쳐왔다. 그럼에도 불쾌한 기색은커녕 더욱 무감한 표정으로 레이는 검은색 정장 투피스를 입은 요시코의 옆 자리에 앉았다.

"천박하게 굴지 마라."

잇새로 쥐어짜듯 흘러나온 여인의 목소리에 그의 어깨가 굳어졌다. 섬뜩하도록 진지한 경고조의 말이 레이의 자존심을 건드리고 지나갔다.

"네 비록 출신은 천박하지만, 하는 양이 외려 내 아들보다 낫다 여기고 있었다. 어줍잖은 사랑 따위의 천박한 감정에 사로잡혀 모든 걸 버린 미노루에 비해 넌 제법 이성적인 줄 알았다. 그런데 어제의 네 행동은 정말이지 '출신은 어쩔 수 없다'라는 말을 절감하게 했어. 훗, 알아보니 류타의 선생님이라는 그 여자, 한국 계집이더구나?"

요시코의 입에서 니지의 이야기가 거론되는 순간, 그의 눈썹이 일그러졌다. 이제 니지가 위험해질지도 모른다는 생각이 레이를 불안하게 했다.

"어제의 일, 그녀와 연관 지어 생각하지 마세요."

"훗. 그럼? JG그룹도, 유리도 그저 갖기 싫어 그랬던 거냐? 그 엄청난 자리를 거부하겠다고? 웃기지 마라. 너한테 그럴 권리는 없다. 후…… 그래. 나라고 너 같은 사생아 따위한테 그룹을 통째로 내주는 게 마뜩찮은 줄 아니? 천만에, 미노루가 갖지 못한다면 차라리 네가 낫겠다 생각한 것뿐. 타치바나 가문과의 혼인 역시 마찬가지야. 너한테는 과분한 자리지. 만약 미노루가 그리 사고만 치지 않았어도 이 혼인의 주인공 역시 그 아이가 될 수 있었을 것을."

요시코의 창백한 얼굴에 아련한 아쉬움이 서렸다 사라졌다. 대신 그 자리를 다시 표독스러움이 메웠다. 아들의 일탈로 이루어지지 못한 야망은 그에 대한 더한 미움으로 이어지고 있었다. 그렇게 미워하면서도 요시코는 그에게서 미노루의 것이 되었어야 할 그 모든 것을 빼앗지 못했다. 비록 사생아더라도 그는 키쿠치였으니까. 그룹 내 제2인자, 제3인자들은 모두 타인일 뿐이지만.

"모레 약혼식에선 더 이상 누구도 네 출신 성분에 대해 왈가왈부하지 못하도록 똑바로 처신해라."

그리고 요시코는 차창으로 고개를 돌려 그를 외면했다. 남편이 사랑했던 천박한 한국 여자가 생을 마감한 레인보우 브릿지를 더는 보고 싶지 않다는 듯.

레이는 그런 그녀에게서 시선을 떼지 않으며 물었다.

"저한테 그 말 해주시려고 여기까지 오셨습니까?"

그러나 눈썹을 꿈틀거릴 뿐 요시코는 그를 돌아보지 않았다. 그만 내리라는 무언의 명령. 그것을 이해했으면서도 레이는 모르는 척 다시 말을 이었다.

"그렇다면 헛걸음하셨군요. 이미 저는 제 출신이 천박하다는 것도, 타치바나가 저한테 과분하다는 것도 잘 알고 있으니까요. 물론 그건 세상의 기준에서지만요, 어머니."

부러 '어머니'라는 호칭을 길게 빼며 대답을 마무리한 그는 그제야 분기탱천한 표정으로 그를 홱 돌아보는 요시코에게 깊숙이 고개를 숙여 보인 후 차에서 내렸다. 천천히 차머리가 향한 반대 방향으로 걸음을 옮겨놓던 레이의 시야에 자신의 집이 있고, 형이 있는 그리고 이제 그녀가 있는 맨션의 모습이 들어왔다. 그의 입가에 희미한 미소가 맺혔다.

처음엔 곧장 맨션으로 가려 했다. 하지만 갑자기 해변공원을 거닐고 싶어진 그는 바닷가 쪽으로 발길을 틀었다. 요시코와의 만남으로 평정을 잃은 마음을 가라앉힐 시간이 필요했다. 늘 이럴 때면 혼자만의 산책을 하곤 하는 레이는 해변공원의 벤치에 앉았다. 오후의 따사로운 햇살을 맞으며 그는 가만히 눈을 감았다.

철썩철썩.

파도 소리가 귓가를 적셔왔다. 간간이 까마귀 소리도 들려왔다. 그런 무성음들의 반복에 익숙해져 갈 즈음, 뜻밖의 목소리가 들려와 레이의 의식을 일깨웠다.

"삼촌!"

눈부신 시야 속으로 류타가 달음질쳐 와 그의 품에 안겼다. 그리고 그의 기대를 저버리지 않고 그 뒤로 천천히 모습을 드러낸 그녀. 니지의 수줍은 미소에 그의 부셨던 시야가 맑아졌다. 그는 류타를 안은 채 그녀에게로 다가섰다.

"이렇게 돌아다녀도 되나? 아직 안색이 안 좋은데."

"괜찮아요. 방에만 있기 갑갑해서."

마치 기다렸다는 듯 불쑥불쑥 그녀의 삶에 나타나는 이 사람. 그런데 그의 존재가 싫지 않은, 아니, 되레 조금은 반가운 초아였다. 그러면서도 그녀는 마냥 그런 기색을 내비칠 수만은 없었다. 그의 무심한 듯 다정한 말투에, 보일 듯 말 듯한 미소에 가슴이 설렌다면 그건 자신이 너무 뻔뻔해지는 것이니까.

"내가 함께 걸어도 좋을까?"

그렇기에 그의 제안에 까르르 웃으며 고개를 끄덕이는 류타와 달리 그녀는 목이 막힌 듯 아무런 대답도 내뱉지 못했다. 그런 그녀의 어색함을 눈치 챈 것인지 레이는 그녀와 자신 사이에 아이를 내려놓았다. 류타의 손을 각각 양쪽에서 붙잡은 그들은 이른 오후 산책의 동반자가 되었다.

그러나 곧 모래사장에서 들려온 까마귀 소리가 아이를 사로잡아 버렸다. 류타는 그들의 손을 가차없이 놓으며 달려나가 산책로 아래로 풀썩 뛰어내렸다.

"류!"

아이를 부르며 따르려던 그녀의 팔을 레이가 붙잡았다. 그는 턱 짓으로 모래사장 가운데 솟은 나무 기둥에 앉은 까마귀를 가만히 바라보고 선 류타를 가리켰다.

"여기서 지켜봐도 괜찮아. 더 이상 멀리 가진 않을 거야."

그녀는 셔츠 소맷자락에 와 닿은 그의 체온을 의식하며 굳어버렸다. 하지만 레이는 자신의 손이 어디에 놓여 있는지 알지 못하는 듯 내내 류타만 바라보고 서 있을 뿐이었다. 마침내 그 어색함을 견디지 못한 초아가 먼저 몸을 꿈틀거리자 그의 손이 떨어진다 싶더니 이젠 그녀의 손을 힘있게 쥐어왔다. 초아의 커다랗게 확대된 눈동자가 레이를 향하는 순간, 그는 부드러운 미소로 그녀를 맞아주었다.

"그렇게 바라보지 말랬잖아."

그의 말투에 깃든 묘한 질책에 얼굴이 달아오른 초아는 후다닥 시선을 비켜냈다. 하지만 자신의 손가락 곳곳에 스며드는 레이의 체온까지 피할 수는 없었다.

미노루의 집에서 맞는 두 번째 토요일 아침이었다.

평일이든 주말이든 아침 식사 후 다시 잠을 자기 일쑤인 미노루가 왠일인지 류타와 함께 욕실로 들어갔다. 무슨 일인가 싶어 사치코를 바라보았으나, 가정부는 그녀의 시선을 피하며 식탁을 치우는 일에만 몰두해 있었다.

그래, 난 일시적인 가정교사일 뿐인 걸. 내가 이들의 집안사에 대해 소소히 알 자격은 없는 거지.

그렇게 마음을 먹자 궁금함도 사그라들었다. 말없이 사치코를 도와 부엌을 정리한 초아는 자신만의 공간으로 들어갔다. 베개 위에 펼쳐진 책을 그녀는 집어 들었다. 서재에서 읽고 싶은 책을 꺼내 읽어도 좋다는 미노루의 허락을 받고 어제 가져온 책은 가와바타 야스나리의 '설국'이었다. 여고생 시절 읽은 기억이 있긴 했지만, 그때나 지금이나 별다른 줄거리가 없음에도 한마디로 설명하기가 모호한 글이었다. 꽤나 어려운.

좀처럼 집중을 하지 못한 채 책을 읽고 있던 그녀의 귓가에 노크 소리가 들린 건 한참이 지나서였다. '네'라는 대답 후 열린 문 사이로 세련된 정장을 차려입은 미노루가 들어섰다. 구겨진 셔츠와 청바지 차림의 그의 모습에 익숙해 있어서인지, 그 모양새가 너무 낯설고 어색하게 느껴졌다. 게다가 그녀를 향해 억지로 웃어보이는 미노루의 굳은 표정은 뭔가 불안하게 느껴졌다.

"류타와 나갔다 올게요."

"무슨 일 있으세요?"

여느 때 같았으면 '잘 다녀오세요'라는 말 한마디면 끝났을 텐데, 괜스레 그렇게 묻고 싶었다. 그녀의 반응에 미노루는 놀란 듯 잠시 머뭇거리다 대답했다.

"레이의 약혼식이 있어요."

그의 대답에 초아는 자신이 들고 있던 책이 손에서 미끌어져 떨어졌다는 것도 의식하지 못한 채 그저 미노루를 멍하니 바라보고 있었다. 그에게 약혼녀가 있다는 것은 모르는 바 아니었지만, 그의 약혼 소식에 새삼 왜 이렇게 가슴이 허전해지는 것인지 모르겠다. 그의 키스에, 언뜻언뜻 보여주는 그의 따스한 눈빛과 묘한 뉘앙스의 말투에 뭔가를 기대했던 걸까. 정말이지 나란 아이는 왜 이렇게 나약한 것인지. 왜 늘 누군가에게 기대려 드는 것인지.

갑자기 눈물이 핑 돌아 초아는 고개를 황급히 내려뜨리며 미노루에게 인사를 건넸다.

"잘 다녀오세요."

"그래요, 오늘은 좀 쉬어요. 모처럼 이모님 댁에 가봐도 좋고."

그의 제안에 초아는 예의상 고개를 끄덕였다.

"선생님, 안녕."

갑자기 들려온 류타의 목소리에 초아는 가까스로 눈물을 삼킨 후 아이를 바라보았다. 미노루의 다리 뒤에서 나타난 아이 역시 나비넥타이의 정장 차림이었다. 그녀가 억지로 웃으며 손을 흔들자, 미노루는 류타를 번쩍 안아 들고 방을 나섰다.

그들 부자의 뒷모습이 문 뒤로 사라져 갔다. 온전히 홀로 남겨지자 그녀는 버릇처럼 두 다리를 팔로 감아안고서 앉았다.

차라리 잘된 거라고 초아는 중얼거렸다. 자신에게 보여주었던 그의 행동들이 진심이 아니었다 생각하니 조금 서글프긴 했지만, 이제 다시 안전한 자신의 껍질 속으로 들어온 것 같아 마음이 편안하기도 했다. 그녀를 세상 밖으로 잡아당기는 그는 더 이상 없을 테니까. 그러자 또다시 찾아든 허전함.

초아는 그것을 비워내려 고개를 내저었다. 그렇게 얼마간을 또 다른 자신과 뒤엉켜 엎치락뒤치락하던 그녀의 귓가에 희미한 음악 소리가 들렸다. 자세히 귀를 기울이니 그것은 현관에서 들려오고 있었다. 사치코가 나갈 것이기에 그저 그대로 자리를 지키던 초아는 계속해서 울려대는 도어벨로 인해 방문을 열고 거실로 나갔다.

"사치코?"

그녀의 부름에 대답하는 이는 아무도 없었다. 거실과 부엌, 테라스를 모두 둘러보았지만 가정부의 모습은 보이지 않았다. 어딜 간 걸까? 아니, 어쩌면 미노루가 이른 퇴근을 명했을지도 모른다. 확실한 건 집 안엔 그녀 혼자뿐이라는 사실이었다. 갑자기 무서운 생각이 들었다. 계속해서 울려대는 벨은 그녀의 공포심을 더욱 증폭시켰다.

침을 꿀꺽 삼킨 초아는 도어폰의 화면으로 얼굴을 가져갔다. 그러자 들어온 왜인지 선이 익은 뒷모습. 그녀는 너른 어깨를 감싼 하얀색 재킷에 닿을 듯 말듯 자란 검은 머리칼과 그 사이로 언뜻언뜻 드러나 보이는 거무스름한 목덜미를 훑어보았다. 설마하니 그녀의 시선을 느낀 것일까. 남자가 천천히 고개를 돌렸다. 그의 반듯한 미간 사이가 약간 찌푸려져 있었다.

레이!

또다시 도어벨이 울렸지만, 이제 문밖에 선 사람이 다름 아닌 그임을 알았지만 초아는 쉽사리 움직일 수가 없었다.

미노루는 분명 레이의 약혼식에 간다고 했다. 그런데 왜 당사자인 그는 여기에 있는 것이지. 생각이 혼잡했다. 문밖에 선 남자의 존재가 반갑다기보다 두려웠다.

"니지, 거기 있다는 거 알아."

이제 벨소리는 멎었다. 문밖에서 낮게 스며든 레이의 음성은 단호했다. 그녀의 존재를 느낀 듯.

더 이상 문 뒤로 숨을 수만은 없어진 초아는 현관으로 다가가 잠금 장치를 해제했다. 기다렸다는 듯 문이 열리고 그사이로 바람이 스머들었다. 그것을 피해 돌아서려던 그녀는 어느새 자신이 남자의 두 팔 사이에 갇혀 버렸다는 것을 깨달았다.

"레이?"

그녀를 단단히 붙잡고 있는 레이의 태도는 마치 상처 입은 어린아이의 그것과 같았다. 그래서 초아는 그를 뿌리칠 수가 없었다. 천천히 맞닿은 가슴을 통해 그의 아픔이 흘러든 것일까. 그녀는 저도 모르게 팔을 들어 그의 등을 쓸어주었다. 그의 깊은 한숨이 그녀의 목덜미에 다가들었다.

"갈 수가 없었어. 당신을 여기 두고 그냥 갈 수가 없었어."

그의 중얼거림에 초아는 심장이 한 번 들렸다 놓아지는 기분을 맛보았다.

"미친 생각인지 모르겠지만…… 이대로 유리에게로 가 당신을 놓는 건, 안 될 것 같았어."

"레이."

그의 고백은 그녀의 심신을 뒤흔들어 놓았다. 초아는 떨리는 목소리를 이으려 했으나, 레이는 그녀를 놓아주지 않았다.

"그러니까 지금은 그냥 안아줘. 당신이 날 이렇게 만들었으니 치료는 당신의 몫이야."

가만히 눈을 감은 초아에게서 소리없는 탄식이 흘러나왔다.

도대체 이 사람은 왜 나 같은 여자를 선택한 것일까. 삶을 버리려 들었던, 그가 아는 것이라고는 한국인이라는 사실뿐인 나 같은 여자를. 그를 향해 제대로 웃어 보일 수도, 당당하게 그의 곁에 머물 수도 없는 나 같은 여자를.

결론이 뻔히 보이는 길을 가려는 이 남자를 지금이라도 제자리로 돌려놓아야 했다. 생각이 거기까지 이른 초아는 몸을 비틀어 그의 품에서 빠져나가려 했다. 하지만 그녀의 두 팔을 단단히 붙든 레이는 고개를 들어 흔들림없는 눈동자로 그녀를 응시했다.

"무슨 생각을 하는지 알아. 하지만 '니지'라는 이름이 당신에게 새 삶을 선사한 것처럼 나에게 당신의 존재는 새로운 기회야."

"당신은 나에 대해 아무것도 모르잖아요."

그녀의 조용한 반격에 레이는 잠시 할 말을 잊은 듯 보였다.

"날 그냥 내버려 둬요."

이렇게 지내다 언젠가는 제자리를 찾아갈 수 있도록.

그렇게 고개를 숙인 그녀의 정수리에 그의 숨결이 다가든 것은 얼마 지나지 않아서였다.

"후…… 지금은 어머니의 얼굴도 기억나지 않아. 그냥 한국 분이셨고, 이문세를 좋아하셨다는 것밖에는."

레이의 가라앉은 목소리에 초아는 고개를 번쩍 쳐들었다. 그가 자신의 이야기를 시작하려 하고 있었다.

"내가 열두 살 되던 해, 어머니는 레인보우 브릿지 위에서 몸을 던져 삶을 마감하셨어. 아버지에게서 버림받은 걸 못 견딘 나머지 날 버려둔 채. 훗, 어린 마음에 어머니가 정말 미웠는데, 우스운 건 아버지가 보낸 사람에 의해 그 집에서 끌려 나오면서도 난 어머니가 즐겨 입던 유카타를 챙겨 나왔다는 거야."

레인보우 브릿지에서 자신이 정신을 잃었던 그날, 눈을 떴을 때 입고 있던 보랏빛 유카타가 갑자기 떠올랐다. 남자 혼자 사는 집에 있을 만한 옷은 아니었기에 그녀는 그것이 아마도 그의 어머니의 것이 아니었나 짐작해 보았다.

"그리고 어머니를 미워하면서도, 그 똑같은 장소에서 자신을 버리려 하는 당신을 그냥 보아 넘길 수 없었어. 그 후 당신에게 자꾸만 시선이 갔어. 내게 당신이 새로운 기회라는 건…… 불행하게 살다 가신 어머니를 대신해서라도 당신을 행복하게 만들어주고 싶다는 거야."

이제야 다리 난간 위에 서 있던 자신에게 와 닿던 그의 두려움 섞인 눈빛을 이해할 수 있었다. 어머니에게 버림받고 홀로 세상에 남겨진 기분이었을 열두 살 소년의 모습이 떠올라 그녀의 가슴이 짠해졌다. 옛 기억으로 인해 너무도 고통스러워 보이는 레이에게 초아는 손을 뻗었다. 그의 손에 그녀의 손가락이 감기는 순간, 레이는 다시 말을 이었다.

"아버지의 집으로 들어간 후 이십 년 동안, 난 한 번도 살아 있다 느껴본 적이 없었어. 그날, 다리 위에서 당신을 만나지 않았다면, 이 약혼…… 할 수도 있었을 거야. 집안끼리의 정략혼이든 뭐든 상관하지 않았을 테지."

그의 손이 그녀의 손을 이끌어 자신의 왼쪽 가슴으로 가져갔다. 까슬한 재킷의 감촉과 함께 뛰고 있는 그의 심장이 명확하게 느껴졌다.

"그런데 이제 당신으로 인해 내게도 소중한 것이 생겼어."

"레이."

그녀의 부름은 다음 순간 다가온 그의 숨결에 의해 막혀졌다.

“당신이 누구든 그건 중요치 않아. 당신은 니지니까. 내게 새로운 희망을 안겨준 사람이니까.”

그의 입술이 콧잔등과 이마, 그리고 양 볼을 차례로 쓰고 지나갔다. 그를 피하려 했지만 그의 온몸에서 내뿜어지고 있는 간절함이라는 감정이 그녀를 자리에 굳은 듯 서 있도록 만들었다.

“그러니까 그렇게 도망가 버릴 것 같은 표정 짓지 마.”

그녀의 입술 위에서 속삭인 레이의 시선이 한동안 주위를 맴돌기만 했다. 그러다 마침내 그의 입술이 그녀에게로 내려앉는 순간 초아의 입술이 파르르 떨림을 토해냈다. 그녀의 입술을 부드럽게 빨아들이며 그는 두 팔로 등을 단단히 받쳐 주었다. 그녀에게서 거부의 기색이 엿보이지 않는다는 것을 깨달은 듯 고개를 약간 기울인 레이의 혀가 그녀의 입술 사이를 가르며 들어왔다. 지난번 스치듯 했던 가벼운 키스와는 전혀 달랐다. 마치 그녀의 입 안을 탐험이라도 하듯 그는 혀로 그녀의 잇몸과 치열, 그리고 혀와 그 아래까지 쓸고 지나갔다.

키스가 처음이 아님에도, 그가 주는 느낌은 생경했다. 키스라는 행위 자체에 흠뻑 빠져들어 아무런 생각도 떠오르지 않았다. 오로지 그를 더 느끼고 싶다는 본능적인 욕구만이 그녀를 사로잡았다. 더듬더듬 그녀의 팔이 그의 가슴과 쇄골을 지나 목을 껴안았다. 그러자 등을 안았던 한 손을 올려 레이는 그녀의 뒷머리를 더욱 자신에게로 가까이 이끌었다.

초아의 고개 역시 레이의 반대편으로 서서히 기울어졌다. 한 치의 오차도 없이 맞아떨어진 입술 사이로 자신을 유린하고 있는 그의 혀에 초아는 용기를 내어 자신의 혀를 가져가 보았다. 그러자 잠시 멈칫했던 그는 부드럽게 그녀의 것을 빨아들여 주었다.

목구멍으로 흘러드는 그의 타액은 따스했고, 그의 혀에서는 청명한 박하향이 났다. 스물여덟 해를 살면서 한 번도 키스라는 것을 즐겨본 적 없는 그녀였지만 그와의 키스는 좋았다. 너무 좋아서 하루 종일 이 남자와 이러고 있어도 괜찮다 싶을 정도였다. 한참 동안 그녀의 혀를 지분거리던 그가 물러나려 하자 희미한 아쉬움마저 느껴져 초아는 저도 모르게 그가 했던 것처럼 그의 혀를 빨아들였다. 그 낯선 감촉과 자신의 대담한 행동에 그녀는 눈을 꼭 감았다. 다음 순간 그에게서 터져 나온 신음이 만족감으로 인해서일 것이라 여기고 싶었다.

그들의 혀가 또다시 뒤엉켜 들었다. 그렇게 얼마간을 이어졌을까. 숨을 쉬기 버겁다 느껴질 때 즈음 레이가 먼저 그녀를 놓아주었다.

키스가 생각까지 좀먹어 버린 걸까. 초아는 멍한 정신을 좀처럼 수습하지 못한 채 그저 그에게 안겨 있을 따름이었다. 그러나 레이는 전혀 조금 전 키스의 잔재가 남지 않은 듯 덤덤한 표정이었다. 그는 그녀의 입술을 엄지로 쓸어주었다. 그제야 아픔을 느낀 초아는 자신의 손가락을 그곳으로 가져가 보았다. 그냥 만져 보아도 입술이 부어올라 있다는 걸 알 수 있었다.

그녀의 당황하는 모습에 레이가 입가를 기울여 웃었다. 초아는 도저히 고개를 들 수가 없었다. 조금 전 그에게 매달리다시피 했던 자신의 행동이 이제야 떠올라 그녀를 부끄럽게 만들었다.

정교하게 다듬어져 매끄러운 몸체를 빛내고 있던 얼음 조각
이 그 형체를 잃었다. 뿐만 아니라 호텔 연회장 안을 은은하게 울
려 퍼지던 음악도 어느 순간부터 멈췄다. 순백색 테이블 주위를
삼삼오오 둘러앉아 있던 하객들도 하나둘 자취를 감추어 이제 그
공간에 남은 이들은 기껏해야 버림받은 레이의 약혼녀와 그 부모
님을 비롯한 대여섯 명뿐이었다.

약혼자가 나타나지 않아 가장 동정을 얻은 이는 유리였건만, 그
녀의 표정은 마치 가면을 쓴 듯 변화가 없었다. 그에 비해 키쿠치
회장은 망연자실한 눈빛이었고, 타치바나 의원은 불쾌한 낯빛을
감추지 못했다.

조마조마한 침묵이 이어졌다. 결국 그것을 끊어내며 먼저 자리

에서 일어난 쪽은 타치바나 의원이었다.

"그냥 잊어버렸다고 보기엔 도가 지나친 것 같군요. 키쿠치 군과의 인연은 여기까지로 칩시다."

"아니, 타치바나 의원!"

키쿠치 회장과 함께 기모노 차림의 요시코 역시 몸을 일으켰다. 그러나 냉랭한 표정의 타치바나 의원 내외를 막아설 순 없었다. 그들은 유리에게 가자는 제스처를 해보였으나, 딸은 꿈쩍도 하지 않았다. 어쩔 수 없이 경호원의 힘을 빌려 그들은 유리를 일으켜 세웠다.

그렇게 약혼식장을 뜨기 전, 여자의 날이 선 시선과 음성이 미노루를 향했다.

"그에게 전해주세요, 난 이렇게 끝낼 생각이 없다고."

"유리!"

조용한 대기 중으로 경악에 찬 타치바나 부인의 고함이 이질적으로 번져 갔다. 그러나 눈 하나 깜빡하지 않으며 유리는 자신의 팔을 잡은 경호원들의 손길을 뿌리치고서 연회장을 벗어났다. 그녀의 안중에는 황망히 선 자신의 부모님 따윈 들어오지도 않는 듯했다.

그런 딸자식의 행동에 민망해진 듯 헛기침을 하며 타치바나 의원 내외도 자리를 떴다.

"레이 이 녀석, 당장 찾아서 내 눈앞에 끌고 와!"

버럭 고함을 치는 키쿠치 회장으로 인해 겁을 먹은 것인지 류타는 미노루의 곁으로 바짝 붙어 앉았다. 암만 좋아하지 않는 아비라 해도 무섭기만 한 할머니, 할아버지보다는 그래도 나은 모양이다. 그것이 씁쓸한 미노루였다.

"자식들이 왜 다 이 모양인지 모르겠다."

그런 한탄조의 말을 흘린 후, 키쿠치 이치로는 경호원들을 이끌고 나가 버렸다. 그 뒷모양을 멍하니 바라보다가 미노루는 마치 동상처럼 미동도 없이 앉아 있는 자신의 어머니를 돌아보았다.

그의 눈길을 느낀 것일까. 보일 듯 말 듯 움직이던 요시코의 입술 사이에서 단호한 한마디가 흘러나왔다. 그녀의 눈빛은 아주 먼 곳을 보고 있는 듯했다.

"그 한국 여자, 내보내라."

"네?"

의아함으로 미노루의 미간이 구겨졌다. 도대체 무슨 말씀을 하시는 건지. 설마…… 니지를?

"하지만 어머니, 그녀는 류타의……."

"아직도 모르겠니, 레이가 왜 오늘 이 자리에 나타나지 않은 것인지?"

"……."

미노루는 더 이상 말을 잇지 못했다.

처음 해변공원에서 그녀와 마주쳤던 그날, 다짜고짜 '니지'라 불렀던 레이. 그녀가 아프다는 말 한마디에 당장 달려가 버린 레이. 그리고 오늘같이 중요한 자리에 말도 없이 오지 않은 레이.

생각해 보니 평소의 동생 모습이지 않았다, 니지와 연관되어서는. 왠지 조금 벽을 허문 느낌이랄까. 미노루의 입가에 씁쓸한 미소가 맺혔다. 그랬구나, 녀석.

"레이가 좋다면 그냥 두세요."

"나 역시 그 아이 일이라면 관여하고 싶지 않아. 하지만 이건 나아가 우리 가문의 일이다. 더 이상 한국인의 피가 섞이는 건 못봐. 그건 네 아버지, 그리고 너로 충분했어!"

어머니의 창백한 얼굴이 일그러지는 것을 미노루는 묵묵히 바라보았다. 한 번도 혜원과 사랑했던 것을, 그녀와 결혼했던 것을 후회한 적은 없다. 다만 여전히 혜원으로 인해 그의 인생이 망가졌다 굳게 믿고 계신 어머니가 안타까울 뿐.

"네가 내보내지 못하겠다면, 내가 나설 수밖에 없어."

어머니가 때에 따라 얼마나 냉철하고 무서워질 수 있는지는 아들인 그가 누구보다 잘 알고 있다. 하지만 그런 어머니를 미워한 적은 없다. 그의 곁에 머문다 해서 혜원을 걸레 취급하셨을 때조차 그는 어머니를 미워하기보다 동정했다. 죄라면, 모든 게 풍족했으나 언제나 사랑만은 결핍되었던 당신의 인생이지 당신이 아니었기에.

"제가 알아듣게 타이를게요."

그는 그쯤에서 대화를 종료했다. 더 말이 길어져 봤자 어머니를 설득할 수도 없을뿐더러 레이와 니지의 상황이 나빠질 수 있다는 생각에서였다.

어머니에게서 시선을 비껴낸 그에게 류타의 동그란 눈동자가 와 박혔다. 그건 마치 그를 원망하고 있는 듯했다. 이렇게.

'아빠, 비겁해. 왜 선생님 내보내려고 해?'

그에 미노루는 씁쓸하게 웃으며 고개를 희미하게 내저었다. 어머니에게도, 류타에게도, 그리고 죽은 혜원에게도 모두 자신이 죄인이었다.

하지만 니지에게만은 이런 미안함 따윈 품고 싶지 않았다. 처음 본 순간부터 혜원을 닮아 호감을 느꼈고, 류타에 이어 레이까지 얼어붙은 이들의 마음을 열어준 그녀였기에 상처 입지 않았으면 했다. 그건 연정과는 명백히 다른 감정이었다.

생각이 이어져 감에 따라 결심이 섰다. 그것은 굳어져 가는 그의 입매에서 여실히 드러났다.

"어디 가고 싶은 데 없어?"

어색한 분위기를 깨뜨리고자 했음일까. 레이가 갑작스레 물어왔다. 하지만 초아의 머릿속은 여전히 멍했다. 키스가 남긴 여파가 꽤 컸다. 그러나 곧 전혀 아무렇지도 않아 보이는 레이로 인해, 그의 맑은 눈동자가 자신을 주시하고 있음을 깨달은 그녀는 생각나는 대로 말을 내뱉었다.

"도쿄 도청이요."

그에 레이는 왜냐는 이유도 묻지 않고서 곧장 신주쿠로 그녀를 데려갔다.

신주쿠에서 가장 높은 도쿄 도청 건물, 그곳 전망대에서 보는 야경이 일품이라는 말을 들었기에 꼭 한 번 가보고 싶었었다. 그런데 늘 폐관 시간을 맞추지 못해 한 번도 오른 적이 없었다. '언젠가는' 이라는 미련을 가지고 있었는데, 오늘 이렇듯 갑자기 그리고 쉽사리 오게 될 줄은 몰랐다.

우습게도 레이와 함께라면 모든 게 쉬운 것 같다는 생각이 들었다. 언제나 어렵기만 한 인생이었는데. 이래서 자꾸 그에게 의지하고 싶어진다.

또다시 망상이다. 45층 전망대에서 신주쿠 빌딩가와 도쿄 일대를 내려다보며 초아는 고개를 내저었다.

"무슨 생각을 하지?"

재킷을 벗고서 푸른색 셔츠 차림으로 마주 앉은 레이가 물어왔다. 그와 자신의 앞에 어느새 녹차가 한 잔씩 놓여 있었다. 그들은 해가 지기 전까지 전망대 한 켠에 위치한 카페에서 시간을 보내기로 했던 것이다.

초아는 가늘게 웃으며 레이의 시선을 피했다. 자꾸만 그의 입술로 가는 우매한 눈길을 막아보려. 그리고 그녀는 짧게 대답했다, '그냥' 이라고. 얼버무린다는 것이 역력히 드러나는.

"제대로 웃어준 적도, 제대로 자신을 털어놓은 적도 없는 당신인데…… 나는 왜 이렇게 마음이 쓰일까."

그의 혼잣말과도 같은 낮은 속삭임이 심장에 스며들었다.

초아는 치부하려 했다. 당신의 마음은 동정이라고. 다리 위에서 삶을 버린 어머니와 똑같은 전철을 밟으려 했던 불쌍한 한국 여자에 대한.

그러면서도 그녀의 가슴은 이야기하고 있었다. 나 역시 당신이 마음에 쓰인다고. 그렇게 부드럽게 웃으면. 그렇게 자신의 마음을 고스란히 드러내 보이면. 그래서 무섭다고.

"녹차, 좋아하지 않지?"

그의 또 다른 물음에 녹차 잔을 만지작거리고만 있던 초아는 고개를 번쩍 쳐들었다.

"당신은 자신의 의견을 얘기하는 법이 거의 없어. 조금 전에도 '같은 걸로요' 그게 다였어."

"훗."

그러고 보니 그러네요. 초아는 늘 자신이 남의 의견에, 행동에 따르는 편이었음을 상기했다. 은연중 이런 사소한 일에까지 그것이 습관으로 굳어졌던 모양이다.

"그저 가끔은 자신에 대해서도 얘기해 줘."

그가 몇 걸음 성큼 다가선다. 그녀에 대해 알고자 한다. 그것이 못 견디게 두려워져 그녀는 입술을 앙다물었다. 그에 레이의 표정에 아주 잠시 실망감이 스친다 싶더니 그는 입가를 기울여 웃었다.

"강요는 아니니 안심해."

그녀를 보던 그의 눈길이 신주쿠의 빌딩숲을 향했다. 레이의 시선이 더 이상 자신에게 머물지 않는다는 것이 서러웠다. 그에 막을 새도 없이 그녀의 입술이 벌어졌다.

"녹차는……."

다시 그와 눈이 마주치는 순간, 가슴에 가득 밀려드는 안정감. 초아는 희미한 미소마저 띤 채 말을 이었다.

"떫어서 별로예요."

그녀의 그 짧은 대답에, 굳은 레이의 입가에서 시작된 웃음이

날카로운 눈매까지 번져 그의 인상을 훨씬 부드럽게 만들어주었
다.

"그래, 그렇게. 그거면 족해."

마치 그녀가 커다란 일을 해낸 듯 칭찬을 해주는 레이로 인해
초아는 조금 더 용기를 낼 수 있었다.

"사실 홍차도 별론데, 밀크티는 괜찮은 것 같아요."

그렇게 말해놓곤 자신이 차에 대해 이렇게 생각이 많았나 싶어
놀랐다.

그녀의 말이 떨어지기가 무섭게 손을 드는 레이로 인해 더욱 놀
란 초아였다. 그가 무슨 연유로 그러는 것인지 짐작을 한 그녀는
제지하려 하였으나 이미 종업원은 테이블로 다가온 후였다. 예상
대로 밀크티를 부탁한 레이는 종업원이 사라지자마자 그녀의 녹
차를 자신의 앞으로 가져갔다.

"이럼 내가 미안해지잖아요."

약간 힐난조의 그녀의 말에 레이는 아무렇지도 않은 듯 녹차 잔
에 입술을 가져가며 말을 돌렸다.

"곧 해가 지겠어."

그에 어둠이 깔릴 징조를 보이고 있는 하늘을 올려다보던 초아
는 이어진 물음에 고개를 다시 돌려야 했다.

"서울에도 야경을 볼만한 곳이 있나?"

솔직히 잘 모른다. 야경을 감상해야겠다는 생각을 할 정도로 여
유롭게 산 것이 아니었기에. 그러나 초아는 몇 년 전, 유치원의 동
료 교사들과 함께 케이블카로 남산에 올라 처음으로 서울의 야경

을 보았던 것을 떠올리며 대답했다.

"남산 서울 타워 아님…… 63빌딩 전망대가 있죠."

"남산?"

그가 고스란히 발음을 해보는데, 그것이 같은 한국어인데도 참으로 이질적으로 들렸다.

"63빌딩은 들어봐서 알고 있는데, 남산은 생소하군."

"멋지죠. 회전식 라운지가 있어 시시각각 다른 야경을 볼 수도 있고."

한국에 대한 이야기를 해서일까. 초아는 자신이 지나치게 많은 말을 하고 있음을 깨달았다. 그녀는 레이가 눈치 채지 못하도록 천천히 입을 닫았다.

"한국에 가보고 싶어. 내가 모르는 당신이 있는 곳."

열망이 깃든 그의 말에 초아는 '그러자' 고, '함께 가자' 고 대꾸해 줄 수 없었다. 그는 여기 남을 사람이고, 자신은 돌아갈 사람이었다. 게다가 레이는 욕심내기에 너무도 좋은 사람이었다. 그녀는 그저 저물어가는 해를 물끄러미 응시할 뿐이었다.

도쿄의 야경은 멋졌다. 어쩌면 서울의 야경보다 아름다운 것처럼 느껴졌는데, 그것이 온전히 야경 때문만은 아닌 듯싶었다. 그때야 초아는 절감했다. 그 시간, 함께하는 사람의 존재가 얼마나 중요한지. 레이로 인해 도쿄의 야경을 본 이날의 기억이 그 어느 때보다 아름답게 남을 것임을 그녀는 알았다. 자신이 삶을 버리려 들었던 순간이 있었던가 싶게, 그와 함께 있는 시간이 행복……

했다. 행복하면서도 슬펐다.

오다이바로 돌아오는 동안 그들은 그다지 많은 말을 하지 않았다. 음악을 들으며 그는 운전을 하고, 그녀는 차창을 내다보았다. 어둠이 깔려 제대로 보이지 않음에도 그녀는 고집스레 그곳에 시선을 고정하고 있었다.

맨션에 도착한 그들은 나란히 엘리베이터에 올랐다. 그의 길고 갸름한 집게손가락이 구층과 십층의 버튼을 각각 눌렀다. 좁은 공간에 들리는 것은 낮은 숨소리뿐이다. 1, 2, 3…… 숫자가 올라가자 레이가 먼저 말을 꺼냈다.

"너무 멀리, 너무 깊이 생각하지 마."

그때, 초아는 생각하고 있었다. 약혼식을 파기한 레이에게, 그의 키스를 받아들인 자신에게 어떤 일들이 닥칠지 두려워하고 있었다. 이렇게 지레 겁을 먹을 수밖에 없는 건, 재원과의 일이 남긴 잔해였다. 그때 초이는 지독히도 현실적이고 실리적인 잣대에 의해 이리저리 저울질당하고 끝내는 팔 년 동안 사귀었던 남자에게서 버림당해야 했었다. 때문에 초아는 고민했다. 또다시 도망쳐야 할까, 아님 그를 밀어내야 할까.

어느 것도 쉽지 않다는 것을 알기에 초아는 흔들리고 있었다. 그런 그녀의 심경을 눈치 챈 듯 레이는 두 손으로 어깨를 붙들어 주었다. 그저 아무 말 없이.

그의 눈동자와 그녀의 눈동자가 하릴없이 얽혀들었다. 잠시 후 엘리베이터가 구층에서 멈춰 섰다. 레이는 '잘 자' 라는 말을 남기고 그녀를 천천히 그 공간에서 밀어냈다. 닫히는 문틈으로 사라지는 그를 보다가 초아는 힘없이 미노루의 집으로 발길을 돌렸다.

벨을 누르자 곧장 나타난 미노루의 얼굴은 여느 때와 달리 어두워 보였다. 그녀의 늦은 등장에도 그는 별다른 놀라거나 기다렸다는 기색도 없이 소파로 가서 앉았다. 지나치게 말이 없는 미노루는 불길했다.

"……있었나요? 레이와?"

고개만 숙여 보인 후, 도망치듯 방으로 들어가려 했다. 그러나 고요한 미노루의 물음이 그녀를 자리에서 굳어버렸다. 마치 심문하는 듯 차가운 목소리.

"후, 왜 진작에 알아채지 못했는지."

한숨을 쉬며, 손바닥에 얼굴을 묻는 미노루를 초아는 멍하니 지켜보았다. 니지로 살고자 했을 때는 절대 이런 일에 얽혀들 생각은 없었는데. 또다시 힘들어지는 건 아닐까 그녀는 잔뜩 움츠러들었다.

"질책하려는 거 아니에요. 다만, 당신이 상처 입는 건 보고 싶지 않으니까. 류타가 그러하듯 나도 니지를 좋아하니까."

조금은 누그러든 미노루의 어조에 초아는 그의 눈을 마주 보았다. 그것에는 한 치의 거짓도 엿보이지 않았다. 온전한 진심을 본 그녀의 심장이 천천히 제자리를 찾아갔다.

"류타와 함께 잠시 오다이바를 떠나 있어요."

단호했다. 미노루의 명령과도 같은 말에 초아의 눈매가 가늘어졌다. 도대체 갑작스레 무슨 말인가 싶었다.

"레이가 약혼을 깬 이유가 당신 때문이라는 걸 어머니께서 아셨어요. 우리 집안, 그리 만만치가 않거든요. 이대로 당신을 가만히 두고 보시지만은 않을 거예요."

그의 집안. 그의 어머니.

일순, 그녀의 집안에 대해 알고 나서 결혼을 반대했던 재원 어머니의 냉랭한 표정이 떠올랐다. 그녀의 가슴에 다시 구멍이 뚫린 듯했다. 그사이로 선득선득 한풍이 불어 들어왔다.

"제가…… 그만둘게요."

류타에 이어 레이의 얼굴이 스쳐 갔지만, 그녀는 비교적 덤덤한 얼굴로 이야기했다. 그러자 미노루의 낯빛이 변했다. 엄격하고 권위적인 아버지의 표정이었다.

"지금 당신이 떠나면, 류타는요? 이기적이라 해도 어쩔 수 없어요. 난 그 애의 아버지니까. 이제 조금씩 마음을 열기 시작했는데, 지금 당신이 그 아일 버리면 다시는 회복하지 못할 수도 있어요."

그에 초아의 마음이 흔들렸다. 처음 본 그날부터 '엄마' 라며 자신에게 매달리던 아이의 모습이 떠올라 그녀를 갈등하게 했다.

"상황이 좀 수습될 때까지만 하코네에 가 있어요. 그곳에 온천 료칸을 운영하는 형이 있어요. 류타와 몇 번인가 가본 적이 있어서 아이도 낯설어하지 않을 거예요."

그때, 달칵 방문이 열리는 소리가 들렸다. 초아와 미노루의 시선을 동시에 받으며 잠옷 차림의 류타가 방에서 나왔다. 손등으로 눈을 부비적거리던 아이는 그녀를 보자마자 총총걸음으로 다가와 품에 안겼다.

"엄마, 엄마."

악몽을 꾼 것인지 울며 매달리는 아이를 초아는 무릎을 굽힌 자세로 앉고 있었다. 류타에게서 나는 아이의 살 내음에 그녀의 혼탁했던 마음이 조금은 정화되는 기분이었다.

"괜찮아, 류."

그녀의 도닥거림에 진정이 된 류타는 잠시 후 그녀의 무릎 위에 안긴 불편한 자세로 잠이 들었다. 그제야 가까이 다가온 미노루는 류타를 안고 일어났다.

"아이에겐 당신이 필요해요."

그녀를 향한 시선에 가득한 간절함을 초아는 밀어내지 못했다. 그렇게 그녀를 내려다보던 미노루는 류타를 안고서 방으로 들어갔다. 거실에 홀로 남겨진 초아는 이런저런 생각에 자리를 뜰 수가 없었다. 그러면서도 그녀는 이미 예감하고 있었다, 자신이 어떤 결정을 내릴 것인지.

아침 식탁 위의 공기는 무거웠다. 언제나 대화를 주도했던 미노루는 오늘따라 말이 없었다. 그는 철저히 레이를 무시한 채 젓가락만 움직였고, 그런 그들 사이에서 류타는 눈치만 보고 있었다.

그러는 와중에도 초아는 간간이 자신에게로 향하는 레이의 시선을 느꼈지만, 그를 마주 볼 수가 없었다. 고개를 들어 그를 본다면, 바보같이 눈빛에 모든 것을 내비치고 말 것 같아서였다. 어젯밤 미노루가 했던 말들이 귓전을 이토록 생생하게 스치는데, 그에 이미 행로를 결정지은 자신인데 레이로 인해 흔들리고 싶지 않았다.

"먼저 들어갈게요."

식사를 하는 둥 마는 둥 대충 마친 초아는 뒤도 돌아보지 않고 방으로 들어가 문을 닫곤 기대어 섰다. 보이지 않아도 자신의 방문으로 시선을 고정하고 있을 그가 그려졌다.

침대로 발을 떼어놓은 그녀는 레이가 이 집을 나가는 인기척이 들릴 때까지 그 위에서 꼼짝도 하지 않았다. 그의 존재가 완전히 사라졌다 느껴지자 긴장이 풀린 초아는 긴 한숨을 내쉬었다. 그리고 몸단장을 마친 그녀는 얼마 전 미노루에게 부탁해서 사놓은 한글 교재를 들고 류타를 찾아 밖으로 나갔다.

아이의 방문을 열자, 홀로 바닥에 엎드려 그림을 그리고 있는 작은 뒤통수가 보였다.

"류."

그녀의 낮은 부름에 반색을 하며 일어난 아이는 스케치북을 들어 보였다. 선으로만 그려진 미완성 그림은 여자의 모습이었다.

"선생님."

크레파스로 그 그림과 그녀를 번갈아 가리키며 웃는 얼굴이 너무 사랑스러웠다. 바닥에 앉은 초아는 아이의 볼을 가볍게 쓸어주었다.

"선생님이 이렇게 예뻐?"

그러자 열성적으로 고개를 끄덕이는 류타에게 초아는 진심 어린 미소를 돌려주었다.

그림 속 그녀는 웃고 있었다. 다시없을 만큼 행복하게. 정말이지 저토록 온전하게 행복해질 날이 올까. 그런 생각을 해보던 초아는 상념을 털어내려 애써 밝은 목소리로 말을 돌렸다.

"그럼 이제부터 공부해야지? 자음이랑 모음은 다 외웠니?"

고개를 설레설레 내젓는 류타의 표정은 시무룩했다.

"한국어, 어려워."

"처음이라 그래. 선생님이 말했잖아. 선생님도 일본어 처음 할 때 지금의 류보다 훨씬 더 어른이었는데도, 되게 못했었다고. 어려워서 그만두려고도 했었다고. 그런데 지금은 아주 잘하잖아. 그치?"

가만히 생각에 잠긴 듯하던 아이는 천천히 고개를 끄덕였다. 힘들어도 어린 류타가 한국어를 배우고 싶다는 열망을 끊어내지 못하는 것은 죽은 어머니에 대한 기억 때문이리라. 그것이 안쓰러우면서도 대견한 초아였다.

류타는 그녀가 뭐라 하기도 전에 먼저 책상으로 와 앉았다. 그리고 지난 시간에 쓰다 만 모음들을 이어서 쓰기 시작했다. 그것을 물끄러미 지켜보던 초아의 시야 속으로 열린 문 사이에 선 미노루가 들어왔다.

"준비해요."

처음엔 무슨 말인지 이해하지 못했다. 그런데 이어진 미노루의 말은 그녀에게 확실한 상황을 인식시켜 주었다.

"어제 니지가 내 제안을 받아들였다고 생각했는데, 아니었나요?"

그냥 자신이 떠나는 편이 나을 것 같다고 얘기하려 했다. 그런데 자신과 미노루를 번갈아 바라보는 류타의 왠지 두려움 가득한 눈길에 초아는 선뜻 입술을 뗄 수가 없었다.

"류, 가서 외출복으로 갈아입으렴."

아이를 향해 웃으며 말을 하는 미노루를 그녀는 멍하니 바라보기만 했다. 그것은 류 역시 마찬가지였다.

"지금 마사키 삼촌네 갈 거야."

"응? 정말?"

믿기지 않는 듯 작은 목소리로 되묻는 아이로 인해 미노루는 기쁜 표정을 숨기지 못했다. 여간해서는 그에게 반응을 보이지 않는 아들이었으니 말이다.

"그럼, 어서 준비하렴. 그리고 이번에는 아버지가 일 때문에 함께 가지 못해. 대신 선생님이 같이 가주실 거야."

미노루는 그녀가 빼도 박도 못하게 미리 선수를 쳤다. 그에 환호를 지르며 그녀에게 매달리는 류타를 초아는 가만히 안아주었다. 잠시 그러고 있던 아이는 얼른 밖으로 달려나갔다. 어지간히도 빨리 가고 싶은 모양이었다.

"내가 너무 일방적이라는 거 인정해요."

둘만 남겨지자 미노루가 말했다. 그러나 초아는 입술만 깨문 채 그의 말에 반응을 보이지 않았다.

"그런데 류타가 저렇게 좋아하는 거 보니까 당신에게 미안한 것과는 별개로 참 좋네요. 제 엄마 죽기 전에는 자주 갔던 곳이라 또다시 아픈 기억이 살아날까 봐 선뜻 가자고 말 못했는데. 다 당신 덕이에요. 고마워요, 니지."

도저히 더 이상은 어찌할 바가 없었다. 그녀는 이번 한 번만이라고 생각했다.

그곳에서 천천히 류타와의 이별을 준비하면 될 일이니까. 그리고 그 사람과도.

"마침 레이는 아버님의 호출을 받아 갔으니, 서두르면 마주치지 않을 수 있어요."

마치 그녀의 생각이 누구에게 닿아 있는지 아는 듯, 속삭임과 같은 미노루의 말이 들려왔다. 초아의 시선이 도쿄만 건너를 향했다. 자신에게 다시금 행복을 꿈꾸게 만든 그 사람이 있을 그곳을.

오늘 아침 왠지 우울해 보였던 그녀의 모습이 자꾸만 떠오르며 운전을 하는 레이의 시야를 어지럽혔다. 마음은 당장이라도 그녀에게 달려가 무슨 일이 있는 거냐고 묻고 싶은데, 결국은 아버지의 부름에 충실히 응답하여 에바스의 본가로 갈 수밖에 없는 현실이 미치도록 싫었다.

일본식 최고급 주택들이 즐비한 동네에서도 키쿠치 회장의 저택은 전통의 느낌을 고스란히 간직한 채 그 위용을 자랑하고 있었다. 이층으로 지어진 건물의 날아갈 듯한 기와를 물끄러미 바라보던 레이는 차를 주차한 후, 정원으로 들어섰다.

현관으로 가던 중 그는 남빛 도복 차림으로 정원 한가운데 서 계신 아버지의 안광이 자신을 집어삼킬 듯 와 닿는 것을 느끼고 걸음을 멈추어야 했다. 인사를 드리려 고개를 숙이려던 찰나, 미처 막을 겨를도 없이 휙 날아든 검이 그의 바로 오른쪽 귀밑을 스치고 지나갔다.

숨을 멈춘 채 레이는 들었던 팔을 스르륵 내려놓는 아버지를 바라보았다.

"이번엔 네놈 머리칼뿐이지만, 또다시 이런 일이 생긴다면 다음엔 목이다."

그는 자신의 발치 아래 떨어진 머리카락을 내려다보았다. 검날이 닿는 순간 깨끗이 베어진 그것을 보며 섬뜩함을 느꼈다. 예전 같으면 차라리 저것이 자신의 목이었다면 하고 생각했을는지도 모른다. 하지만 그는 이제 죽음이 두려웠다. 그 가운데 떠오르는 건 어김없이 니지의 얼굴이었다.

"다른 건 다 드릴 수 있지만, 목은 안 됩니다."

마치 다른 사람의 것인 양 흘러나오는 목소리. 레이는 몸을 돌려 나무에 단단히 박힌 검을 빼냈다. 그것을 햇살 아래 치켜든 그는 검날을 사이에 두고 아버지와 시선을 팽팽히 대치했다.

"그전에 저는 키쿠치라는 이름을 버리겠습니다."

"네, 네놈이 정녕 미친 게냐?"

"훗…… 그럼 이십여 년 전 제 어머니를 버리셨을 때, 아버진 정녕 미치셨던 것입니까?"

생전 걸음걸이의 속도를 높인 적 없는 아버지가 득달같이 달려와 그의 뺨을 후려친 것이 그 질문에 대한 답이었다. 목이 홱 돌아갈 정도의 거센 타격.

"어디서 함부로 지껄이는 게야? 네가 뭘 안다고! 네까짓 녀석이 키쿠치 가의 수장으로서의 책임감이나 의무에 대해 알기나 해?"

"제 어머니에게도 책임은 있으셨습니다. 한낱 가난한 한국 여자와 일본 제일의 전자회사인 JG그룹. 세상에 보는 객관적 가치는 물론 후자가 월등히 앞서겠죠. 하지만 인간은 그 모든 가치를 초월한다고 생각합니다. 그것도 한때나마 사랑했던 여인의 경우에는.”

같은 뺨에 아까보다 더 억센 충격이 느껴졌다. 레이는 입속에 고이는 비릿한 느낌에 지나치게 푸르러 이 분위기와 전혀 어울리지 않는 느낌을 주는 잔디 위로 침을 뱉어냈다. 그것은 선홍색. 녹색의 잔디와 극렬한 대조를 이루었다.

아릿한 통증을 누르며 레이는 말을 이었다.

“아버지와 전 서로 가치를 두는 쪽이 다를 뿐입니다. 아버지가 그토록 소중히 여기시는 JG그룹, 그 전부를 주어도 포기할 수 없는 사람이…… 제겐 있습니다.”

말을 내뱉고 나서야 레이는 니지를 향한 자신의 마음의 깊이가 생각보다 깊다는 것을 깨달았다. 처음엔 그녀를 통해 어머니를 보았고, 그래서 절망에서 벗어나게 해주고 싶다 생각했다. 그런데 지금은 그녀만 보인다. 꼭 어머니 때문이 아니라도, 니지의 얼굴에서 행복한 미소가 사라지지 않았으면 했다. 이런 것이…… 사랑일까.

“얼간이 같은 자식! 기껏 여자 문제였냐!”

경멸스럽다는 어조는 이제 그에게 아무런 아픔을 안겨주지 못했다, 항체가 생겨 버린 지독한 병마냥. 그는 무미건조한 음성으로 마지막 인사를 고했다.

“제 의사는 충분히 전달되었으리라 생각합니다. 그럼.”

그러나 돌아서는 그의 등줄기에 꽂히는 한마디는 매서웠다.

"네 멋대로 그만둘 수 있을 거라 생각하지 마라."

많은 걸 가졌지만, 여전히 부질없는 탐욕의 구렁텅이에서 몸부림치고 있는 이들. 그에게 성을 준 아버지와 그에겐 남보다 못한 어머니.

잠시 걸음을 멈춘 레이는 떨어진 자신의 머리칼을 다시 한 번 더 내려다보며, 그것처럼 키쿠치와의 연을 손쉽게 잘라낼 수 있었으면 하고 바랐다. 누구나 우러러보는 JG그룹의 후계자. 그것이 허울 좋은 감옥에 불과하다는 것을 그는 이미 오래전부터 알고 있었기에.

잠시잠깐 머물렀음에도 가슴이 무거워졌다. 잘려진 머리칼만큼의 무게라도 가벼워져야 할 텐데 언제나와 같았다. 왔던 길을 되밟아 나가는 레이의 입매에 씁쓸한 웃음이 맺혔다.

차에 올라 오다이바로 가는 동안, 그는 답답함을 이기지 못하고 차창을 열어젖혔다. 도쿄만이 가까워질수록 습한 공기가 비강을 통해 폐부 깊숙한 곳까지 적셔들자 그의 호흡이 부드러워졌다. 레인보우 브릿지를 건너는 동안 생각나는 한 사람. 이젠 어머니가 아니라 그녀, 니지에게로 가야겠다. 자신의 행동이 바람직했음을 그녀를 통해 확인받고 싶었다. 액셀러레이터를 밟는 레이의 얼굴에 여느 때와 다른 다급함이 서렸다.

맨션의 주차장에 이른 그가 차에서 나와 운전석의 문을 닫던 중, 승용차 하나가 진입하는 것이 보였다. 눈에 익은 실루엣. 미노루의 혼다 차량이었다. 형수의 사고 이후 좀처럼 운전을 하지 않는 형인데. 게다가 지금쯤이면 형은 방 안에 틀어박혀 한창 그림을 그리고 있을 시간인데. 살갗을 파고드는 불길한 예감으로 레이의 눈매가 가늘어졌다.

엘리베이터 앞에서 키쿠치 가의 배다른 형제가 마주 섰다.

"얼굴이…… 엉망이구나."

그의 잘려진 머리칼과 터진 입술을 훑어본 미노루가 힘겹게 말을 꺼냈다. 그러나 지금 레이에겐 그런 것들은 중요치 않았다. 관심사는 오직 하나. 그는 형에게서 시선을 떼지 않으며 물었다.

"어딜…… 다녀오는 거지?"

"응, 역에 잠시."

애써 숨기려 했지만, 언제나 표정에서 모든 감정이 드러나는 형답게도 당황한 기색이 엿보였다. 왠지 불안한 느낌이었다. 다음 순간, 엘리베이터가 도착해 문이 열렸다. 눈길을 피하며 그것에 오르려는 미노루의 앞을 레이가 막아섰다. 그의 등 뒤에서 스르륵 문이 닫히는 소리가 들렸다.

"무슨 짓이야!"

노려보며 소리치는 미노루는 평소와 달랐다. 왠지 잔뜩 긴장하고 있는 듯했다. 자꾸만 다급해지는 가슴을 억누르며, 부러 레이는 또박또박 물음을 던졌다.

"역에는 왜?"

그에 미노루에게서 한숨이 터져 나왔다, 어쩔 수 없다는 듯한.

"류를 바래다주고 오는 길이야."

"류가 어딜 가? 혼자?"

니지. 그의 예감은 이미 답을 알고 있었다. 그러자 드는 성마름으로 물음의 간격이 좁아졌다.

"네가 짐작하는 대로, 그녀와 갔어."

"왜?"

생각한 그대로의 답변. 그에 뭔가가 속에서 툭 끊어지는 듯했다. 지독히도 가라앉은 자신의 되물음이 스스로도 믿기지 않을 정도로 내부의 충격은 컸다.

"네가 자초한 일이잖아. 어제, 그런 짓을 저질러 놓고도 그녀가 무사하길 바랐니?"

"왜! 왜 그랬어!"

훈계조로 이어지던 미노루의 말이 끝날 무렵, 레이를 지탱해 주고 있던 마지막 이성의 끈이 무너졌다. 목구멍 저편에서 터져 나온 고성이 주차장 안을 가득 메우고 돌았다.

그의 격렬한 반응에 놀란 듯 동공을 확대한 채 서 있던 미노루는 진심 어린 설득조의 말을 늘어놓았다.

"어머니가 어떤 분인지 모르는 바 아니잖아. 그래서 그랬다. 여기서 상처 입을까 봐. 그렇다고 해서 그녀를 멀리 떠나보낼 순 없었어. 류에겐 아직 니지가 필요해."

"설마…… 그녀에게 어머니 이야기를 한 건가?"

"뭐라 둘러댈 말이 없었어."

미노루의 씁쓸한 대꾸 앞에 레이의 가슴 한켠이 무너져 내렸다. 여전히 과거의 상처로 악몽을 꾸는 그녀인데, 과거는 가슴에 묻은 채 여기서 새로운 인생을 살려 하는 그녀인데. 그런 그녀가 자의 든 타의든 결국은 자신 때문에 또다시 상처를 입었다 생각하니 견딜 수가 없었다. 상처 많은 그 작은 가슴이 얼마나 아팠을지 생각하는 것만으로도 키쿠치 가의 일원인 자신이 미워 죽을 지경이었다.

"어디로 갔어?"

묻고 있는 목소리가 잘게 떨려 나왔다. 자신과 자신을 포함한 키쿠치 가에 대한 원망, 니지에 대한 걱정이 그를 흔들어놓고 있었다.

"레이, 진정한 후 다시 생각해라. 네가 지금 움직인다면, 상황이 더 나빠져."

"형이 얘기하지 않아도 내가 찾아낼 수 있어."

"레이!"

다가와 어깨를 붙드는 형의 손길을 레이는 단호하게 뿌리쳤다. 키쿠치 가에서 유일하게 가족이라고 여겼던 미노루였는데, 지금의 형은 부모님보다 더 멀게 느껴진다. 예전 한국 여자와 사랑에 빠져 부모님을 거역했던 자신의 행동을 보상받기 위해 그를 희생시키려 한다는 생각마저 들었다.

원망의 감정이 고스란히 드러난 혼잣말을 레이는 중얼거렸다.

"아프지 않게 해주고 싶었어."

혼자만의 상념에 잠긴 탓에 미노루의 눈동자가 안타까움으로 젖어들고 있다는 것을 그는 알지 못했다.

"나로 인해 상처 따윈 주고 싶지 않았단 말야."

고개를 든 레이의 시야 속에 바람이 부는 다리 위에 위태롭게

서 있던 그녀의 모습이 떠올랐다. 새파랗게 질려 있던 입술, 공허하기 짝이 없던 눈동자, 부들부들 떨리는 팔다리가 처연한 영상이 되어 그를 스치고 지나갔다.

"혼자 아프게 하지 않아."

결심이 선 레이에게서 단호한 한마디가 흘러나왔다. 그는 자신을 막아서고 있는 형을 그대로 스쳐 원격으로 차에 시동을 걸었다. 등 뒤에서 미노루의 울부짖음이 들려왔다.

"레이! 어차피 안 되는 일이야! 그렇게 막무가내로 굴다간 너도, 니지도 다친다고!"

그러나 레이는 입술을 꾹 다문 채 운전석에 올랐다. 어디로 가야 할지, 어떻게 찾아야 할지 모르지만 어쨌든 가야 했다. 멍하니 앉아 기다릴 수만은 없었다. 그 여자, 레인보우 브릿지에서의 그날처럼 또다시 생을 버리려 들지나 않을까 겁이 나서 이대로는 아무것도 할 수 없을 것 같았다.

아무래도…… 이건 사랑이었다.

도쿄역에서 JR신칸센을 탄 덕에 초아와 류타는 예상보다 훨씬 일찍 오다와라역에 도착할 수 있었다. 한국인들에게 온천 여행지로 각광받는 하코네인만큼 그 관문인 오다와라역은 당연히 북적일 것이라 생각했건만, 역사(驛舍)는 뜻밖에도 한산했다. 아직 온천 여행의 제철이 아니라서일까. 평일이라서일까.

그렇게 주위를 둘러보고 서 있던 그녀에게 류타는 잡고 있던 손을 흔들어 자신의 존재를 일깨웠다.

“선생님, 목 말라요.”

초아의 시선이 자동적으로 벽에 걸린 커다란 시계를 향했다. 그들을 마중을 나온다 한 야마다 씨와의 약속 시간이 아직 삼십 분 이상이나 남은 것을 확인한 초아는 역 구내에 있는 편의점으로 류타를 데리고 발걸음을 옮겼다.

아이는 복숭아맛 음료와 하코네의 명물인 온센 만쥬를 골랐다. 음료수 뚜껑을 돌려 열며 초아는 편의점 앞의 의자로 아이를 데려 갔다.

“천천히 마셔.”

그러고 개봉된 음료수를 건네는 그녀에게 류타는 만쥬 하나를 내밀었다. 작은 손에 들린 그것을 가만히 내려다보고 있노라니 옛 기억의 편린이 떠올라 그녀를 아프게 했다.

「우리 딸, 엄마가 찐빵 사 왔다~」

유난히도 찐빵을 좋아했던 그녀. 생긴 것과 식성이랑 어쩜 그리 같냐고 ‘찐빵’ 이라 시아와 어머니에게서 놀림도 많이 당했었는데. 팥을 넣은 작은 빵인 만쥬를 보니, 식당 일을 마치고 집으로 와 가끔 그녀에게 따끈한 찐빵이 담긴 봉지를 건네곤 하시던 어머니의 기억이 떠올라 가슴이 아렸다. 어머니가 그렇게 돌아가신 이후로 찐빵이라면, 아니, 팥이 든 빵이라면 입에 대지도 않았다. 그러나 그렇다고 하여 한없이 맑은 눈으로 성의를 보이는 류타를 외면할 수만도 없었다.

“그래, 고마워.”

어쩔 수 없이 그것을 받아 든 초아는 멀거니 류타가 먹는 모양을 지켜보기만 했다. 가끔 부스러기가 묻은 아이의 입가를 닦아주기도 하며. 그런 그녀에게 싱긋 미소를 돌리는 아이의 표정이 오다이바에서보다 훨씬 밝아 보여 초아는 묻고 말았다.

"류, 하코네에 오니까 좋아?"

"네. 마사키 삼촌도 좋고, 이즈미 누나도 좋고, 선생님도 좋아요."

"그래."

이즈미. 처음 듣는 이름이다.

괜한 호기심이 드는 것을 억누르며 초아는 굉장한 만족감이 깃든 류타의 말에 고개를 그저 끄덕여 주었다.

그래, 이 아이가 좋으면 그것만으로도 된 거다.

그렇게 류타의 먹는 양을 지켜보아 주고, 간간이 물음을 던지는 동안 삼십 분이 흘렀다. 머리 위로 드리워지는 그림자에 초아는 고개를 들었다. 그녀가 상대의 얼굴을 살피고 채 인사를 건네기도 전에 아이의 낭랑한 음성이 역내를 퍼져 갔다.

"삼촌!"

190㎝는 충분히 넘어 보이는 장신에다 건장한 체구의 남자가 아이를 번쩍 안아 공중에서 휘둘렀다. 혹시라도 저러다 떨어지는 건 아닐까 불안초조한 눈빛으로 다가서던 그녀는 류타가 까르르 웃는 소리에 그만 멈춰 서고 말았다. 아이는 지금 너무도 행복해 보였다. 일 년 전 어머니를 잃고, 말을 잃었던 음울한 소년의 모습은 어디서도 찾아볼 수 없을 정도로.

"안녕하세요? 야마다 마사키입니다."

“안녕하세요. 류타의 가정교사…… 니지예요.”

아이와 요란스런 상봉을 해대던 남자는 한참 후에야 그녀를 발견하고 인사를 건네왔다. 그에 초아는 잠시 머뭇거리다 ‘니지’ 라는 이름을 입에 담았다. 그러자 어김없이 떠오르는 그 사람의 얼굴. 그것을 밀어내며 애써 마사키의 눈에 초점을 맞춘 초아는, 상대가 그녀가 성을 말하지 않은 것에 대해 의구심을 드러내지 않고 있다는 것에 대해 다행이라 여겼다.

“하코네는 처음이시죠?”

여전히 류타를 안은 채로 그가 물어왔다. 초아가 고개를 끄덕이는 동안, 남자는 그녀가 들고 있는 짐 가방을 가볍게 채어갔다. 괜찮다고 말을 하려는데, 앞서 걸어가 버리는 마사키로 인해 초아는 그를 따라 총총걸음을 걸어야 했다.

그와 나란히 걷노라니 더욱더 마사키의 거대한 체구가 인식되었다. 일본인치고, 아니, 일본인이 아니라도 굉장한 키와 몸집이다. 게다가 코밑수염과 구레나룻까지 길러 전체적으로 굉장히 남자는 거친 느낌을 풍겼다. 그러나 류타에게 하는 걸 보고, 말을 해보니 첫인상과 달리 좋은 사람이라는 것을 알 수 있었다.

그렇게 역을 나온 그들은 마사키가 차를 세워둔 곳까지 가 멈춰섰다.

“타세요.”

그가 짐을 트렁크에 싣는 동안, 빙판길도 거뜬하게 달릴 것 같은 튼실해 보이는 사륜구동의 뒷좌석에 초아는 류타와 함께 앉았다. 곧 운전석에 앉는 상대를 향해 그녀는 고맙다는 짧은 인사를 그제야 건넬 수 있었다.

"천만에요. 미노루가 신신당부를 하더라구요, 선생님 잘 모시라고."

시동을 넣은 남자는 룸미러를 통해 웃으며 말했다. 류타를 안은 팔을 풀지 않은 채 애써 웃음을 돌리던 초아의 귓가에 마사키의 목소리가 이어 들렸다.

"미노루와 혜…… 아니, 미노루는 일 년에도 몇 번씩 제가 운영하는 온천을 찾곤…… 했죠. 류타, 너 기억나니?"

아마도 류타의 어머니를 마사키는 잘 알고 있나 보다. 습관적으로 그 이름이 흘러나오려는 걸로 보아. 다행히도 류타는 아무런 눈치도 채지 못한 듯 고개를 거세게 끄덕였다.

"그럼, 가보실까요?"

뒷좌석을 돌아보며 씩씩하게 말하는 남자. 마사키의 활력에 동화된 건 류타만은 아닌 듯하다. 그녀의 입매에서도 미소가 사라지지 않는 걸 보면.

온천 타키쿠엔[多菊苑]은 아시호수[芦ノ湖]의 남쪽 모토하코네[元箱根] 부근에 위치하고 있었다. 오다와라에서 한 시간가량을 차를 타고 달린 그들은 마사키가 운영하는 그 온천에 도착할 수 있었다.

"등산열차와 로프웨이, 유람선을 차례로 타고 오는 게 더 관광온 기분도 내고 좋을 텐데. 다음에 하코네유모또[箱根湯本]까지 나갈 일이 있을 때, 같이 한번 타요."

하코네유모또는 하코네의 초입에 위치하고 있는 마을로서, 하

코네 최대의 온천 지대로 유명했다. 사실 여기 오기 전까지 그녀
는 당연히 마사키의 온천도 그 마을에 있을 것이라 생각했었다.

"네, 가능하다면요."

자신이 얼마나 오래 하코네에 머물지 알 수 없는 일이었기에 초
아는 두루뭉술한 대꾸를 돌렸다. 처음 만난 자신에게 스스럼없이
제안을 하는 마사키가 참으로 천진하다 여기며.

외관상으로는 오는 동안 수없이 보았던 다른 온천들과 그다지
다를 바 없는 이층 목조 가옥 타키쿠엔으로 들어가기 전, 초아는
잠시 온천 앞에 펼쳐진 아시호수와 그 위에 떠다니는 마치 중세의
해적선처럼 크고 화려한 유람선의 모습을 넋을 잃고 바라보았다.
그것은 류타 역시 마찬가지였다. 아이에게서 터져 나오는 환성에
초아는 정신을 차리고 인내심있게 기다리고 선 마사키에게로 돌
아설 수 있었다.

"이리로."

마사키의 안내에 따라 그들은 본채를 비켜 뒤편으로 향했다. 그
러자 그곳에 드러난 가지각색의 아름다운 국화 정원은 그녀의 얼
을 빼놓기에 충분했다. 이제야 왜 온천의 이름이 다국원인지 초아
는 이해할 수 있었다.

"이걸 다 야마다 씨가 기르신 건가요?"

그녀의 감탄 어린 물음에 마사키의 너른 어깨가 자랑스레 올라
가는 것을 초아는 놓치지 않았다.

"아버지, 또 그 아버지 대부터 쭈욱 이어온 가업이에요. 이 정원
역시 마찬가지이구요."

정말 대단하다는 생각밖에 들지 않았다. 그녀가 그렇게 주위 경관에 눈을 빼앗겨 있는 동안 어느새 그들은 본채와는 정원을 사이에 두고 떨어져 있는 별채에 이르렀다. 역시 전통 일본식으로 지어진 작은 건물의 입구에서 사무에(온천 작업복)를 입은 나카이상(여급)이 기다리고 있었다.

"오키미(안주인)가 나와 인사를 드려야 하는데, 제가 미혼인 관계로. 이해하시죠? 여긴 별채의 일을 맡고 있는 이즈미 양입니다."

"누나!"

마사키의 소개가 끝나기 무섭게 그녀의 손을 뿌리치며 류타가 여자에게로 달려들었다. 그러자 아이를 안아주면서도 그녀를 향해 깊숙이 허리를 숙여 보이는 여인을 향해 초아도 덩달아 인사를 했다.

"류, 그동안 많이 컸구나."

아이의 머리를 쓰다듬는 손길과 내려다보는 눈빛에선 숨길 수 없는 애정이 드러났다. 그 모습을 멀거니 바라보고 있던 초아와 잠시 후 고개를 든 이즈미의 시선이 다시 마주쳤다. 자세히 보니 여자는 그녀보다 어리거나 비슷한 또래 같았다. 여느 일본 여인답지 않게도 키가 컸고, 서구적인 생김새의 미인이었다.

"들어가자마자 유카타로 갈아입으세요. 그리고 온천은 저녁 식사 전에 하시는 게 좋아요."

마사키가 더 말을 이으려는데, 그의 휴대폰이 울렸다.

"자세한 건 이즈미가 준비해 줄 겁니다. 피곤하실 텐데, 우선 쉬세요. 류타, 나중에 보자.”

휴대폰을 귓가에 가져가며 마사키는 커다란 덩치에 어울리지 않게 빠른 동작으로 본채로 걸어가 버렸다. 그녀의 짐은 이즈미에게 건넨 후.

그들을 향해 따라오라는 듯 손짓을 하며 이즈미가 장지문을 열었다. 여자를 따라 들어간 별채는 다다미가 깔린 거실을 기점으로 양식과 전통식의 방 두 개가 각기 자리하고 있었다. 방은 크지 않았지만 정갈하게 꾸며져 있었고, 각기 테라스에서는 국화 정원을 내다볼 수 있었다.

“별채에는 본채와 별개의 노천 온천이 딸려 있어요. 이리로.”

테라스의 문을 열고 그렇게 아래의 풍경에 심취해 있던 초아를 이즈미가 불렀다. 그녀는 류타에게 그대로 있으라는 말을 남긴 후 아즈미를 따랐다. 거실로 나가 또 다른 문을 열자 널따란 욕실이 나타났고, 그것을 지나쳐 또 문을 열자 마치 다른 세상처럼 노천 온천이 모습을 드러냈다. 풀과 나무로 우거져 세상과 차단된 또 하나의 세상.

그 아늑하고 따스한 느낌에 초아는 순간 숨을 훅 들이켰다.

“식사 전에 몸을 씻고 온천을 하세요. 저녁 식사는 언제가 좋으시겠어요?”

한 번도 일본의 전통 료칸에 와보지 않은 그녀로서는 당혹스런 질문이었다. 잠시 멍하니 서 있는데, 아즈미가 친절한 얼굴로 설명을 덧붙여 주었다.

“편하신 시간에, 방으로 가이세키[懷石] 요리를 가져다 드린답니다.”

그제야 이해를 한 그녀는 류타와 자신이 넉넉하게 온천을 즐길 시간을 가늠해 본 후 대답했다.

“일곱 시쯤이 좋겠어요.”

그녀의 대답에 깍듯이 알겠다는 한마디를 하는 이즈미를 초아는 가만히 바라보았다. 분명 처음 보는 사람인데도, 왜인지 친근한 느낌이었다. 그녀의 탐색하는 시선에도 불쾌한 낯빛 하나 없이 이즈미는 그 자리를 지킬 뿐이었다.

이상하다, 진한 유황 냄새에 사고가 마비된 것은 아닐 텐데. 온천에서 올라오는 뜨거운 수증기에 시야가 흐려진 것도 아닐 텐데.

그런 그녀의 생각은 멀리서 들려오는 류타의 발소리에 멈춰졌다. 그리고 곧 나타난 아이의 밝은 미소에 초아의 입가에도 덩달아 미소가 어렸다. 그녀는 보지 못했지만 조금 전까지 지극히 사무적이던 이즈미의 얼굴에도 같은 미소가 떠올라 있었다.

무슨 짓을 해도 다시는 어머니가 자신의 곁으로 돌아올 수 없다는 것을, 그리고 발버둥을 쳐도 절대 키쿠치라는 성을 버릴 수 없다는 것을 알았을 때 레이는 절망했었다. 그런데 지금 그 반갑지 않은 절망감이 그를 사로잡고 있었다. 니지의 행방에 대해 미노루는 입을 열 생각을 하지 않았고, 그 자신도 알 길이 없었기에.

찾아내겠다고 큰소리를 쳤지만, 무조건 찾아내야 한다고 동동거려 보았지만 헛수고였다. 그가 알아낸, 아니, 알고 있는 사실이라고는 이제 도쿄 안에는 그녀가 없다는 그것 하나뿐.

어둠이 드리워진 해변가를 그는 홀로 거닐었다. 미노루의 부름을 뿌리치고 나가 내내 운전을 하고 돌아다녔기에 피곤할 법도 하건만, 레이는 그 피곤함조차 느끼지 못했다. 암흑과도 같은 바다와 레인보우 브릿지를 바라보는 그의 눈망울에 또다시 다리 난간에서 떨고 있던 여자의 모습이 펼쳐지고 있었다.

"도대체 어디 있는 거지."

레이의 한탄이 가을의 바닷바람 사이로 스며들었다. 그렇게 풍경과 혼연일체가 된 듯 미동도 없이 서 있던 그의 귓가에 희미하게나마 들려오던 음악 소리가 커졌다. 그것이 재킷 안주머니에 넣어두었던 휴대폰 벨소리라는 것을 인지한 레이의 손놀림이 다급해졌다. 그는 발신번호도 확인치 않고서 곧장 폴더를 열었다.

"네."

[저예요, 윤지.]

"아."

신윤지. 한국에서 데려온 키쿠치가 아닌 레이의 또 다른 혈육, 외사촌 여동생. 마사키의 온천에 데려다 놓았다 뿐이지, 제대로 신경을 써주지 못했는데도 윤지는 언제나 그에게 웃어주는 착한 아이다.

꽤 오랜만에 듣는 윤지의 음성임에도, 상대가 단지 니지가 아니라는 이유만으로 실망을 하는 자신을 레이는 질책했다.

"잘 지내니?"

[네. 다름이 아니라…….]

착 가라앉아 있던 윤지의 음성이 문이 닫히는 소리에 이어 약간 커졌다.

[아무래도 이상하다 싶어서요.]

윤지, 아니, 이즈미의 말에 휴대폰을 쥔 레이의 손아귀에 힘이 쥐어졌다. 레인보우 브릿지를 하릴없이 향하던 그의 눈동자에도. 이즈미의 다음 말을 기다리는 몇 분이 몇 시간처럼 느껴졌다.

[오늘 갑자기 류타와 그 선생님이라는 여자가 온천에 왔어요. 그런데 야마다 씨는 이 사실을 절대 키쿠치 씨한테 얘기하지 말라고 하시는 거예요. 무슨 일이 있는 건가요?]

기다렸던 이의 이야기가 이즈미의 입을 통해 흘러나오는 순간, 레이는 그대로 폴더를 덮고 달려나가고픈 심정이 되었다. 그러나 전화를 해준 이즈미의 존재를 마냥 무시할 순 없었다.

"고마워."

그의 치하 섞인 대답에 이즈미는 반응을 보이지 않았다. 당황한 것일까. 레이는 다시 한 번 고맙다는 말을 중얼거린 후 통화를 끝냈다.

그는 현란하게 불이 밝혀진 레인보우 브릿지를 바라보던 몸을 돌려 차가 세워진 맨션을 향해 천천히 걸음을 내디뎠다. 그것은 이내 빠른 걸음이 되고 달음질이 되었다. 그러나 아무리 빨라도 몸이 마음의 속도를 따를 수는 없는 법. 그녀가 있을 그곳으로 그의 마음은 이미 내달리고 있었다.

류타와 온천을 한 후 초아는 여유롭게 저녁 식사를 즐겼다. 이때 마사키와 이즈미도 동석을 했는데, 사무에를 벗은 이즈미는 꽤

나 부드러운 표정을 짓고 있어서 한결 어려 보였다. 분위기 메이커는 역시 마사키였고, 초아는 거의 듣기만 했다. 그런 와중 가끔 그녀를 관찰하는 듯한 눈빛이 의식되어 돌아보면 언제나 이즈미가 시선의 끝에 있었다.

"류에게 한국말을 가르쳐 준다 들었어요. 혹시 한국 사람?"

늘 집에만 있다 차를 타서 피곤했던지 식사 후 곧장 잠이 든 류타를 방에 안아다 뉘어놓고 그녀가 돌아왔을 때, 마사키가 물었다. 그에 잠시 머뭇거리던 초아는 조용히 대꾸를 했다.

"네."

그러자 그녀를 보던 이즈미의 눈빛에 다분히 놀란 기색이 어렸다.

「어머, 한국 분이셨어요? 어쩐지. 반가워요.」

놀란 건 초아도 마찬가지였다. 서구적인 용모의 이즈미에게서 한국말이 흘러나올 줄은…… 전혀 뜻밖의 일이었다.

"이런, 타국에서 같은 조국인과의 조우인가요? 후훗, 그럼 두 사람이서 천천히 얘기 나눠요. 나는 이쯤에서 퇴장해 줄 테니까."

"그냥 계세요. 괜찮은데."

일어나는 마사키를 이즈미가 말려보았으나, 그는 괜찮다는 듯 손사래를 치며 일어났다.

"아니, 마무리해야 할 일도 있고. 뒷정리 부탁해."

이즈미를 가만히 내려다보던 마사키는 그녀를 돌아보고서 고개를 숙여 보인 후 나갔다. 커다란 그의 뒷모습에 머물러 있던 시선을 돌려 이즈미가 그녀를 바라보았다. 두 사람만 남겨지자 괜히 불편해진 초아는 유카타 자락을 매만졌다. 연분홍 바탕에 하얀 잔 꽃무늬가 수놓아진 그것의 까슬한 느낌이 좋았다.

「한국 어디서 오셨어요?」

이즈미의 물음에 숨이 막히는 것만 같았다. 이래서 도리어 일본 인보다 한국인이 반갑지 않다. 벗어나고자 했던 모든 것을 다시 떠올려야 하기에.

「죄송해요. 그 얘긴 별로 하고 싶지 않네요.」

건조한 그녀의 대꾸에 이즈미는 잠시 당황한 듯했으나, 놀랍게 도 별다른 불쾌한 기색 없이 웃어주었다.

「아, 그러시구나. 그럼 제 얘기만 하죠 뭐. 전 신윤지. 서울에서 왔어요. 근데, 나이는 물어도 되죠?」

그것까지 차마 뿌리칠 수는 없어 초아는 간결하게 대꾸했다.

「스물여덟이에요.」

「어머! 그렇게까지 안 보이는데…… 나보다 세 살 많으니까 언 니라고 불러도 되죠?」

고개를 끄덕이며 초아는 생각했다. 저렇게 잘 웃고, 말도 잘하 는데 나카이상 일을 할 때는 어떻게 그렇게 사무적인 얼굴을 할 수 있는 건지. 윤지를 훑어보는 그녀의 시선에는 어느덧 신기하다 는 빛이 떠올라 있었다.

「어떻게 여기까지 흘러든 것인지 궁금하죠? 사실은 류타의 삼 촌 말이에요, 키쿠치 씨. 그분의 도움이 없었다면 한국에서 저 어 떻게 됐을지도 몰라요.」

묻지도 않은 말을 시작하며, 윤지는 곁에 놓인 도자기병을 들어차게 식힌 니혼슈[日本酒]를 잔에 따라 마셨다. 그동안, 윤지가 말을 하는 키쿠치 씨가 레이라는 것을 알기에 괜히 신경이 쓰인 초아는 여자의 말이 이어지기를 가만히 기다렸다.

「어렸을 때 어머니가 돌아가시고 아버지랑 단둘이 살았는데 아버지마저 내가 대학 입학을 앞둔 시점에 암으로 돌아가셨거든요. 고등학교 졸업하고 이리저리 아르바이트를 해도 병원비를 충당하긴커녕 빚만 커지던 차라 정말 죽고 싶을 만큼 암당했는데, 키쿠치 씨가 저한테 손을 내밀어주신 거예요. 대뜸 나타나서는 빚도 갚아주겠다, 직장도 구해주겠다고 했죠. 자신이 죽은 내 고모의 아들이라고 하는 일본 남자를 대개는 믿지 않아야 정상일 텐데, 그냥 믿음이 가더라구요. 자세히 보니 우리 아빠랑 좀 닮기도 했고, 훗. 말도 없고 무뚝뚝해서 여전히 편한 사이는 아니지만, 그분한테 많이 고마워하고 있어요. 키쿠치 씨 아니면 취업 비자도 받기 힘들었을 거고, 그랬다면 아픈 기억뿐인 한국에서 내내 허덕이며 살고 있었을 테니까. 그래도 아직 '오빠'라고조차 부르기 힘든 거 있죠. 예전엔 말이 안 통해서 그랬고, 지금은 우리 둘의 혈연관계를 아는 이도 마사키 씨밖에 없어서 부르기가 더 그래요.」

참 힘든 삶인데, 저렇듯 아무렇지도 않게 이야기를 하는 윤지가 대단해 보였다. 그리고 그녀가 한국인임을 넘어 레이의 사촌 여동생이라는 사실을 알게 되어서일까, 더욱 친근감이 들었다. 처음부터 왜 그리 친숙한 느낌을 가졌었는지 이제야 깨닫게 되었다.

「나 취했나 봐요. 얘기가 주저리주저리 길어지네. 상은 이대로 두세요. 곧 다른 나카이상을 보낼게요.」

일어나며 비틀거리는 윤지를 초아는 붙잡아주었다. 그녀를 내려다보는 눈빛에 다 안다는 감정이 어려 있었다.

「언니도 나만큼 아팠나 보네. 나도 이런 얘기 쉽게 하는 거 아녜요. 몇 년 지나니까 무덤해졌나 봐요. 언니도 그렇게 될 거예요.」

「그래요.」

이도 저도 아닌 대답을 한 초아는 별채 입구까지 윤지를 바래다주었다. 어둠이 깔린 정원까지 같이 나가려 했으나, 고집스레 그녀를 말리는 상대로 인해 어쩔 수가 없었다.

「나 취해서 손님한테 부축까지 받은 거 알면, 주방장 아저씨한테 혼나요. 요즘 요리법 전수 받으려고 수 쓰는 중인데, 만약 그래 봐요. 절대 안 가르쳐 주려고 들걸요? 얼마나 고집쟁이인데요. 아, 한국말 하니까 정말 좋다. 맹꽁이 아저씨 욕도 막 해도 되고. 훗, 맹꽁이는요, 내가 지은 별명이에요. 워낙 꽁생원이라서.」

나가서도 한동안 얘기를 늘어놓던 윤지가 마침내 본채를 향해 돌아서 가버리자, 그녀 주위로 침묵과 어둠만이 깔렸다. 정말 혼자가 된 기분. 혼자임이 낯설지도 않은데, 새삼스레 저며드는 외로움에 초아는 고개를 털어내며 안으로 들어갔다.

조금 전까지 마사키와 이즈미가 있던 흔적이 남아 있는 거실을 지나 그녀는 욕실로 향했다. 이대로는 도저히 잠이 올 것 같지 않아 따스한 물에 몸을 담그면 나른함이 찾아오겠지 싶어서였다. 그곳에 혼자임을 알기에 초아는 대담해질 수 있었다. 욕실의 입구에서 유카타를 벗어 옷웅덩이를 만들어놓은 그녀는 알몸으로 샤워기 아래 섰다. 뜨거운 물줄기를 한동안 맞고 있노라니 머릿속 생각들이 깨끗이 비워지는 듯했다.

샤워를 마친 그녀는 노천으로 나가는 입구에 있는 예비탕에 몸을 담그었다가, 국화향이 가득한 바깥으로 나섰다. 나뭇가지 사이의 은은한 조명과 하늘에 뜬 달빛이 그녀의 나체를 선연히 비춰주었기에 보는 이가 없음에도 수건으로 몸을 가리고 돌 위를 걸어간 그녀는 탕 입구에서 그것을 내려놓았다.

"으음."

자연석으로 둘러진 온천탕으로 들어가는 순간, 그 따스함에 그녀의 입술 사이에서 절로 옅은 신음이 흘러나왔다. 온몸을 뜨겁게 데워주는 온천수는 그녀가 앉은 자리 정면의 돌로 쌓아진 동굴 안에서 쏟아져 나오고 있었다. 두 팔을 돌 위에 걸친 채 그렇게 앉아 있노라니 세상 시름이 다 잊혀지는 듯했다. 자꾸만 머릿속을 혼란하게 만드는 그 사람의 존재도.

"동정이야."

고개를 흔들며 초아는 단정하듯 중얼거렸다. 곤경에 빠진 외사촌 여동생 윤지를 못 보고 지나쳤던 것처럼, 그녀에게도 그랬을 뿐이라고. 어머니와 같은 길을 가려는 걸 못 보아 넘겼을 뿐이라고. 그렇게 생각을 하면 그에게로 향하려는 마음, 조금이라도 막아볼 수 있을 것 같았다.

"후."

깊은 한숨을 내쉰 그녀는 온천수에 깊숙이 몸을 담갔다가 얼굴을 헹구고, 다시 일어나 앉았다. 9월의 선선한 대기가 그녀의 벗은 어깨를 스쳐 지나갔다. 등과 엉덩이, 발바닥을 통해 와 닿는 돌의 까슬하고도 또한 온천수에 씻겨 미끈한 감촉을 음미하고 있는데, 낯선 진동이 느껴졌다.

그것은 규칙적인 발소리였다.

아마도 윤지가 보낸 나카이상이리라. 초아는 불이 밝혀진 욕실 입구를 향해 고개를 돌렸다. 달빛으로 인해 불그스름하게 보이는 수증기, 그 붉은 안개를 헤치고 희미한 실루엣이 드러났다. 점점 명확하게 떠오른 그것은 유카타 차림도, 여자도 아니었다. 점점 가까워지고 있는 당당한 체구의 남자의 모습에 그녀의 눈이 더는 커질 수 없을 정도로 커졌다.

"레이……."

속삭이듯 그의 이름을 내뱉은 초아는 그의 존재가 반갑다는 것에 놀랐다. 알몸이지 않았다면 그에게로 달려가지 않았을까 싶었다. 알몸, 그제야 자신의 상황을 인식한 그녀의 얼굴부터 온몸이 불타는 듯 달아올랐다. 도망갈 곳은 오직 수중(水中)밖에 없었다. 그녀는 맑은 온천수가 자신의 몸을 제발 조금이라도 가려주길 바라며 더욱 깊이 물속으로 주저앉았다. 그리고 철저하게 그를 외면했다.

"이번엔 내가 타이밍을 아주 잘 맞췄군."

"어, 어떻게 왔어요?"

그녀의 뒷목 너무도 가까이서 들리는 그의 목소리. 온몸 가득 소름이 돋아나는 것을 느끼며 초아는 가장 궁금한 것을 물었다. 미노루가 말을 했을 리는 없고. 그렇다면, 윤지?

"걱정했어."

그런 물음 따윈 중요하지 않다는 듯 속삭인 레이의 입술이 그녀
의 맨어깨에 내려앉았다. 그것은 와 닿은 뜨거운 숨결을 통해 알
수 있었다. 흠칫 놀란 초아는 가슴을 최대한 가리려 노력하며 그
를 돌아보았다. 그러자 얇은 셔츠와 바지 차림으로 온천가에 걸터
앉아 있는 레이를 마주 볼 수 있었다. 서늘한 눈매를 비켜 한결 짧
아진 머리칼과 찢어진 입술을 발견한 초아의 가슴에 욱신 통증이
일었다.

"무슨 일이 있었군요?"

"있었지."

"무슨?"

"막 뜬 무지개(니지)가 갑자기 사라져 버렸으니, 큰일 아닌가."

다분히 농담스런 말을 내뱉는데도, 그의 눈빛은 진지했다. 또다
시 붉어지는 얼굴을 감출 요량으로 그녀는 그를 외면하고 앉았다.
그리곤 스스로가 생각하기에 무척이나 바보스럽게 느껴지는 더듬
더듬한 어조로 초아는 부탁을 했다.

"거기, 당신 발치에 떨어진 수건 좀 주세요."

몸을 가리고 나가려면 작은 뭐라도 필요했다.

말이 떨어지기 무섭게 인기척이 느껴졌다. 그러나 그 후로도 한
참 동안 도무지 수건이 건네어질 기미가 보이지 않아 초아가 다시
고개를 돌렸다. 바로 코앞에 웃음을 띤 레이가 있었다. 그와 시선
이 정통으로 마주치는 순간 당황한 그녀가 다시 외면하려는데, 커
다란 손이 얼굴을 붙잡고 놓아주지 않았다.

"수건은…… 필요없을 거야."

"레이, 그……."

그만 나가달라고 말을 하려던 그녀의 입술은 남자의 키스로 봉인되었다.

고개를 내저어보았으나 여의치 않자 초아는 몸을 가렸던 손을 들어 그의 가슴을 마구 밀어냈다. 하지만 역부족이었다. 되레 그 틈에 레이는 그녀를 안아 물 밖으로, 정확히 자신의 다리 위에 앉혀놓았다.

온천수와 그의 존재로 인해 뜨거워졌던 그녀의 체온은 바람에 식어가긴커녕, 나체로 남자에게 걸터앉아 있는 이 상황이 미치도록 의식되어 더욱 달아올랐다. 이런 식의 방종은 윤초아에게 어울리지도, 허용되지도 않는 일이었기에 도저히 감당할 수가 없었다. 그녀의 계속되는 몸부림에 레이는 살짝 입술을 뗀 후 속삭였다.

"이전의 당신은 잊어버려. 내가 원하는 건 내 눈앞의 당신, 니지일 뿐."

"놔줘요. 나, 난 이런 일 익숙하지 않아요."

"나 역시, 이렇게 누군가를 간절히 원한 적 없어."

그의 진심 어린 고백에 그녀의 심장이 후들거렸다. 영원한 사랑은 없다는 것을 철저하게 경험을 통해 깨달았으면서도, 죽었다고 믿었던 가슴이 그로 인해 뛰었다.

"이 순간만 생각해, 니지."

속삭임에 이어 다시 키스가 다가들었다. 좀 전과 달리 키스는 너무도 부드러웠다. 초아는 그 무엇이 그녀를 옭아맨 듯 더 이상 그를 거부하지 못했다. 가만히 있는 그녀의 태도를 허락으로 받아

들인 듯 입술을 가만히 쓸기만 하던 그가 그녀 속으로 혀를 밀어
넣었다.

굳은 듯 제자리를 지키고 있는 그녀의 혀를 그의 혀가 다가와
지분거렸다. 그에 움찔거리던 초아는 휘감고 빨아들이는 그의 애
무에 조금씩 무너져 가는 자신을 느꼈다. 방종하고 타락한 여자라
해도 좋았다. 이 순간, 그의 키스가 싫지 않았다. 아니, 되레 그
를…… 원하고 있는 듯했다. 그리고 레이의 말대로 한 번쯤 자신
도 순간의 본능에 충실하고 싶었다.

때마침 불어오는 바람이 그녀에게 참을 수 없는 한기와 더불어
용기를 실어주었다. 그녀는 늘어져 있던 두 팔을 들어 눈앞의 남
자를 껴안았다. 그러자 그녀를 감싸오는 따스한 체온이 믿을 수
없을 정도로 좋았다.

그녀의 다가섬을 격려하는 듯 그의 손이 맨등을 쓸어주었다. 그
리고 옆구리와 허리를 매만지던 그것은 그녀의 납작한 복부를 지
나 애써 그의 셔츠 자락에 닿지 않으려 노력하는 가슴의 정상을
감싸왔다.

"헉!"

놀라움의 신음은 그의 입술에 의해 막혀져 제대로 터져 나오지
못했다. 그녀의 들썩임은 되레 그의 손아귀에 더욱 몸을 의지하는
꼴이 되고 말았다.

민감한 봉우리가 그의 손가락에 의해 당겨졌다 문질러지는 것
이 자신의 몸에 불러일으키는 흥분이 싫었다. 육체의 본능에 이끌
리고 있는 자신이 싫었다. 그렇지만 또 한편으로는 이대로 레이에

게 자신의 모든 걸 내맡기고 싶었다. 예전의 기억 따윈 모두 잊어 버릴 수 있도록 레이가 완전히 철저하게 자신을 가져주었으면 싶 었다.

그녀는 그를 안은 팔을 풀지 않았다. 그것은 레이가 잠시 입술 을 떼어내고 셔츠를 벗는 동안도 마찬가지였다. 하얀 셔츠가 온천 탕 위로 떨어졌지만 그도, 그녀도 주울 생각을 하지 못했다. 그의 시선은 여전히 그녀에게, 그녀의 시선은 이제 달빛과 같은 색의 조명 아래 드러난 그의 상반신에 고정되어 있었기에.

마른 얼굴과 달리 물결치는 어깨와 팔, 그리고 가슴으로 이어지 는 남자의 근육을 저도 모르게 초아는 하릴없이 훑어 내리고 있었 다. 만지고 싶어 그녀의 손끝이 떨렸다. 못 견디게 이 남자를 만지 고 싶었다.

망설이지 않았다. 초아는 달빛을 받아 반짝이는 그의 어깨선을 따라 손가락을 움직였다. 한 손으로는 여전히 레이의 목을 안은 채. 그의 목울대가 그녀의 그 미세한 움직임에도 일렁이는 것에 묘한 만족감이 일었다.

"부드러워요, 당신."

혼잣말처럼 속삭인 초아는 손가락을 내려뜨려 그의 팔을 지나 단단한 가슴을 쓸어보았다. 힘차게 뛰는 그의 심장이 느껴졌다. 생경했다, 남의 심장 박동을 느끼는 것이. 그러면서도 기분이 좋 았다. 전혀 흔들림없을 것 같은 남자가 자신으로 인해 이토록 변 화하고 있다는 것이. 그의 왼쪽 가슴 위에서 그녀는 한동안 편 손 바닥을 거두지 못했다.

"신기해요."

　가만히 웃으며 오르락내리락하는 그의 가슴만 바라보던 초아가 고개를 들었을 때, 어색한 표정의 레이를 볼 수 있었다. 숨을 훅 몰아쉰 그는 그녀의 손목을 잡아 가까이로 끌어당겼다. 슬쩍 그녀의 입술에 와 닿았다가 떨어진 그의 입술이 턱과 목, 그리고 쇄골을 지나 마침내 가슴의 정상을 집어삼키자 초아는 발끝까지 저릿해지는 느낌으로 인해 온몸을 떨어야 했다.

　그녀의 품속에서 움직이고 있는 그의 머리를 초아는 가만히 감싸 안았다. 그의 혀와 치아가 여성의 상징을 훑고 잘근잘근 씹어대는 동안 이성을 잃지 않고 버틸 뭔가가 필요했다. 그녀의 손가락이 그의 부드러운 머리칼 속으로 파고들었다. 그의 부드럽고도 강력한 공격이 계속되는 동안 뒤로 활처럼 휘어지는 몸을 그녀는 그렇게 버텼다. 몸속 깊은 곳에서 뭔가가 치미는 야릇한 느낌에 그녀는 저도 모르게 신음을 흘렸다. 가슴을 애무하는 것만으로도 이렇듯 극렬한 쾌감을 느낄 수 있다는 것에 놀라웠다. 아니, 이 남자의 손길이 닿는 것만으로도, 이 남자의 살갗이 스치는 것만으로도 좋았다. 어쩌면 애초 자신은 레이를 거부할 생각이 없었던 건지도 모르겠다.

　그렇게 끊어질 듯 이어지던 생각은 아래로 아래로 탐험을 해나가던 그의 손이 두 다리 사이로 들어온 순간 머릿속에서 완전히 사라져 버렸다. 반사적으로 그녀는 다리를 오므렸다. 그에 그녀의 가슴에서 고개를 들어 시선을 마주한 레이의 눈빛에는 별다른 당황한 기색이 없었다. 다만 여느 때와 달리 그곳에는 지극히도 간절하고 뜨거운 감정이 일렁이고 있었다.

그의 눈빛이 애원하고 있었다. 그녀에게 자신을 열어 보이라고.

망설임으로 파르르 떨리고 있던 초아의 입술을 그가 다시 차지했다. 파고든 혀는 부드럽게 그녀를 달래기도 했고, 사납게 공격을 해대기도 하며 그녀를 휘저어놓았다. 그러는 동안 파닥이는 그녀의 가슴은 그의 손아귀에 의해 한껏 유린당하고 있었다.

저도 모르는 사이 그녀의 온몸에서 기운이 빠져나갔다. 내내 여성의 입구에서 배회하던 레이가 그 기회를 놓칠 리 없었다. 다리 사이를 파고든 낯선 무엇이 동굴 속으로 거침없이 밀고 들어오는 느낌에 몸을 움츠려 보았으나, 이제 그는 전혀 물러설 생각이 없는 듯했다. 그녀가 움직이면 움직일수록 그의 접근이 용이해졌다. 놀랄 만큼 깊숙한 곳까지 들어온 그의 손가락이 부드럽게 전진과 후퇴를 반복했다. 그것에 아픔을 느낀 건 잠시, 이내 아랫부분에서 시작된 열기가 그녀를 감싸고 돌았다.

"으음."

그녀의 신음 소리에 그의 움직임이 더욱 빨라졌다. 그에 보조를 맞추어 그녀의 허리가 앞뒤로 움직이기 시작했다. 부끄럼 따윈 잊은 채 본능이 시키는 대로. 손가락만으로는 채워지지 않는 갈망으로 인해 미칠 것만 같았다. 그러면서도 그가 주는 순간의 쾌락을 쫓아 그녀는 폭주하고 있었다. 더 깊이, 더 빠르게.

수증기에 감싸인 탓인지 시야가 뿌옇게 흐려졌다. 온몸을 적시고 있는 건 물기일까, 땀일까. 모든 이성적인 생각들이 마비되어버렸다. 목덜미를 애무하느라 그가 놓아준 그녀의 입술에서 환희의 비명이 터져 나왔다.

"아아아, 하악."

발끝까지 힘을 주었던 그녀의 몸이 그의 위로 축 늘어졌다. 여전히 움직이고 있던 그의 손가락이 스르륵 빠져나가는 것이 느껴졌다. 만족에 겨워 한숨을 내쉬던 초아의 입술을 레이가 다시 찾았다.

"당신이 해줄래?"

은근한 속삭임에, 초아는 그의 어깨에 기댄 채 시선을 내려뜨렸다. 자신의 맨살과 맞닿은 그의 벨트 버클을 발견한 그녀의 얼굴이 확 달아올랐다. 아직 옷을 입고 있는 레이를 보고 있노라니, 알몸으로 흥분에 들떴던 자신이 부끄러워졌던 것이다. 그런 그녀의 생각을 마치 알아챈 듯 레이가 깊숙하게 키스를 해왔다. 이제 그와의 그런 키스가 너무도 자연스럽게 느껴진다는 것에 초아는 놀랐다. 그리고 그의 그런 사소한 애정 표현이 기운을 실어주는 것에도.

더듬더듬이나마 그녀는 그의 탄탄한 복부로 손을 가져갔다. 그러다 도저히 버클까지는 풀지 못하고 다시 손을 거둬들이려 했다. 하지만 그녀의 후퇴를 레이는 용인하지 않았다. 그는 그녀의 손목을 잡아끌어 자신의 앞섶에다 가져다 놓았다. 불룩하게 솟은 그 부분이 무엇을 의미하는지 알기에 눈을 어디다 둘 줄 몰라 초아는 허둥거렸다.

"괜찮아. 천천히."

그의 격려에 그녀는 손가락을 천천히 움직여 허리띠의 버클을 잡아당겼다. 생각 외로 단단한 그것을 어렵사리 풀어낸 초아는 다음을 어떻게 해야 할지 몰라 레이를 살며시 올려다보았다. 그러자 웃어주는 그는 가히 인내심의 화신이었다. 여자가 관계 중 이렇듯 뜸을 들일 때, 레이처럼 느긋하게 구는 남자가 몇이나 될까.

계속하라는 듯 고개를 끄덕여 준 덕분에 초아는 다시금 손을 움직여 벨트를 좌우로 젖히고 떨리는 손으로 바지 단추를 풀어냈다. 침을 꿀꺽 삼키고 자신을 다잡은 그녀는 내친김에 지퍼까지 내렸다. 부끄러움보다 호기심이, 열망이 더 크게 그녀를 사로잡고 있었다.

그러자 갑작스레 레이가 앉은 채로 그녀를 번쩍 안아 들었다. 놀란 것도 잠시, 그것이 바지를 벗어내기 위한 동작이었음을 깨달은 초아는 아래쪽으로 차마 눈을 둘 수 없었다. 이제 한결 가까워진 그의 분신을 애써 외면했다.

낮은 그의 웃음소리가 들리는가 싶더니 긴장으로 꼿꼿해진 가슴의 정상에 뜨거운 혀가 다가들었다. 몸속을 관통하는 쾌감에 애써 입술을 깨물며 그녀는 그를 단단히 껴안았다. 마치 족쇄처럼 채워진 그녀의 한 팔을 풀어낸 레이가 아래로 잡아끌었다.

설마했던 생각은 놀랍게도 맞아들었다. 그는 부풀어 오른 자신의 남성 위에 그녀의 움츠린 손을 올려놓았다. 얇은 천 안에서 뜨겁게 꿈틀거리고 있는 그것을 느낀 초아는 소스라치게 놀라며 얼른 물러나려 했다. 그러나 손목을 붙잡는 레이의 손길에 그녀는 그를 올려다보았다.

"도망가지 마."

그 속삭임에도 불구하고 도저히 이 상황에 적응할 수 없는 초아였다. 너무 적나라했고, 너무…… 퇴폐적인 기분이었다.

"미안해요."

그녀는 그를 밀어내며 자리에서 일어나려 했다. 그의 손가락 하나에 흐느적거렸던 시간들이 그녀에게 뻔뻔함이라는 방어책을 선사해 주었다. 당당한 자태로 그대로 돌아서 욕실로 들어가려던 그녀의 손목에 다시 한 번 강한 힘이 느껴졌다. 그에 휘청하며 초아는 그대로 레이의 몸에 부딪쳤다.

풍덩.

미끈한 돌에 앉아 있던 그의 균형이 그녀로 인해 깨어졌다. 그의 품에 안긴 자세로 그녀는 온천탕에 빠져들고 말았다. 뜨거운 수온에 화들짝 놀라며 푸드덕거리던 그녀는 자신의 손목에 여전히 느껴지는 남자의 손길을 따라 시선을 들었다. 흠뻑 젖어버린 머리칼을 한 손으로 쓸어 넘기며 웃고 있던 레이가 그녀를 가까이 잡아당겼다.

"오랜만에 온천도 괜찮은데?"

거의 코끝에서 속삭이는 그의 숨결은 온천수보다 더 뜨거웠다. 그 열기에 숨이 막히고, 온몸에서 기운이 순식간에 빠져나가 버리는 것 같았다. 아찔한 현기증마저 일었다.

그에 물속에서 비틀거리던 그녀의 허리를 레이가 받쳐 안았다. 그녀를 탕가에 앉힌 그는 무릎을 꿇은 자세로 걱정스런 눈빛을 보냈다. 온천탕 속에서 높낮이가 다른 시선이 마주쳤다.

"내 생각만 했던 모양이야. 그렇지?"

그의 물음에 초아는 그렇다고 대답할 수 없었다. 그의 가슴 근육을 따라 흘러내리는 물방울들을 멀거니 바라보던 그녀는 천천히 고개를 내저었다. 자신 역시 그를 원했던 것을 부인할 수 없었다. 그리고 지금도. 가슴이 싸아하니 아리며 허전한 기분이 드는 건 더 이상 그의 체온을 느낄 수 없어서가 아닐까.

정말이지 이율배반적이다. 몸은 그를 원하면서도, 마음은 잘못되었다 부적절하다를 외쳐 대고 있으니. 초아는 어찌할 바를 모른 채 그의 키스로 부어오른 입술을 깨물었다.

"아, 그런데 어쩔 수가 없군."

뜻 모를 말에 초아는 자신의 가슴께를 방황하고 있는 남자의 시선을 내려다보았다. 그런 그녀의 눈빛을 느낀 듯 레이는 가만히 고개를 들었다. 온천수만큼이나 뜨거운 열기를 담은 눈동자가 그녀의 얼굴을 샅샅이 훑고 지나갔다.

"이러고 있는 동안도 난 당신을 원해."

짙은 국화향보다도 더 깊게 그녀의 감각을 자극하는 그의 한마디.

초아는 홀린 듯 물을 가르며 자신에게로 다가오는 남자를 멍하니 바라보았다. 원한다는 그 단어가 가슴을 파고들었다. 레이가 내뱉는 그 말의 뉘앙스는 이상스럽게도 좋아한다, 사랑한다는 말보다 훨씬 절실하게 느껴졌다.

뜨거운 물을 가르며 온 그의 손이 그녀의 얼굴을 움켜쥐었다. 물기 어린 그의 입술이 그녀의 얼굴 곳곳에 키스를 뿌리고 지나갔다. 젖은 그녀의 어깨를 그가 빨아들이자 묘한 마찰음이 대기 중으로 울려 퍼졌다. 그에 누가 먼저랄 것도 없이 두 사람은 피식 웃고 말았다.

하지만 그녀의 그 웃음은 오래가지 못했다. 그녀를 탕가 쪽으로 몰아세운 그가 절반쯤 물속에 잠긴 가슴을 다시 지분거리기 시작했던 것이다. 그의 손가락과 입술, 그리고 온천수가 만들어내는 야릇한 조화에 그녀의 온몸에 생경한 쾌감이 퍼져 갔다. 초아는 그의 손가락 하나에 무너졌던 조금 전의 기억을 떠올리며 애써 소리를 내지 않으려 돌벽을 잡은 두 팔에 잔뜩 힘을 주며 버텼다. 그러나 갑자기 그녀의 두 다리 사이를 파고드는 그의 건장한 몸을 느끼는 순간, 아니, 어느새 완전하게 해방되어 일어선 그의 남성이 물속에서 여성의 입구를 조심스레 두드리는 것을 느끼는 순간, 그녀는 놀란 나머지 팔을 놓고 말았다.

그렇게 물속으로 빠져들기 직전 그녀의 몸을 레이가 단단히 붙들어주었다. 그는 그녀의 두 다리를 자신의 허리에 감게 하더니 매끈한 온천수를 촉매 삼아 여체로의 진입을 시도했다. 그것은 단호하면서도 부드러웠고, 부드러우면서도 강했다. 이미 젖을 대로 젖은 그녀 속으로 서서히 들어오는 그의 분신은 단단하고 뜨거웠다. 그가 그녀 안을 꽉 채우는 순간 몸속 깊은 곳까지 다 타버릴 것 같은 기분이 들었다. 그리고 아릿한 아픔에 이어 더할 나위 없는 충만감.

"어흑."

그녀의 입술에서 신음이 터져 나오는 순간 레이는 길고도 깊은 키스를 해왔다. 그는 마치 어린아이를 달래듯 그녀를 달래주었지만 강한 남성의 존재로 인해 하얗게 비워진 머릿속에 어떤 말도 제대로 들리지 않았다.

물살을 앞뒤로 가르며 그는 천천히 허리를 움직였다. 그녀는 넘어지지 않으려 더욱 단단하게 그의 목을 부여잡고, 그의 허리에 감긴 다리에 힘을 주었다. 마치 태초부터 그랬던 듯 그들은 물속에서 한덩이처럼 움직였다. 그녀는 본능적으로 그의 움직임에 보조를 맞추었다. 그가 밀면 밀리고, 그가 당기면 끌려갔다. 돌 위에 앉은 채로. 그러나 물속이라 아픔은 일지 않았다. 그의 단단한 가슴에 쓸린 유두에 느껴지는 기분 좋은 따끔거림과 얼굴, 목덜미에 내려앉는 그의 입술이 선사하는 뜨거운 열기만 느낄 뿐. 그것은 참을 수 있는 고통이었다. 아니, 점점 찾아드는 쾌락을 위해서는 참아낼 수 있는 형벌이었다.

더는 들어올 수 없을 정도로 깊게 그녀 속으로 침투한 그는 그녀의 육체뿐 아니라 정신마저 송두리째 뒤흔들고 있었다. 부드럽게 그녀와 보조를 맞추던 그의 움직임이 과격해질수록 그녀의 시야가 점점 뿌옇게 변해갔다. 아무것도 보이지 않았고, 아무것도 들리지 않았다. 오로지 느껴지는 건 자신을 안고 있는 남자의 건장한 육체뿐.

"으음, 아아."

그녀의 입술 사이에서 절로 절대 쾌락의 신음이 터져 나왔다. 물과 살갗, 살갗과 살갗의 마찰음 사이로 본능에 의거한 고성(高聲)은, 온천수와 더불어 그들이 만들어낸 열락의 안개 속에서 점점 더 커져만 갔다.

힘줄이 불거져 나왔던 남자의 팔에서 긴장이 스르륵 풀렸다. 그러면서도 그는 자신의 품에서 숨을 헐떡이고 있는 여자를 놓아주지 않았다. 놓아주고 싶지 않았다. 사랑을 어렴풋이 깨달은 후라서일까. 지금까지와는 또 다른 소유욕이 일었다.

게다가 여자와의 관계에 문외한이 아닌 그임에도, 조금 전 그녀 속에서 느꼈던 것과 같은 쾌락은 처음이었다. 하마터면 흥분에 미쳐 그녀 안에 자신의 씨를 그대로 뿌릴 뻔했을 정도로. 그녀와 그대로 열락을 경험하고 싶었지만 레이는 엄청난 자제심을 동원해 절정의 순간 그녀로부터 자신을 빼냈다.

그들은 서로에게 의지해 한참 동안 숨을 골랐다. 그러나 심한 수축과 이완 운동으로 체온이 오를 대로 오른 그들에게 온천탕은 마치 용광로와 같았다. 그 상태로는 그 속에서 제대로 휴식을 취할 수가 없었다. 자신은 그나마 나았지만, 그녀의 심장 박동이 너무도 급박해 걱정스러웠다.

레이는 자신의 어깨에 기대어 늘어진 그녀의 고개를 비껴 마주 보았다. 벌겋게 달아오른 작은 얼굴이 마치 열병 환자처럼 안쓰럽게 느껴졌다.

"이런, 들어가는 게 좋겠어."

그는 조심스레 그녀를 일으켜 세웠다. 그러나 제대로 일어나지 못하고 비틀거리자 레이는 두 팔로 그녀를 안아 들었다. 그들의 일어섬에 몸에서 물줄기가 쏴아아 떨어져 탕 속에 소용돌이를 만들어냈다.

"괜찮아요. 내려줘요."

미약한 그녀의 항의를 묵살한 그는 그대로 노천온천을 벗어났다. 인류의 조상 아담과 이브처럼 그들은 완전한 알몸이었다.

류타가 자고 있는 다다미방이 아닌 침대방으로 들어간 레이는 시트를 젖히고 그녀를 거대한 침대 위에 내려놓았다. 그들이 지나온 자리뿐 아니라 침대 위도 축축한 물기로 젖어들었으나 상관하지 않았다.

서늘한 침구 위에 누운 니지는 너무도 연약해 보였다. 레이는 젖어서 그녀의 상체 여기저기에 달라붙은 머리칼을 떼어내어 준 후 이불을 고스란히 덮어주었다. 다시 한 번 더 여유롭게 사랑을 나누고 싶다는 자신의 이기적인 생각을 몰아내며.

"쉬어."

그가 얼굴을 쓸며 속삭이자, 무겁게 내려앉고 있던 그녀의 눈꺼풀이 파르르 떨렸다.

"당신은요?"

그 사소한 물음에 기뻐졌다, 조금이라도 그녀가 자신을 생각해 주고 있구나 싶어서. 그러나 레이는 애써 덤덤히 대답했다.

"건넛방에 가서 류타와 자는 게 좋겠지."

침대에서 몸을 일으킨 그는 이제 선득한 한기를 느꼈다. 조금 전까지 자신에게 매달려 있던 여자의 체온이 못 견디게 그리워졌다. 하지만 그는 돌아섰다. 비록 나체이지만 더할 나위 없이 당당한 태도로. 그렇게 몇 걸음 내디디지 못해서 들려온 미약한 한 마디가 그를 불러 세웠다.

"같이 있어줘요."

그는 커다란 베개에 파묻힌 채 지독하게 넓은 침대 위에 덩그러니 누운 그녀를 돌아보았다. 그 얼굴에 어린 외로움과 슬픔, 그리고 두려움이 뻔히 보이는데 혼자 둘 수 없었다. 서슴없이 침대로 다가간 그는 그녀 곁에 누웠다.

이불 속에서 그는 가느다랗게 떨고 있는 여자를 품에 안았다. 그녀는 자동적으로 그에게 안겨들었다.

작은 새.

레인보우 브릿지 위에서 발견한 작은 새가 이제 자신의 품에 안착하려 하고 있었다. 그 사실만으로 지금은 만족하기로 했다. 니지를 안은 그의 입가에 희미한 미소가 어렸다. 얼마 지나지 않아 자신의 가슴팍에서 규칙적인 숨소리가 느껴지자 레이 역시 점점 수면의 늪으로 빠져들었다.

정말이지 오랜만에 곤히 잤다. 몸이 조금 뻐근하긴 했지만 더할 나위 없이 만족스러운 기분이 드는 것을 의아히 여기며 초아는 눈을 떴다. 그러자 미명 속에 드러난 낯선 방의 정경. 그제야 그녀의 머릿속에 어젯밤의 생각만으로도 뜨거운 기억이 파노라마처럼 펼쳐졌다. 낯 뜨거우면서도 생각하면 설렘에 두근거리는. 그것이 꿈이 아니라는 것은 이불을 잡은 손을 내리자마자 드러난 자신의 알몸을 통해서도, 곁에 반듯하게 누운 남자의 모습을 통해서도 알 수 있었다.

고른 숨소리를 내며 이마에 한 손을 얹은 채 잠이 든 그는 분명 키쿠치 레이였다. 더웠던 듯 이불을 하반신에만 걸치고 있어, 그의 매끈하고 잘 잡힌 가슴과 복근이 고스란히 드러나 보였다. 온천탕에서 그것 위로 방울져 흘러내리던 물기를 떠올리자 안 그래도 말라 있던 그녀의 입술이 더욱 바짝 말라왔다.

"너, 미쳤어."

세상에 있는 줄도 몰랐던 쾌락을 어젯밤 그로 인해 알게 된 이후, 자신이 변해 버린 것 같았다. 잠이 든 남자를 두고 도대체 무슨 생각을 하고 있는 것인지.

초아는 고개를 저으며 안락함을 제공해 주었던 잠자리에서 벗어났다. 욕실 앞에 유카타를 벗어두었던 것을 생각하며 그녀는 방을 나서려 했다. 그러나 등 뒤에서 들려오는 낮은 목소리. 그것은 마치 애초 자고 있지 않았다는 듯 생생한 활력으로 그녀를 잡아끌었다.

"뭐가 미쳤단 말이지? 부디 어젯밤 일에 대한 후회는 아니었으면 좋겠군."

"언제부터 일어나 있었어요?"

그의 쓸쓸한 어조에 괜히 미안함이 들었다. 그러다 자신의 알몸이 생각나 초아는 왜 일어났으면서도 아닌 척했냐는 타박성의 물음을 던지며 다시 침대에 주저앉아 시트를 끌어당겨 안았다.

"당신을 곁에 두고도 잘 수 있었을 거라 생각하나?"

그의 대답이 무슨 뜻인지 이해한 초아의 얼굴이 불그스름하게 달아올랐다. 그녀는 자신을 붙잡고 놓아주지 않는 레이의 시선을 피해 벗은 몸을 시트로 더욱 가렸다. 하지만 그 부질없는 동작은 갑자기 자신의 위로 몸을 겹쳐 오는 남자로 인해 곧 무용지물이 되고 말았다. 한 치의 오차도 없이 그들의 맨가슴이 맞닿았다. 저도 모르는 사이 침대에 뉘어져 레이의 체온과 무게를 고스란히 느끼게 된 초아의 숨결이 거칠어졌다.

"당신이라서야."

그녀의 입술에 닿을 듯 말 듯 다가온 그의 입술에서 흘러나온 한마디에 그녀는 소리없이 침을 꿀꺽 삼켰다.

"그 누구도 아닌 당신이라서, 내가 이래."

레이의 솔직한 말은 그녀에게 이기적인 만족감을 안겨주었다. 이 강건한 남자가 자신을 원한다는 사실에 당혹스러운 이성과 달리 본능은 희열에 들떴다.

그렇게 그녀가 무방비 상태로 노출된 동안, 깍지 끼워진 그들의 손이 레이에 의해 위로 들어올려졌다. 그와 동시에 그가 그녀에게서 상체를 떼어냈다. 그러자 싸늘한 공기가 벗은 가슴 위로 훅 끼쳐 와 소름이 돋았다. 그의 체온이 사라진 빈 공간이 너무도 컸다.

그러나 이내 뾰족하게 일어선 가슴의 정상에 뜨거운 혀가 와 닿는 순간 그녀의 공허감은 물밀듯 사라졌다. 물기 어린 어제와 달리 건조한 애무는 직접적이라 더욱 자극적이었다. 그의 커다랗지만 길게 뻗은 손가락이 어떤 느낌인지, 그의 혀가 얼마나 뜨겁고 부드러운지 세세하게 느껴졌다. 그럼에도 불구하고 좀 더 그를 가까이서 느끼고 싶은 열망은 그녀를 몸부림치게 만들었다. 저도 모르게 다리를 그의 날렵한 허리에 감고서 그녀는 자신의 온몸에 키스를 퍼부어대고 있는 남자를 제지했다.

속에서 치솟는 불길. 자신에게 있는 줄도 몰랐던 거대한 욕망의 덩어리는 그녀로 하여금 '어서', '제발'이라는 애원을 내뱉도록 만들었다. 마치 칭얼거리는 어린아이처럼 그녀는 끈질기게 애무를 이어가는 레이에게 매달렸다. 그가 어서 자신을 채워주지 않으면 미쳐 버릴 것만 같았다. 어쩌면 그가 자신을 원하는 것만큼, 아니, 그보다 더 자신이 그를 원하고 있는지도 모를 일이다.

생각이 거기까지 이르자 열에 들떠 뿌옇던 시야가 차츰 맑아졌다. 레이와 깍지 낀 손을 놓은 후 남자의 머리를 안고 있던 팔에서 힘이 빠져나가려는 순간, 아래로 내려가고 있던 레이가 불쑥 솟아올랐다. 그녀의 시선을 붙잡은 그의 얼굴은 상기되었고, 머리는 헝클어져 엉망이었으며, 미소를 배어 문 입술은 타액으로 번들거렸지만…… 섹시했다. 그를 바라보는 것만으로도 몸속 깊은 곳이 욱신거릴 정도로.

누가 누굴 얼마나 더 원하는지는 더 이상 중요하게 생각되지 않았다. 그의 팽팽하고 매끈한 입술이, 단단한 가슴이 자신을 덮어 버리는 순간 초아는 만족에 겨운 한숨을 내쉬었다. 키스 본연의 행위에 중독된 그녀의 눈꺼풀이 스르륵 감겨갔다. 하지만 그것은 이내 아랫도리를 파고드는 뜨겁고 묵직한 무엇으로 인해 번쩍 뜨여졌다.

"흡."

그녀의 놀란 비명은 레이에 의해 차단되었다. 여성과 남성의 교합은 온천수라는 촉매제가 없는 지금, 어제보다 힘들었다. 그의 진입으로 입구에서 느껴지는 찢기는 듯한 고통에도 불구하고 가차없이 허리를 조금씩 움직이고 있는 레이가 원망스러워질 정도로.

키스와 번갈아 귓가에 속삭여지는 그의 달콤한 밀어들도 아픔을 반감시켜 주진 못했다. 다만 그의 움직임이 계속될수록 그녀의 여성이 조금씩 만개하기 시작했다. 그것은 곧 어제와 같은 쾌락을 느낄 준비를 갖추었다. 죽은 듯 늘어져 있던 그녀의 둔부가 그의 탄력적인 운동에 보조를 맞추었다. 아픔으로 인해 그를 밀어내려던 그녀의 손은 어느새 남자의 굴곡진 가슴과 울퉁불퉁한 복부를 매만지고 있었다.

"하악, 하악."

저도 모르게 거친 숨소리를 흘리며 그녀는 가속도가 붙은 움직임을 따라가기 위해 노력했다. 그가 주는, 그와 나누는 이 순간 최고의 쾌감을 빠짐없이 느끼고 싶었다. 초아는 몸을 활처럼 휘며 그에게 매달렸다. 그런 그녀를 레이는 꼭 껴안아주었다. 서로를 부둥켜안은 채 그들은 정점을 향해 내달렸다.

"愛してる(아이시떼루)……."

그 고지가 얼마 남지 않았다 느껴질 때 즈음 낮은 속삭임이 흘러나와 그녀의 귓가를 적셨다. 순간의 열망에 미쳐 환청이 들린 것일 게다. 그녀는 그렇게 치부했다. 하얗게 비워진 시야. 아찔한 현기증에 이어 미칠 듯 온몸을 휘감아 도는 뭐라 설명할 수 없는 극도의 쾌감. 찾아온 절정(絶頂)은 그녀에게 생각의 여유를 허락하지 않았다.

온몸에 힘을 준 채 그를 붙잡고서 그녀는 그 환희의 순간을 조금 더 느껴보려 했다. 하지만 어제처럼 가차없이 몸을 빼내는 레이였다. 그것에 일말의 서운함을 느낄 겨를도 없었다. 이번엔 너무도 명확하게 뜨거운 숨결과 더불어 그녀의 귓가에 다가든 속삭임.

"愛してる(아이시떼루)."

사랑해.

몽롱했던 의식이 확 깨는 기분이었다. 그것이 환청이 아니라는 것을 아는 순간, 그녀의 몸이 뻣뻣하게 굳어갔다. 사랑이라는 말을 다시는 들을 수도, 할 수도 없을 거라 여기게 만든 옛 기억이 떠올라 그녀에게 마치 구정물을 뒤집어쓴 기분을 느끼게 했다. 그것은 진실하기 짝이 없는 레이의 심장 박동을 느끼면서도 쉬이 사라지지 않는 아픔이었다.

대꾸가 없는 초아를 레이는 채근하지 않았다. 그는 그저 가느다랗게 떨리고 있는 그녀의 등을 쓸어줄 뿐이었다. 그러나 그의 따스한 손길에도 그녀의 식어버린 몸은 좀처럼 떨림을 멈추지 않았다. 안타까움으로 인해 그는 품속의 작은 새를 더욱 가까이 안아주었다.

05

Green Woods

하코네 외륜산에 둘러싸인 아시호수, 그리고 저 멀리 구름에 얼굴을 감춘 후지산을 바라보고 선 남자의 입에서 옅은 한숨이 흘러나왔다.

태어나 누구에게도 해본 적 없는, 해보지 못한 사랑한다는 말. 그 말을 새벽녘, 니지라 이름 지어준 한국 여자에게 해버린 자신의 행동을 후회하는 것이 아니었다. 그녀가 사라져 다시 찾기까지의 초조함과 불안감, 그리고 그녀를 안는 순간 느꼈던 충만감은 그에게 점차 확신을 주었다. 이것이 사랑이라는. 이것이 사랑이 아니라면 도대체 무엇인지 알 수 없기에, 그 말보다 더 적절한 표현을 찾을 수 없기에 마음이 가는 대로 내뱉을 수밖에 없었다.

그러나 그의 다가섬에 물러나 외려 더 두 사람의 거리를 멀게 만들어 버린 니지의 태도가 마음에 걸렸다. 육체적으로 그토록 긴밀한 관계를 맺었음에도 그녀는 여전히 너무 멀게 느껴졌다. 그녀에 대해 아무것도 아는 것이 없다는 현실이 새삼스레 그를 두렵고 작아지게 만들었다.

"레이."

대국과 소국이 조화롭게 핀 정원에 홀로 서 있던 그를 부르는 음성이 들렸다. 이즈미를 부탁한 후 자주는 아니라도 꾸준히 교류를 하고 있던 이 온천의 주인 마사키였다. 형의 선배이기도 한 상대의 얼굴엔 평소와 달리 미소 한자락 드리워져 있지 않았다. 아마 상황을 다 알고 있는 것이리라. 가볍게 눈인사만 한 레이는 곁에 와서 서는 거대한 남자를 외면했다. 두 사람의 시선이 같은 방향을 향했다.

"어떻게 알고 왔니? 역시, 이즈미겠지?"

거짓말을 하고 싶지도, 그렇다고 사촌 여동생의 입장을 난처하고 만들고 싶지도 않았기에 레이는 침묵을 유지했다. 그러나 이어진 마사키의 말은 그의 그 평정을 깨뜨렸다.

"좀 전에 미노루와 통화했어. 네가 왔다고 애길 했다. 녀석, 굉장히 화를 내더군."

"화를 내다니, 과잉반응이로군. 이건 형이 멋대로 결정한 일이야. 내 인생은 내가 선택해. 후회는 없어."

호수를 얼려 버릴 듯한 한기를 품은 대꾸에 잠시 그를 바라보는 마사키의 시선이 옆얼굴에 느껴졌다. 그리고 어깨를 으쓱하는 잔 몸짓.

“좋을 대로. 하지만 미노루에게 전화 정도는 해주는 게 좋을 거야. 네가 휴대폰도 받지 않고, 말도 없이 여길 온 것 때문에 녀석이 무지하게 격앙되어 있으니까.”

어젯밤, 휴대폰을 차에 두고 내렸다. 니지를 어서 찾아야 한다는 다급함 탓도 탓이었지만, 현실을 잊고자 했던 마음도 어느 정도 작용했음을 부인하고 싶지 않았다. 그러나 더 주저리주저리 말을 하고 싶지 않아진 레이는 짧게 고개를 끄덕였을 뿐이다.

“그런데 니지 말야. 죽은 혜원 씨랑 꽤 닮았어. 한국 여자라 그런가? 아닌데, 같은 한국 여자라도 이즈미는 다르잖아.”

어색한 분위기를 무마하려는 듯 약간은 짓궂은 어조로 마사키가 다른 말을 꺼냈다. 그에 레이의 입매가 절로 올라갔다.

“그건 이즈미에 대한 칭찬인가, 모욕인가?”

이마를 치며 껄껄 웃은 마사키가 재미있다는 듯 대답했다.

“가끔 너희 두 사람이 사촌지간이라는 걸 잊어버려. 그럴 수밖에. 닮은 구석이 있어야지, 원.”

또다시 피식 웃던 그의 귓가에 또박또박한 발음의 일본어가 들렸다.

“무슨 말들을 그렇게 재미나게 해요?”

불과 오 년 전까지만 해도 일본어라고는 다마네기와 오뎅 정도의 단어—그조차도 쓸 줄은 몰랐지만—밖에 몰랐던 윤지의 날이 갈수록 일취월장하는 회화 실력에 매번 놀라는 레이였다. 게다가 오랜만에 본 사촌 여동생은 만개한 장미처럼 화려한 아름다움을 뽐내고 있어 그를 더욱 놀래켰다. 자신감없는 어린 소녀가 사라진 자리에 완연한 성숙미를 갖춘 여성이 서 있었다.

"설마했는데, 오셨네요?"

마사키의 눈치를 보며 살그머니 묻는 윤지였다. 그러나 레이는 그녀가 자신의 고용주를 전혀 무서워하지 않는다는 것을 알고 있었다. 마사키가 두려웠다면 그의 명령을 어기고 자신에게 전화를 했을 리 만무했다.

눈인사를 나누는 그들을 보며, 마사키는 부러 깊은 한숨을 내쉬었다.

"이즈미, 제발 그 입단속 좀 할 수 없어?"

"궁금했단 말이에요. 야마다 씨가 그렇게 심각하게 굴 때는 이유가 있을 텐데. 아무것도 묻지 말랬잖아요. 무조건 키쿠치 씨한테 말하지 말라고만 하고."

두 사람의 티격태격을 그저 뒷짐을 진 채 지켜보던 레이의 귓가에 이즈미의 '키쿠치 씨'라는 호칭이 파고들었다. 벌써 오래된 일인데, 괜히 신경이 쓰였다. 여전히 어색하긴 해도 그들은 사촌지간이었다. 마땅히 오빠라 불리워져야 할. 그러나 이제 와 어떻게 말을 먼저 꺼내야 할지 모르겠다.

"삼촌!"

그 망설임은 잔뜩 들뜬 아이의 음성을 듣는 순간, 그의 뇌리에서 사라졌다. 레이는 자신에게 달려오는 류타를 안아 들었다. 하코네의 아침 햇살 아래 웃고 있는 아이는 여느 때보다 건강하고 활기차 보였다. 그의 입매에 절로 미소가 어렸다.

"전철 타고, 차 타느라 힘들지 않았니, 류?"

제 엄마가 죽은 이후 말을 잊고, 바깥 세상과 단절되어 살아온 아이는 체력적으로도 무척이나 저하되어 있었다. 그렇기에 걱정이 될 수밖에 없었다. 하지만 역시 우려였다. 겉보기처럼 아이의 목소리는 씩씩했다.

"응! 하나도 안 힘들었어. 그리고 선생님이 온센 만쥬도 사줬어."

"그래?"

레이의 시선이 류타가 돌아오는 방향을 향했다. 정원의 입구에 유카타 차림으로 나타난 작은 여자. 그를 보자마자 붉어지는 그 얼굴이 가슴에 맺혔다. 니지.

그의 발걸음이 자동적으로 그녀에게로 다가들었다. 그녀의 물기 어린 머리칼과 부은 입술을 물끄러미 바라보다 절로 어젯밤의 기억이 떠오른 그의 몸이 또다시 단단해졌다. 그러다 안고 있는 류타와 곁에서 지켜보고 있는 마사키들을 의식한 레이는 생각을 비워내려 노력하며 말을 건넸다.

"아침 산책이라도 갈 테야?"

고개를 든 그녀는 그저 그를 바라보기만 했다. 그 커다란 눈동자 속에 어린 어두운 감정. 그것을 할 수만 있다면 깡그리 몰아내고 싶었다. 그 와중에도 그의 품에서 류타는 칭얼거렸다. 레이가 내려주자, 아이는 당장 니지의 다리에 매달렸다.

그때 무릎을 굽히고서 갑자기 끼어든 이즈미가 류타를 달래듯 말을 했다.

"류타, 누나랑 오리가미(종이접기)할래?"

"응?"

"배 접어서 물에 띄우며 놀자."

이즈미의 제안에 혹한 듯 니지의 유카타 자락을 놓으며 류타가 몸을 돌렸다. 환한 웃음으로 아이의 손을 잡고서 정원을 나서던 이즈미는 멀거니 선 마사키를 쿡쿡 찔러댔다. 그에 화들짝 놀란 표정으로 마사키는 그들을 돌아보았다.

"두 사람, 산책이라도 하고 와. 오늘 날씨가 쾌청하니 좋은걸. 후지산이 이렇게 잘 보이긴 올 봄 이후 처음이야."

마사키의 말대로 날씨는 좋아, 너무도 맑은 하늘 아래 화려한 몸체를 빛내고 있는 네 대의 유람선은 마치 그림 같았다. 그리고 그 뒤로 보이는 온시하코네공원의 전망관. 잠시 풍경을 응시하고 있던 레이는 지나치게 조용한 사위로 인해 다시 시선을 돌렸다. 그곳엔 이제 아무도 없었다. 아니, 그를 외면하고 있는 니지뿐이었다. 자신의 두 손을 잡아뜯다시피 움켜쥔 채. 고문을 감행하고 있는 그녀의 손에서 또 다른 손을 빼낸 레이는 빙그레 웃으며 말을 했다.

"이즈미랑 있으면서, 마사키 형도 눈치가 많이 느는 것 같군."

"레이."

기분 좋게 그녀를 온천의 입구로 이끌던 레이는 작은 부름에 움직임을 멈추었다.

"당신, 여기 이렇게 있음 안 되잖아요."

흔들리는 눈빛으로 묻고 있는 그녀였지만, 어조는 냉랭했다. 마치 손 닿으면 쏙 미끄러질 것 같은 얼음 같았다. 그에 마치 엄마

손을 놓칠까 봐 전전긍긍하는 아이처럼 레이는 니지의 손가락에
자신의 손가락을 더욱 옭아맸다. 이렇게 보고 있음에도 그녀가 또
다시 사라질까 봐 두려웠다.

"내가 온 게 싫은 건가?"

확인을 받는 듯한 물음은 그녀의 대답없음에 종용으로 이어졌
다.

"당신 생각을 듣고 싶군."

그러나 어젯밤 그의 키스에 수줍게 반응했던 입술은 도통 열릴
생각을 하지 않았다. 인내심이 가뭄철의 논바닥마냥 갈라졌다.

그의 사랑을 얻었다 기뻐하기엔 그냥 모든 것이 두려웠다. 자신
이 어찌해야 좋을지 몰라 혼란스럽기만 했다. 가장 쉬운 방법은
도피. 그래서 그녀는 그를 애써 밀어내고자 했다. 그러자 불과 몇
시간 전 '사랑해'라고 속삭이던 남자가 그녀의 생각을 물으며 몰
아세운다. 하지만 쉽사리 답을 할 수가 없다.

그렇게 멀거니 서 있는데, 자신의 손을 잡은 그의 손에서 힘이
빠져나가는 것이 느껴졌다. 그 순간 말도 안 되게 레인보우 브릿
지의 난간에 섰던 그날의 기억이 떠올랐다. 세상 끝에 홀로 남겨
진 듯한. 작은 희망의 씨라도 틔우고 싶었던.

그때 이 남자를 만나지 못했더라면. 그런 가정에 와락 두려움이
밀려든 초아는 충동적으로 힘을 주어 그를 붙잡았다. 그가 자신을
붙잡아주었던 것처럼. 돌아본 레이의 눈동자가 말없이 묻고 있었
다. 무슨 말이라도 해보라는 듯.

빽빽한 목구멍으로 침을 삼킨 초아는 마침내 대답했다.

"싫지 않아요."

라고. 아니, 되레 그가 와줘서 기뻤다. 그것이 잘못되었다고는 생각하지 않았다. '사랑'이라는 선을 넘지만 않는다면야. 그렇게 초아는 자위했다.

"하지만 걱정돼요. 당신 부모님들……."

미노루가 자신의 어머니에 대해 했던 말을 떠올리며 초아는 입술을 깨물었다. 그러자 다시 잡은 손에 든든한 기운을 실어오는 레이였다.

"내 어머니 얘기 했었지? 어머니는 아버지께 버림받아 이미 이십 년 전에 돌아가셨어. 미노루의 어머니를 어머니라 여긴 적, 어머니를 죽게 만든 아버지를 아버지라 여긴 적…… 없어."

"하지만……."

"레이가 약혼을 깬 이유가 당신 때문이라는 걸 어머니께서 아셨어요. 우리 집안, 그리 만만치가 않거든요. 이대로 당신을 가만히 두고 보시지만은 않을 거예요."

미노루의 한 마디 한 마디가 마치 조금 전 일처럼 명확히 떠올라 그녀의 목을 죄어왔다. 이 남자 곁에 있는 것이 마냥 좋다고 해서, 앞으로 닥칠 고통까지 감내할 자신은 없었다. 그건 한국에서의 잔인한 경험으로 족했다.

미약하게나마 고개를 흔들며 그녀는 시선을 떨구었다. 그러나 이내 얼굴을 붙잡은 레이의 손가락에 의해 그녀는 그의 단호한 눈동자를 응시해야 했다.

"JG그룹의 후계자. 현재 나의 허울 좋은 지위지. 하지만 JG라는 이름을 버리고 나면, 난 그저 조센징과의 사이에서 태어난 사생아에 지나지 않아."

그가 꺼낸 'JG'라는 엄청난 네임 벨류(Name value)는 그녀의 머릿속에 쉽사리 인식되지 못했다. 설마 일본 굴지의 게임 소프트웨어와 가전·전자기기 제조업체이자 제품의 절반 이상을 해외 시장에 수출하여 이미 세계적인 인지도를 가지고 있는 그 JG를 말하고 있는 것일까.

"J······ G라고 했나요?"

미노루의 말과 매화 같은 자태의 그의 약혼녀의 모습이 차례로 떠올랐다. 그제야 밀려드는 충격으로 인해 초아의 입술이 절로 파르르 떨렸다.

"그게 중요한가?"

시니컬한 그의 물음에 그녀는 입술을 앙다물었다. 자신을 속물처럼 느끼게 하는 그 말이 불쾌했다. 자신도 한때는 레이처럼 생각했던 적이 있었다. 하지만 재원을 통해 철저히 깨닫게 되었다. 그것이 아니라는 것을.

"네, 중요해요."

"니지!"

"당신이 나에 대해 아는 게 뭐가 있죠? 지금 부르고 있는 그 이름조차 다 거짓이잖아요. 나는, 나란 여자는······ 그래요. 내 길이 아닌 길 가고 싶지 않아요. 지금까지도 너무…… 충분히…… 힘들 었으니까.”

바보처럼 눈물이 쏟아지려고 해서 돌아서고 말았다. 저절로 레이의 손에서 그녀의 손이 툭 떨어졌다. 그에게서 무슨 말인가 흘러나오기 전에 초아는 서늘한 음성으로 선언했다. 어차피 안 될 일이라면 미리 돌아서는 것이 낫다는 것을, 그것이 상처를 최소할 수 있는 방법이라는 것을 초아는 경험을 통해 아주 잘 알고 있었다.

“그냥 조용히 살고 싶어요. 이대로 있다가 내 자리로 돌아갈래요.”

그리고 그녀는 그저 본능적으로 앞을 향해 발을 내디뎠다. 하지만 이내 들려온 음성은 자석처럼 그녀를 다시 끌어당겼다.

“버리려 들었잖아. 버리고 싶다고 했었잖아.”

“그렇다고 마냥 피할 순 없어요.”

더욱더 차갑게 대꾸를 한 초아는 다시 발걸음을 옮겨놓았다. 그리고 어김없이 날아든 그의 제지. 이번엔 그녀의 몸을 돌려 세우는 단단한 손이다. 그의 눈빛에 숨길 수 없는 화기가 묻어났다.

“어젯밤은 뭐였지?”

심장이 덜컥 내려앉는 듯했다. 본능에 충실했던 것에 대한 후회는 남지 않았지만, 변명의 여지가 없었다. 도대체 나는 어떤 마음으로 이 남자를 받아들였던 것일까.

“단순한 욕망 때문이었다고 말하려거든 그만두지. 당신이 부나방 같은 여자가 아니라는 건 느낌으로 알 수 있으니.”

마치 그녀의 속내를 읽은 것처럼 말을 이은 그가 어깨를 잡은 손에 힘을 주었다. 그곳에서부터 퍼져 나간 아릿한 느낌이 온몸을 전율하게끔 만들었다. 고통으로 아랫입술이 질끈 깨물어지는 모습을 본 탓일까. 레이는 그 즉시 손의 힘을 느슨하게 했다.

"당신은 날 몰라요."

이렇게 가까이 있음에도 절대 닿을 수 없는 사람임을 알기에, 그렇게 중얼거리듯 말을 하는 그녀의 어조는 씁쓸하기 짝이 없었다. 그의 시선을 차마 마주할 수 없어 초아는 고개를 숙였다. 그러자 턱에 느껴지는 그의 부드러운 손길. 어느새 정돈된 음성.

"몰라도 상관없어. 당신이 말하고 싶어질 때까지 아무것도 묻지 않아."

"정말 그렇게 될까요?"

"날 믿지 못하나?"

언제나처럼 뜨겁고도 따사로운 눈빛. 그래. 이 사람은 키쿠치 레이다. 지금의 내가 유일하게 믿고 의지할 수 있는 사람.

"……아뇨."

불안감으로 미세하게나마 떨리던 입술이 절로 대답을 토해냈다. 그러자 가느다란 한숨과 함께 온몸을 가득 감싸오는 그의 체온.

"됐어, 그거면."

레이의 속삭임에 초아는 눈을 감았다. 또다시 그에게 의지하고 마는 자신을 책망하며. 그녀에게서 한탄 어린 중얼거림이 흘러나왔다.

"나, 당신이 이렇게 소중히 대해줄 만한…… 그런 여자 아닌데……."

"그렇게 말하지 마."

그녀를 안고 있는 그의 손에 힘이 들어갔다. 불쾌감이 그의 어조에서 고스란히 느껴졌다.

"스스로를 소중히 여기지 않으면 누구나가 쉬이 보고 업신여기게 되지."

기분 좋은 가슴의 울림. 심장이 뛰는 그곳에 귀를 가져간 초아는 저도 모르게 눈을 감았다. 그러다 다시 이어진 그의 말에 놀라 그녀는 눈꺼풀을 들었다.

"혹시 내가 가진 거추장스런 조건들 때문에 그런 거라면…… 마음으로는 이미 버렸어. 그러니까."

몸을 떼어 그녀를 내려다보는 그의 눈동자는 짙푸른 하코네의 산을 닮아 있었다.

"밀어내지 마라. 당신이 누구든 상관없으니, 그깟 것들로 날 밀어내지만 마라."

그 속에 담겨 있는 자신이 가슴 시릴 만큼 아름다워 보였다. 화장기 하나 없는 창백한 얼굴임에도 불구하고, 여느 때보다 생기있게 느껴졌다.

오다이바 레인보우 브릿지는 각종 사진 등에서 본 것과 다름없이 아름다웠지만, 선글라스를 낀 남자의 눈에 어떤 감흥도 주지 못했다. 공항에서 렌트한 차를 끌고 그 다리를 건너는 남자의 선굵은 얼굴은 무덤덤했다.

명목상 그가 일본을 찾은 이유는 '출장'이었다. 오다이바 '조이타운'과의 계약을 성사시키기 위한. 언제나 그에겐 사업이, 이익이 우선순위였다. 하지만 지금 그의 마음은 일본 게임 테마파크의 리모델링 건을 따내야 한다는 데 있지 않았다. 한 여자. 자신으로부터 꼭꼭 숨어버린 그 여자를 찾는 데 그의 온 신경이 집중되어 있었다.

심재원과 윤초아.

여전히 나란히 쓰여도 어색하지 않은 이름이다. 지난 팔 년간 그랬던 것처럼.

아니라고, 이미 늦었다고 소리치는 그 안의 또 다른 자신을 억누르며 재원은 액셀러레이터를 밟았다.

항상 곁에 있어주어서, 너무 익숙해서 그녀의 소중함을 몰랐다. 자신을 사랑해 주는 여자보다 자신을 더 높이 날게 해줄 수 있는 여자를 선택했다. 그러나 막상 모든 것을 이루고 보니, 그것이 아니라는 것을 알았다. 전혀 행복하지 않았다. 초아가 없으면.

「내 눈 피해서 애먼 짓 했단 봐! 당신도, 그년도 다 죽여 버릴 거야!」

돌아서는 그의 뒤통수에다 대고 고래고래 악을 쓰던 아내 진효주의 목소리가 귓가를 파고들었다. 시작부터 삐걱거리던 결혼이었다. 돈과 욕망으로 처발라진 그 생활은 행복할 리 없었다. 눈물로 어머니의 영정을 지키던 초아의 모습은 갈수록 그에게 더한 마음의 짐을 안겨주었다. 그런 그의 흔들리는 태도를 묵과하지 못했던 효주가 초아를 찾아가 또 한 번 상처를 주었다는 것은 차후에 알게 된 일이었다.

그는 아내와 별거를 선언했다. 생애 처음으로 재원은 '이 일이 내게 무슨 이득을 가져다줄 것인가'를 따지고 생각하는 머리보다 조건없는 가슴에 따랐다. 하지만 이미 그녀는 그의 인생에서 완전히 사라져 버린 이후였다.

수소문 끝에 그녀가 일본으로 갔다는 사실을 알게 되었지만, 일본에 사는 그녀의 이모는 그에게 초아의 행방을 도무지 가르쳐 주려 들지 않았다. 성과없는 전화통화에 지쳐갈 무렵, 마침 일본 '조이타운'에서 그들 '가시'의 브리핑을 듣고 싶다 연락이 온 것이다. 이 기회를 놓칠 수 없다 싶어 재원은 부하직원을 보내는 대신 직접 출장길에 올랐다.

나리타 공항에서 내리는 즉시 곧장 도쿄 신오오꾸보로 가 그녀의 이모를 만나보긴 하였지만, 역시 모른다는 말뿐이었었다. 하지만 그는 무슨 수를 써서라도 자신이 일본에 머무는 동안 그녀를 찾아낼 생각이었다. 찾아내 다시 예전의 관계로 돌려놓을 생각이었다.

늦지 않게 오다이바 '조이타운'의 주차장에 차를 밀어 넣은 그는 선글라스를 벗고 서류 가방을 집어 든 채 엘리베이터에 올랐다. 그가 문을 닫으려던 찰나, 선명한 핏빛의 승용차에서 내려선 여자가 총총걸음으로 다가오는 것이 보였다. 재원은 반사적으로 열림 버튼을 눌렀다.

하얀 얼굴과 유난히 눈에 띄는 새빨간 입술의 여자는 '고맙다'는 짧은 한마디를 내뱉은 후 그의 곁에 와서 섰다. 짙은 향수 내음과 손에 든 핸드백, 몸에 피트되는 원피스로 인해 예사롭지 않아

보였다. 아니, 여자의 분위기 자체가 그러했다. 화려하면서도 누구도 근접할 수 없을 정도의 위용을 내뿜고 있었다.

좁은 공간을 요란한 벨소리가 메우고 돌았다. 그와 동시에 엘리베이터가 사층에서 멈춰 섰다. 여자는 휴대폰을 작은 백에서 꺼내 들며 그를 앞서 내려섰다.

"여기 오다이바예요."

굉장히 맑고 고운 목소리에다 발음까지 완벽했다. 마치 성우처럼. 저도 모르게 멈춰 서 재원은 전화를 받고 있는 여자를 돌아보았다. 그러다 약속 시간을 의식한 그는 그대로 사장실이라고 쓰인 공간으로 발걸음을 옮겨놓았다.

그의 등장에 벌떡 일어서 고개를 숙여 보인 비서는 인터폰으로 약속된 방문을 알렸다.

"들어가세요."

초아의 행방을 찾는 일에 몰두하였다고는 하나, 이 일 역시 중요하긴 했다. 조이타운과의 계약만 성사된다면 국내뿐 아니라 일본, 중국에서 '가시'의 이미지가 업그레이드되는 것은 자명했다. 절로 긴장이 된 재원은 서류 가방을 고쳐 들며 중간 문을 두드렸다.

상대의 대답이 들려옴과 동시에 문을 열자, 거만하기 짝이 없는 한국의 여느 기업가들과 달리 책상을 돌아 나와 손을 내미는 젊은 남자를 마주할 수 있었다. 그 손을 반가이 맞잡으며 재원은 상대를 살폈다. 연푸른빛의 캐주얼 양복을 세련되게 차려입은 조이타운의 사장은 생각보다 아주 젊었다. 기껏해야 그 또래로밖에 보이지 않았다.

"반갑습니다, '가시'의 심재원입니다."

"이토 신이치입니다."

이토 사장이 권해주는 자리에 앉은 재원은 일본인 특유의 깔끔함이 묻어나는 사무실의 정경을 둘러보았다. 그러다 그는 여전히 익숙해지지 않는 일본어를 듣고서야 상대에게로 시선을 고정했다.

"먼저 죄송하다는 말씀을 드리겠습니다."

재원의 눈살이 찌푸려졌다, 무슨 뜻인지 잠시 생각하느라.

그는 일본어에 능숙한 편이 아니었다. 일본어 학원을 다니는 등 어학 공부에 열성적이던 초아에게서 틈틈이 배워 그나마 이 정도라도 하게 된 것이었다. 그러나 그의 의문은 신이치의 이어진 말을 통해 금세 해결되었다.

"애초 조이타운의 공동 대표인 키쿠치 씨께서 이 자리에 참석하시기로 되어 있었습니다. 그런데 그분에게 개인적인 사정이 생겨, 오늘 브리핑은 부득이하게 연기하여야 할 듯싶습니다. 미리 연락드리지 못한 점 사과드립니다."

그에게 몹시 미안해하는 이토 사장에게 재원은 고개를 저으며 대답했다.

"아닙니다. 괜찮습니다."

되레 잘되었다고 생각했다. 출장이 길어지면 질수록 초아를 찾는 시간을 벌 수 있을 테니까. 이보다 더 적절한 기회가 어디 있겠는가.

그의 너그러운 태도에 안도를 한 듯 이토의 긴장되었던 태도도 조금은 풀어졌다. 상대는 소파에 등을 기대어 앉으며 말을 했다.

"이 일로 인한 피해보상은 저희 조이타운 측에서 충분히 해드리겠습니다. 일본 체류 기간이 길어지는 데 따른 숙박비라든지 여타의 비용 말입니다."

그는 자신의 몫은 철저히 챙기는 사람이었다. 이토의 말에 재원은 그저 미소로 응답을 했다. 이토가 무슨 말인가 더 하려고 입을 열려는데, 책상 위에서 벨소리가 들렸다. '실례합니다'라는 말을 잊지 않고 건넨 신이치는 몸을 일으켜 수화기를 들었다.

"무슨 일인가요? 네? 음…… 지금은 곤란합니다. 우선 좀 기다리라고 전하세요."

인터폰을 내려놓은 이토는 미소 띤 얼굴로 그를 돌아보았다.

"죄송합니다."

그의 말이 끝나기도 전에 짧은 노크에 이어 짙은 향수 내음이 사무실로 밀려들었다. 왠지 감각에 익은. 재원의 머릿속을 붉은 영상이 스치고 지나갔다. 엘리베이터를 함께 탔던 그녀에게서 나던 그 향기였다. 입구를 돌아보자 역시 조금 전의 그녀가 서 있었다. 전혀 미안한 기색 없이 예의 그 당당한 자태로.

자리에서 일어난 신이치의 목소리는 매서웠다.

"무슨 짓입니까?"

"정말 손님이 계셨네요, 후."

매끄럽지만, 그 속에 가시를 숨긴 듯한 답변이 흘러나오자 그 자리가 당장에 불편해진 재원은 몸을 일으켰다.

"그럼, 전 이만 가보겠습니다. 연락 기다리지요."

"네."

입구로 나가는 그에게 짙은 아이섀도에 감싸인 여자의 눈동자가 따라붙었다. 재원은 그 시선을 피하지 않고 바라보다 그 공간을 벗어났다.

연락 두절에다 맨션과 직장 어디에도 모습을 보이지 않는 레이.
미노루의 아들인 류타와 함께 여행을 떠났다는 그 한국 여자.
과연 두 사람이 동시에 오다이바에서 사라진 것이 우연일까. 아님 정말 함께 밀월여행이라도 떠난 것일까.
레이의 부재를 눈으로 확인하자 온몸에서 기운이 쭉 빠져나가 버린 유리는 신이치가 권하기도 전 소파에 쓰러지듯 앉았다.
"레이가 어디로 간 것인지 당신은 알죠?"
자신을 그렇게 처참하게 만든 후, 코빼기도 보이지 않는 남자를 찾아나선 건 자존심보다 더한 오기 때문이었다. 그녀의 확신 어린 물음에 남자는 바지 주머니에 손을 찔러 넣은 채 고개를 가로저었다.
"몰라요. 나도 걱정입니다. 이렇게 연락도 없이 약속을 어길 녀석이 아닌데."
유리는 상대의 눈빛을 보며 알 수 있었다. 이 남자는 거짓말을 능수능란하게 잘할 수 있는 타입의 인간이 아니다라는 것을. 지금 하고 있는 말이 사실이라는 것을.
실망감을 품고 일어나려 하는데, 마치 기다렸다는 듯 이토 신이치의 품에서 휴대폰이 울렸다. 그 모습을 멀거니 바라보던 유리는 액정화면을 쳐다본 남자의 눈빛이 눈에 띄게 흔들리고 있음을 발견했다. 그녀의 의식이 번쩍 깨어났다.

"으으응…… 그래…… 그래…… 응……."

그녀의 눈치를 보며 돌아선 신이치가 이어가는 너무도 이상한 통화 내용에 유리는 자리에서 일어났다. 그녀는 실례인 줄 알면서도 그의 곁으로 다가가 휴대폰을 빼앗아 들었다.

"이, 이게 무슨 짓입니까!"

신이치의 아우성에도 불구하고 그녀의 귀에는 분명히 들렸다. 휴대폰 속에서 낮게 이어지는 음성은 키쿠치 레이였다.

[……곧 돌아갈게. 네가 알아서…….]

전화기 저편의 어수선한 상황을 파악한 듯 그의 말이 뚝 끊겼다. 그 이후로 이어진 숨소리조차 들리지 않는 적막감. 그것을 유리는 낭랑한 목소리로 깼다.

"비겁하게 숨어버린 건가요?"

도발. 그러나 그 도발에 넘어가지 않는 남자였다.

"날 호락호락하게 보지 말아요. 이대로 끝낼 생각 없어."

경고. 이번엔 그가 반응했다. 레이의 부드러운 저음이 들려오는 순간, 유리는 가슴이 저미는 듯한 기분을 맛보았다. 너무도 생소한.

[타치바나 양.]

하찮은 사생아 따위라 여겼던 남자의 목소리 하나에 이런 반응이라니. 그런 자신을 용납할 수 없어 유리는 입술을 깨물었다.

[우린 시작이 없었으니, 끝도 없어.]

그녀가 뭐라 대꾸할 겨를도 없이 레이의 목소리가 사라졌다. 이를 악문 그녀는 미친 듯이 다시 통화 버튼을 눌러보았지만, 받을 수 없다는 기계음만 들려왔다.

"도대체 무슨 짓이냐고요!"

버럭 고함을 지르며 그녀에게서 신이치가 휴대폰을 빼앗아 들었다. 그러나 그것을 의식하지 못할 정도로 유리는 감정의 소용돌이에 빠져들고 있었다. 분노와 오기, 그리고 자기 연민의 복잡한 소용돌이 속에서 헤어나오지 못한 채 그녀는 한동안 자리를 지켰다.

어디로 가야 할지, 이제 어디서부터 어떻게 그녀를 찾아야 할지 잠시 생각을 해보느라 재원은 사장실을 나와서도 선뜻 엘리베이터에 오르지 못했다. 흡연실에서 담배를 몇 개비나 축낸 후 그는 국제 전화를 시도했다. 자신을 전혀 반기지 않을 사람이라는 걸 알고 있었지만 그녀가 초아의 행방을 알고 있을 거라는 생각이, 조금 전 몸속으로 들어간 니코틴이 그에게 용기를 주었다.

[Hello.]

잠에 취해 있긴 하지만, 이 목소리는 분명 그녀의 쌍둥이 동생 시아였다.

「시아니? 나다, 재원 오빠.」

그가 자신을 밝히자, 상대가 숨을 훅 들이키는 것이 느껴졌다. 초조함을 억누르지 못한 채 재원은 품속에서 다시 담배를 꺼내 입술 사이에 끼워 넣었다. 그가 한 손으로 더듬더듬 불을 붙이는 동안 차가운 여자의 목소리가 들려왔다.

[전화 잘못했어요. 끊어요.]

「여기 일본 오다이바에 왔어.」

당황한 나머지 라이터가 떨어지는 것도 모른 채 재원은 휴대폰을 가까이 가져와 얼른 말을 했다. 자신이 초아를 찾으러 일본까지 왔다고. 시아에게 달라진 자신의 태도를 보여주고 싶었다. 그러나 들려온 말은 역시 냉랭했다.

[뭐라고? 당신이 거기 왜? 또 우리 언니 무슨 꼴 당하게 하려고, 거기까지 찾아갔어!]

「이번엔 상처 주지 않을 거야.」

[됐으니까 얼른 꺼지시지. 아니, 설마 그 맹추가 자기 있는 델 알려준 거야?]

「응? 그녀가 여기, 오다이바에 있나?」

그의 물음에 신랄하게 혀를 움직여 대던 상대가 잠시 침묵을 지켰다. 그것이 긍정의 답변임을 깨달은 재원의 온몸에 희열감이 번져 갔다.

[헛다리 짚지 마.]

무뚝뚝한 한마디에도 그는 개의치 않았다. 되레 물을 뿐.

「오다이바 어디에 있지? 말해줘.」

[내가 미쳤어? 당신한테? 언니가 당신을 용서해도, 내가 못해. 돌아가신 우리 엄마도 마찬가지일걸.]

「어머니가 그렇게 되신 건 나도 유감이야.」

[유감? 웃기시네. 더 이상 그 역겨운 목소리 듣고 있다가는 내 귀가 썩겠다! 다신 내게 전화하지 마! 우리 언니 주변을 맴도는 건 물론이고! 확 국제적인 스토커로 신고해 버리기 전에!]

요란스럽게 수화기가 내려졌다. 통화가 종료된 휴대폰과 불이 붙지 않은 담배를 재원은 품속에 넣었다. 그리고 복도로 나오며 그는 그 안에서 만져지는 사진 하나를 꺼내 들었다.

봄날의 캠퍼스를 배경으로 웃고 있는 커플. 찬란했던 시절의 그와 초아였다. 분홍과 남빛의 색만 다르고 디자인은 같은 일명 '커플 티'를 입고 있는 그들은 지금보다 어렸지만 무척 사랑했었다. 누구도 부러워할 만큼.

그의 엄지손가락이 하얀 얼굴 가득 미소를 머금고 있는 초아를 쓸고 지나갔다. 그때 사장실의 문이 열리는가 싶더니 또각또각 소리가 들려왔다. 하지만 과거의 추억에 잠겨 있느라 그는 그곳에 시선을 두지 않았다. 그러다 갑자기 오른쪽 몸에 쿵 부딪치는 누군가로 인해 재원의 손에서 사진이 떨어졌다. 그도 모르는 사이에.

"스미마셍."

얼굴을 찌푸리고 돌아본 그에게 기계적인 한마디가 날아들었다. 자세히 보니 상대는 다름 아닌 붉은 원피스의 그녀였다. 조금 전과 달리 눈동자는 공허했고, 왠지 표정이 멍해 보이긴 했지만 사장실로 돌진해 들어왔던 그녀가 분명했다.

"괜찮습니까?"

그의 물음에 상대는 그제야 눈을 맞추었다. 정신을 차린 듯 금세 차갑고 도도하기 짝이 없는 그 표정으로 돌아왔다. 고개를 까딱하며 그를 지나치려던 여자의 몸이 갑자기 굳어졌다. 그리고 절대 꺾이지 않을 것 같던 그 꼿꼿했던 허리가 굽혀졌다. 여자의 움직임을 따라 시선을 옮기던 재원은 잘 손질된 손톱이 주워 든 사진을 발견하고 화들짝 놀랐다. 저것이 언제 떨어진 것일까.

"제 것입니다."

사진을 뚫어져라 바라보고 있는 여자에게 재원은 손을 내밀었다. 그러나 좀처럼 상대는 그것을 건네줄 생각이 없는 듯했다.

"이것 보세요."

재차 그가 말을 했을 때야 여자의 커다란 눈동자가 들려졌다. 그 틈에 재원은 얼른 사진을 앗아 원래 있던 자신의 품속으로 집어넣었다. 그러나 그런 그의 동작에 불쾌감을 느낀 기색도 없이 여자의 붉은 입술이 벌어졌다.

"그 여자 분과는 어떻게 되는 사이시죠?"

"네?"

다짜고짜 묻는 말이라니. 처음엔 황당해 되물었다. 하지만 혹시나 싶은 희망이 피어올라 재원은 여자에게로 다가섰다.

"이 여자를 압니까?"

그의 물음에 여자가 고개를 끄덕일 때까지 불과 몇 초 상간이었지만, 몇 시간이나 걸린 것처럼 초조하고 불안했다. 그러나 그녀가 그 긍정의 제스처를 취한 순간 뜻밖의 수확에 그는 하마터면 환호성을 지를 뻔했다.

"한국 분이신가요?"

"네."

그의 대답에 조금 전까지 유리구슬 같던 여자의 눈동자에 묘한 반짝임이 일었다. 아까와는 완전 달라진 태도로 여자는 자신을 소개했다.

"타치바나 유리예요."

"심재원입니다."

오다이바 '조이타운'에서 그들은 그렇게 만났다. 아주 우연히,
아니, 어쩌면 필연이 만들어낸 작은 교차 지점에서.

모또하코네에서 온시하코네공원까지 이어지는 삼나무 가로수
길로 그녀는 류타의 손을 잡고 들어섰다. 하루 종일 온천에만 무
료하게 있기 지루해 마사키에게 근방의 관광지를 알려달랬더니,
카나카와현에서 뽑은 아름다운 길 백 개 중 하나라고 그는 이 길
을 추천했다. 그래서 그녀는 점심을 먹자마자 류타와 오다이바 해
변공원으로의 산책을 대신하여 이리로 향한 것이다.

별다른 기대는 없었건만 막상 삼나무 길로 들어서는 순간, 절로
입이 벌어졌다. 그저 높다는 말만으로는 부족했다. 길가 쪽으로
생전 처음 보는 키 크고 우람한 덩치의 나무들이 빼곡하게 심어져
마치 하나의 성벽처럼 느껴졌다. 하늘까지 이어진.

"와아!"

놀란 건 비단 그녀만이 아니었다. 류타에게서 숨김없는 탄성이
터져 나왔다.

"저것 보세요."

아이의 손가락이 가리키는 곳을 초아는 가느다랗게 눈을 찌푸
린 채 올려다보았다. 끝도 없이 솟아 있는 삼나무. 헛된 도전 정신
으로 그것을 올려다보았으나 나무의 끝은 햇살을 머금은 하늘에
잠겨 도무지 보이지 않았다. 결국 눈이 부신 나머지 다시 고개를
떨군 초아는 그저 아이에게 웃어 보이며 천천히 걸음을 내디디려

하였다. 그러나 류타는 나무에 홀린 듯 도무지 움직일 생각을 하지 않았다.

"류?"

그녀의 부름에 여전히 고개를 꺾은 채 나무를 올려다보며 아이는 물었다.

"이 나무 타고 올라가면, 나도 재크처럼 하늘나라에 갈 수 있어요?"

"응?"

잠시 후에야 초아는 류타가 얼마 전 자신이 읽어주었던 '재크와 콩나무' 라는 책 이야기를 한다는 것을 깨달았다.

"네? 나 하늘나라에 가보고 싶은데…… 가서 엄마 만나고 싶은데."

말을 하는 류타의 눈가에 눈물이 그렁그렁했다. 아이가 얼마나 간절한지 알면서도, 또 절대 이룰 수 없는 희망임을 잘 알기에 그녀는 그저 말없이 안아주는 것을 택했다. 자신의 대답이 아이에게 헛된 희망을 심어주게 되는 건 싫었다. 자신에게 어머니가 그랬던 것처럼.

「엄마, 아빠 몇 밤 자면 와?」

「응. 일곱 밤만 자면.」

그러나 그 일곱 밤이 지나고, 또 일곱 밤이 지나도, 아니, 영원히 아버지는 자신들의 곁으로 돌아오지 않는다는 것을 철이 들고 나서야 초아는 알았다. 차라리 어머니가 모든 것을 사실대로 말해주었더라면. 그렇다면 그따위 헛된 희망은 품지 않았을 텐데.

아이를 안은 채 잠시 과거의 기억에 사로잡혀 있던 초아는 축축하게 어깨를 적시는 물기에 정신을 차렸다. 류타에게서 몸을 떼어낸 그녀는 젖은 아이의 시선을 마주하며 애써 명랑하게 제안했다.

"류, 선생님이 업어줄까?"

류타에게 어머니를 만나게 해줄 순 없지만, 어머니의 그림자만이라도 되어주고 싶었다. 눈물 어린 눈가를 엄지손가락으로 쓸어주자, 아이는 천천히 고개를 끄덕였다. 울어서인지 지친 기색이 역력한 류타를 초아는 업고 일어났다. 제법 무거운 아이의 무게에 휘청거리면서도, 왠지 만족스러운 기분이 들었다. 그녀는 저도 모르게 어렸을 적 즐겨 부르곤 하던 동요를 흥얼거렸다.

「엄마가 섬 그늘에 굴 따러 가면 아기가 혼자 남아 집을 보다가 바다가 불러주는 자장 노래에…….」

천천히 걸음을 내디디던 그녀는 등에 기대어지는 아이의 체온에 미소를 머금었다.

「……팔 베고 스르르르 잠이 듭니다.」

뒤 소절을 마저 부르는데, 자신의 목소리에 겹쳐져 들려오는 굵직한 음성에 초아는 류타를 업은 채 뒤를 돌아보았다.

언제 온 것일까. 빼곡하게 이어진 삼나무, 그 사이에 레이가 서 있었다. 그는 그녀를 바라보던 눈길을 거두며 다가와 축 늘어진 류타의 몸을 안아 들었다. 아이는 칭얼거리며 그의 품을 파고들었다. 아무 말 없이 레이가 걷기 시작하자, 초아 역시 그를 따랐다.

"어머니는 내게 한국말을 가르쳐 주시지 않았어. 그런데 그 노래는 자주 불러주셨지."

바람이 삼나무 가지를 스쳐 지나가는 듯 작은 목소리에 초아는
레이를 돌아보았다. 그러나 그의 옆얼굴에는 어떤 표정도 드러나
있지 않았다.

"당신에게서 언뜻언뜻 내 어머니를 봐. 훗, 그로 인해 당신을 내
버려 둘 수가 없었는데, 지금은…… 바보처럼 두렵군."

온전히 그녀만을 담은 그 맑은 눈동자가 내려왔다.

"묻지 않으리라 했지만…… 내 어머니처럼 당신이 누군가에게
버림을 받은 거라면, 그래서 그런 거라면…… 가슴을 찌르는 이
통증, 상대에 대한 질투와 분노가 날 작아지게 할 테니."

그의 이어진 말에 초아는 심장이 내려앉는 듯한 기분을 느꼈다.
그의 추측이 사실이기에 부정할 수 없다. 그의 앞에서 인정할 만
한 용기도 없다.

"가지."

류타를 안은 채 그녀를 한동안 내려다보고 있던 그의 입에서 짧
은 한마디가 떨어졌다. 그와 나란히 걸으며 초아는 저도 모르게
얕은 한숨을 내쉬었다. 언젠가는 아무렇지도 않게 이야기할 수 있
는 날이 올까. 그때도 이 사람이 내 곁에 있어줄까.

"니지?"

그의 부름에 그녀는 고개를 들었다. 그녀의 핼쑥해진 얼굴을 레
이는 훑어보고 있었다.

"당신을 탓하지 않아."

그에 믿을 수 없게도 들썩이던 박동이 가라앉기 시작했다. 그와
손가락 하나 닿지 않았지만, 바라보는 눈길을 통해 따스한 무엇이

온몸으로 스머드는 기분이었다. 그녀의 표정을 물끄러미 바라보던 레이는 왼쪽 어깨에 걸린 디지털 카메라를 툭툭 치며 말을 돌렸다.

"오늘도 날씨가 좋아 다행이야. 온시하코네공원에서 후지산이 더 잘 보이겠군."

그들은 나란히 삼나무가 만들어준 그늘을 걸어나갔다. 그러는 동안 초아는 생각했다. 너무 먼 미래까지 앞서 가지 말자고. 지금 그로 인해 이렇게 행복한 순간을 즐기자고. 그러노라니 마음이 편안해졌다.

류타의 곁에 누웠지만 도통 잠이 올 것 같지 않았다. 찬바람이라도 쐬어야겠다 싶어 레이는 일어나 거실로 나왔다. 지금쯤은 니지도 잠이 들었을 것이라 생각했건만, 그녀가 누워 있을 침대 방에서 희미한 불빛이 흘러나오고 있었다. 그는 그것에 이끌린 듯 다가가 가만히 문을 두드렸다. 그러나 대답이 없었다.

불을 켜둔 채 그냥 잠이 든 것일까. 그는 전통식 미닫이문을 열었다. 침대로 다가갈수록 스탠드 불빛 아래 잠이 든 니지의 하얀 얼굴이 그의 시야에 가득 들어왔다. 무방비 상태의 그녀는 너무도 작고 어려 보였다.

그가 곁에 앉는 줄도 모른 채 단잠에 빠진 그녀의 머리칼을 레이는 그저 쓸어 넘겨주기만 했다. 피곤하기도 했을 게다. 어제 밤새 자신에게 시달린 것으로도 모자라, 오늘 오후 내내 삼나무 가로수 길과 온시하코네공원을 돌아보느라. 거기다 내일은 유람선과 로프웨이를 타고 하코네 구경을 하기로 류타와 철석같이 약속을 해놓은 상태였다.

그의 몸은 당장이라도 그녀를 안고 싶어했지만, 그의 이성은 그녀에게서 손을 떼어놓도록 명령했다. 레이는 이성에 따랐다. 지금 만약 그녀를 가진다면 내일 하코네 일주를 하는 내내 니지가 힘들어할 것이 자명했기에. 레이는 그녀의 둥글게 굴곡진 이마에 입을 맞춘 후 침대에서 몸을 일으켰다.

정원으로 나온 그는 은은한 조명을 받아 빛나고 있는 국화 사이를 천천히 거닐었다. 바람은 싸늘했지만, 외려 지금의 레이에겐 기분 좋게 느껴졌다. 그의 머릿속에 온시하코네공원의 전망관 앞에서 아시호수와 후지산을 배경으로 환하게 웃던 니지의 모습이 그려졌다. 그의 카메라에 그녀의 꾸밈없이 맑은 모습들이 고스란히 담겨 있었다. 자신이 찍은 사진들을 보며 레이는 열망했었다. 언제나 그녀가 이렇게 웃을 수 있도록 만들어주고 싶다고.

그러나 삼나무 가로수길로 나서기 전 신이치와의 통화 도중 끼어든 여자의 존재가 떠올라, 그의 행복한 생각들은 끝까지 이어지지 못했다.

타치바나 유리.

여자의 악에 받친 음성은 그에게 현실을 일깨워 주었다. 언제까지 이 행복이 계속될 수 없을 거라는, 언젠가는 돌아가야 한다는.

그리고 떠오른 또 한 사람. 한숨과 함께 레이는 주머니에서 휴대폰을 꺼내 들었다. 전원을 켜고 통화 버튼을 누르는 일련의 동작은 모두 기계적이었다. 곧이어 터져 나온 음성을 듣는 표정 또한 그랬다.

[너, 당장 돌아오지 못하니?]

상대가 격앙되어 있으면 있을수록 그는 더 침착해졌다.

"아니, 난 뜻밖의 휴가를 좀 더 즐길 셈이야."

[레이! 너 충분히 합리적이고 이성적이잖아. 그런데 니지와 관련해서는 왜 그리 충동적이 되어버려? 지금 네 행동, 사랑에 빠진 얼뜨기 같은 거 알아?]

사랑에 빠진 얼뜨기라. 레이의 입매에 피식 웃음이 어렸다. 예전 같으면 상당히 기분이 나빠졌어야 할 말임에도, 그다지 불쾌하지 않았다. 아니, 되레 즐거워졌다.

"그래."

그는 니지가 잠이 든 방의 창 앞에 서서 마치 혼잣말을 하듯 중얼거렸다.

"저 여자가 좋아. 그냥 좋아서, 아무것도 보이지 않아."

[아…….]

미노루에게서 흘러나온 한탄음과 이어진 말에 레이는 니지의 모습을 그려보던 것을 그만두고 냉랭한 표정으로 돌아섰다.

[제발, 레이. 넌 앞으로 JG를 이끌어갈 재목이야. 나야 사업 따위에 원래 재능이 없었지만, 넌 아니잖아. 맨손으로 조이타운을 일궈냈을 정도로 네겐 사업적인 두뇌가 있어. 아버지는 그런 너를 믿고 계신다. 그러니까 사소한 일로 부모님께 실망을 드리지 마.]

"형이 해."

[뭐?]

"형의 대타 노릇 질렸어. 그분들, 나한테는 애초부터 관심도 없었어. 형이 그림을 그리기 위해, 그리고 사랑하는 여자로 인해 집을 뛰쳐나가기 전에는. 형이 살고 싶은 대로, 하고 싶은 대로 인생을 살기 시작한 이후 난 내 삶을 저당잡혔어.”

달빛 흐르는 소리조차 들리지 않는 고요한 사위로 인해 레이는 잇새로 숨을 죽인 채 말을 뱉어냈다. 혹시라도 자신의 목소리에 니지가 잠을 깨는 일은 없었으면 했다.

“네 능력치를 값비싸게 쳐주겠다, 그러니 내 밑으로 들어와라……. 그런 것 따위는 반갑지 않아. 지금의 내 삶에 난 충분히 만족해.”

[냉정한 녀석이다, 너 참.]

떨리는 미노루의 질책에도 레이는 눈 하나 깜빡하지 않았다. 형의 말에 가슴에 또 하나의 생채기가 생겼음을, 상처받지 않기 위해 냉정해질 수밖에 없었음을 털어놓을 생각은 추호도 없었다.

“그러니 형도 중간에서 더 이상의 헛된 노력, 그만둬.”

[난! 난 너처럼 냉정할 수가 없다. 네놈이 걱정된단 말이다!]

속정이 깊은 형은 어렸을 적부터 그랬다. 그러나 자유로운 영혼이었던 형은 엄격하기만 한 아버지와 냉랭한 자신의 어머니로부터의 든든한 방패막이는 되어주지 못했다.

“난 더 이상 열두 살 소년이 아니야. 형이 열여섯 살이 아닌 것처럼.”

[알아. 하지만…….]

“경솔하게 행동하진 않아. 너무 걱정 마.”

언제까지 결론없는 통화가 이어질지 몰라 레이는 그 말을 끝으로 폴더를 닫았다. 이십 년 동안 한 번도 미노루에게 해본 적이 없는 말을 털어놓아서일까. 속이 후련했다.

가까이의 벤치를 찾아 앉은 레이는 어둠으로 뒤덮인 호수를 바라보았다. 아니, 호수가 있을 방향을. 문득 자신의 내일도 저 호수와 같다는 생각이 들었다. 한 치 앞도 내다볼 수 없는.

그러나 후회를 하지도, 두렵지도 않았다. 지금 현재 니지의 손을 잡아줄 수 있으니. 자신으로 인해 그녀가 웃을 수 있으니.

아시호수에 떠 있던 세 척의 범선 중 그들은 파란색 선체에 황금빛 조각들이 가득한 빅토리아호에 올랐다. 유람선은 모또하코네에서 어제 산책을 나갔던 하코네마찌를 들러 토겐다이까지 간다고 했다. 초아는 선체의 거대함에, 끝없이 이어진 아시호수의 넓음에 무척이나 놀랐다.

선실 안에만 있기가 갑갑해서 초이는 TV에 시선을 고정하고 있는 류타를 레이에게 부탁한 후 갑판으로 나왔다. 배는 아주 천천히 가고 있는 듯했지만, 고개를 내려보니 물살을 가로지르는 속도가 굉장했다. 그것을 하염없이 내려다보던 초아의 머릿속에 또다시 과거의 기억이 떠올랐다.

「우리 아예 한강 유람선에서 결혼할까?」

이렇게 뱃전에서 함께 강물을 내려다보며 제안했던 재원. 마냥 행복했던 그녀. 그러나 지금은 혼자다. 씁쓸함이 목구멍을 치고 올라왔다.

"뭘 그렇게 보지? 작은 물고기들은 여기선 보이지 않아."

아니, 혼자가 아니다. 초아는 고개를 들어 선실 입구에 선 남자를 바라보았다. 얼핏 창을 통해 TV 삼매경에 빠진 류타가 보였다. 곁으로 와 난간에 기대선 레이의 시선은 그녀를 향했다.

"언제 돌아갈 거예요?"

이 평화로운 분위기를 깨는 질문이라는 것을 알고 있었다. 하지만 마냥 이렇게 안주하고 있을 수만은 없다.

"훗, 당신은 늘 날 밀어낼 생각밖에 안 하는군."

초아는 고개를 돌려 외륜산과 만나고 있는 호수의 끝을 바라보았다.

"걱정 마라, 곧 떠날 테니."

그의 대답에 우습게도 가슴 한켠이 비워져 버린 듯한 서운함이 밀려들었다.

"그래요."

그럼에도 애써 아무렇지도 않게 초아는 대꾸해 보았다.

"회사에 처리해야 할 일들이 있어."

그러고 보니, 그가 신이치와 동업을 한다고만 알고 있었지 무슨 일을 하는지도 아직 모르고 있었다. 예전 전망대 앞에서 분명 신이치는 '파크 일'이라고 했었다. 그녀의 눈빛에 감도는 의문을 읽은 듯 그가 대답을 해주었다.

"다음에 당신에게 보여주고 싶군, 내가 일군 것들을."

여간해서는 볼 수 없는 자랑스러움이 레이의 말속에 깃들어 있었다. 그 순간 그녀는 저도 모르게 소망하고 있었다, 그 '다음'이 머지않아 올 수 있기를.

"그러니까 오늘을 그냥 즐겨. 다른 생각이나 걱정 같은 거 하지 말고."

그가 어깨를 감싸오자, 들이치던 바람이 더 이상 온몸으로 느껴지지 않았다. 그 안락함에 초아는 살며시 기대보았다. 이래도 되지 않나 싶은 욕심이 점점 커져 가고 있다. 안 된다고 소리치는 이성을 그녀는 눈을 감은 채 외면했다.

유람선이 토겐다이에 도착을 하자 그들은 내려 로프웨이를 탈 수 있는 역으로 향했다. 말이 역이지 그냥 작은 대합실 같은 데서 표를 사서 줄을 섰다. 그리고 로프웨이라는 건 남산 케이블카와 비슷했는데 그보다 조금 작은 크기에 좌석이 있었다. 그것에 올라가느다란 줄에 대롱대롱 매달려 호수와 외륜산을 건너야 한다는 게 초아는 영 꺼림칙했다.

"맨 앞에 앉아야 풍경이 잘 보여."

레이는 머뭇거리는 그녀를 앞좌석으로 이끌었다. 천천히 로프웨이가 출발을 하고 얼마 동안 안전 바를 잡은 채 정면만 바라보던 초아는 생각 외로 높지도, 빠르지도 않는 움직임에 시선을 아래로 두었다. 차가 오가는 길과 숲이 번갈아 보였다. 신이 나서 류타는 깔깔거렸고, 레이는 아이에게 손가락으로 이런저런 것을 가리키며 설명을 해주느라 여념이 없었다. 그러는 와중에도 그의 다정한 눈길은 간간이 그녀를 향했다.

이십여 분 후 로프웨이는 오와꾸다니역에 도착했다. 역의 왼쪽 편으로 나오자 전망대가 있었다. 맨 처음 그들을 맞이한 것은 달걀이 썩는 듯한 진한 유황 냄새였다. 그리고 눈앞에 펼쳐진 엄청난 협곡과 군데군데 올라오는 수증기, 끓어오르는 진흙을 보며 초아는 벌어진 입을 다물 수가 없었다. 엄청난 바람을 고스란히 맞으면서도 그녀는 대자연의 신비함을 만끽하며 서 있었다. 굉장한 바람 소리에 섞여 그녀의 귓가에 찰칵 하는 이질음이 들렸다. 그녀를 향하고 있던 카메라가 내려가자 레이의 웃는 얼굴이 보였다.

"이 정도에 놀라면 곤란해. 곧 소운잔까지 신형 로프웨이를 타게 될 텐데, 그건 이런 협곡 위를 꽤 오래 지나지."

류타의 손을 잡은 반대 손으로 그는 그녀의 손을 단단히 잡아주었다. 그녀의 두려움을 읽은 듯.

"'지옥'에 오신 것을 환영합니다."

음험하기 짝이 없는 목소리로 그가 말을 하자 얼어 있던 초아도, 류타도 화들짝 놀라 레이를 바라보았다.

"훗, 이제부터 이어지는 오와꾸다니의 자연 연구로들의 이름이 '지옥'이란 말이지."

그의 설명에 그제야 안도를 한 초아는 류타와 함께 걸음을 떼어놓았다. 불당을 지나 안으로 들어가는데 특이하게도 '화산 가스 주의'라고 적힌 한글 간판이 자주 보였다.

"당신 나라 말이군. 읽어주겠어?"

그의 부탁에, 초아는 레이 역시 그 간판을 보고 있었음을 알았다. 류타에게 한국어를 가르쳐 주긴 해도, 레이의 앞에서는 제대로 고국의 말을 한 적이 없어 조금은 쑥스러웠다. 하지만 초아는 그와 류타의 시선을 외면할 수 없어 또박또박 말을 했다.

「화산 가스 주의.」

그에 누가 먼저랄 것도 없이 따라 읽는 레이와 류타였다. 어색한 발음으로나마. 초아는 마치 자신이 대단한 일을 한 것 같은 기분을 느꼈다.

다시 길을 따라 걷는데 진한 유황 내음은 그렇다 쳐도, 군데군데 피어오르는 수증기와 메마른 초목은 진짜 지옥과도 같은 착각이 들 정도였다. 오가는 관광객들만 아니라면.

길의 끝에는 부글부글 끓는 자연 연구로 뒤로 '타마고짜야' 라는 가게가 있었다. 그곳에 줄을 서서 기다리고 있는 사람들을 의아하게 초아가 바라보는데, 레이는 류타의 손을 그녀에게 쥐어주며 그 대열에 합류했다. 자신보다 머리 하나는 작은 사람들 틈에서 기다리고 선 그의 모습이 왠지 우습게 느껴졌다.

그동안 그녀는 류타와 함께 수증기가 피어오르는 온천수에 손을 담가보기도 하며 그를 기다렸다. 물은 뜨겁기보다 그냥 따스했다. 방긋 웃는 류타의 얼굴에서 어제 엄마가 보고 싶다며 울던 모습은 찾아볼 수가 없었다. 그래, 이 아이가 행복하면 그걸로 족하다. 초아는 자신 역시 류타와 같은 표정을 짓고 있다는 것을 알지 못한 채 중얼거렸다.

"선물."

레이가 그녀와 류타에게 각각 내민 것은 노란색과 검은색이 뒤섞인 작은 종이봉투였다. 뜨끈한 그것을 열어보자 '이것이 달걀인가' 싶을 정도로 새카맣게 탄 알들이 옹기종기 모여 있었다.

"쿠로다마고. 온천수에 삶은 달걀이지. 우스갯소리겠지만, 한 개 먹을 때마다 수명이 칠 년씩 늘어난다고 하더군."

레이의 설명에 초아는 그저 웃었다. 그런 말들을 믿기엔 이제 너무 나이를 먹어버린 까닭이다. 신기해하며 달걀을 까달라고 보채는 류타와 달리. 그녀는 껍질을 벗겨 짙은 갈색빛의 단단한 육질을 자랑하는 쿠로다마고를 아이에게 건넸다.

"당신도 먹어봐."

간절한 눈빛. 재가 묻은 그의 커다란 손에 어색하게 달걀이 들려져 있었다. 그것을 초아는 물끄러미 내려다보다가 받아 들었다. 레이의 시선을 외면하고서 탁 트인 오와꾸다니의 정경을 바라보며 달걀을 먹는데, 목이 메였다. 그러나 이토록 가슴이 답답한 것은 달걀로 인함이 아니라는 것을 그녀는 알고 있었다.

마치 신혼여행을 온 부부처럼 이런 여유로운 행복을 누리는 것이 자신에겐 과분한 듯 느껴졌다. 그가 있어 미소 지을 수 있음에도, 마냥 불안했다. 어제 행복한 순간을 느끼자 스스로 다짐했었고, 그 역시 이 시간을 즐기라고 했지만…… 여전히 그건 어려웠다.

언제쯤 아무것도 걱정하지 않고 행복해질 수 있을까. 영원한 행복은 나에겐 꿈꿀 수 없는 일일까.

초아의 얼굴에 쓸쓸함이 다시금 내려앉기 시작하자, 미소를 지은 채 그녀를 바라보던 레이의 표정 역시 굳어갔다. 그들 사이로 오와꾸다니 협곡에서 불어오는 바람이 휑하니 스쳐 지나갔다.

오와꾸다니에서 소운잔까지의 구간은 아찔한 대협곡의 연속이었다. 신형 로프웨이로 그곳을 건너며 초아는 우습게도 '오늘 과연 살아서 온천으로 돌아갈 수 있을까' 라는 생각을 했다. 어찌나 높고, 긴지…… 게다가 불어온 바람에 로프웨이 자체가 흔들리기라도 할 때는 안전바를 꼭 붙잡으며 그녀는 어쩔 줄을 몰라 했다. 끝도 보이지 않는 저 협곡 아래로 추락하는 자신의 모습이 자꾸 상상이 되어서. 삶을 버리려 든 적이 있음에도, 죽음이 두려운 건 그때나 지금이나 매한가지였다.

눈을 커다랗게 뜬 채 시선을 정면으로 고정하고 있던 그녀의 시야가 갑자기 어두워졌다. 따스한 체온이 감긴 눈꺼풀을 통해 전해졌다.

"상상해 봐."

알고 보니 그녀의 눈을 가린 건 레이의 커다란 두 손이었다. 그의 목소리가 귓가를 타고 흘러들었다.

"아래엔 푹신한 잔디가 깔려 있어. 주위로 훈풍이 불고 있고. 거길 우린 아주 낮게 날고 있는 거야."

마법과도 같았다. 그의 말을 듣는 동안 초아는 정말 자신이 그런 평화로운 푸른 숲 속에 들어와 있는 듯한 기분을 느꼈다. 조금 전까지 그녀를 사로잡고 있던 두려움과 공포가 저도 모르는 사이 물러났다. 그렇게 자신이 있는 시간과 공간을 잊고 있던 초아는 레이가 천천히 손을 떼어냈을 때, 그를 붙잡고 싶은 충동마저 느꼈다.

"소운잔이야."

부신 시야 속에서 레이가 웃고 있었다. 그제야 그녀는 그의 배려를 깨달았다. 쑥스럽게 레이가 내민 손을 잡은 초아는 로프웨이에서 내려섰다. 협곡의 장대함을 본 후라 신이 난 류타는 먼저 케이블카를 타기 위해 달려나갔다. 나란히 역을 나가며 레이가 말했다.

"당신이 무서워할 줄은 몰랐군. 하코네를 속속들이 보여주고 싶었는데."

"나 우습죠? 다리에서 뛰어내리려고도 했으면서."

그녀의 자조적인 말에 잡고 있던 레이의 손에 힘이 주어졌다.

"두려워하지 마."

그의 속삭임에 초아는 고개를 들었다.

"그때나 지금이나…… 그리고 앞으로도 당신 곁엔 내가 있으니."

레이가 맹세를 하듯 읊조린 말은 허름한 케이블카 소운잔역 배경과는 어울리지 않았다. 하지만 그 부조화스러움 때문일까. 그 순간의 레이의 모습과 그의 말은 그녀의 뇌리에 깊숙이 각인되어 가슴까지 파고들었다. 시리도록 아프게. 그러나 또 한편으로는 어쩔 수 없이 기쁘게. 그녀는 정말 끝까지 인정하고 싶지 않았던 사실을 결국은 인정해 버리고 말았다. 키쿠치 레이, 그를 만난 것이 정말 다행이라고. 그를 만나 더없이 행복하다고.

소운잔에서 고라까지는 케이블카를 타고, 고라에서 하코네유모또까지는 등산열차를 타고 이동했다. 가끔 앞뒤로 진행 방향을 바꾸어가는 등산열차의 신기한 스위치백 주법과 주변의 아름다운 풍경에 초아는 넋을 놓았다. 그렇게 해서 하코네유모또에 도착을 한 그들은 늦은 점심을 먹고, 천천히 역 주변을 둘러보다 모또하코네행 버스에 올랐다. 피곤했던지 류타가 잦은 하품을 했다. 해가 지기 전 다국원으로 돌아가는 게 좋을 것 같다는 두 사람의 공통된 판단하에서였다.

초아는 류타와 나란히 앉았고, 통로를 사이에 두고 레이는 혼자 앉았다. 그러다 정류장을 지날수록 버스에 많은 사람들이 타기 시작하자, 레이가 일어나 어느새 잠이 든 류타를 안고 그녀의 곁으로 와 앉았다. 좁은 좌석과 험한 산길로 인해 그녀의 팔다리에 그의 몸이 자꾸만 부딪쳤다. 애써 의식하지 않으려 노력하며 초아는 차창으로만 시선을 두었다. 레이도 별다른 말이 없었다. 그러나 그렇다고 하여 그는 그렇게 간단히 무시할 수 있는 존재감을 가진 사람이 아니었다. 간간이 옆얼굴에 와 닿는 그의 시선과 규칙적인 숨결만으로도 그저 이렇게 가까이 있는 것이 불편했다. 왠지 마음이 심란했다.

그렇게 한동안 꼿꼿이 자리를 지키던 초아였지만, 밀려드는 피곤함을 누를 순 없었다. 저도 모르는 사이 의식을 잃었던 모양이다. 흔들거리는 충격에 눈꺼풀을 떴을 때야 그녀는 자신이 잠이 들었었음을 알 수 있었다. 그리고 자신의 머리가 놓인 곳이 어디라는 것도.

당황하여 고개를 들려던 그녀는 뺨을 누르는 레이의 손길에 다시금 그의 어깨에 기대어야 했다.

"조금 더 쉬지. 도착하면 깨울 테니."

그만 일어나야 한다고 스스로를 타이르면서도, 초아는 그 달콤한 유혹에 굴복하고야 말았다. 나른한 몸이 그의 너른 어깨를, 그의 체온을 필요로 했다. 그녀는 눈을 감은 채 그의 목덜미 아래를 파고들었다. 그런 그녀의 머리 위로 가벼이 느껴지는 무게감.

그의 어깨에 기댄 자신과 그 위로 머리를 기댄 레이의 모습이 눈앞에 선연히 그려졌다. 그런데 그것이 전혀 부적절하게 생각되지 않았다. 외려 너무도 평화로워 보이는 그 광경을 떠올리자 초아의 입매에 미소가 맺혔다. 마치 아주 행복한 꿈을 꾸는 사람처럼.

그것은 레이 역시 마찬가지였다.

다국원으로 돌아온 그들을 마침 정원에서 국화를 다듬고 있던 이즈미가 반겨주었다.

"하코네 구경은 잘하고 오셨어요?"

웃는 낯으로 묻는 이즈미에게 니지는 피곤한 낯이지만 애써 웃으며 고개를 끄덕여 주었다. 레이는 아직 잠이 덜 깨 눈을 비비적거리는 류타를 그녀에게 보내며 말했다.

"저녁 식사 전까지 시간이 있으니, 들어가서 좀 쉬지."

그에 반가운 기색마저 띠며 돌아서는 그녀가 어찌나 작아 보이는지. 류타와 별채로 들어가는 니지의 뒷모습에 레이의 안쓰러운 시선이 절로 따라붙었다.

"사랑하시죠?"

확신 어린 이즈미의 물음에 레이는 몸을 돌렸다. 저렇게 이즈미, 아니, 윤지가 성숙한 표정을 지을 때면 가끔 어머니의 모습이 보인다. 그 앞에 그는 마치 다시 열두 살 소년으로 돌아간 듯한 기분이 들었다. 어머니 앞에서 거짓말이라고는 할 줄 모르는.

짧지만 레이는 솔직한 마음을 털어놓았다.

“그래.”

“그럴 줄 알았어요. 제가 전화를 드리고 얼마 지나지 않아 오셨을 때도 놀랐지만, 저 언니를 보는 키쿠치 씨의 눈빛은 왠지……달랐으니까.”

쓸쓸함이 어린 윤지의 말에 레이는 어머니의 그림자에서 빠져나왔다. 일본식 복장이 오늘따라 왠지 윤지에게 어색해 보였다. ‘키쿠치 씨’ 라는 한 소절이 귓가에서 떠나질 않았다. 새삼 미안함이 든 레이는 속에만 넣어두었던 말을 처음으로 사촌 여동생에게 털어놓았다.

“난…… 널 이곳으로 데려만 왔다 뿐이지 제대로 보살펴 주지 못했어. 훗…… 어쩌면 날 버리고 그렇게 떠난 어머니에 대한 미움 때문이었는지도 모르지. 우습지? 그렇다면 애초 외삼촌을 찾지도 말았어야 했는데.”

“이해한다고 하면…… 기분 나쁘실까요?”

또다시 저 눈빛. 레이는 윤지를 외면한 채 고개를 저었다. 그것은 기분 나쁘지 않다는 의미가 아니라, 스스로를 사로잡고 있는 어머니의 기억을 털어내기 위해서였다.

“사랑과 증오는 종이 한 장 차이라잖아요. 그러니까 어머니를 그리워하시면서, 미워하는 걸 이해해요.”

이어진 윤지의 말에 레이는 고개를 들었다. 자존심이 상한다기보다 부끄러워졌다. 포용력있는 태도를 보이는 여동생 앞에 그간 옹졸했던 자신이.

“내가 비겁했다. 그렇다고 해서 네가 내 사촌 동생임은 부정할 수 없는 사실인데.”

“정말 괜찮은걸요. 그때 절 모른 척해주시지 않은 것만으로도 감사해요.”

“앞으로 좀 더 편해진다면…… ‘오빠’라고 불러.”

어렵사리 내뱉은 한마디에 굳어버린 윤지를, 그녀의 눈에 차 오르는 물기를 레이는 외면하고 돌아설 수가 없었다. 그는 천천히 다가가 여동생의 어깨를 껴안았다. 오 년간의 세월의 간격을 뛰어넘어. 그러자 윤지는 그 품에서 울음을 터뜨렸다.

“어어엉, 어어엉.”

마치 아이처럼 소리를 내어 우는 그녀를 레이는 다독여 주었다. 이렇게 쉬운 것을 왜 진즉 다가서지 못했을까 자신을 질책하며 그는 가슴으로 윤지의 눈물을 하나하나 받아냈다.

창을 통해 이즈미와 레이를 지켜보던 초아의 입가에 절로 미소가 어렸다. 류타가 다시 잠이 든 바람에 아이를 방에 눕히고서 창을 연 그녀의 시야에 얼핏 그들의 모습이 보인 후 초아는 자리를 뜨지 못했다. 그리고 잠시 후 서로를 얼싸안는 그들에게서 깊은 형제애가 느껴졌다. 새삼 부러움을 느끼며 초아는 시아를 생각했다. 쌍둥이 동생이자 세상에 하나뿐인 자신의 가족인 윤시아.

자리에서 몸을 일으킨 그녀는 거실로 나가 전화기를 집어 들었다. 그리고 꽤 오래 동안 찾지 않은 국제 전화의 버튼을 눌렀다.

[Hello.]

새벽 여섯 시가 조금 넘은 시각일 뉴욕. 아직도 잠에 취한 동생의 목소리가 들리자 반가움이 와락 밀려들었다. 그러자 초아는 자신이 그간 시아를 그리워했음을 깨달았다.

「나야.」

[언니? 어디야? 무슨 일 있는 건 아니지?]

그녀의 존재를 확인하자마자 시아는 처음부터 날이 선 목소리였다는 듯 그 톤으로 연이어 물음을 던졌다. 그저 반가워 그런다라고 보기엔 왠지 이상해 초아의 눈살이 찌푸려졌다.

「너야말로 왜 그러니?」

[후, 다행이다. 아직 그 인간 만난 건 아닌가 보네.]

「그…… 인간…… 이라니?」

시아가 인용한 대명사를 되물으며 초아는 가슴이 후들거린다는 게 어떤 기분인지를 맛보았다. 동생이 대답을 하기까지 영겁의 시간이 흐른 것만 같은 착각이 들었다.

[심재원, 그 인간 말야. 그저께 전화 왔었어.]

후들거리던 심장이, 헐떡이던 숨이 일순 멈추었다. 자신을 포함한 주변의 모든 사물이 정지한 듯했다. 그런 그녀의 상황도 모른 채 동생은 계속 말을 이었다.

[오다이바에 왔다면서 언니가 어딨는지 묻더라. 참 뻔뻔도 하지.]

숨을 훅 들이켜 호흡을 고른 후, 초아는 애써 침착하게 되물었다.

「오다이바에?」

[응. 그러니까 조심해. 괜히 마주쳐서 좋을 것 없는 인간이잖아. 혹시라도 또 집적대면 신고해 버려. 너 혼자 안 되면 나한테 꼭 전

화하고.]

언니는 그녀인데, 이럴 때면 꼭 시아가 언니 같다. 언제나 든든한 쌍둥이 동생의 전투적인 말투에 피식 웃던 초아는 뜻밖에도 여유를 보이는 자신에게 놀랐다. 재원이 오다이바에 있다는데, 놀란 것을 제외하고는 예전처럼 그다지 동요되지 않는다. 어머니의 죽음 이후 재원은 더 이상 그녀의 심장을 떨리게 하지 못했지만, 여전히 영향력을 미치는 존재였다. 그런데 이젠 그 영향력의 범위마저도 좁아진 듯하다. 왜일까. 초아의 머릿속에 언뜻 레이의 모습이 떠올랐다. 그것을 애써 지워내며 그녀는 동생과의 대화에 다시 집중했다.

「걱정하지 마. 내가 알아서 할게.」

[그래. 네가 네 일 알아서 잘하는 거 알지만, 사람 나름이잖아. 심재원이랑 그 여시가 상식이 통하는 인간들이니?]

시아가 웬만해서는 안심을 하지 않을 것 같아, 어쩔 수 없이 초아는 자신의 지금 소재를 알려주었다.

「지금 나, 오다이바 아냐.」

[어? 그럼, 그 임시 아르바이트 그만둔 거야?]

「아니, 아이 데리고 잠시 하코네에 여행 삼아 와 있어.」

[그래? 다행이네. 그럼 될 수 있는 한 거기서 오래 좀 머물러라. 심재원이 알아서 포기하고 한국 돌아갈 때까지.]

시아의 목소리에 절로 안도감이 묻어났다. 게다가 약간의 장난기까지. 동생이 어떤 표정을 짓고 있을지가 상상이 되어, 초아의 입매에도 웃음이 묻어났다. 예전 같으면 절대 재원의 애길 하면서 웃을 수 없었을 텐데. 장족의 발전이다 싶었다.

“너지?”

그때 장지문이 열리는 소리에 이어 레이의 목소리가 들렸다. 얼른 수화기를 틀어막아 보았으나 이미 기자다운 감각으로 시아는 낯선 남자의 음성을 캐치한 뒤였다.

[어? 윤초아, 너 옆에 남자 있어?]

「다시 전화할게.」

[어쩐지, 어쩐지. 목소리가 좋더라니. 야, 너 사실대로 불어.]

「미안.」

더 이어지려는 동생의 말을 잘라낸 그녀는 수화기를 내려놓았다. 어느새 바로 옆에까지 다가와 선 레이의 시선이 집요하게 그녀의 당황해 붉어진 얼굴을 응시하고 있었다.

“통화 중인 줄 몰랐군.”

그는 누구랑 통화 중이었는지 묻지 않았다. 그저 그녀의 통화를 본의 아니게 방해해 미안하다는 듯한 뉘앙스로 말을 할 뿐.

“괜찮아요.”

대답을 한 그녀는 여전히 자신을 내려다보고 선 레이를 비켜 방으로 들어가려 했다. 갑자기 그때까지 입고 있던 외출복이 견딜 수 없이 무겁게 느껴져 유카타로 갈아입기 위해. 그런 그녀의 등 뒤에서 레이의 한 마디가 들려왔다.

“내일, 오다이바로 떠날까 해.”

곧 떠난다고 말을 하긴 했었지만, 그것이 내일 당장이라고는 생각지 못했다. 그의 말은 초아에게 적잖은 충격을 안겨주었다. 레이가 떠난다. 레이가 이제 이곳에 없다. 생각만으로도 묘한 상실감이 드는 것이었다.

초아는 천천히 돌아섰다. 그러는 동안 그녀는 자신의 눈빛이 얼마나 흔들리고 있는지 알지 못했다.

"당신은 류타랑 여기 있어."

재원이 오다이바에 있다는 사실을 알게 되었으니, 지금 당장은 그곳으로 갈 수 없다. 당연히 레이의 말이 반가워야 할 텐데, 이상스럽게 이곳에 남아야 한다는 사실이 좋지 않다. 자신이 하코네를 나름 마음에 들어한다고 생각했는데…… 그건 레이로 인함이었던 모양이다. 그가 없으면 화산 활동이 만들어낸 이 장대한 자연 경관의 아름다움도 의미가 없어지는 것이다. 그것을 깨닫자 초아는 한 발자국도 움직일 수가 없었다.

영원한 사랑은 없다는 것을 경험을 통해 처절하게 체득했으면서도, 남자에게 또다시 마음 한자락을 내주고 만 자신의 우매함에 가슴을 쥐어뜯고 싶은 기분이었다. 물론 그는 심재원이 아닌 키쿠치 레이다. 그의 인품이야 알고 있지만, 그는 그녀와 다른 세계의 사람이다. 그는 조건들 때문에 자신을 밀어내지 말라고 했지만, 그것은 절대 무시할 수 없을 정도로 거대했다.

"니지? 왜 그러지?"

혼자만의 깨달음과 생각으로 그녀가 어쩔 줄 몰라 하는 동안 레이가 성큼 다가섰다. 그의 물음에 초아는 고개를 들었다. 따가워지는 시야 속으로 레이의 갸름한 얼굴이 흐릿해져 보였다. 그의 걱정 가득한 시선 앞에 급격히 무너져 내린 초아는 진심을 털어놓고 말았다.

"당신…… 가지 않으면 안 된다는 거 아는데."

하코네에서 그와 함께했던 시간들이 주마등처럼 스쳐 갔다. 단 며칠이었지만, 아무 걱정 없이 그저 행복했다. 이렇듯 끝이 올 것이라는 불안감만 빼면.

그녀의 떨리는 입술이 말끝을 맺었다.

"붙잡고 싶어요."

그녀의 말이 떨어지기 무섭게 레이의 두 손이 그녀의 손을 자신의 가슴 위로 가져다 놓았다. 손바닥 아래 그의 심장 박동이 느껴졌다. 살포시 고개를 들자 레이의 짙은 눈동자와 온전히 마주할 수 있었다.

"이미 당신에게 붙잡힌 내 마음이 느껴지나?"

그의 손가락이, 그의 눈길이 그녀의 얼굴을 쓰다듬고 내려갔다.

"지금 가는 건 어쩔 수 없군. 미안해."

가라앉은 음성에서 안타까움이 묻어났다. 언제나 솔직한 이 남자. 그의 마음이 그녀에게로 고스란히 전해졌다. 초아는 그의 가슴에 올려져 있던 손을 들어 햇살에 그을린 목을 껴안았다. 그녀가 자진해서 레이를 포옹한 것은 그를 만난 이후 처음이었다.

당황하여 잠시 굳은 듯 섰던 이내 레이는 그녀의 가느다란 몸을 마주 안아주었다. 자신에게 반응을 보이는 그녀로 인해 기뻤다. 언제나 무덤덤한 태도로 일관하던 니지가 아닌가. 이렇게 조금씩 시작을 하는 것이라 생각하며 그는 하코네의 푸른 공기를 담은 그녀의 목덜미에 입술을 파묻었다.

06

Purple Shadow

맨션의 내부는 어두웠다. 간혹 신주쿠 도심의 불빛들이 커다란 창을 통해 비춰들고, 그것을 받아 금베이지빛 가운이 반짝이는 것을 제외하면 말이다. 그 간헐적인 불빛 속에서 가운의 주인인 여자의 얼굴이 드러나 보였다.

언뜻 보아선 전혀 표정이 없는 듯했지만, 차츰 기울어지는 입매를 통해 그녀가 웃고 있음을 알 수 있었다. 붉디붉은 입술, 그 사이로 그만큼 붉은 액체가 잔을 통해 흘러들었다.

"후훗."

의미심장한 웃음소리가 널따란 실내를 메우고 돌았다. 옆에 놓인 둥근 탁자에 잔을 내려놓은 여자는 기다란 손가락으로 그 위를 더듬어 딱딱하고 작은 종잇조각을 집어 들었다. 그것이 무엇인지는 이미 낮에 몇 번이나 보아 잘 기억하고 있었지만, 다시 한 번 확인하고 싶은 욕구가 일었다. 그녀는 팔을 뻗어 고풍스런 디자인의 스탠드를 켰다. 그러자 조금 전과 비교도 할 수 없이 밝아진 시야 속에 하얀색의 단순한 명함이 드러나 보였다.

〈GACI / Sim Jae Won / 010—***—****.〉

영어로 쓰인 업체명과 대표 이름, 그리고 휴대폰 번호를 차례로 훑는 동안 다시 그녀의 입매에 슬며시 미소가 떠올랐다.
"재미있게 됐어."
그녀는 레이의 파크에서 한국 남자와 마주쳤던 그 순간을 떠올렸다. 그러는 동안 타치바나 유리, 그녀의 미소는 점점 더 커져 갔다.

유리는 실례인 줄 알면서도 자신을 심재원이라고 소개한 남자의 얼굴을 천천히 뜯어보았다. 선은 굵지만 사무실에서 오래 생활을 해서인지 하얀 얼굴이었다. 평소의 그녀였다면 절대 관심을 두지 않았을 만한 평범한 분위기의 남자였다. 그러나 다카라즈카 극단의 배우답게 유리는 그런 기색을 전혀 드러내지 않으며 완벽한 미소를 머금었다. 그녀의 지나친 여유로움을 견디지 못한 듯 황급히 물을 들이킨 남자가 먼저 말을 꺼냈다.
"'초아' 는 어디 있죠?"
초아라…… 여자의 한국 이름을 듣는 순간, 온몸에 묘한 전율이 일었다.

"성격이 상당히 급하시네요. 아직 차도 나오지 않았는데."

애써 느긋한 척하며 유리는 푹신한 의자의 등받이에 몸을 기댔다. 그러자 일그러지는 남자의 미간. 그것을 웃는 낯으로 지켜보며 그녀는 비뚤어진 만족감을 느꼈다.

"전 급합니다. 그녀를 한시라도 빨리 만나야 해요."

"그녀와 무슨 관계인가요?"

유리는 다급해하는 재원을 뜯어보며 물었다. 조급히 굴지 말자고 했지만, 어서 알고 싶은 마음은 직설적인 물음을 내뱉도록 만들었다. 그러자 굳어진 얼굴로 남자는 되물었다.

"내가 그런 것까지 당신에게 이야기해야 합니까?"

"급하다고 하지 않았나요? 내가 그녀의 행방을 얘기하길 바라지 않아요?"

그녀의 냉랭한 대꾸에 잠시 재원은 할 말을 잃은 듯 보였다. 미간을 좁힌 채 그녀를 노려보던 남자는 깊은 한숨을 내쉰 후, 품속에서 담배를 꺼내 들었다. 그것에 불을 붙여 볼이 쑥 들어갈 정도로 깊숙이 빨아들인 그는 잠시 후 그녀가 전혀 예상치 못한 순간 짧게 대답했다.

"약혼녀…… 였어요."

잘못 들은 것인가. '약혼'이라는 단어가 주는 친밀감과 반대로 과거형의 어미. 그 부조화가 그녀에게 의구심을 안겨주었다.

"지금은 아니란 말인가요?"

평소 성마른 성격은 아니라고 생각했었는데, 지금은 저 남자가

한 모금의 담배 연기를 빨아들이는 순간조차 기다리기가 힘이 든
다. 유리는 다시 묻고 말았다. 그러자 수염이 숭숭 자란 남자의 볼
이 씰룩였다.

"실수로 그녀를 놓쳤지만, 다시 찾을 겁니다. 나는 그러려고 일
본에 왔어요."

하마터면 환희의 웃음을 터뜨릴 뻔했다. 하지만 그 순간, 차를
내온 종업원 덕에 유리는 적절히 자신의 감정을 조절할 수 있었
다.

별다른 생각 없이 시킨 커피 두 잔이 놓여졌지만, 두 사람 중 어
느 누구도 그것으로 손을 뻗지 않았다. 희열감으로 들썩이는 심장
을 유리가 억누르는 틈에, 재원이 다시 말을 이었다.

"그런데 당신은 그녀를 어떻게 아는 겁니까? 왜 나와 그녀의 관
계에 이토록 관심을 보이는 것이죠?"

유리는 잠시 생각했다. 이 남자에게 온전히 자신을 드러내도 될
것인가. 그리고 곧 결론이 내려졌다. 그들은 결국 원하는 것이 같
았다. 심재원을 잘만 이용하면 생각보다 훨씬 일이 쉬워질 수 있
었다. 우선은 아군이 되자.

"난 당신이 초아 씨를 되찾길 바라요."

단호하기 짝이 없는 그녀의 한마디에 피던 담배를 비벼 끈 재원
은 유리를 비스듬한 시선으로 바라보았다. 마치 '왜죠?' 라고 묻는
듯한 눈빛.

유리는 천천히 한 글자 한 글자를 새기듯 대답했다.

"나 역시, 약혼자를 찾아야 하거든요."

그 순간, 떠올랐던 남자의 표정이란 참으로 가관이었다. 게다가 자신의 약혼자와 그의 약혼녀가 잠시 동안의 열정에 빠져, 밀월여행을 떠났다는 사실을 간략하게나마 전했을 때 마치 그 한국 남자는 울 것 같은 얼굴로 감정을 주체하지 못한 채 씩씩거렸다.

그 모양을 태연자약하게 지켜보던 그녀는 재원이 진정되는 기미를 보이자 그들이 오다이바로 돌아오는 대로 연락을 해주겠다는 말을 남기고 자리에서 일어났다. 다행히도 남자는 억지를 부리며 그녀를 붙잡지 않았다.

그녀가 털어놓은 말은 그것이 전부였다. 유리는 신중을 기해 남자의 약혼녀를 채어간 이가, 다름 아닌 '조이타운'의 주인인 키쿠치 레이라는 말은 하지 않았다. 그렇다면 일이 너무 재미없어지는 것이니까.

"후후."

그녀는 다시 와인 잔을 들어 불빛 속으로 그것을 내밀었다. 혼자만의 건배. 조용한 자축 파티를 즐겼다.

오랜 세월 검술과 승마 등으로 단련된 체력이었지만, 나이를 속일 순 없는 모양이다. 이치로는 오늘같이 흐린 날이면 자신이 늙었음을 쑤셔오는 무릎과 더욱 침침해지는 노안을 통해 절감하곤 했다. 그는 읽고 있던 신문을 내려놓으며 자리에서 일어났다. 그러자 소리없이 다가선 그림자. 곁에서 대기 중이던 개인 비서 다이키가 윗도리를 입혀주었다. 벌써 삼십 년 넘게 그를 수행하고 있는 모리 다이키는 비서를 넘어 형제와 같은 존재였다. 형제. 자신의 머리에 떠오른 그 한 단어 때문에 이치로의 안색이 흐려졌다.

때를 맞추어 들려온 노크 소리에 그는 문간을 돌아보았다. 언제나처럼 단정하게 틀어 올려진 머리와 기모노 차림의 요시코가 서 있었다. 그가 말을 하기도 전에 다이키는 조용히 방을 나갔다.

"얘기 좀 했으면 해요."

"무슨 일이지?"

"당신 아들 문제에요."

시리도록 차가운 그녀의 대꾸에 그는 어쩔 수 없이 돌아섰다. 삼십 년 가까이 반복되어 온 일이지만 오늘따라 힘이 든다. 그가 상석에 가서 앉자 맞은편에 요시코가 자리했다.

"역시 피는 속이지 못하는 모양이죠."

아내의 이어진 말에 이치로는 눈살을 찌푸렸다. 그러나 하얀 얼굴에 어린 왠지 모를 비웃음을 그는 타박하지 못했다. 오랜 세월 습관이 되어온, 스스로에 대한 일종의 벌인 셈이다.

"레이가 요즘 빠져 있는 그 계집이 한국인이라는 거 알고 계시나요?"

언제나 그의 손에 잡히지 않았던 아들의 최근 극렬한 반항이 여자 때문이라는 것은 어느 정도 알고 있었다. 그런데 한국인이라니! 이치로는 흔들리는 시선을 감추기 위해 눈을 감고, 하늘을 원망했다.

"난 절대 용납하지 못해요. 내게 다시없는 친구인 척했던 한국

년이랑 당신이 놀아났을 때도, 그 더러운 불륜의 씨앗을 내 앞에 데려와 버젓이 호적에 올렸을 때도, 게다가 이젠 내 아들이 아닌 그 반쪽 키쿠치를 그룹의 후계자로 삼는다고 해도…… 다 참았어요. 그런데…… 또다시 한국인이라니. 당신이 내게 조금이라도 미안한 마음을 가지고 있다면…… 해결하세요.”

언제나 말을 아끼던 요시코였다. 그런 아내가 이리 말을 할 때는 얼마나 생각하고 말한 것일지 알기에 그 말 한 마디, 한 마디가 가슴에 쿡쿡 와 박히는 듯했다. 게다가 가슴의 통증과 더불어 떠오르는 얼굴 하나. 이미 삼십여 년 전에 저 세상 사람이 되어버린 형 겐타로를 생각하며 이치로는 마음을 가다듬었다.

그는 천천히 눈을 뜨고, 요시코의 달아오른 얼굴을 바라보았다.

“미안하오.”

해줄 수 있는 말은 그것뿐이었다. 그러자 다가드는 요시코의 씁쓸한 대꾸.

“지난 세월…… 당신은 참 한결같네요.”

바스락 옷자락이 스치는 소리에 이어 그녀가 몸을 일으켰지만, 이치로는 붙잡지 못했다. 그저 허탈한 눈빛으로 허공을 응시할 뿐. 홀로 남은 공간에 익숙한 존재가 스며들었다. 이치로는 어느새 다시 나타난 다이키를 돌아보지도, 말을 건네지도 않았다. 그러나 우습게도 비서의 존재가 조금은 위안이 되는 기분이었다.

“회장님, 이런 말씀 뭐하지만…… 이제 그만 사모님께도 진실을 알리시는 것이…….”

출근도 잊은 채 석상처럼 앉아 있던 이치로는 조심스런 다이키의 말에 고개를 홱 돌렸다. 번뜩이는 안광에서 오랜 세월 JG그룹을 이끌어온 절대 권력이 묻어났다.

"어디서 입을 놀리는 거냐."

"하지만……."

"네가 상관할 일이 아니다."

함께한 세월이 세월이니만큼 이제 머리가 희끗희끗한 비서의 존재는 무시하기 힘이 들었다. 그러나 그것을 애써 무시하려 노력하며 이치로는 몸을 일으켰다. 잠시 동안 그를 흔들어놓았던 과거의 기억을 쫓기다시피 털어낸 후 그는 서둘러 출근길에 올랐다.

장시간 운전을 한 탓에 밀려드는 피곤함보다 혼자라는 외로움이 그를 더 침잠하게 만들었다. 덩그런 거실에서 레이는 멍하니 벽을 바라보고 앉아 있었다. 그 위로 류타와 함께 서 있던 니지의 모습이, 룸미러를 통해 점점 작아지는 그녀의 모습이 떠올랐다. 그리고 전날 밤 미약하게나마 자신을 붙잡던 손길도.

점점 마음을 열기 시작한 그녀의 곁을 정말이지 떠나오고 싶지 않았다. 그러나 현실은 그렇게 녹록치 않은 법이다. 한숨을 내쉬며 휴대폰의 전원을 켜자 메시지 수신음이 연이어 들렸다. 그중 가장 많은 빈도수를 차지한 번호는 단연 신이치였다.

마음은 니지에게로 향하고 있었지만, 손가락은 친구의 번호를 누르고 있었다. 미약했던 이성이 힘겹게나마, 휘몰아치는 감정을 이긴 셈이었다.

[키쿠치!]

제대로 신호가 가기도 전에, 들려온 신이치의 고함 소리에 레이의 반듯한 미간이 절로 구겨졌다.

[너, 어디야?]

단단히 화가 난 듯한 친구의 물음. 그러나 실상 그것은 화가 나서라기보다 걱정으로 인함이라는 걸 레이는 잘 알았다.

"맨션. 메시지 봤어."

그는 이렇다 저렇다 할 변명이나 사과를 하지 않았다. 서로에 대해 누구보다 잘 알고 있는 두 사람이었기에 격식 같은 건 벗어던져도 되었다. 그의 대답에 신이치의 기세가 순식간에 누그러졌다.

[휴, 다행이다. 너 돌아온다는 날짜에 맞춰서 한국의 업체들과 다시 약속 잡아두었는데, 연락이 되어야 말이지. 얼마나 마음을 졸였는지 알아?]

"내일?"

[응. 오후 두 시부터 '지오'와 '가시' 측 담당자들과 미팅을 갖고, 곧바로 파크 리모델링에 대한 브리핑을 시작하도록 할 거야.]

친구의 설명에 레이는 짧게 고개를 끄덕였다. 조금 전까지 의식하고 있지 못하던 피곤함이 신이치의 말을 듣는 동안 갑작스레 와락 밀려들었다. 그는 이마 옆을 손가락으로 지그시 누르며 눈을 감고 이어지는 친구의 설명을 묵묵히 듣고만 있었다.

[레이?]

"신이치, 자세한 얘긴 내일하자. 지금은 좀 쉬고 싶군."

[그래, 그럼 어쩔 수 없지. 대신 내일은 일찍 나와. 함께 의논해야 할 사항들이 많으니까.]

사실 사업상의 이야기보다 개인적으로 그에게 묻고 싶은 말이 많은 것이이라. 신이치의 어투에서 레이는 숨길 수 없는 관심을 읽었다. 하지만 그것을 모른 척하며 그는 휴대폰을 내려놓았다.

고요한 공간 속에 시계바늘이 움직이는 소리만 들려왔다. 그 적막감을 뚫은 건 그녀의 목소리였다.

"붙잡고 싶어요."

환청이라고 인정하고 싶지 않은 너무도 생생하게 느껴지는 감정의 물결. 저도 모르게 움직여진 레이의 손가락이 다국원의 번호를 눌렀다. 전화를 받은 이는 이즈미였다.

[잘 도착했어요…… 오빠?]

아직은 어색했지만, 이즈미가 내뱉은 '오빠'라는 호칭에 괜히 미소가 흘러나왔다. '그래'라고 짧게 대답을 한 그와 그녀 사이에 잠시 침묵이 흘렀다. 어떻게 말을 꺼내야 할지 망설이는 사이, 속내를 알아차린 듯 이즈미가 먼저 말문을 열어주었다. 고맙게도.

[니지 언니 바꿔 드려요?]

"괜찮다면."

완벽한 긍정은 아니지만, 그렇다고 해서 부정도 아닌 대답에 전화기 저편에서 이즈미의 숨결이 사라졌다. 휴대폰을 든 그의 손가락이 까딱까딱 지루한 움직임을 반복하기 시작했을 때, 기다리던 음성이 귓가에 스며들었다.

[저예요.]

하코네의 푸른 산과 들이 그의 시야에 순식간에 펼쳐졌다. 그리고 그것을 배경으로 긴 머리칼을 휘날리고 선 니지의 모습까지.

순간 모든 걸 잊고 그곳으로 달려가고픈 감상에 사로잡힌 레이는 목소리를 가다듬었다. 그리고 자신의 솔직한 심경을 털어놓았다.

"당신에 한해선…… 나 자신이 참을성없게 느껴지는군."

그러나 그녀는 대꾸가 없다. 희미한 실망감이 고개를 들려는데 니지의 조용한 변명이 들려와 그를 기쁘게 했다.

[전화하려고 했었어요. 그런데 혹시나 자리에 든 건 아닐까 싶어서.]

"괜한 걱정을 했어. 당신 전화는 언제나 반가울 텐데."

자신이 언제부터 이렇듯 능구렁이 같은 말을 술술 할 수 있게 된 것인지 스스로도 놀라울 뿐이었다.

"앞으론 기다리지. 잘 자."

[잘 자요.]

그녀에게서 무슨 말인가 더 흘러나오길 바랐지만, 전화는 그대로 끊겼다. 액정화면의 조명이 꺼진 뒤에도 한동안 휴대폰을 내려 놓지 못하던 레이는 갑작스레 울리는 벨소리에 그것을 얼른 귓가로 가져갔다. 어쩔 수 없는 기대감이 그답지 않은 경솔한 행동을 하게 만든 것이다. 전화를 건 당사자가 누구인지 확인하는 순간, 레이의 머릿속 가득 차가운 이성이 들어찼다.

[이제야 맞대할 용기가 생겼나 보죠?]

여자의 물음을 듣는 순간, 정말 현실로 돌아왔다는 철저한 깨달음이 들었다. 마치 자신이 놓은 덫에 걸려든 동물을 대하듯 의기양양한 유리의 말투에 불쾌감이 일었다.

"내가 당신을 피했다고 생각하나?"

[아니었나요?]

"자만이 지나쳐 오만하군."

잇새로 내뱉듯 그녀의 물음을 일축한 레이는 탐탁하지 않은 통화를 끝내려 했다. 하지만 다급하게 비어져 나온 유리의 한 마디는 그를 굳어지게 만들었다.

[당신…… 그녀에 대해 얼마나 잘 알고 있어요?]

타치바나 유리, 그녀의 입에서 니지가 언급된다는 사실을 용납할 수가 없었다. 휴대폰을 잡은 손에 절로 힘이 들어갔다. 어금니를 지그시 깨문 레이는 단호하게 말했다.

"타치바나 양이 상관할 일이 아니야."

[그럴까요? 후훗, 나중에 후회할 일이 생길지도 모를 텐데? 세상사란 게 한 시간 앞도 내다볼 수 없는 거잖아요.]

이대로라면 언제까지 이어질지 모를 여자의 말을 더는 들어줄 수가 없었다.

"이런 전화, 반갑지 않아."

그리고 폴더를 닫은 레이는, 휴대폰을 소파 위로 던져 버렸다. 생각하지 않으려 했건만 유리와의 짧은 통화가 남긴 여파는 꽤 컸다.

[그녀에 대해 얼마나 잘 알고 있어요?]

지독히도 음산한 어조로 변형된 여자의 물음이 연신 귓가에 울려 퍼져 그를 괴롭혀 댔다. 그것을 비워낼 별다른 방도를 찾지 못하던 레이는 결국 자리에서 일어났다. 쓸데없는 생각들로 달아오른 이 머리를 식혀줄 차가운 물이 절실했다. 그에 레이는 셔츠 단추를 풀어헤치며 욕실로 걸어갔다. 샤워기 아래 자신의 머리와 몸을 아주 오랫동안 내맡기고 나서야 그는 가까스로 평정을 되찾을 수 있었다.

그는 기다린다고 했지만, 역시 먼저 전화를 할 용기를 내긴 힘든 초아였다. 다만 그녀는 혹시라도 자신을 부르며 이즈미가 달려와 '키쿠치 씨의 전화예요'라고 말해주진 않을지 기다릴 뿐이었다. 다국원의 벤치에 앉아 류타가 글자를 읽고 있는 것을 듣는 와중, 그녀는 그렇게 다른 생각으로 빠져 버렸다.

"……님…… 선생님!"

높다란 아이의 부름이 들렸을 때야 초아는 멍한 시선을 그러모아 작은 손가락이 톡톡 두드리는 곳을 응시할 수 있었다. 그것이 무슨 의미인지 순간 파악하지 못했던 그녀는 아이가 다름 아닌 책의 글자 하나를 가리키고 있다는 것을 깨닫고는 침착하게 발음을 해주었다.

「파.도.」

그제야 심각했던 아이의 입매가 풀려갔다. 학습에 있어서는 누구보다 진지한 류타였던 것이다. 그런 아이가 대견해 머리를 쓰다듬어 주는 와중, 익숙한 그리고 그렇게도 기다렸던 이즈미의 한국말이 들려왔다.

「언니! 언니!」

혹시나 하는 희망이 가슴 속에서 점점 커져 갔다. 스스로도 알지 못하는 사이. 초아는 자리에서 일어나 다가오는 이즈미를 맞았다. 무슨 일인지 사무에를 벗고 일상복을 입고 있는 그녀는 너무도 자유롭고 어려 보였다. 아니 그건 평소보다 훨씬 생기있는 표정과 몸짓 때문인지도.

"야마다 씨께서 쇼핑이나 가자고 하세요."

부풀었던 심장에 구멍이 뚫려 한없이 가라앉는 기분이었다. 괜한 기대를 했다. 그녀는 실망스런 기색을 드러내지 않으려 애써 태연히 되물었다.

"응? 쇼핑?"

"네. 근처에 일본에서도 알아주는 큰 '고뗌바 아웃렛' 이 있거든요. 게다가 어차피 지금 따로 묵고 있는 손님도 없고 하니까 기분 전환도 할 겸. 어때요? 류, 어때?"

그녀의 반응이 시원찮자 류타에게 구원요청을 하다시피 묻는 이즈미였다. 그러자 아이는 고개를 끄덕하며 얼른 책을 덮고서 자리에서 일어나 그녀에게 매달리는 것이었다.

"선생님, 가요. 네?"

류타와 이즈미의 간절한 눈빛 앞에 초아는 결국 그들과 함께 다국원을 나설 수밖에 없었다. 그녀는 내키지 않는 발걸음을 옮기며 혹시라도 그들이 온천을 비운 사이 레이의 전화가 오는 건 아닐까 하는 걱정을 했다. 아니, 사실 그보다 더 걱정이 되는 건 자신이었다. 지나치게 그를 생각하고 있는 자신.

그런 깨달음에 이르자, 초아는 걸음을 더욱 빨리할 수 있었다. 다국원을 나서면 자꾸만 드는 미련을 그나마 떨칠 수 있을 것 같았기 때문이다.

오랜만에 맨 넥타이가 목을 갑갑하게 졸라와, 레이는 사장실로 들어서기 전 그것의 조임을 약간 헐겁게 했다. 복장도 그렇거니와 이상하게도 기분이 좋지 않았다. 그저 추측해 볼 뿐이었다. 어젯밤 유리의 전화 이후 심란해진 마음은 그를 잠 못 들게 했고, 오늘의 컨디션 난조로 이어졌다고.

그러나 그런 와중에도 그는 비서 야마구치 양의 인사에 가벼운 미소로 답례를 하는 것을 잊지 않았다. 그 때문인지 어린 여자의 얼굴이 약간은 붉어진 것도 같았다.

"있나요?"

신이치의 사무실을 턱짓으로 가리키며 물은 말에 야마구치 양은 작은 목소리로나마 '네' 라는 대답을 했다. 여자에게서 등을 보이고 방문을 향해 다가가는 동안 레이의 억지 미소도 사라져 갔다.

문을 열자 소파의 정중앙에 앉은 신이치가 곧장 눈에 들어왔다. 오늘 신이치는 순백색의 수트에 황금색 넥타이를 맸다. 레이는 그 모습을 보고 역시 친구는 남들이 도저히 따라갈 수 없는 패션 스타일을 지녔다는 생각을 했다.

"어이!"

그의 등장에 손을 들어 보인 신이치와 달리 바로 곁에 앉아 있던 또 다른 이는 몸을 일으켰다. 캐주얼 정장 차림의 덩치가 큰 남자가 그를 향해 돌아섰다. 수염이 거뭇거뭇 솟아난 턱과 안경 뒤의 선량한 눈매가 인상적인 사람이었다.

"레이, '가시'의 심재원 실장님이셔."

신이치가 소개한 한국 남자를 레이는 저도 모르게 꼼꼼히 훑어 내리고 있었다. 단전 위에 얹어진 왼손, 거기에 끼워진 반지와 약간의 먼지가 묻은 구두. 단순히 그들이 믿고 맡길 리모델링 업체의 대표라서가 아니라, 괜히 눈길이 갔다. 그 이유는 스스로도 도저히 설명할 수 없었다.

"이쪽은 '조이타운'의 동업자, 키쿠치 레이입니다."

그제야 레이는 벌써부터 내밀어져 있던 남자의 오른손을 맞잡고 흔들었다. 자신의 손을 감싸오는 재원의 힘이 느껴졌다. 그는 상대의 손을 놓기 전 짧지만 강하게 압박한 후 놓아주었다.

"일찍 오셨네요. 약속 시간은 두 시로 알고 있는데."

자리에 앉으며 내뱉은 말이 저도 모르게 훈계조로 흘러나와 버렸다. 그에 신이치도, 재원도 적잖게 놀란 표정이 되었다.

"지난번에, 네 사정 때문에 미뤄진 거잖아. 이분도 지금 꽤나 일정에 차질을 빚으셨을 거라고."

재원에게 미소를 머금으며 양해를 구한 신이치는 그를 향해서는 나름 위협적인 표정을 지어 보이며 말했다. 그러나 레이는 덤덤한 표정으로 친구를 응시하지 않으며 물을 뿐이었다.

"'지오' 측은?"

"아직. 오는 중이라고 하더군. 차 뭐 할래?"

탁자 위에 반쯤 비워진 커피 잔이 둘 놓여 있었다.

"차가운……."

녹차라고 덧붙이려던 레이의 귓가에 도쿄 도청의 전망대에서 니지가 했던 말이 순간적으로 맴돌았다.

"녹차는 떫어서 별로예요. 사실 홍차도 별론데, 밀크티는 괜찮은 것 같아요."

그의 입가가 잠시 부드러워지는가 싶더니, 이내 말이 덧붙여졌다.

"아니, 밀크티로 하지."

"밀크티? 음, 우리 야마구치 양을 꽤 곤란하게 만드는걸?"

자리에서 몸을 일으켜 인터폰을 누르는 신이치의 뒤로 마주 앉은 두 남자는 잠시 말이 없었다. 각자의 생각에 사로잡힌 탓일 게다. 그러나 그들은 알지 못했다. 자신들이 서로가 알지 못하는 이름을 가진, 한 여자를 생각하고 있다는 것을. 윤초아이면서 니지이기도 한 그녀를 말이다.

재원과의 통화를 통해 유리는 오늘 조이타운의 리모델링을 위한 브리핑 건으로 그가 레이를 만난다는 사실을 알고 있었다. 신경이 쓰여 극단의 차기작 연습에 몰입할 수가 없었다. 어젯밤, '그녀'에 대해 얼마나 알고 있냐는 자신의 물음을 깡그리 무시했던 레이의 태도가 떠오르자 또다시 투지가 불타올랐다. 마음을 과신하고 있는 그의 단단함을 무슨 수를 써서라도 부서뜨리고 싶었다.

오후 연습을 두통을 핑계로 빠진 유리는 즉시 오다이바로 향했다. 자신이 사랑에 빠진 여인의 옛 남자, 그 남자가 누구인지도 모른 채 바보처럼 속고 있는 레이의 얼굴을 꼭 보아야겠다고 생각했다. 그러면 그 때문에 이렇게 아픈 속이 달래어질지도 모른다는 생각이 들었다.

그러나 조이타운의 사장실에서 재원과 함께 나온 레이는 그녀가 오는 동안 몇 번이고 상상했던 그런 얼굴을 하고 있지 않았다. 일말의 미소도 없이, 지독히도 무뚝뚝한 얼굴로 재원을 배웅하고 있었다.

"앞으로 잘 부탁드리지요."

일이 잘된 모양이다. 조금 떨어진 곳에서 그들을 말없이 지켜보고 있던 그녀를 먼저 발견한 건 레이였다. 그의 표정이 더 더욱 굳어졌다.

그에 그녀를 돌아보며 놀란 표정을 짓는 재원에게 '모르는 척하라' 는 눈짓을 보낸 유리는 그를 비켜 레이를 향해 다가갔다.

"얘기 좀 해요."

"난 당신하고 할 얘기 없어. 신이치, 가자."

하찮은 벌레일지라도 저런 시선으로 쳐다보진 않을 것이다. 레이의 눈길 앞에 유리의 자존심이 한 번 더 깊은 상처를 입었다. 아무것도 모르는 그의 천진한 표정을 즐겨주리라 했던 애초의 기대는 허황된 것이었다. 기껏 키쿠치 가의 사생아인 레이 앞에서 언제나 초라해지는 쪽은 자신이었다.

재원에게만 까딱 고개를 숙여 보이고서 자신에게서 멀어져 가는 레이를 붙잡지 않는 건 순전히 자존심 때문이었다. 덩그러니 남겨진 유리의 손아귀에 힘이 들어갔다. 손바닥을 손톱이 깊숙이 찔러올 정도로.

"키쿠치 사장과는 어떻게 아는 사이죠?"

뒤에서 들려오는 물음을 듣고서야 그녀는 그 공간에 자신 혼자
만 있는 게 아님을 깨달았다. 고개를 돌리기 전, 재원이 먼저 그녀
의 시야 속으로 불쑥 들어왔다.

이미 그녀 속에서 들끓고 있던 레이에 대한 원망과 분노가 남자
의 얼굴을 보는 순간 폭발하고야 말았다. 지금은 때가 아니라는
이성을 밀어내고서 유리는 어금니를 깨문 채 되물었다.

"지난번에, 나 역시 약혼자를 찾고 싶다고 했었죠?"

난데없는 그녀의 물음에 재원의 미간이 슬쩍 찌푸려진다 싶었
다. 그의 대답을 바라고 한 물음은 아니었기에, 유리는 숨을 고른
후 마치 한 글자 한 글자를 가슴에 새기듯 말을 했다.

"키쿠치 레이, 저 남자가 내 약혼자예요."

안경 너머에 있는 재원의 눈동자가 커다랗게 확대되는 것이 느
껴졌다. 뭔가를 묻고 싶은 듯 입술을 벙긋거리던 남자는 결국 아
무것도 묻지 못한 채 품속에서 담배를 찾아 불을 붙였다. 입술로
그것을 가져가는 그의 손가락이 부들부들 떨리는 것이 한눈에도
보였다. 가슴이 부풀어 오르도록 연기를 깊숙이 빨아들인 재원은
그제야 진정이 된 듯 더듬거리며 물었다.

"그, 그럼 저 남자가 초아와?"

"네."

유리는 재원의 일그러지는 표정을 보고 잔혹한 만족감을 느꼈
다. 약혼자의 존재를 그녀가 밝힘으로서 이 한국 남자가 상처를
받았기 때문이 아니라, 곧 이 남자로 인해 사랑을 잃게 될 레이 때
문이었다. 키쿠치 레이, 그는 곧 날개가 부러진 새가 되어 자신의

둥지로 떨어질 것이다. 그럴 것이다.

조금 전까지 분노로 부들부들 떨리던 유리의 입술에 이젠 미소가 머금어져 있었다. 그것은 재원의 갑작스런 고성에도 불구하고 사라지지 않았다.

"왜 진작 얘기하지 않았습니까! 젠장! 그 사실을 알았다면 이 파크의 리모델링 일 따윈 맡지 않았을 거라구요!"

대신 그녀는 차분히 대꾸할 뿐이었다.

"당신의 이런 반응을 예상했으니까요. 감정에 사로잡혀 봤자 일을 망칠 뿐이에요."

"젠장!"

"당신이 미쳐 날뛰어 계약이 성사되지 않으면? 그냥 한국으로 돌아갈 건가요? 그럼 뭔가 해결되는 게 있나요?"

이성적인 그녀의 물음에 재원은 그저 담배만 피워댈 뿐 말이 없었다. 그러다 꽁초가 된 그것을 곁의 휴지통에 던져 넣으며 그는 퉁명스레 말을 했다.

"그녀가 있는 곳을 알아내 줘요."

"내가 곧, 그녀를 돌아오게 만들 거예요."

그녀의 결연한 어조가 미덥지 않은 듯 재원이 물었다.

"무슨 수로?"

"두고 봐요."

다짐을 하듯 홀로 중얼거린 유리는 재원을 비껴 레이가 사라진 방향을 노려보았다. 자신을 이렇게 하찮게 대우한 그도, 그의 그녀도 행복하도록 가만히 내버려 둘 수 없었다.

오다이바에 있는 후지 TV에서 PD로 일하고 있는 신이치의 안사람 유키는 사람을 참 유쾌하게 만드는 재주를 지녔다. 친구 내외와 모처럼 저녁을 함께 먹으며 즐거운 시간을 보낸 레이는 자신의 기분이 조금은 나아졌음을 느끼고 만족한 기분이 되었다. 그들은 그의 인간관계에서 몇 안 되는 소중한 사람들이었다.

신이치 내외와 헤어져 맨션으로 차를 몰아가던 중, 불현듯 철저히 혼자인 그 공간으로 들어가고 싶지 않아진 그는 방향을 틀어 레인보우 브릿지로 향했다. 그 중앙에서 차를 멈추고, 한참 동안 도쿄만의 바람을 고스란히 맞고 있노라니 저녁에 마셨던 알코올 기운이 사라지고 그 자리에 그들이 처음 만났던 그날의 니지의 모습이 떠오르는 걸 느꼈다. 이 다리 위에서 생을 버리려 들었던 그녀의 절박한 몸짓이.

갑자기 그녀가 못 견디게 보고 싶었다. 먼저 전화를 해주길 바랐지만, 아직 그녀에게 그것까진 무리인가 보다. 그래도 섭섭함이 드는 건 어쩔 수 없었다. 집으로 가는 즉시 다국원으로 전화를 넣게 될 자신을 막을 수 있을지 그것도 확신할 수 없었다.

좀 더 달리자.

다시 차에 오른 그는 창을 끝까지 내리고서 길을 따라 계속 운전해 갔다. 레인보우 브릿지도, 오다이바도 점점 더 멀어지고 있었지만 개의치 않았다. 그의 머리칼과 코끝을 스치던 바닷바람이 더 이상 느껴지지 않을 때 즈음, 레이는 천천히 차를 멈추었다.

밤거리를 가득 메운 불빛들과 거리를 오가는 잘 차려입은 젊은 이들.

그제야 레이는 자신이 긴자[銀座]의 브랜드 스트리트 나미끼도리에 들어와 있음을 깨달았다. 핸들에 팔을 올린 채 지나가던 이들을 한참 동안 지켜보던 레이의 눈길을 붙잡은 건 한 젊은 커플이었다. 보석점의 쇼윈도를 바라보며 그들은 미소 띤 얼굴로 알콩달콩 이야기를 나누고 있었다. 가끔 각자의 마음에 드는 것을 손가락으로 가리키기도 하며.

그러던 중 여자의 손을 잡으며 남자가 상점 안으로 이끄는데, 그녀는 고개를 저으며 가던 길로 되레 남자를 잡아당겼다. 결국 남자는 못내 아쉬운 얼굴로 여자를 따라주었다. 가난하지만 그래도 행복해 보이는 그들의 모습에서 레이는 쉽사리 시선을 뗄 수가 없었다.

그들의 모습이 사라질 때까지 지켜보던 레이는 차에서 내려섰다. 그리고 그는 조금 전 그 커플이 그저 바라보기만 하던 보석점의 쇼윈도 앞에 가서 섰다. 쇼윈도 안에는 한눈에도 값이 꽤 나가 보이는 보석류들이 전시되어 있었다. 그중 레이의 눈에 들어온 것은 심플한 순백색의 링에 각도에 따라 여러 가지 빛으로 보이는 보석이 흩어지듯 박힌 디자인의 반지였다. 무지개. 그것을 바라보며 레이는 니지를 떠올렸다. 왜인지는 알 수 없었다.

그러면서 그는 더 이상 그녀도, 자신도 불안하지 않도록 이 조그만 고리가 만든 틀 속에 그들의 관계를 가두고 싶다는 생각을 했다. 그렇게 반지를 응시하고 있던 레이는 조금 전 그 남자와 달리 거침없는 동작으로 상점의 문을 열었다.

“어서 오세요.”

차에서 내려서는 그를 지켜보고 있었던 듯 반색을 하며 맞는 샵 매니저에게 레이는 단호하기 짝이 없는 음성으로 말했다.

“반지 좀 봅시다.”

다짜고짜 반지를 보자는 그의 말에 여자는 애써 웃음을 띤 낯으로 물었다.

“무슨? 누가 하실 건데요?”

“청혼할 겁니다.”

그것은 샵 주인을 향함이 아닌 자신을, 또는 하코네에 있는 그녀를 향한 맹세와도 같았다. 그의 기세가 무서웠던지 허둥지둥 이것저것을 닥치는 대로 꺼내 보여주기 시작하는 여자였다. 혹시나 하는 심정으로 그는 그것들을 참을성있게 지켜보았다. 그러나 어떤 화려한 디자인의 것도, 어떤 값비싼 것도 레이의 눈에 들지 않았다. 조금 전 쇼윈도에서 본 그 반지만큼 니지를 닮아 있는 건 없었다.

레이는 손바닥을 들어 상대를 제지하며 줄줄이 이어지는 보석에 관한 설명을 끊어냈다.

“됐으니, 그냥 저걸로 주십시오.”

그의 시선이 쇼윈도를 가리킨다는 것을 알고, 고개를 끄덕한 여자는 뽀르르 달려가 그것을 꺼내왔다. 조명을 받아 빛나는 반지를 내려다보는 레이의 입매에 슬그머니 미소가 맺혔다 사라졌다.

카드를 내밀고, 사인을 하고, 반지가 케이스에 담기는 동안의 시간이 무척이나 길게 느껴졌다. 마침내 자신의 손아귀에 그것이 들어왔을 때야, 그는 진정 미소 지을 수 있었다.

그의 무지개(니지)가 되어준 그녀, 니지에게 또 다른 무지개인 이 반지를 건네며 청혼을 할 생각만으로 만족스러워지는 레이였다. 그녀가 100% 승낙을 할 거라는 확신은 없었지만, 그녀가 거절을 할 거라는 불안감 따위로 미리 걱정하고 싶지 않았다.

상점을 나와 반지를 조수석에 가만히 올려놓은 그는 차를 돌려 오다이바로 향했다. 왔던 길을 다시 되돌아가던 중 레이의 귓가에 환청과도 같은 음악 소리가 들렸다. 너무 희미해서 밖에서 나는 소리인가 여겼다. 하지만 그것이 주는 익숙함에 그는 이것이 다름 아닌 자신의 휴대폰 벨소리임을 깨달았다.

길가에 차를 멈추고 다급한 손놀림으로 폴더를 연 그는 덤덤한 목소리를 내려 했다. 하지만 설렘이나 기대감은 도무지 숨길 수가 없었다.

"네, 키쿠치 레이입니다."

[저예요.]

그녀였다. 그녀임을 확인하는 순간, 레이는 저도 모르게 안도의 한숨을 내쉬었다.

[어제 기다린다고 해서. 혹시…… 잠도 안 자고 기다리면 어쩌나 싶어서…… 그래서 전화했어요.]

보고 싶다고 그립다고 말해주지 않아도 좋았다. 그는 마치 그녀인 양 반지를 내려다보며 웃음이 깃든 음색으로 대꾸했다.

"기다렸어. 그런데 기대는 하지 않았는데, 이렇게 당신 목소릴 들으니 좋아."

예상했던 대로, 그녀는 회피하려는 기색이 분명한 인사로 그저 통화를 끝내려 했다.

[잘 자요.]

“니지.”

[네?]

그의 부름에 대답하는 그녀 목소리의 독특한 억양. 그것을 음미하며 레이는 저도 모르게 속내를 털어놓고야 말았다.

“사랑하진 않아도 좋아한다는 말 정도는 듣고 싶어. 욕심인가?”

금슬 좋은 신이치 내외, 가난한 커플의 아름다운 모습 때문일까. 평소와 달리 너무도 감상적인 자신이 마음에 들진 않았지만, 기회인 것도 같았다. 그러나 전화기 저편에선 한참 동안 침묵이 계속되었고, 그만 그녀의 부담을 덜어주고자 레이는 습관이 되어버린 ‘기다린다’ 는 말로 전화를 끊으려 했다. 그러던 와중 마치 속삭이듯 들려온 한마디.

[あなたのことが…… 好きです(아나타노 코토가…… 스키데스).]

당신을…… 좋아해요.

그 순간, 감정에 무디다고만 여겼던 그의 심장이 후들거렸다. 좋아한다는 그녀의 말에 세상을 다 얻은 듯 몸 전체에 환희의 기운이 퍼져 나갔다.

[또 전화할게요.]

쑥스러운 듯 전화를 끊어버리는 니지였지만, 레이는 한동안 휴대폰을 귓가에서 떼지 못했다. 여전히 그곳에서 반복적으로 그녀의 음성이 들려오는 듯해서. 그 순간의 기억을 자신이 잊어버릴까 아깝고 소중해서.

밤이 깊어가고 있었지만 그는 그 자리를 뜨지 못했다.

레이가 돌아왔다는 것은 마사키를 통해 들어 이미 알고 있었다. 하지만 동생은 류타나 니지가 있을 때처럼 아침 식사 시간에는 물론이고 다른 때에도 그의 집을 찾지 않았다. 그건 미노루 역시 마찬가지였다. 굳이 레이를 불러 왜 니지를 따라갔느냐느니, 네 행동은 틀려 먹었다느니 라는 훈계 따윈 하고 싶지 않았다. 하코네에서 레이가 걸어온 전화를 통해 동생의 의지가 어느 정도인지 깨닫게 되었던 것이다.

그렇게 점점 단념을 해가던 그는 오늘 아침, 타치바나 유리의 전화를 받았다. 그리고 처음 레이에게서 니지의 이름을 들은 그 커피숍에서 그녀를 기다리고 있었다. 만남에 대해 의문을 표시한 미노루에게 유리는 만나면 알게 될 것이라는 말로 그의 말을 일축했다. 하지만 동생의 약혼녀였던 그녀는 약속 시간이 한참 지났음에도 아직 모습을 드러내지 않고 있다.

손목시계를 들여다본 미노루는 '십 분만 더' 라고 자신을 달래며 차가운 주스를 들이켰다. 마침 열린 문 사이로 유리의 모습이 드러났다. 몸에 피트 되는 원피스를 입은 그녀가 커피숍 내부를 가로질러 그에게 다가오는 동안, 손님들의 감탄 어린 시선이 자석에 이끌리는 철가루처럼 그녀에게 쏠렸다. 그녀는 그런 여자였다. 어디에서든 그 화려함으로 눈길을 끄는 여자. 그러나 자신이 갖고 싶어하는 단 한 남자에게만은 예의였으니.

가벼이 몸을 일으킨 미노루는 그녀에게 맞은편 자리를 권했고,

유리는 인사를 하며 앉았다. 이내 다가온 종업원에게 그녀는 커피를 부탁했다.

어떻게 말을 꺼내야 할지 잠시 미노루는 망설였다. 상투적인 '잘 지냈냐' 느니 '얼굴 좋아 보인다' 라느니 하는 말들도 그녀와 자신과의 관계에 있어 별로 맞지 않는 듯 느껴졌기 때문이다. 그건 레이의 약혼 파기로 입은 유리의 상처를 들쑤시는 꼴이 될 것이다.

"레이가 빠져 있는 그녀, 류타의 선생님이라는…… 그 한국 여자, 어떻게 고용하게 된 건가요?"

그러는 동안 유리가 먼저 물어왔다. 너무도 갑작스레. 너무도 직접적으로.

순간 말문이 막혀 버렸지만, 커피를 들고 다가온 종업원으로 인해 잠시 동안의 시간을 벌 수 있었다. 미노루는 애써 태연한 척 대답했다.

"그저 우연히 그렇게 됐어요."

"음, 아무런 이유도 없이 신분도 확실치 않은 이국의 여자를 데려다 가정교사로 삼았다구요? 참 이해불능이네요."

"당신이 이해할 수 없는 부분이…… 있어요."

미노루는 앞에 놓인 잔을 들어 얼굴을 가리며 그렇게 얼버무렸다. 유리에게 죽은 아내의 이야기까지 구구절절 늘어놓고 싶지 않았다.

"그래요. 그랬다 쳐요. 그런데 그 정체불명의 여자와 당신의 동생이 사랑에 빠졌는데도, 이대로 방관만 하고 있을 건가요? 여전히 그 여자가 누군지 중요치 않아요?"

유리는 집요했다. 그녀가 무얼 말하고 싶은 것인지 모를 일이지만, 미노루는 이 상황이 불편하기만 했다. 그녀가 어서 빨리 용건을 말해주었으면 했다. 때문에 미노루는 그녀 앞에서 식어가는 커피를 보며 가만히 대꾸했다.

"레이가 상관없다면, 나 역시 그러기로 했어요. 이제."

결심을 굳혀가던 생각이 말로 형상화되자 보다 분명해졌다. 미노루는 고개를 들어 똑바로 유리를 응시했다. 그녀의 눈동자에 희미한 분노가 엿보였다. 그리고 붉은 입술이 깨물어진다 싶더니 그녀에게서 불길하게 낮아진 목소리가 흘러나왔다.

"그녀가 레이의 곁에 있어선 안 될 여자라면요? 아무것도 모른 채 그가 속고 있는 것이라면? 그래도 그럴 건가요?"

"뭐라고요?"

셔츠 아래 살갗에 소름이 돋아났다. 그런 부분까지는 전혀 생각해 본 적이 없었다. 처음부터 니지에 대해서는 좋은 인상, 좋은 감정뿐이었기에. 비록 레이와 그런 사이로 발전했다고 해도 그녀를 나쁘게 생각한 적은 없었다.

"니지에 대해 뭘 더 알고 있는 건가요? 당신이 어떻게?"

"그녀의……."

그의 물음에 대해 대답을 하던 그녀는 한동안 뜸을 들였다. 마치 일부러 그러는 듯 보였다. 초조함으로 미노루의 입술이 마르는 것으로 모자라 혀뿌리까지 뻑뻑해질 무렵, 유리에게서 쉽사리 믿어지지 않은 한 마디가 떨어졌다.

"약혼자라는 남자를 만났어요."

“야, 약혼자?”

“그래요. 약혼자. 그것도 팔 년이 넘게 사귄.”

‘약혼자’ 라는 말을 바보처럼 그 즉시 이해하지 못했다. 니지에게 설마 그런 사람이 있을 것이라고는 생각조차 해보지 않아서 일 것이다. 그렇기에 유리의 설명을 듣는 동안 그가 느낀 감정은 분명 배신감과 분노였다.

“그가 그녀를 찾고 있어요.”

그가 어찌할 바를 모른 채 온몸을 긴장한 채 앉아 있는데, 잠시의 틈도 없이 유리가 다시 말을 이었다. 미노루의 시선은 오로지 그녀의 붉은 입술을 향했다.

“실수로 헤어졌지만, 다시 시작하고 싶다고 했어요.”

저도 모르는 사이, 그에게서 깊은 탄식이 터져 나왔다. 레이가 원하는 대로 해주고자 했지만, 동생의 사랑을 그대로 지켜주고자 했지만 이건 아니었다. 이런 예기치 못한 상황이 전개될 줄은 정말 몰랐다.

“그녀가 왜 지금 레이의 곁에 머물고 있는지 모르겠지만, 영원히는 아닐 거예요. 그 남자와의 팔 년 세월과 레이와의 한두 달을 어떻게 비교하겠어요. 그녀는 언젠가 원래 약혼자에게로 돌아가게 될 거라구요. 그런데 그런 그녀 때문에 레이가 부모님과 맞서고, JG까지 포기해야 하나요? 그걸 가만히 두고 보아야만 하는 건가요? 이대로라면 상처 입는 건 레이뿐일 텐데?”

유리의 조리 있는 말은 혼란 속에 빠진 그를 더욱더 흔들어놓았다. 멍하니 상념에 사로잡혀 있던 그의 귓가에 계속해서 그녀의 말이 다가들었다.

"무엇 때문에 그녀를 당신이 류타의 가정교사로 들인 것인지 모르지만, 이렇게 된 이상 내보내세요. 종말이 뻔히 보이는데, 레이를 이대로 두고만 볼 건 아니죠?"

"그 한국 여자, 내보내라. 더 이상 한국인의 피가 섞이는 건 못 봐. 그건 네 아버지, 그리고 너로 충분했어!"

어머니의 격한 음성이 악마의 속삭임과도 같은 유리의 말소리 위에 엎어졌다. 레이가 좋다면 그냥 두어야지 생각했다가, JG의 앞날을 위해 레이가 니지를 단념해 주었으면 했다가, 불과 얼마 전 자포자기한 심정으로 그저 그들을 지켜볼 결심을 굳혔는데. 유리가 가져온 놀라운 소식은 그를 다시 흔들어놓았다. 그리고 생각을 이어갈수록 찾아온 마음의 평정.

미노루는 결론을 내렸다. 류타가 아무리 니지를 좋아한다고 해도 아버지로서의 욕심만으로 이젠 그녀를 더 이상 아이의 곁에 둘수 없다고. 부모님, 아니, 어머니를 위하고, 레이를 위하는 최선은 니지가 떠나는 수밖에 없다. 그의 눈빛이 슬퍼졌다.

그에게 좋아한다고 했던 자신의 마음은 진심이었다. 하지만 레이를 사랑하는 것인지 그것은 확신할 수도, 아니, 그 문제에 관해서는 깊이 생각하고 싶지 않았다. 그의 곁에 있으면 행복하고, 그를 만나 다행이다 싶으면서도 '사랑'이라는 감정은 그녀에게 이제 두려움부터 불러일으켰다. 그것의 변덕스러움에 질려 버린 탓일 게다.

어둠이 내려앉은 다국원의 정원을 홀로 거닐며 초아는 고개를 내저었다. 사랑은 없다. 하루 종일 그의 전화를 기다린 것도, 쇼핑을 가서도 그에게 사줄 물건이 없나 두리번거린 것도, 그리고 그 사람만 생각하면 이렇게 가슴이 따스해지는 것도 절대 사랑은 아니다. 그렇게 스스로에게 주술을 걸듯 중얼거리고 있던 그녀의 귓가에 자박자박하는 발소리가 들려왔다.

본채 쪽으로 고개를 돌리자, 은은한 조명 아래 길고 거대한 실루엣이 점점 다가오고 있는 것이 보였다. 마사키였다. 어지간한 일은 이즈미를 통하는 그가 직접 무슨 일일까 싶었다. 괜한 불안감을 느끼며 그녀는 천천히 마사키를 마주 보고 섰다. 언제나처럼 쾌활한 목소리로 그가 물어왔다.

"아직 안 잤네요?"

고개를 끄덕이던 초아는 그의 오른손에 들린 휴대폰의 폴더가 열려 있는 것을 발견하고, 다시 마사키를 응시했다. 그의 얼굴에 약간 어색한 미소가 감돌았다.

"미노루의 전화예요. 받아볼래요?"

레이와 그의 어머니를 피해, 그녀에게 하코네로 가 있으라 이른 미노루였는데.

마음이 무거워졌다. 찾아온 레이를 내치지 않은 것에 대한, 너무 쉽게 레이에게 마음을 열어 보인 것에 대한 원망을 미노루가 드러낼 것이라 생각하니 그에게 미안하고, 부끄러워졌다. 초아는 떨리는 손으로 휴대폰을 받아 들었다. ‘여보세요’ 라고 그녀가 가느다랗게 목소리를 내는 순간, 마사키는 다른 곳으로 걸어가 버렸다. 그것은 초아가 편하게 통화를 할 수 있게 해주려는 배려였다.

[니지, 이제 그만 돌아와요.]

잘 지냈냐는 말 한마디 없이 미노루가 한 말은 언제나처럼의 그답지 않게 너무도 건조한 느낌이었다. 게다가 갑자기 돌아오라니. 당황한 나머지 이렇다 할 대꾸도 하지 못하고 있는데, 그가 같은 말을 이번엔 조금 언성을 높여 반복했다.

[돌아오라구요, 오다이바로.]

“갑자기 왜?”

[이야기는 와서 해요.]

그리고 끊겨진 전화. 참을 수 없는 한기가 밀려와 초아는 두 팔로 몸을 감쌌다. 그녀의 손에서 휴대폰이 가벼이 떨어져 나가는 느낌에 시선을 들자 마사키가 서 있었다.

“당신을 보고 있으면, 이즈미를 처음 만났을 때가 자꾸 생각나요.”

웃음이 깃든 그의 말을 초아는 흘려듣고 있었다. 미노루의 의중이 무언지 신경이 쓰여 제대로 옆의 남자에게 집중할 수가 없었다.

“들어가서 쉬어요.”

그런 그녀의 상태를 그제야 파악한 듯 마사키는 돌아섰다. 본채로 사라지는 남자를 멀거니 바라보다 초아는 자리에 쓰러지듯 주저앉고 말았다. 다행히도 그녀의 몸을 벤치가 받쳐 주었다.

지금은 오다이바로 가고 싶지 않았다. 레이가 있는 곳이긴 하지만, 아직 재원이 한국으로 돌아가지 않았다면 혹시라도 만나게 될지 모른다는 불안감 때문이었다. 그리고 미노루와의 만남을 미루고 싶다는 어리석은 소망 때문이었다.

그녀의 한숨이 어두운 밤하늘로 흩어졌다.

이즈미는 갑작스런 그녀와의 이별에 무척이나 아쉬움을 나타냈다. 한동안 손을 잡고 놓아주지 않는 이즈미의 어깨를 그저 두드려 주며 곧 만날 날이 있을 거라는 말로 달랬다. 그러나 되레 상대는 울 기색마저 보였고, 당황한 나머지 초아는 역까지 바래다주겠다며 차를 대기하고 있는 마사키를 힐끔 돌아보고야 말았다.

"언니, 한국으로 들어가기 전에 꼭 나 보고 가야 해요?"

"그래."

별달리 잘해준 것도 없는데, 이즈미가 이토록 살뜰히 자신을 챙기는 것은 조국의 사람이라서일까. 그러면서도 초아는 자신 역시 이즈미와의 이별에 서운함을 느끼는 것에 놀랐다. 정말 짧은 시간이지만, 어느새 그녀에게 담뿍 정이 들어버린 모양이다.

"이즈미, 이러다 기차 놓쳐. 그만 들어가서 넌 손님이나 모셔라."

결국 마사키의 핀잔을 듣고서야 눈물을 털어내며 이즈미는 물러났다. 아니, 이젠 그녀 곁에 선 류타를 꼭 끌어안으며 한참 동안 또 다른 이별 의식을 거행하는 이즈미였다. 그녀는 아이가 몸을 바둥거릴 때야 포옹을 풀어냈다.

그렇게 어렵사리 마사키의 차에 오른 그들은 이즈미의 배웅을 받으며 아시호수에서, 삼나무숲길에서, 온시하코네공원에서 멀어져 갔다. 오다와라까지 가는 동안 쉴 새 없이 마사키는 류타에게 말을 걸어주고 즐겁게 해주었다. 그러나 초아는 그들 사이에 끼지 않은 채 그저 조용히 하코네의 추억을 되씹고 있었다. 레이와 함께 했던 그 아름다운 기억들을.

"굿 럭(good luck)이에요."

역에 이르러, 안고 있던 류타를 그녀 곁에 내려놓으며 마사키는 말해주었다. 엄지손가락을 들어올리는 그의 제스처를 저도 모르게 따라하며 초아 역시 같은 말을 되돌렸다.

"당신도 굿 럭이에요."

그리고 돌아서기 전, 그녀는 마침 생각난 말을 덧붙였다.

"그리고 이즈미 좀 잘 달래주세요."

그에 마사키의 남자다운 얼굴이 슬며시 붉어진 것도 같았다. 초아는 그들이 은근히 잘 어울린다는 생각을 해보며 류타와 함께 플랫폼을 향해 걸어갔다. 그들의 뒷모습에 마사키의 눈길이 한참 동안 따라붙고 있는 것을 알고 있었지만, 돌아보지는 않았다.

신칸센은 올 때처럼 약 사십여 분 만에 그들을 도쿄역에 데려다 주었다. 막 잠이 들려던 걸 깨운 탓인지 류타는 부스스한 눈으로 칭얼거렸다.

"류, 그럼 업힐래?"

아이가 도무지 걸으려 들지 않았기에 초아는 어쩔 수 없이 제안을 했고 류타는 고개를 끄덕이며 그녀에게 안겨왔다. 초아는 짐가방을 오른쪽 손목에 건 채 허리를 숙여 그런 류타를 업고 가까스로 일어났다. 아이는 보기보다 꽤 무거웠다. 인파들 속에서 류타가 들을 수 있을 리는 만무했지만 초아는 작게 '섬집 아기'를 흥얼거렸다. 자신의 등에 착 하니 감겨오는 작은 몸을 느끼며 그녀는 미소 지었다.

「엄마가 섬 그늘에 굴 따러 가면, 아기가 혼자 남아 집을 보다가, 바다가 불러주는 자장 노래에…….」

그러나 그녀의 노래는 갑작스레 가벼워진 등 위의 무게로 인해 멈춰지고 말았다. 그녀의 걸음도, 그녀의 미소도 류타를 안고서 엄격하게 자신을 내려다보고 있는 남자 앞에서는 올 스톱되었다. 소음과 워낙 많은 사람들로 인해 그가 다가오는 것도 알아채지 못했다. 모처럼 단정한 차림을 한 미노루가 왜인지 멀게 느껴졌다.

"이리로 와요."

급작스런 두려움이 밀려든 초아는 오다이바로 돌아온다는 말을 레이에게 하지 않은 것을 후회했다. 하지만 지금도 그에게 말할 수는 없었다. 미노루가 갑작스레 자신을 불러들인 이유를 확실히 알게 되기 전에는 말이다.

그들 사이의 보이지 않는 장벽은 좁은 차 안에 들어선 순간부터 더욱 극렬하게 다가왔다. 묵묵히 운전대만 잡고 있는 미노루는 자신이 지금까지 알고 있던 미노루가 아닌 것 같았다. 그녀는 차마 그에게 먼저 말을 건넬 수 없어 그저 잠이 든 류타를 내려다보고만 있었다.

그렇게 오다이바에 이르렀고, 익숙한 레인보우 브릿지를 건너는 동안 그녀의 기억은 자연스레 레이를 향했다. 그가 있는 이곳. 돌아왔다.

그러나 지금은 귀환의 기쁨도 만끽할 수 없다. 고개를 돌리자 여전히 단호한 느낌을 주는 미노루의 뒷모습이 들어왔다. 그것을 물끄러미 바라보다 초아는 다시 류타에게로 시선을 떨구었다.

곧 시작될 내부 리모델링 공사를 앞두고 파크는 잠정 휴업에 들어갔다. 그러나 이용객을 받지 않는다 뿐이지 직원들은 정상적으로 출근을 했고, 그에 대한 불만을 토로하는 신이치의 전화를 레이를 웃으며 받고 있었다.

[사장이라고 제대로 쉴 수도 없고. 뭐냐고. 나도 2세 만들 시간 좀 가져보는가 했더니, 젠장!]

"사실 말이야 바른말이지, 너보다 유키가 더 바빠서 그런 거 아냐?"

[몰라. 너 이 자식, 리모델링 기간 동안엔 네가 파크 일 좀 맡아서 해! 나도 좀 쉬자!]

노트북 화면을 들여다보며 물을 마시고 있던 레이는 갑작스런 신이치의 말에 물 잔을 탁자 위에 내려놓았다. 친구의 말은 뜻밖이었다. 게임 테마파크 사업의 초안을 구성할 때부터 그는 소프트웨어적인 면을, 신이치는 경영적인 측면을 맡기로 합의된 사항이었기에.

"신이치!"

[그렇게 부르지 말라구. 겨우 몇 주잖아. 알았지? 조이타운이랑 같이 나도 내일부터 잠정 휴직이다.]

"신이치!"

[업무추진 상황에 대한 보고는 우리 야마구치 양에게 직접 전해 듣도록! 이상!]

신호음만 뚜뚜 들려오는 수화기를 멀거니 바라보던 레이는 결국 수화기를 내려놓았다.

결혼 후 계속 '아기', '아기' 노래를 부르던 친구였는데, 계속 아이가 들어서지 않자 '이것도 기술이다' 라며 농담처럼 얘기하더니 이제 슬슬 걱정이 되는 모양이다. 자신에게 이렇듯 갑작스레 모든 것을 위임하고 무작정 쉬려고 하는 걸 보면.

그런 신이치를 이해해 주자 라고 생각한 레이는 다시 수화기를 들려던 손을 거둬들였다. 그와의 동업 관계 이래 신이치가 쭈욱 맡아왔던 일을 겨우 몇 주지만 그가 못하란 법은 없었다. 그것도 소중한 2세를 만들기 위해서라는데, 협조하지 않을 수가 없었다.

신이치와 유키를 반반씩 닮은 아기가 꼬물꼬물 기어가는 모습이 상상되어 그는 슬며시 미소를 지었다. 그리고 그 위로 겹쳐지는 또 다른 장면. 자신과 니지가 아이를 내려다보며 행복해하는 모습이 그려져 그의 가슴이 따스해졌다. 갈수록 그녀와 함께하고 싶다는 열망은 그 속에서 커져 가고 있었다. 레이는 손을 뻗어 뚜껑이 열린 케이스 안에서 반짝이는 몸체를 드러내고 있는 반지를 매만졌다.

한참을 그러고 있노라니 점점 커져 간 그리움이라는 감정은 그의 손가락이 제멋대로 움직이도록 만들었다. 그녀에겐 전화를 기다리겠다고 했으면서도, 그는 자신도 모르는 사이 어느새 다국원의 번호를 누르고 있었다.

오늘은 이즈미가 아닌 마사키가 전화를 받았다.

"나야, 레이."

그의 목소리를 듣자마자 잠시 저편에서 침묵이 흘렀다. 약간의 불길함은 그에게 이런저런 생각을 할 수 없게 만들었다.

"니지와 통화 좀 할 수 있을까?"

곧장 본론으로 들어간 그의 물음을 듣고서도 마사키는 얼마간 뜸을 들이다 겨우 대답을 했다.

[그녀…… 여기 없어.]

"어디 갔어? 근방에 산책이라도 나간 거야?"

그렇게 생각하고 싶은 건지도 몰랐다. 마사키가 '그래'라고 대답해 주길 바랐다. 하지만 건조한 마사키의 대답은 '부정'이었다. 그가 자리를 박차고 일어날 수밖에 없도록 만들었다.

[아니. 오다이바로 돌아갔어.]

"뭐? 왜!"

그는 평정을 잃어버렸다. 그녀가 자신에게 연락도 없이, 이렇듯 갑자기 돌아온데 대한 희미한 섭섭함과 도대체 무엇 때문일까 싶은 불안감으로.

[나도 이유는 몰라. 다만 떠나기 전날, 미노루의 전화가 왔었어.]

레이의 미간이 서서히 좁혀졌다. 그는 이렇다 할 대꾸도, 인사도 없이 전화를 끊고서 곧장 현관으로 달려가 문을 열었다. 니지를 상처 입히는 미노루의 모습이 연신 떠올랐다. 복도와 계단을 내달리는 그의 얼굴엔 여느 땐 좀처럼 볼 수 없는 긴장감이 흘렀다.

류타를 방에 뉘인 후 미노루가 거실로 나왔을 때에도 초아는 여전히 들어섰던 그 자리에 그대로 서 있었다. 그래도 한 달 가까이 머물렀던 집이건만, 왜 이리 불편하고 어렵게 느껴지는 것인지 알 수 없었다.

"앉아요."

그녀는 미노루가 소파를 권했을 때에야 발걸음을 떼어놓았다. 그렇게 마주 보고 앉은 두 사람에게로 사치코가 다가와 탁자 위에 찻잔을 올려놓았다. 짧은 순간 초아는 미노루의 유모와 눈인사를 했다. 사치코가 다시 부엌으로 사라지자마자, 차를 한 모금 들이킬 새도 없이 미노루가 말을 꺼냈다.

"묻고 싶은 것이 있어요. 아니, 꼭 물어봐야겠어요."

그에 초아는 그를 가만히 바라보았다. 오는 동안 내내 불안했던 마음이 다시 넘실거렸다.

"당신은 누구죠? 여기 오기 전 도대체 무슨 일을 했고 어떻게 살았죠?"

류타의 가정교사 일을 제안할 때만 해도, 그녀가 누구든 전혀 상관없다는 듯 굴던 미노루가 묻고 있었다. 언젠가는, 혹시나 이런 일이 닥치지 않을까 생각은 했었는데 막상 닥치고 보니 꽤 당혹스러웠다.

"알아요. 궁금했다면 진즉 물었어야 했다는 거. 하지만 이건 당신이 내 동생에게…… '어떤 의미'를 지닌 사람이 되었기 때문이에요. 아니었다면 난 당신이 떠나는 날까지 이런 질문, 하지 않았을 겁니다.”

동생을 생각하는 형의 마음이야 충분히 이해할 수 있었다. 그녀에게도 동생은 있었으니 말이다. 그에 초아는 가만히 생각하다 고요히 대답했다. 지금껏 자신이 무얼 하고 살았는지 설명할 수 있는 말은 오직 하나뿐이었다.

“한국에서도…… 아이들을 가르쳤어요. 유아들을.”

“나이는?”

“스물…… 여덟이에요.”

이어 취조하는 듯한 물음에 그녀가 더듬거리며 대답을 하자, 미노루의 눈빛에 잠시 놀란 기색이 어렸다 사라졌다. 그리고 마치 어둠의 장막처럼 드리워진 침묵. 바싹 마른 목구멍으로 그녀가 침을 삼키던 중 남자의 벼락같은 물음이 들려왔다.

“적지 않은 나이인데, 결혼을 생각했던 사람은 없었나요?”

되물을 수도 없을 만큼 놀랐다. 고개를 든 그녀의 눈빛을 똑바로 응시하고 있는 미노루의 눈동자에서 뭔가를 알고 있다는 듯한 느낌이 풍겼다. 그녀의 허벅지 위에 놓여 있던 두 손에 잔뜩 힘이 들어갔다.

선뜻 긍정도, 부정도 할 수 없는 상황이었다. 초아는 자신의 대답을 추궁하는 듯한 미노루의 침묵 앞에서 어쩔 줄을 몰라 했다. 그런 그녀의 망설임을 한 번에 날려 버리는, 완전 무너뜨리는 한마디가 날아들었다.

“심재원. 아는 이름이죠?”

그녀의 온몸에서 주르르 기운이 빠져나갔다. 쥔 주먹 사이로 새어나가는 모래알처럼.

혹시나 잘못 들은 건 아닌지 미노루를 간절히 바라보았지만, 그의 표정은 강건했다.

"왜 말을 못합니까?"

또다시 추궁. 그녀의 침묵을 '그렇다'는 대답으로 받아들인 듯 미노루의 어조는 차갑기 그지없었다. 잘못한 것은 재원인데, 자신이 왜 이런 취급을 받아야 하나 싶어서 갑자기 울컥해졌다. 그에 초아는 앞뒤 잴 것 없이 솔직하게 대답해 버렸다.

"약혼자…… 였어요."

그러나 미노루는 그다지 놀란 표정이 아니다. 역시 그는 다 알고서 그녀를 불러들인 것이다. 흔들리는 그녀와 달리, 덤덤한 표정으로 미노루는 다시 물었다.

"약혼자가 당신을 찾고 있다는 건 알고 있나요?"

"……."

"윤초아 씨, 대답해 봐요."

그의 입에서 흘러나온 자신의 이름에 그녀는 굳어지고 말았다. 그리고 잠시 후부터 가느다랗게 떨리는 몸을 스스로도 주체할 수 없었다. 도대체 미노루는 어떻게 자신의 신변에 대해 이렇게까지 알게 되었을까. 설마? 속에서만 맴돌던 생각이 결국 물음이 되어 나왔다.

"그를 만났나요? 도대체 어떻게……?"

"허…… 정말, 사실이었군. 난! 그래도 일말의 희망을 걸고 있었는데."

"미노루."

"그런데도 어떻게 레이에게 마음을 줄 수 있죠?"

그에게 볼기라도 후려 맞은 듯 얼떨떨했다.

안다. 키쿠치 레이에게 외적인 조건이든 내적인 조건이든 윤초아라는 여자는 부족해도 한참 부족하다는 것을. 레이의 사랑을 받아들일 수 없는 자신임을 스스로가 더 잘 아는데, 저렇듯 경멸스러운 눈빛으로 현실을 확인시켜 주는 미노루가…… 밉다.

미노루에게 '다 지난 일이다' 라고 '이제 재원은 다른 여자의 남자다' 라고 변명을 해본들 소용없을 것 같았다. 이미 그는 그녀를 징그러운 벌레 보듯 하고 있는데 무슨 말도 통할 것 같지 않았다. 이런 상황은 그간 충분히 겪어보아 안다.

"이런 당신한테 모든 걸 걸려고 드는 내 동생이 불쌍해."

중얼거림이라기엔 너무 큰 음성은 그녀의 심장을 찢어놓았다. 자신을 보고 웃던, 언제나 먼저 손을 내밀어주던 레이의 모습이 떠올라 눈물이 차 올랐다. 한결같이 넓고 맑은 사람. 자신에게 행복만 안겨주는 사람. 그런 그를 아프게 하고 싶지 않았다.

"레이에겐…… 아무 말씀 마세요."

"그게 무슨!"

"제가, 제가 말할게요. 다 말하고…… 다 털어버릴게요."

그녀의 말에 잠시 격앙되었던 미노루의 태도가 가라앉았다. 그는 목이 타는 듯 차를 한 모금 마시더니, 한결 고요해진 목소리로 말을 했다.

"떠나요. 한국으로 가요. 그리고 다시는 오지 말아요."

한국, 자신의 고국.

그런데 왜 이렇게 멀고 낯설게만 느껴지는 것인지. 그것은 아마 이 땅에 대한 미련 때문일 게다. 이제 가면 다시는 일본으로 돌아오지 못할 거라는, 그를 다시는 볼 수 없을 거라는 예감 섞인 사실이 뇌리를 스쳤다.

이건 모두 다시 행복할 수 있을 거라는 자신의 과욕이 불러일으킨 일이다. 그의 곁을 욕심낸 때문이다. 목이 메어와 대답을 하기 힘들었다.

툭. 투두둑.

어쩔 수 없이 고개만 끄덕이던 와중 결국 그녀의 눈에서 흐른 물줄기는 방울이 되어 바닥으로 떨어졌다. 그 미세한 소리까지 생생하게 들릴 정도의 침묵 사이를 날카로운 도어벨 소리가 가로질렀다. 그들의 진지한 분위기를 깨지 않으려는 듯 사치코가 얼른 현관으로 달려나갔다. 손님이 누구인지 확인하고 그녀가 문을 열자마자 바람이 불어닥쳤다. 초아의 코끝에 바다 내음이 스쳤다. 레이. 현관에 우뚝 선 이는 그였다.

파르르 떨리고 있던 그의 눈동자는 그녀를 보자마자 가라앉았다가, 그녀의 붉은 눈시울을 발견하고는 날카로워졌다. 그는 그녀를 비켜 자신의 형을 가차없는 시선으로 노려보았다.

"드디어 왔구나."

하코네에서 돌아와서도 한 번 내려오지 않는 그를 질책하는 듯한 미노루의 첫 마디였다. 그러나 레이는 꿈쩍하지 않았다. 그의 신경은 온통 미노루의 앞에서 비 맞은 강아지마냥 떨고 있는 니지를 향해 있었다.

"뭐야. 니지는 형이 가라면 가고, 오라면 와야 하는 건가?"

그의 뒤틀린 물음에 미노루의 미간이 살짝 흔들렸다. 그것에 묘한 만족감을 느낀 것도 잠시, 레이는 자신을 불안해 죽을 것 같은 눈빛으로 응시하고 있는 니지를 보고서야 서둘러 걸음을 떼어놓았다. 그녀의 작은 손을 잡는 순간 느껴지는 체온에 그는 안도감을 느꼈다.

"그 손 놔라."

그러나 그의 마음에 들어찬 그 따스한 감정은 날아든 미노루의 명령에 금세 사그라들고 말았다. 자신에게서 손을 빼내려 미약하게나마 힘을 주는 그녀였지만, 그는 되레 손아귀에 힘을 주었다. 그의 시선은 오직 지나치게 차가운 태도를 보이는 미노루를 향해 있었다.

"니지는…… 이제 류타를 가르치는 일을 그만두기로 했다."

"뭐?"

"한국으로 돌아가야 한다는구나."

고개 숙인 니지를 바라보며 덤덤하게 말을 하는 미노루였다.

돌아가? 그녀가?

순간 치미는 배신감이라는 감정을 달래며 그는 목석처럼 선 그녀를 돌아보았다. 그런데 이상한 것이 그 말에 화가 나야 하는데, 마치 건드리면 넘어질 것처럼 위태로워 보이는 그녀의 모습에 되레 안아주고 싶었다.

그가 잡은 손에 더욱 힘을 주자, 그녀가 살짝 고개를 쳐들었다.

그 눈 속에 일렁이고 있는 수많은 감정들과 휘청거리는 자신의 마음을 레이는 도닥여 주었다.

그래, 얘기하려고 했을 거다. 어쩔 수 없는 사연이 있었을 거다.

"놀랐니? 왜? 그녀가 언젠가는 돌아갈 사람이라는 거 몰랐어? 나보다 네가 그녀에 대해 잘 알고 있지 않았어? 해변공원에서 나와 만나기 전부터, 이미 너와는 안면이 있는 사이 같더니. 내가 잘못 알았나?"

그녀와 레인보우 브릿지에서 가졌던 첫 만남. 그 순간 그녀가 다리 위에서 생을 마감하려 들었다는 것은 알고 있다. 하지만 '왜' 그랬던 것인지는 알지 못한다. 미노루의 말이 그의 심장을 아프게 파고들었다. 그는 그녀에 대해 미노루보다 더 아는 것이 없었다. 하지만 그런 것보다 더 중요한 건 자신이 '그녀'라는 여자를 사랑하게 되었다는 사실이다.

흔들리던 마음을 다잡으며 레이는 고요히 그러나 단호하게 니지를 돌아보지도 않고 말을 했다.

"가방 꾸려."

그러나 여전히 그에게 손을 잡힌 채 멀거니 서 있기만 하는 니지였다. 결국 그는 그녀의 손을 놓고서 방으로 들어가려다 현관 앞에 놓인 작은 가방을 발견하고서 그것을 집어 들었다. 그리고 반대편 손으로 다시 그녀의 손을 찾아 쥐었다.

"가자."

"레이."

그를 부르는 그녀의 목소리에 레이는 뒤를 돌아보았다. 그러자 그녀의 뒤로 배경처럼 선 형이 보였다.

"후…… 그냥 가요. 가서 이야기해요."

무엇을 이야기하란 말인지. 미노루의 말이 그의 불안감을 가중시켰다. 그러나 레이는 그런 내색을 하지 않으며, 니지의 손을 한 번 더 잡아끌었다. 이번엔 그녀도 순순히 그를 따랐다.

맨션을 나오는 그들에게 미노루도, 맨션에 남은 미노루에게 그들도 어떤 작별 인사를 건네지 않았다. 아니, 하지 못했다.

어디로 가는지도 모르는 채 그를 따라 엘리베이터를 타고, 주차장에 이르렀다. 그러나 레이가 차 뒷좌석에 그녀의 가방을 싣고, 조수석에 그녀마저 태우려 들 때에 초아는 열린 차 문을 잡고 섰다. 내내 다른 곳을 향해 있던 레이의 시선이 그제야 그녀를 돌아보았다.

"어디로 가려구요."

"어디든."

단호한 그의 말에 이은 몸짓에 초아는 결국 차에 올라야 했다. 그래, 그의 말대로 어디든 가서 이야기를 하자. 그리고…… 떠나자.

아무것도 담긴 것 없다 생각했던 가슴이, 그 생각만으로 완전히 비워져 버린 것 같은 착각이 들었다. 나는 정말 또다시 바보 같은 짓을 저지르고 만 것일까. 이 남자를 가슴에 담고 만 것일까.

또다시 따가워지는 눈시울에 초아는 가만히 차창으로만 시선을 두고 있었다. 혹여라도 레이가 볼까 봐 그녀는 그렇게 홀로 자신을 삭여야 했다. 서로 묻고 싶은 말, 해야 할 말이 많았지만 그들은 참았다. 쉽사리 끝이 날 대화가 아님을 알기에. 여기서 시작한다면 차를 멈춰야 함을 알기에.

그들 사이에 긴장된 침묵이 흘렀다.

도쿄 도청의 전망대에서 그들은 신주쿠의 도심을 내려다보고 서 있었다.

그가 약혼식을 파기하고 자신에게 달려왔던 그날, 이곳 카페에서 서로를 마주 보고 그와 했던 이야기들이 떠올랐다.

"그저 가끔은 자신에 대해서도 얘기해 줘."

그래서 녹차보다 밀크티가 좋다고 이야기를 했다. 생각해 보면 늘 자신을 억제하고 살아왔던 것 같아, 그에 대한 반발심에 했던 얘기였다.

"서울에도 야경을 볼만한 곳이 있나?"

그래서 남산 타워와 63빌딩을 이야기했다. 그에게 한국을 보여주고 싶다는 생각을 하며.

"한국에 가보고 싶어. 내가 모르는 당신이 있는 곳."

하지만 그가 그녀의 마음을 읽은 듯 그렇게 말을 했을 때, 한국에 돌아가게 되면 당신이 생각날 것 같다고는…… 말하지 못했다.

그날의 일을 떠올리는 동안 초아의 입가에 씁쓸한 미소가 어렸다.

"난 늘 기다렸어, 당신이 먼저 자신에 대해 말해주기를. 그리고 지금도 기다리고 있어, 형이랑 무슨 이야기를 했는지 말해주기를."

그녀를 돌아보지도 않고 레이가 고요하게 던진 말에 초아는 소리없는 한숨을 내쉬었다. 이제 더 이상 숨을 곳은 없다. 레이의 곁에서 행복했던 것은 가질 수 없는 신기루다. 이제 그만 잊어야 한다. 기다림이라는 게 얼마나 힘든 일인지 알기에, 그의 고통을 덜어주고 싶었다. 물론 자신의 이야기에 그가 더한 고통을 받을지 모르지만, 최소한 거기에 끝은 있었다.

"니지."

"초아. 윤초아."

그의 부름에, 초아는 즉각적으로 대답했다. 망설이다 말할 기회를 놓칠세라.

오랜만에 발음해 본 자신의 한국 이름이 낯설었다. 그리고 그런 자신을 돌아보는 레이의 멍한 표정 또한 낯설었다.

"뭐?"

"나의 한국 이름이에요."

너무도 갑작스러워 놀란 모양이다. 대꾸할 말을 잊은 듯 그는 그대로 그녀를 바라보고 섰을 뿐이다. 덕분에 초아는 좀 더 여유롭게 생각을 하고 말을 이을 수 있었다.

"미노루가 저러는 건…… '니지' 이기 이전의 나에 대해 알았기 때문이에요."

레이의 반듯한 미간이 찌푸려졌다. 그 미세한 움직임을 지켜보면서 초아는 마른 목구멍으로 침을 삼켰다. 마침내 그에게서 떨리는 물음이 흘러나왔다.

"어, 어떻게?"

"미노루가 내…… 전 약혼자를 만났거든요."

서글펐다. 레이의 앞에서 재원을 '전 약혼자' 라는 호칭으로 소개할 수밖에 없어서. 그 호칭을 듣자마자 눈에 띄게 구겨지는 그의 표정과 휘청거리는 몸짓을 보고 있노라니.

그녀를 비켜 다시 신주쿠 빌딩을 향하는 그의 눈빛은 공허했다. 목소리 또한

"이런…… 생각보다 아프군."

"레이."

"당신이 누구든 상관없다고 생각했는데. 당신의 옛 남자 이야기를 들으니 여기가 아파."

심장에 올려진 그의 커다란 손을 바라보고 있노라니, 초아는 마치 그의 통증이 자신에게로 전이되는 것만 같은 생각이 들었다. 자신 때문에 아파하는 남자에 대한 안쓰러움으로 그녀는 그에게로 다가가 그 손 위에 자신의 손을 겹쳐 놓았다.

"설마, 그 남자 때문에 돌아가야 한다는 건 아니지?"

레이답지 않은 자신감없는 물음.

냉정해야 하는 걸 알면서도 초아는 '그렇다'라고 거짓말 같은 건 할 수 없었다. 그녀는 그저 천천히 고개를 내저었다. 그의 얼굴에 가느다란 안도감의 감정이 스쳤다.

"당신이 이러면 내가 얘기를 할 수 없잖아요. 부디 내가 다 말할 수 있게 해줘요."

그에 그녀를 가만히 내려다보던 레이가 고개를 끄덕이며, 손을 잡아주었다. 그렇게 기나긴 그녀의 이야기가 시작되었다. 신주쿠의 밤이 깊어가는 가운데.

07

Gray Memory

아들 희원의 손을 잡고 식장으로 들어가는 희서의 모습이 너무 행복해 보여 눈물이 났다. 턱시도를 입은 신랑 기태와 순백색 웨딩드레스 차림의 희서는 원래부터 하나였던 듯 잘 어울렸다. 아주 힘들고 먼 길을 돌아오긴 했지만 이제 친구는 완전한 사랑을 찾았다. 반면 그녀는……

초아는 자신의 가방이 놓인 옆 자리를 바라보았다. 기다렸지만 재원은 결국 오지 않았다. 언제부터일까, 조금씩 그가 멀게 느껴진다. 그토록 오랜 세월을 함께했건만, 함께했던 세월이 무색하게도 그들 사이는 최근 들어 어색하기만 하다.

이젠 익숙한 외로움이 또다시 그녀 주변으로 내려앉았다.

우인(友人) 사진을 찍고서 초아는 번잡한 예식장의 풍경과 너무도 대조적으로 조용히 그곳을 나왔다. 차가운 겨울 공기 속으로 발을 내디디는 순간, 그녀의 핸드백에서 희미한 음악 소리가 들려왔다.

[식 끝났어? 신랑이랑 신부 어땠어? 하긴 둘 다 한인물 하니까, 광채가 나지 않던?]

폴더를 열자마자 들려온 목소리는 태평양 건너에 있다기엔 너무도 생생한 시아의 것이었다. 그녀는 서로에게서 한시도 시선을 떼지 않던 아름다운 커플의 모습을 떠올리며 짧게 대답했다.

「응, 그렇더라.」

[뭐야, 너 목소리가 왜 그래? 또 재원 선배 어머니가 뭐라 그래?]

「아니, 아니야.」

몇 달 전, 사귄 지 팔 년 만에 처음 그의 어머니께 인사를 드리러 갔던 날 이후 이렇다 할 만남은 없었다. 약혼이든 결혼이든 뭔가 진행을 하려면 언젠가는 찾아뵈어야 하지만 엄두가 나지 않았다. 아들인 재원조차 자신의 어머니 이진미 여사의 마음을 돌려놓을 방도를 몰랐다.

「어머니께 네 부모님 이야기는 하지 않는 게 좋겠다.」

집으로 들어가기 전 재원이 일러준 대로 초아는 부모님에 관해 어떤 말도 하지 않았지만, '윤광현'이라는 아버지의 함자를 듣는 순간 이 여사의 얼굴에서 미소가 사라지는 걸 볼 수 있었다. 정말 잔인한 우연이었다. 하필 아버지가 재혼한 부인인 민숙과 재원의 어머니가 절친한 언니, 동생 사이였다니.

「이름이 같아서 설마 설마 했는데, 네가 정말 민숙이 이복 딸이었을 줄이야.」

예전에 남편을 잃고 홀로 된 이 여사는 아들에 대한 기대치가 높은 여인이었다. 그녀가 성심껏 준비한 선물까지 내던져 버리고서 그의 어머니는 안방으로 들어가 버렸다. 민숙을 통해 그녀의 집안과 어머니에 대해 좋지 않은 소리만 들어서인지, 이 여사는 아들이 결혼할 여자가 그녀라는 것에 무척이나 충격을 받은 듯했다.

그 이후 헤어지라는 어머니의 압력과 그녀와의 정 사이에서 갈등하는 재원의 태도가 눈에 보였지만, 초아는 그를 믿고 기다렸다. 지금까지 팔 년을 그랬던 것처럼 그를 기다리는 것은 그녀에겐 습관과도 같았다.

그러나 이제는 마냥 기다릴 수가 없다. 부쩍 짜증이 많아진 그와 가벼운 말다툼을 한 후, 벌써 일주일째 연락두절이다. 초아는 먼저 자신이 숙이고 들어가자 생각하며 시아와의 통화를 끝낸 후 여전히 들고 있던 휴대폰의 1번 버튼을 눌렀다. 신호음이 오랫동안 울려, 그만 끊으려던 찰나 들려온 그의 목소리.

[응.]

반가움이라고는 서려 있지 않다. 그러나 그녀는 아무것도 눈치 못 챈 양 애써 쾌활한 목소리로 물었다.

「어디예요? 사무실?」

[응.]

「저기…….」

바쁘지 않으면 그리로 가도 되겠냐고 물으려 했다. 그러나 착 가라앉은 목소리로 그가 그녀의 말을 가로막았다.

[나중에 전화할게.]

그렇게 전화는 끊겨 버렸다. 최근 인테리어 업계에서 그의 사무실 이름이 널리 알려지면서 일이 많아진다 들었다. 그래서 늘 재원은 바빴다. 물론 섭섭하기도 했지만, 욕심 많은 그의 성격을 아는지라 초아는 이해했다. 지금 역시 일을 하던 중이었으리라. 분명 식사도 거른 채겠지 싶어서 그녀는 집에 가는 길 도시락을 사 사무실에 잠깐이라도 들러야겠다고, 먼저 화해의 손을 내밀어야겠다고 마음먹었다.

해산물을 싫어하는 그의 기호에 어긋나지나 않을까 그녀는 도시락 전문점에서 꼼꼼하게 도시락을 골라 사무실까지 천천히 걸었다. 아침에 깜빡 잊고 장갑을 가지고 나오지 않아, 시린 손을 수시로 호호 불어주며.

눈 쌓인 겨울 풍경 사이로 이층 목조 건물이 보이자 그녀의 얼굴에 미소가 어렸다. 이 사무실을 내고서 가슴 벅차하던 재원의 모습이 떠올라.

건물 입구의 계단을 올라 초아는 살그머니 나무문을 열었다. 따스한 온기가 얼었던 몸을 기분 좋게 감싸왔지만, 인기척은 느껴지지 않았다. 비어 있는 책상들을 훑어보던 초아는 어디선가 조곤조곤 들려오는 말소리에 가만히 발길을 탕비실 쪽으로 옮겨놓았다.

마침내 탕비실 입구에 이르자 목소리가 명확하게 들렸다. 낯선 여자의 날이 선 음성. 그것에 초아는 우뚝 멈춰 서고 말았다.

「도대체 언제 얘기할 거예요?」

들리는 건 침묵 속에서 잔과 스푼이 부딪치는 듯한 소리뿐이다.

「재원 씨!」

여자가 부른 이름은 분명 자신의 남자 심재원. 이 사무실에서 그와 같은 이름을 가진 이는 없다. 미친 듯 후들거리는 가슴에 손을 올리며 초아는 벽에 스륵 기대서고 말았다. 도대체 이게 무슨 일일까? 저 여자는 도대체 누구지?

너무도 혼란스러워, 아무것도 알고 싶지 않아 초아는 고개를 내저었다.

「그 여자와 날 설마 저울질하는 건 아니죠? 그 하찮은 여자와?」

「무슨 소리야, 곧 얘기할게. 아직 시간은 많잖아.」

그녀의 떨리던 손과 입술이 움직임을 멈추었다. 그다. 심재원. 자신의 약혼자.

그와 사이가 그저 조금 소원해졌다 생각했었지만, 그에게 다른 여자가 있을 거라고는 꿈에도 생각해 보지 못했다. 충격은 그녀의 뇌리와 온몸을 관통하고 지나갔다.

「그래요. 그렇게 계속 시간 끌어봐요. 내가 그 여자 일하는 어린이집까지 찾아갈 거예요. 찾아가서 우리 관계, 다 얘기해 버릴 거야.」

「진효주!」

그들의 대화 내용을 고스란히 들은 여파가 채 가시기도 전에, 초아는 커튼을 홱 열며 나온 여자와 맞닥뜨리고야 말았다. 그녀를 발견한 효주 역시 놀란 듯 '엄마야'를 외치며 뒤로 한 걸음 물러났다.

「다, 당신 뭐예요?」

당황한 나머지 벽에서 몸을 바로 세우던 초아의 힘 빠진 손에서 도시락 봉지가 바닥으로 떨어졌다. 그것을 주우려 허리를 숙인 그녀의 위에서 재원의 부름이 들려왔다.

「초, 초아야.」

그의 목소리를 듣는 순간 현실이 너무도 잔혹하게 인식되어 눈물이 터질 것만 같았다. 차마 도시락을 줍지 못한 채 일어난 그녀는 원망이 절절히 서린 눈으로 효주의 뒤에 선 재원을 바라보았다. 그런 그들을 번갈아 노려보던 여자의 시선에 번뜩임이 일었다.

「마침 잘됐네, 이렇게 등장해 주시니.」

「효주야.」

간절한 어조로 자신의 팔을 붙드는 재원을 뿌리치며 효주는 그녀에게로 한 걸음 다가왔다.

「윤초아 씨. 그만 이 남자, 놔주세요.」

너무도 당당한 여자의 태도에, 자신의 시선을 외면하고 있는 재원의 모습에 서글픔이 일었다. 그러나 이들 앞에서 울지 않으리라 결심했다. 더 이상 초라해지고 싶지 않았다.

초아는 떨리는 음성을 애써 억누르며 효주가 아닌 재원에게 말했다.

「당신에게서 직접 듣고 싶어요…… 내가 지금 겪고 있는 이 상

황이 제대로 된 게 맞는지. 이…… 여자분 말이 사실인지 듣고 싶
어요.」

　그 짧은 순간 초아는 바라 마지않았다. 그가 ‘잘못했다’고, ‘실
수였다’고 말해주길. 지독히도 상투적인 말로 그렇게 매달리더라
도 그렇게 말만 한다면 받아줄 생각이었다. 그만큼 그녀에게 그와
함께한 세월은 소중했다.

　그러나 고개를 숙인 재원에게서 낮게 흘러나온 한마디는 그녀
의 가느다란 희망마저 부서뜨려 놓았다.

　「미, 미안하다. 진작 말했어야 했는데. 너와는…… 안 되겠어.」

　그 순간 그녀가 느낀 감정은 배신감과 분노가 아니었다. 그것을
넘어 슬픔을 느꼈다. 그에게는 그녀와 함께했던 시간이 아무것도
아니었다니.

　그녀는 가슴에서부터 밀려드는 감정의 파도에 빠지지 않기 위
해 입술을 깨물었다. 당장 이 자리를 박차고 나가고 싶은 마음이
었지만, 초아는 효주를 비껴 재원에게로 다가갔다. 자신이 사랑했
던 남자, 자신을 철저하게 기만한 남자의 얼굴을 그녀는 똑똑히
보아둘 생각이었다. 자신의 마음이 더 이상 미련을 갖지 못하도
록.

　짝―

　그녀는 그들이 함께했던 시간을, 사랑을 순식간에 아무것도 아
닌 것으로 만들어 버린 재원의 뺨을 올려붙였다. 그건 최소한의
예의였다, 지난 사랑에 대한.

　「당신을 사랑했던 걸 한 번도 후회해 본 적 없었는데. 오늘 이

순간부터 후회해.」

잇새로 그렇게 말을 내뱉은 초아는 그에게서 돌아서 사무실을 나왔다. 올 때와 달리 손엔 도시락이 들려 있지 않았지만, 그녀는 주머니에 손을 찔러 넣을 생각도 하지 못한 채 터덜터덜 걸었다. 갑작스런 이별의 충격 탓일까. 감각이 무뎌졌는지 추위도 느껴지지 않았다. 심지어 뺨을 타고 하염없이 흐르는 눈물도 느껴지지 않았다.

추운 날씨에 오랫동안 밖에서 방황을 한 탓일까, 칠 년의 세월을 마음에서 미운 탓일까. 그 후 며칠간 초아는 고열에 시달려 어린이집에 나가지 못했다. 그동안 그녀에게 걸려온 전화라고는 시아의 걱정스런 안부 전화와 아버지의 부인이자 어린이집 원장인 민숙의 출근 독촉 전화뿐이었다.

어쩔 수 없는 책임감으로 그렇게 앓고 나고서도 제대로 몸을 추스를 겨를도 없이 그녀는 출근을 감행했다. 이른 아침이었건만 민숙은 원장실에서 그녀를 기다리고 있었다.

「너 도대체 정신이 있는 애니, 없는 애니.」

「죄송해요.」

어쨌든 장기 결근은 자신의 잘못이었기에 초아는 순순히 대답했다. 자신의 어머니에 비해 훨씬 젊고 세련된 민숙을 서글프게 바라보며.

시아를 비롯한 그녀의 집안 사정을 아는 이들은 아버지의 여자가 차린 어린이집을 운영해 주는 그녀를 이해하지 못했다. 그러나 그건 민숙을 위해서가 아니었다. 아버지와 진건을 위해서였다. 진건의 부탁이 아니었다면 절대 하지 않았을 일이었다.

초아가 아직 중학생일 때 아버지는 아장아장 걸음마를 내디디는 사내아이를 그녀 앞에 데려와 ‘동생’이라고 울먹이며 소개했었다.

「누나~」

반짝이는 눈빛으로 자신에게 서슴없이 안겨드는 아이를 초아는 뿌리칠 수가 없었다.

「미안하다. 미안하다, 초아야.」

자신들을 버린 아버지. 원망도 많이 했지만 그녀 앞에서 하염없이 보이는 눈물에 마음이 약해졌다.

결국 초아는 그들을 버렸던 아버지를, 아버지를 그들에게서 빼앗아간 진건을 마음으로 용서하고야 말았다. 진심으로 사죄를 하는 아버지와 또롱또롱한 눈으로 자신을 바라보는 진건 앞에서 마냥 차갑게 굴 수가 없었다. 그래서 피는 물보다 진하다라는 말이 있는 건지도.

그 후에도 민숙의 눈을 피해 가끔 그녀를 만나러 오는 아버지의 곁엔 늘 진건이 있었다. 그때마다 ‘누나’ 하며 자신을 잘 따르는 진건을 그녀는 점점 더 좋아하게 되었다. 열여덟 살 고등학생이 된 남동생은 다행히도 차갑고 이기적인 제 엄마를 닮지 않았다.

「누나, 정말 염치없는 부탁인데 우리 엄마 좀 도와줘. 아버지 사업이 힘드니까, 엄마라도 집안을 일으켜 보려고 어린이집을 낸 건데…… 누나밖에 없어. 날 봐서라도. 응?」

그래서 맡게 된 어린이집이었다. 민숙은 못 이기는 척 그녀의 제안을 받아들였고, 초아는 사 년의 세월을 새싹어린이집에 바쳤다. 누가 뭐래도 열심히 살았기에 후회한 적은 없었다. 그런데 지금, 그녀는 인생에 회의가 일었다. 팔 년간의 사랑이 허상으로 돌아간 지금, 모든 것이 부질없게 느껴졌다.

지금껏 충동이란 건 그녀와 어울리지 않았지만, 초아는 충동적으로 말을 꺼냈다.

「후임자 구하시는 게 좋겠어요.」

「뭐?」

놀라움을 감추지 못하는 민숙을 보며 초아는 비틀린 만족감을 느꼈다.

「저, 그만두겠어요.」

「갑자기 무슨 말이야! 그깟 남자 하나 때문에!」

말을 내뱉고 나서야 실수했다는 것을 깨달은 듯 민숙의 표정에 당혹스러움이 어렸다. 아마도 절친한 언니인 이 여사에게서 대충의 상황을 전해 들은 것이리라. 초아는 이렇다 할 대꾸를 하지 않으며 돌아섰다. 며칠 동안 어린이집을 비웠기에 밀린 일이 많을 것이라 생각하며.

그런 그녀 등 뒤로 민숙의 악다구니가 쏟아졌다.

「네가 이렇게 갑자기 그만둔다고 하면 내가 아쉬워 매달릴 줄 아니! 나쁜 것, 사람 뒤통수 때리는 건 네 엄마랑 똑같구나. 훗, 그 어미에 그 딸년이란 말이 맞아. 자존심도 없는지, 네 엄마가 진건 아버지와 연락의 끈을 놓지 않고 있었다는 걸 내가 모를 줄 알았니?」

다른 건 다 참을 수 있어도, 어머니에 대한 험담은 견딜 수가 없었다. 민숙의 그 말에 그녀의 이성이 와르르 무너졌다. 스스로도 놀란 기세로 뒤를 홱 돌아보자 민숙이 잠시 주춤하는 것이 느껴졌다.

「그 말 취소하세요.」

「뭘! 내 말이 틀렸니!」

초아는 주먹을 틀어쥐며 상대의 눈가 주름까지도 볼 수 있는 거리까지 다가섰다. 높이가 비슷한 그들의 시선이 뒤얽혔다.

「아버지가 가끔 우릴 만나러 오셨던 걸로 뒤통수를 때렸단 표현은 옳지 않죠. 그럼 그전에 갑자기 나타나 우리 가정을 무너뜨린 당신의 존재는? 그건 뭐라고 표현해야 하죠?」

한 번도 민숙과 대화다운 대화를 나눠본 적이 없었기에 이렇게까지 상황이 악화된 적도 없었다. 그렇게 살얼음판처럼 이어지던 평화가 깨어지려 들고 있었다. 아니, 이미 깨어졌다.

「어머머, 애 좀 봐. 난 너희 집안 대가 끊기지 않도록 아들을 낳아주었어! 가정 파탄이라니! 능력없는 네 엄마 탓 아니야? 참, 어이가 없어서. 너 그동안 그런 마음으로 어떻게 내 밑에서 참았니? 응?」

당신 때문에 참은 게 아니야. 진건이 때문에, 아니, 사실은 세상 사람들이 '참 착한', '아비 없이 자랐어도 참 바른' 이라고 나를 봐주길 바라서였는지도 몰라. 하지만 이젠 그러지 않을래. 더 이상 힘들게 참고 견디며 살지 않을래!

쓴웃음을 짓던 초아는 민숙을 바라보며 조용히 그러나 단호히 선언했다.

「네, 이젠 안 참을 거예요. 저 가요.」

그렇게 그녀는 스물여덟 해 만에 처음으로 무책임한 일을 저질러 버렸다. 사 년의 세월 동안 이만큼 봉사를 했으면, 진건도 그녀를 이해해 주리라 생각하며 초아는 그대로 어린이집을 나왔다. 자신의 청춘을 묻은 그곳을 나오는데 왜 그리 눈물이 쏟아지던지. 마치 정성을 들여 그린 그림이 실패로 돌아가고, 처음부터 밑그림을 다시 그려야 하는 기분이랄까.

어린아이처럼 눈물을 훔치며 버스 정류장을 향해 걷던 초아는 저도 모르게 어머니의 식당 전화번호를 눌렀다. 어렸을 적 친한 친구와 말다툼을 하고 어머니의 품에서 위로를 얻었던 것처럼, 지금 그녀는 어머니가 필요했다.

[여보세요.]

지금쯤이면 한창 밑반찬을 만들고 재료를 다듬고 하시느라 정신이 없으실 시간이다. 오랜만에 듣는 어머니의 목소리에서 다급함이 묻어났다.

「저예요.」

[초아니? 잘 지내지? 그런데 웬일이야, 이 시간에?]

「엄마, 나 엄마 가게 일이나 도우며 살까?」

자꾸 눈물이 흘러 목소리가 떨려 나왔다.

[응? 무슨 소리야, 이게? 멀쩡한 직장 놔두고 왜? 진건 어미가 뭐라 그러던?]

「아니, 아니야. 엄마 나 휴가 받았어. 내일 내려갈게요.」

[모처럼 휴가 받았음 쉬지 여긴 왜 와? 고생만 진탕 하다 갈 거면서.]

말씀은 그렇게 하셔도, 모처럼 그녀의 얼굴을 보는 게 좋으신 듯 어머니의 음성에 웃음이 묻어났다.

「그냥, 엄마 보고 싶어서.」

재원과 헤어지고, 어린이집도 그만둔 것을 알면 걱정하실 게 뻔한데 전화로 굳이 사실을 털어놓고 싶지 않았다. 어차피 나중엔 다 아시게 될 일. 우선 초아는 애써 웃으며 말을 돌렸다.

전화를 끊고서 그녀는 잠시 어디로 가야 할지 몰라 한참을 망설였다. 가정을 꾸린 희서도, 일에 열심히인 시아도 다들 너무 멀리 있었다. 그리고 가장 가깝다 생각했던 그 사람은 이제 다른 여자의 곁으로 떠났다.

재원이 곁에 있을 때에도 외로움엔 익숙하다 생각했는데, 완전히 홀로 된 지금 외로움은 더 깊고 잔인했다. 이것에도 익숙해질 날이 올까. 눈물이 말라붙은 초아의 얼굴이 웃음인지 울음인지 스스로도 모를 움직임으로 씰룩였다.

서울에서 어머니를 떠올리면 늘 함께 코끝을 스치곤 했던 비릿한 바다 내음이 진하게 밀려왔다.

손님이 먹고 나간 자리의 탁자를 치우던 초아는 저도 모르는 사이, 식당 유리문 너머로 펼쳐진 인천 앞바다를 바라보고 있었다.

「그만 좀 쉬어라.」

그것을 그녀가 피곤해하는 것으로 여긴 것인지, 어느새 다가온 어머니는 행주를 빼앗아 들며 미처 말리기도 전에 능숙하게 탁자를 닦기 시작하셨다. 이내 걱정 가득한 물음이 들려온다.

「너, 언제까지 휴가야? 이렇게 오랫동안 자리 비워도 돼?」

「곧 가야지. 그런데 엄만 내가 그렇게 옆에 있는 게 싫어요? 왜 자꾸 밀어내려고 그래.」

그녀는 당황한 기색을 감추기 위해 농담처럼 말을 했다. 그러자 어머니는 더 이상 묻지 않으셨다. 그저 빈 그릇들을 담은 쟁반을 가지고 부엌으로 들어가실 뿐.

점심시간이 지난 식당 내부는 한산했다. 아픈 다리를 쉬기 위해 빈 의자에 앉은 초아는 어느새 어제도, 그저께도 또 그 전날도 같은 시간 걸려왔던 재원의 전화를 생각하고 있었다. 피하는 건 비겁하다 생각하면서도 그녀는 부러 전화를 받지 않았다. 아직은 그의 목소리를 편하게 들을 수가 없었다.

그러고 보니 또 어느새 그 시간이다. 그가 전화를 걸어왔던. 그렇게 생각하는 와중 들려온 익숙한 음악. 그건 카운터에 놓아두었던 그녀의 휴대폰이 내는 소리였다. 초아는 저도 모르게 부엌을 돌아보았다. 설거지를 하고 계신 어머니가 혹시나 눈치 채시지나 않을까 두려웠다. 계속해서 울리는 벨소리에 그녀는 어쩔 수 없이 카운터로 다가갔다. 역시나 액정화면에 뜬 번호는 재원의 것이었다.

손바닥으로 휴대폰을 감싼 초아는 조용히 문을 열고 밖으로 나갔다. 외투도 걸치지 않은 어깨 위로 겨울의 바닷바람이 가차없이 스치고 지나갔지만, 그것이 차라리 낫다고 생각했다. 그에 의해 흔들리는 감정 따위 완전히 얼려 버릴 수 있을 테니까.

그녀가 폴더를 열자마자 다급한 재원의 목소리가 흘러나왔다.

[초아야, 너 지금 어디니? 왜 전화 안 받아? 어린이집도 관뒀다면서?]

「왜, 전화했어요?」

[후…… 만나서 얘기 좀 하자.]

「나한테 할 얘긴 그날 다 하지 않았나요?」

넘실넘실 시야를 어지럽히는 검푸른 바다를 가로지르는 바람은 어금니를 딱딱 부딪치게 할 정도로 차가웠다. 그것은 그녀의 체온뿐 아니라 마음의 기온까지 급격히 떨어뜨려 놓았다.

[미안하다.]

그들이 연인이었던 동안, 그에게서 '미안하다' 는 말을 먼저 들은 건 거의 다섯 손가락 안에 꼽힐 정도였다. 그중 두 번이 바로 그의 사무실에서 효주와 마주쳤던 그날과 바로 오늘이었다. 그녀의 입술이 비틀어졌다.

「그래도 결혼 축하 인사까지는 못하겠어요. 설마, 그런 것까지 바란 거 아니죠? 그렇다면 당신…… 정말 뻔뻔한 거야.」

자신이 생각지도 못한 사이에 본능이 낸 목소리에는 잔뜩 날이 서 있었다. 그 말을 끝으로 초아는 폴더를 닫았다. 휴대폰을 쥔 그녀의 손이 가늘게 떨렸다. 물결치는 바다를 멍하니 보고 있노라니 그것이 마치 입을 벌린 채 기다리고 있는 착각이 들었다. 허망했던 지난 세월을, 그와의 추억을 자신에게 제발 버려달라고.

그렇게 생각을 하자 더 망설일 것도 없었다. 초아는 오른팔을 크게 휘둘러 그곳으로 휴대폰을 던져 버렸다. 포물선을 그리며 날아간 그것이 풍덩하고 빠지는 순간 잠시 바다가 조용해진 듯한 착각이 들었다. 나름 멋진 재물이었던 모양이다.

그녀는 잔잔한 수면을 바라보며 작게 입술을 달싹였다.

「안녕.」

이라고. 그렇게 그녀는 인천 앞바다에 심재원이라는 남자와 관련된 팔 년의 시간을 버렸다.

그러나 바다는 애초부터 그랬듯 그저 투명한 물뿐이다. 그녀가 무얼 던지고, 무얼 버렸든 상관없이. 그것을 원망스레 내려다보느라 초아는 한참을 돌아서지 못했다. 그래서 그녀는 알지 못했다. 자신의 뒤로 어머니의 젖은 눈길이 따라붙고 있다는 것을.

어둠 속에서 들려오는 건 어머니의 옅은 숨소리뿐이다. 잠이 오지 않아 자리에서 일어나려는데, 뜻밖에도 낮은 목소리가 들려왔다.

「초아야.」

「어? 안 잤어요?」

하루 종일 식당 일로 피곤해, 자리에 눕자마자 잠이 드는 게 보통이었던 어머니였는데. 초아는 의아함으로 돌아누웠다. 창을 통해 비춰드는 달빛으로 인해 역시 자신을 바라보고 계신 어머니의 실루엣이 어렴풋이 드러나 보였다.

「너, 솔직히 말해봐. 재원이랑 무슨 일 있지?」

뭔가를 감지하고 물어보시는데 '아니'라고 대답할 수 없었다.

아니, 더 이상은 아닌 척하고 싶지 않았다. 언젠가는 아시게 될 일.

「엄마, 나 그 사람이랑…… 관뒀어요.」

「뭐 때문에? 혹시, 우리 집안…… 아니, 나 때문이니?」

「그런 거 아니야. 정말 아니에요, 엄마.」

초아는 파르르 떨리는 어머니의 물음을 듣자마자 고개를 저으며 대답했다. 그에겐 사랑보다 자신을 더 높은 곳으로 이끌어줄 좋은 조건이 필요했다는 말을 차마 할 수가 없었다. 그러면 어머니께서 얼마나 가슴 아파하실지 초아는 충분히 짐작할 수 있었다.

「그럼 왜 그러는데.」

「그냥 우리 두 사람 사이의 문제예요.」

그 사람, 마음이 변했대. 더 이상 날 사랑하지 않는대.

그 말을 속으로만 삼키며 초아는 어머니가 볼 수 없다는 걸 알면서도 억지로 웃었다.

「그래서 다 죽어가는 얼굴을 하고서는…… 혼자서 얼마나 힘들었을까.」

스륵 이불을 밀치며 뻗어진 어머니의 팔이 그녀의 어깨를 껴안았다. 그리웠던 향기가 코끝을 적셔온다. 어머니의 향기. 이제 자신보다 훨씬 작아진 어머니였지만, 초아는 마치 아이가 된 마냥 그 품을 파고들었다.

어머니의 품속에서 그녀의 방어체계가 한순간에 허물어졌다. 왈칵 터져 나온 울음을 삼키느라 그녀는 이로 입술을 깨물어보았다. 그러나 들썩이는 어깨는, 흘러내리는 눈물은 어쩔 수가 없었

다. 그녀의 등을 하염없이 쓸어주던 어머니에게서 한탄조의 음성
이 흘러나왔다.

「그래, 울어라. 울고 다 털어버려라. 시간이 약이지. 시간이 약
이야.」

그것은 그녀에게 하는 말인 것도 같고, 어머니 자신에게 하는
말인 것도 같았다. 가슴으로 울고 있는 어머니가 느껴져 초아는
더는 울 수가 없었다. 눈물은 멈췄지만 그녀는 어머니가 내는 소
리임이 분명한 흐느낌에 심장이 짓이겨지는 것만 같은 고통을 맛
보았다.

「미안하다, 내 딸.」

덧붙여진 어머니의 한마디. 그것은 그녀에게 심재원에 대한 극
렬한 증오심마저 불러일으켰다. 자신과 어머니를 이렇듯 아프게
만든 그가 미웠다. 사랑과 미움은 동전의 양면과 같다고 했던 누
군가의 말처럼, 그녀의 사랑은 그렇게 어느 순간 미움으로 돌변했
다.

아름다운 달빛은 각자의 고통으로 몸부림치고 있는 모녀의 모
습을 잔인할 정도로 선명하게 비춰주고 있었다.

개운하게 오래 잤다고 느낀 순간 초아는 화들짝 놀라 자리에서
일어났다. 아니나 다를까, 안방의 시계는 가게 문을 열 시간을 한
참 지나 있었다. 그런데 옆 자리를 돌아보니 놀랍게도 십오 년이
넘도록 영업시간을 철저하게 지켜온 어머니께서 여전히 주무시고
계신 게 아닌가. 불길한 예감에 그녀는 어머니를 흔들어 깨웠다.

그러자 가만히 눈을 뜬 어머니의 목소리엔 기운이 하나도 없었다.

「초아야, 엄마 약 좀 사다 줄래?」

「응? 왜 그래요? 어디가 아픈데?」

그러고 나서 보니 어머니의 얼굴 여기저기에 땀방울까지 맺혀 있었다. 괜히 어젯밤 이야기를 했다고 자책을 하며 초아는 어머니의 이마에 손을 가져가 보았다. 열이 꽤 높았다. 걱정도 되고, 두터운 솜이불 아래 있는 어머니가 너무도 나약해 보여 눈물이 핑 돌았다. 그런 그녀의 얼굴을 매만져주는 거친 손 역시 열이 올라 뜨거웠다.

「그냥 몸살인가 보다. 약 좀 사가지고 오렴.」

「알았어요. 오늘은 그냥 가게 좀 쉬어요.」

어머니의 손을 두 손으로 꼭 쥐었다가 다시 이불 속으로 넣어준 뒤 초아는 자리에서 일어나 카디건을 걸쳐 입었다. 동네에 하나뿐인 약국은 집과 제법 먼 거리에 있었기에 서둘러야겠다 생각하며 그녀는 방문을 열었다. 웃풍이 심한 주택인지라, 거실의 한기가 방 안으로 와락 밀려들었다.

「초아야.」

부름에 뒤를 돌아보자, 말갛게 웃고 계신 어머니가 보였다. 그 모습이 왠지 너무도 멀게 느껴져 가슴이 철렁했다.

「천천히 와. 괜히 서둘다가 또 넘어지지 말고.」

보기와 달리 그녀가 잘 넘어지고, 잘 쏟는다는 것을 누구보다 잘 아는 어머니의 타이름에 초아는 고개를 끄덕거렸다. 그러고도 발길이 떨어지지 않는데, 다시 부름이 들렸다.

「초아야.」

「응?」

「예쁜 내 딸, 고마워.」

「뭐가, 뭐가 고마워.」

「그냥 다.」

그 처연한 대답에 눈물이 쏟아질 것 같아 초아는 그대로 문을 닫았다. 문틈으로 사라지는 어머니의 모습을 가만히 지켜보다 그녀는 집을 나섰다.

유난히 바람이 매서운 겨울날이었다. 뼛속까지 추위가 밀려들어 카디건 자락을 단단히 잡고 걷긴 했지만 여느 때보다 더욱 약국까지가 멀게 느껴졌다. 그렇게 가까스로 약국에 도착한 그녀는 나이 든 약사 아저씨의 말을 받아주는 둥 마는 둥하며 몸살 약을 사서 서둘러 집으로 돌아왔다. 아픈 어머니를 혼자 두고 온 탓인지 마음이 불편하고 다급했다.

「엄마, 나 왔어요.」

현관문은 그녀가 나올 때와 다름없이 잠겨 있지 않았다. 부러 씩씩한 목소리로 자신이 돌아왔음을 알린 초아는 거실을 가로질러 안방 문을 열었다. 미소와 함께 손에 든 약봉지를 내밀며.

그러나 제 눈을 믿을 수가 없게도…… 방은 깨끗이 비어져 있었다. 그녀가 나갈 때까지만 해도 깔려 있던 이불은 곱게 개켜져 있었고, 그 위에 누워 계시던 어머니의 모습은 온데간데없었다.

손에서 약봉지가 털썩 떨어졌지만, 주울 생각도 하지 못하고서 그녀는 방 여기저기를 부질없이 훑어보았다. 그리고 거실과 욕실,

작은 방까지 샅샅이 뒤져 보는 동안 그녀의 목소리가 점차 커졌
다.

「어, 엄마. 엄마! 엄마!」

그러나 언제나처럼 온유한 대답은 들려오지 않았다. 혹시나 싶
어 현관으로 달려간 초아는 신발장을 열어보았다. 별로 많지 않은
어머니의 신발 중 외출용 겨울 구두가 놓여 있던 자리가 비어져
있었다. 그 사실을 눈으로 확인한 초아의 온몸에서 기운이 빠져나
갔다. 그녀는 그 자리에 그대로 주저앉고 말았다.

설마. 엄마, 거기 간 건 아니지?

「미안하다, 내 딸.」

어젯밤 자신을 안은 채 중얼거리던 어머니의 한마디가 그녀의
귓전을 아프도록 파고들었다. 더 망설일 겨를도 생각할 겨를도 없
이 초아는 집을 뛰쳐나왔다.

어머니가 확실히 그를 만나러 간 것인지 모르지만, 만에 하나
아니라고 해도 불안해서 그대로는 집에 있을 수가 없었다. 다급한
마음에 초아는 지금 자신의 행색이 지독하게 초라하다는 것도 의
식하지 못한 채 지하철역을 향해 뛰듯이 걸었다.

그녀는 휴대폰을 바다에 버린 자신의 성급했던 행동을 후회했
다.

서울에 도착하자마자 초아는 겨우 공중전화를 찾아 재원의 번

호를 눌렀다. 다시는 누를 일 없다고 생각했던 그 열 자리 숫자를.

[네. 심재원입니다.]

주위가 시끌벅적한 것으로 보아 외근 중인 모양이다. 그렇다면 어머니를 만나진 못했을 것이다. 희미하게나마 안도감을 느끼며 초아는 차분한 목소리로 말을 했다.

「나예요. 혹시…….」

그러나 채 그녀가 말을 맺기도 전에 재원의 물음이 들려왔다.

[초아? 조금 전에도 전화했었니?]

불길한 기운이 피부를 쓸고 지나갔다. 그녀의 목소리가 절로 떨려 나왔다.

「아뇨. 왜, 왜요?」

[아니. 모르는 번호로 부재중 전화가 들어와 있어서.]

「당신은 지금 어딘데요?」

[아, 지금 직원들이랑 다같이 외근 중이야. 그런데 무슨, 일이야?]

대답하지 않았다. 아니, 대답할 수가 없었다. 그녀는 즉시 수화기를 내려놓고서 미친 듯 길가로 뛰어나갔다. 손을 휘저어 택시를 잡아타자마자 초아는 목적지를 얘기했다.

「안국동으로 가주세요.」

아마도 어머니는 재원의 사무실로 가셨을 것이다. 두 사람의 헤어짐을 당신 탓으로만 여기고 계셨으니 재원을 만나 당근이나 채찍을 내밀기 위해, 그리로 가셨을 것이다.

택시는 정상 속도로 가고 있었지만, 마음이 다급한 탓에 느리게

만 느껴졌다. 평소의 그녀답지 않게도 '빨리 좀 가주세요' 라고 몇 번이나 독촉을 했다. 그냥 불안했다. 불안해서 견딜 수가 없었다. 택시가 재원의 사무실 앞에 이른 순간 초아는 거스름돈도 받지 않고 뛰어내렸다.

그러나 그녀는 그곳에서 더는 발걸음을 떼어놓을 수가 없었다. 목조 건물 앞을 막아선 새하얀 앰뷸런스와 바쁘게 움직이는 구급대원들을 그저 멍하니 지켜보고 있을 뿐. 생경한 풍경과 생경한 소음, 그것은 그녀에게 일시적 공황을 안겨주었다.

「엄마, 어떻게 해. 응?」

들것을 문밖으로 들고 나오는 사람들 뒤로 히스테릭한 여자의 음성이 들렸을 때야 초아의 정신이 현실 감각을 되찾았다.

재원의 사무실 입구에 모습을 드러낸 여자는 다름 아닌 그의 약혼녀 진효주와 중년 여인이었다.

「우린 정말 별말 안 했잖아. 갑자기 저 여자가 들이닥쳐서는 파르르 떨다가 쓰러진 거야. 괜찮아.」

어머니인 듯 보이는 여인이 효주의 어깨를 다독거려 주며 말을 했다.

「재원 씨랑 그년 사이 파투 낸 나쁜 년으로 날 몰아가길래, 재원 씨 집에서도 어차피 반대했었다고…… 그건 다 당신 때문이라고…… 그렇게 말한 게 잘못이었나 봐.」

그에 초점을 찾은 그녀의 시선과 울먹이는 효주의 눈빛이 마주쳤다. 그러자 자신의 어머니에게서 효주는 몸을 떼며 흠칫 놀라는 모습을 보여주었다. 그 반응이 끔찍하게도 불길했다. 초아의 시선이 들것을 향했다. 움직여지지 않는 발길을 가까스로 떼어 그녀는 그곳으로 다가갔다.

두려웠다, 그저 무엇 때문인지도 모른 채.

마른 목구멍으로 침을 삼키며 초아는 구급 대원들이 앰뷸런스 안으로 밀어 넣는 들것 위에 자리한 죽은 듯 창백한 얼굴을 확인했다. 그 순간부터 그녀의 귓가에 사람들의 목소리가 아주 먼 곳에서처럼, 울려 들렸다. 마치 묵직한 무엇으로 뒤통수를 맞은 듯 정신이 혼미해졌다. 멍하니 옮겨지는 들것 위만을 응시하던 초아는 앰뷸런스의 문이 닫혀질 때야 정신을 차렸다. 평소와 달리 곱게 화장을 한 얼굴로, 단벌 외출복 차림으로 누워 있는 이는…… 믿고 싶지 않지만, 자신의 어머니가 맞았던 것이다.

「어, 엄마.」

그녀의 손이 닫히려는 문으로 뻗어졌다. 뭔가가 자신을 제지하는 것 같았지만 초아는 그것을 뿌리치며 앰뷸런스 안으로 뛰어들었다. 산소 호흡기로 반쯤 얼굴을 가리고 누워 있는 어머니의 곁으로.

잡은 손이 너무 차가웠다. 오늘 아침 잡았던 어머니의 손은 분명 뜨거웠는데, 열이 났었는데. 그녀에게서 쉴 새 없이 흘러내린 눈물이 얽혀 있는 그들의 손을 흠뻑 적시기 시작했다.

「흐흐흐흑.」

병원으로 가는 내내 좁은 앰뷸런스 안을 메운 건 그녀의 울음소리뿐이었다.

「천천히 와. 괜히 서둘다가 또 넘어지지 말고.」
「예쁜 내 딸, 고마워.」

오늘 아침, 어머니의 목소리가 마치 실제처럼 생생하게 들려왔
다. 초아는 그것이 부디 어머니와의 마지막이 아니기를 빌고 또
빌었다. 이렇게 허무하게 어머니를 보낼 순 없었다. 그럴 순 없었
다.

너무도 빠르게 전개되는 꿈이었으면 좋겠다고 생각했다. 지금
눈 덮인 설악산 계곡에 뿌려지는 이 작디작은 분량의 가루가 어머
니라는 게 믿어지지 않았다.
「나 죽으면 화장해서 꼭 설악산에 뿌려줘. 그래야 너희들 산소
에 자주 안 온다고 원망 안 하지.」
평소 농담처럼 얘기하곤 했던 어머니였다. 그때 말은 하지 않았
지만 그녀는 알고 있었다. 왜 어머니가 하필 설악산을 말씀하셨던
것인지. 그곳은 아버지와 처음 결혼 생활의 서막을 열었던, 신혼
여행의 장소였던 것이다. 여전히 어머니는 아버지를 잊지 못하고
계셨던 것이다.
「으ㅎㅎ흑.」
갑자기 오열을 하며 쓰러지는 아버지를 진건이 붙잡아주었다.
곁에서 시아가 훌쩍이는 소리도 들렸다. 그러나 초아는 울지 않았
다. 그저 공허한 눈길로 겨울바람에 하얗게 흩날리는 가루가 그녀
의 소맷자락에 와 달라붙는 광경을 바라만 볼 뿐.

그래요, 엄마. 이렇게라도 내 곁에 머물러 줘요.

「여보, 미안해. 정말 미안해.」

울먹이며 사과의 말을 내뱉는 아버지를 향해 시아의 독설이 내려앉았다.

「이제 와서 그럼 뭐 해요? 아버지도 밉고, 심재원 그 인간도 미워! 더 미워! 불쌍한 우리 엄마, 불쌍한 우리 엄마!」

결국 강건하던 동생마저 울음을 터뜨리고 말았다. 하지만 초아는 그 모습을 먼 곳에서 일어나는 일인 양 지켜보며 어머니를 보내는 일에 몰두했다. 그녀는 조금이라도 시간을 벌어볼 요량으로 천천히 가루를 털어냈지만, 한 줌도 안 되었던 그것은 쉽사리 동이 났다.

마침내 마지막이 되었을 때 초아의 손이 절로 떨렸다. 이것이 어머니와의 마지막인 것이다. 그토록 바라지 않았던 마지막.

엄마, 잘 가요. 평생 일만 했으니까, 거기선 푹 쉬어요. 그리고…… 정말 미안해요.

손가락을 펴자 가루가 사방으로 흩어졌다. 마치 하얀 옷을 입은 어머니가 자신에게 손을 흔드는 모양인 것만 같아 초아는 마주 손을 흔들어주었다. 종래에는 그녀의 뺨을 타고 굵은 눈물이 흘러내렸다. 추위도, 피곤함도 잊은 채 그렇게 한참을 서 있던 초아는 어깨에 다가드는 손길에도 뒤를 돌아보지 않았다.

「언니, 그만 가자.」

갈라진 음성은 시아의 것이었다.

「언니 탓이 아니야. 잘못한 인간들은 따로 있잖아. 젠장! 그 인간은 왜 그날 외근을 한 거며, 그 여자는 왜 하필 그날 사무실에 와 있었던 거래. 왜 엄마한테 집안 반대 어쩌고 하는 소리까지 말한 거냐고!」

격하게 감정을 토해내던 시아는 그녀가 반응이 없자, 조금은 가라앉은 어조로 말을 이었다.

「후…… 희서가 이리저리 알아봤나 봐. 그런데 정신적인 보상 외에 따로 그 여자 죗값을 치르게 할 방법이 없다네? 우리 엄마가 심장이 안 좋았던 걸 알고 있었던 것도 아니고, 신체적인 폭력을 가한 것도 아니니. 정말 젠장이다.」

동생의 말을 듣는 동안 허탈함으로 피식 바람이 새는 듯한 웃음이 났다.

「다 내 잘못이야.」

「언니!」

「내가 엄마한테 말을 하는 게 아니었어. 좀 더 일찍 엄마를 찾았어야 했어. 아니, 애초에 그 사람을 만났던 것 자체가 내 실수야.」

너무도 또렷한 말투와 반대로 그녀의 눈에서는 끊임없는 물줄기가 흘러내리고 있었다. 다 말랐다 생각했건만, 슬픔을 넘어 죄책감과 회한, 그리고 증오심은 그녀에게서 한 움큼 남은 눈물까지도 모두 쥐어짜냈다.

그렇게 빈 뼛단지를 든 채 멍하니 서 있기만 하던 그녀를 시아가 안아주었다. 상복이 사나운 산바람에 거세게 휘날리고 있었지만 그들은 한동안 그 자리를 뜨지 못했다. 그녀들에게 유일한 가족이었던, 세상의 전부였던 어머니를 남겨두고 가는 것이 그렇게 쉬울 리가 없었다. 스물여덟 살, 그녀들은 그렇게 세상을 잃었다.

마주 앉은 이 여자를 죽여 버리고, 자신도 죽고 싶다고 생각했다.

하지만 무엇 때문인지 삶에 대한 미련은 구질구질하게 남아서 그녀는 이성의 끈을 놓지 못했다. 그저 이를 갈듯 말을 내뱉을 뿐이었다.

「그렇게 가신 우리 어머니, 당신이 뭐라고 해도 쉽게 눈 감으시지 못할 테지만…….」

「미안하게 생각해요. 여기.」

냉랭한 목소리가 그녀의 떨리는 음성을 갈랐다. 효주의 하얗고 가느다란 손가락이 탁자 위로 내려놓은 것은 그만큼 하얀 봉투였다. 무엇이 들어 있을지 짐작할 수 있을 만한 크기의. 생각만으로도 소름이 끼칠 정도로 불쾌해져 초아는 여자를 노려보았다. 그녀의 시선에도 아랑곳없이 여자는 입술을 움직였다. 죽이고 싶을 정도로 얄밉게.

「정신적인 피해 보상금이에요. 섭섭하지 않을 정도로 넣었어요. 대신 재원 씨한테는 비밀로 해줘요. 그는 당신 어머니가 심장마비로 돌아가셨다는 사실만 알지, 날 만난 줄은 몰라요.」

도저히 듣고 있을 수가 없었다. 자신을 코끝으로 내려다보며 뱀처럼 혀를 날름거리는 효주의 얼굴을 더 이상은 지켜볼 수가 없었다.

자리에서 벌떡 일어난 초아는 사람들의 시선 따윈 의식하지 않고서 여자의 얼굴이 거세게 돌아가도록 뺨을 올려붙였다.

짜악!

날카로운 파열음이 대기 중을 갈랐다. 일순 카페 안에 정적이 감도는 듯했다. 흐르고 있던 음악도, 말소리도 모두 멈춘 듯한 착각이 일 만큼. 들리는 건 오직 그녀의 울분 섞인 목소리뿐이었다.

「이따위 돈? 이걸로 모든 게 해결된다고 생각해? 보상금이면 돌아가신 우리 엄마 되살릴 수 있어? 그럴 수 없잖아! 그런데 이깟 돈 뭐가 대단하다고 나한테 적선하듯 주는 거야? 필요없어. 이 돈 가지고 똑같이 냉정하고 거만한 너희 두 인간, 잘 먹고 잘살아!」

여자가 고개를 돌렸다. 벌써 부어오르기 시작한 뺨을 부여잡으며 효주는 잔뜩 독기 어린 목소리로 대꾸했다.

「그래, 적선이야. 적선을 바라고 네 엄마가 재원 씨 찾아온 거 아니었니?」

「뭐?」

「돌아선 딸의 애인의 마음을 적선 받으러 온 거 아니었냐고!」

분노가 온몸을 관통했다. 초아는 손을 더듬어 물 잔을 찾아 쥐었다. 그리고 세련되게 화장을 한 효주의 얼굴에 그대로 물을 들이부었지만 기분은 조금도 나아지지 않았다. 그녀는 나오려는 눈물을 억지로 참으며, 뚝뚝 얼굴에서 흘러내리는 물 때문에 입술을 깨문 채 눈을 감고 있는 효주를 향해 이번엔 하얀 봉투를 냅다 집어 던졌다.

탁.

그것의 모서리가 얼굴에 맞는 순간 여자의 표정이 일그러졌다.

「우리 어머니에 대해 네까짓 게 함부로 지껄이지 마. 그리고 이깟 돈, 세상에 있는 전부를 쓸어온다고 해도 '보상' 되지 않으니까 들고 가.」

그렇게 쏘아준 후 자리에서 일어나 나가려던 초아는 핸드백에서 지갑을 찾아 만 원짜리 몇 장을 탁자 위로 던져 버렸다. 흩날리는 그것을 젖은 얼굴로 멍하니 바라보는 효주에게 그녀는 일그러진 웃음을 지어 보였다.

「찻값이야. 내가 만나자고 했으니 내가 내야지. 천천히 있다 와.」

참 다행이었다. 눈물이 돌아선 순간 쏟아져서. 초라하고 가여운 모습 따위 그의 여자 앞에서 보이고 싶지 않았기에.

애써 꼿꼿이 등을 세우고 카페를 나온 초아는 택시에 오르자마자 두 손에 얼굴을 묻은 채 무너지고 말았다. 이제 이렇게 슬퍼도, 괴로워도 자신을 보듬어줄 엄마가 세상에 없다는 사실이 그렇게 서글플 수가 없었다.

어머니의 빈소에 찾아왔던 재원은, 마침 와 있던 희서의 신랑 기태에 의해 쫓겨났다 들었다. 그럼에도 불구하고 그 이후 그는 그녀의 집으로 끊임없이 전화를 해대고 있었다. 이럴 줄 알았으면 좀 더 인천에서 머무는 것이었는데, 어머니 생각이 자꾸 나서 도저히 그 집에 혼자 있을 수가 없었다. 시아도 미국으로 돌아간 지금.

희서가 애써 챙겨준 밑반찬이 있긴 했지만 그녀는 며칠을 아무것도 먹지 않고, 잠도 제대로 자지 않은 채 그저 소파에 웅크리고 누워서 보냈다. 밝아지면 낮인가 보다, 어두워지면 밤인가 보다 하면서. 더 이상 현실을 개척하며, 미래를 구상하며 보낼 희망이 없었다.

그러던 어느 날 밤, '쿵쿵' 하는 반복적인 소리에 그녀는 눈을 떴다. 까무룩 잠이 들었던 모양이다. 눈을 뜨자 사위가 어둑한 것이 어느새 날이 저물어 있었다. 불을 켤 생각도 하지 못하고 몸을 일으킨 그녀의 귓가에 익숙한 음성이 들려왔다.

「초아야, 초아야!」

그건 현관문 밖에서 들리는 소리였다.

「제, 제발 이 문 좀 열어봐라. 응? 할 얘기가 있다.」

재원의 발음이 어색한 것으로 보아 술을 마신 모양이다. 현관에서 조금 떨어진 곳에 서서 초아는 아무 대꾸도 하지 않았다. 그러나 재원은 포기할 생각이 없는지 채 연신 말을 이었다. 마치 그 자리에서 그의 말을 듣고 있는 그녀가 있다는 것을 아는 것처럼.

「내가 너 버린 거, 널 사랑하지 않아서가 아니야. 너 나 욕심 많은 사람인 거 알지? 효주 잡으면, 내가 하고 싶은 거 다 이룰 수 있을 것 같았어. 그래서 그런 건데, 왜 이렇게 발걸음을 떼어놓기가 힘든 거냐.」

지독히도 솔직한 말들에 그저 나오는 건 쓴웃음뿐이었다. 술기운을 빌어 하는 이야기, 그는 내일이면 다 잊을지 모르지만 그녀의 가슴엔 또다시 깊은 상처가 남았다. 더 이상 그로 인해 아파하고 고통받기 싫었는데. 그는 이제 그녀에게 그런 가치를 지닌 사람이 아니었다.

초아는 대답없이 돌아섰다. 사랑하지만, 큰일을 이루기 위해 버릴 수밖에 없었다는 말 따위 듣고 싶지 않았다. 그녀의 상식으로는 이해할 수 없는 행동이었고, 이젠 이해하고 싶은 마음도 없었다. 그녀가 사랑했던 재원은 다른 사람들과의 관계를 잘 이용하긴 했지만, 독하게 누군가를 버리거나 짓밟는 행위 같은 것은 할 줄 몰랐던 사람이었다. 그런 그를 도대체 무엇이 변화시킨 것인지 모르겠다. 그를 사랑했던 만큼 그에 대한 실망과 미움은 컸다. 다시는 보고 싶지 않았다. 그대로 초아는 침대에 쓰러지듯 누웠다. 오랜만에 편안한 자리에 눕자 놀랍게도 금방 잠이 쏟아졌다. 현관문 밖에 있을 남자에게 신경 쓸 기운 같은 건 그녀에게 남아 있지 않았다. 초아는 어머니를 보낸 후, 처음으로 아주 깊고 단잠에 빠져들었다.

그녀의 상태를 확인하러 먼 곳에서도 일주일에 한 번은 꼭꼭 들르는 희서였다. 친구의 손에는 여느 때처럼 그녀의 우편물과 현관문에 붙어 있던 전단지들이 잔뜩 들려 있었다.

「너, 이러고 있을 줄 알았다.」

우편물을 탁자 위에 내려놓은 희서는 가져온 밑반찬에다 금방 밥을 지어 상을 차렸다. 도저히 속이 받아줄 것 같지 않아 먹지 않으려는 그녀와 뭔가를 먹이고 가려는 희서의 전쟁이 또다시 시작되었다. 결국 '나중에 먹겠다'는 그녀의 고집에 못 이기는 척 밥상보를 덮어두는 희서였지만, 그녀의 고집도 만만치 않았다.

「내 성의를 봐서라도 나중에 꼭 먹어. 그럼 지금은 죽이라도 좀 먹자.」

돌아서 쌀죽을 끓이기 시작하는 희서를 보며 초아는 피식 웃고 말았다. 부잣집 고명딸로 곱게 자란 친구가 이제 아줌마가 다 됐다는 생각이 문득 들었던 것이다. 그렇게 소파에 멍하니 앉아 있던 그녀의 눈길이 쌓인 우편물에 머물렀다. 그것을 본 그녀는 기운없는 손가락을 들어 그것들을 하나하나 뒤적여 보였다. 각종 고지서 사이에서 유난히 눈에 띄는 새하얀 봉투가 있었다. 그녀는 떨리는 손으로 그것을 집어 들었다.

〈진태훈, 임영숙 배상.〉

처음 보는 이름이었건만, 내용물이 무엇인지 대충 짐작이 갔다. 봉투를 개봉하는 마음이 뜻밖에도 덤덤했다.

〈새봄 새빛 듬뿍 받으시어 밝은 봄날 되시옵소서. 약동하는 새봄을 맞이하여 이진미의 장남 재원과 진태훈의 차녀 효주가 다음과 같이 결혼식을 올리게 되었기에…….〉

하얀 카드 위에 찍힌 상투적인 문구들을 읽어 내린 초아는 그것을 탁자 위로 던져 놓았다.

「뭔데?」

마침 부엌에서 나오던 중이었던 희서가 그녀가 내려놓은 청첩장을 다시 집어 들었다. 늘 온유하던 친구의 표정이 싹 바뀌었다.

「그 여자가 보낸 거지? 진효주? 참, 경우가 없어도 너무 없는 여자다.」

「됐어. 상관 안 해.」

그렇게 희서의 말을 자른 초아는 재원의 청첩장 문구처럼 봄이 오기 시작한 창을 멀거니 바라보았다. 그녀에겐 세상의 절반이었던 어머니가 돌아가셨지만, 자신이 그로 인해 죽을 만큼 아프지만, 그런 것과는 상관없이 봄이 오고 있었다.

열어놓은 베란다 문을 통해 습한 바람이 스며들었다.

유난히 짧은 봄이 가고, 이내 여름이 온 모양이다. 그러나 여전히 그녀의 상처는 아물지 않았다. 아니, 영원히 아물 수 없을 것이다. 자신으로 인해 어머니가 돌아가셨다는 자책감은 쉽사리 초아를 일어서지 못하게 만들었다.

새로운 직장을 찾긴커녕 어떤 생산적인 일도 하지 않았음에도 그냥저냥 살아졌다. 예전의 그녀가 시간에 쫓겨 아등바등 살았다면, 어머니의 죽음 이후 그녀는 시간의 흐름에 몸을 내맡긴 채 살고 있었다. 그렇게 바쁘게 살아야 할 의미를 찾을 수가 없었다.

소파에 비스듬히 누워 있던 그녀의 시야에 베란다에서 흔들리고 있는 녹색 잎이 언뜻 들어왔다. 아무것에도 관심을 가질 수가 없었는데, 그것이 다름 아닌 작년 겨울 즈음 어머니께서 사주셨던 동백나무 화분이라는 걸 깨달은 것이다.

그녀는 몸을 일으켜 베란다로 나갔다. 모처럼 쬐는 따가운 햇볕에 현기증이 일어 그녀는 자리에 주저앉고 말았다. 눈을 감고서 얼마간을 그렇게 있다 눈꺼풀을 들어올렸다. 그러자 시들어가고 있는 식물의 모습이 한눈에 들어왔다. 좁디좁은 화분에 갇혀서 제대로 크지 못한 탓일 게다. 마치 지금의 자신의 모습처럼. 그 깨달음에 그녀는 뒤통수를 얻어맞은 듯한 충격을 느꼈다.

당장 분갈이를 해야겠다.

그녀는 아주 오랜만에 간편한 외출복으로 갈아입고서 오피스텔 밖으로 나갔다. 날씨는 무척 더웠지만, 모처럼만의 외출은 그녀에게 활력을 선사했다. 커다란 화분을 사서 들고 집으로 돌아오는 길, 땀은 났지만 기분은 상쾌했다.

그러나 오피스텔 앞에서 기다리고 있는 한 사람을 본 순간, 그녀의 얼굴에 다시 그늘이 드리워졌다. 정말이지 다시는 보고 싶지 않았던 얼굴이 자신을 향해 웃고 있었다.

「초, 초아야.」

예전과 다름없는 미소. 그러나 이젠 그는 다른 여자의 남자다. 그의 여자로 인해 어머니가 그리되셨다.

생각만으로도 턱에 잔뜩 힘이 들어갔다. 초아는 화분을 마치 방패마냥 품에 안고서 그를 지나쳐 문을 열려 했다. 그러나 손목에 와서 감기는 손길이라니. 그녀는 다른 여자의 남자라는 증표를 낀 재원의 손가락을 역겹게 내려다보다가 그것을 뿌리치며 목소리를 높였다.

「만지지 마!」

「어머니 일은 정말 안됐어. 그렇다고 이렇게 살면 어떡하니. 얼굴이 이게 뭐야.」

그녀에게 보상금 나부랭이를 던져 주며 얘길 했듯, 효주는 끝까지 그에게 말을 않은 모양이다. 그녀의 어머니와 자신이 만났던 사실을. 그걸 안다면 이렇듯 뻔뻔스레 재원이 자신을 찾아오진 못할 터. 아니, 그 사실을 모른다 해도, 이미 결혼까지 한 처지에 도대체 그가 무슨 생각으로 이러는 것인지 알 수가 없다. 내가 정부 노릇이라도 해주길 바라는 걸까. 역겹다.

초아는 그와는 일분일초도 더 마주 보고 싶지 않은 심정이었다.

「상관 말아요.」

황망히 선 남자를 차갑게 노려보며 그녀는 마지막 한 마디를 내뱉은 후 문을 닫았다.

잠금장치를 하나도 빠짐없이 다 작동시킨 후에야 그녀의 온몸에서 긴장이 빠져나갔다. 여전히 문밖에서는 멀어져 가는 그의 발자국 소리가 들리지 않았지만 개의치 않을 것이다. 그녀는 화분을 들고서 곧장 베란다로 향했다. 동백나무의 분갈이 작업을 속히 시작해야 했다. 완전히 그것이 죽어버리기 전에, 더 크게 자랄 수 있도록.

분갈이를 해주었더니 무성하게 잘 자라고 있는 동백나무를 바라보는 초아의 표정에 흐뭇함이 묻어났다. 그녀의 일과의 대부분은 소파에 앉아 그것을 관찰하거나 물을 주거나 잎을 닦아주는 일로 채워져 있었다.

오늘도 여느 때와 다름없이 조용한 하루가 되려니 하는데, 전화가 걸려왔다. 일본에 사는 이모 하순자로부터였다.

[요즘도 계속 그렇게 있어?]

「네.」

일본 남자와 결혼해 일본에서 민박집을 운영하고 있는 이모는 한국에 홀로 있는 그녀로 인해 걱정이 많은 듯했다.

[당장 직장을 구할 것도 아니고, 당분간 그렇게 지낼 거면 머리도 식힐 겸 여기 좀 와 있어. 응?]

「네, 생각해 볼게요.」

[내가 네 생각만 하면 밤에 잠이 안 와.]

이모는 죽은 언니를 대신해서 그녀들에게 엄마의 역할까지 해주어야겠다는 책임감을 느끼고 있는 듯했다. 가슴이 짠해져 와 초아는 어떤 대꾸도 할 수가 없었다. 슬하에 자식이 없어 유독 그녀 자매에게 애착이 큰 이모였던 것이다.

그렇게 전화를 끊고 나서 멍하니 앉아 있는데 벨소리가 요란하게 울렸다. 그것은 현관 쪽에서 들려오고 있었다. 대답이 없자 쿵쿵 문을 두드리는 소리에 이어 높다란 음성이 그녀의 귓가를 시리도록 파고들었다.

「문 열어! 어서!」

그 여자, 진효주였다. 굉장한 기세였지만 초아는 별반 두려움을 느끼진 못했다. 다만 불쾌했다. 그녀가 다시 자신을 찾은 것이.

피하고 싶지도 그렇다고 다시 대면하고 싶지도 않아 초아는 조용히 도어폰을 들었다.

「무슨 일이죠?」

[어서 문 열어.]

「할 말 있음 거기서 해요.」

[문 열어! 안 그럼 부수고라도 들어가겠어!]

「경솔하게 굴다간 후회하게 될 거예요.」

괜한 협박이 아닌 진심 어린 그녀의 음성에 여자의 얼굴에 잠시 당혹스러움이 서리더니, 온몸에 가득하던 흥분이 점점 사그라지는 것이 보였다. 냉랭함을 되찾은 표정은 지독히도 거만했다.

[내가 찾아오는 게 싫으면, 더 이상 남편 옆에서 어슬렁거리지 마.]

단호한 경고조. 여자의 그 말에 초아는 깊은 숨을 들이켰다. 도대체 저 여자는 뭘 믿고 저렇듯 자신만만한 것일까. 뭘 믿고.

[대답하지 않으면, 여기서 돌아가지 않아.]

아내에게 믿음을 주지 못하는 재원도, 자신의 남편을 믿지 못하는 효주도 한심했다. 그리고 원하지 않음에도 그들 사이에 끼어야 하는 현실이 저주스러웠다.

「난 아는 바 없어요.」

냉랭한 대꾸로 그만 수화기를 내려놓으려 했다. 그러나 이내 다가든 악다구니.

[네까짓 게!]

수화기를 든 그녀의 손에 절로 힘이 들어갔다. 어금니가 앙다물어졌다.

[네까짓 게 그 사람 잡을 수 있을 것 같아? 네가 뭘 해줄 수 있는데?]

「돌아가!」

부들부들 떨리던 입술 사이로 결국 고성이 터져 나왔다. 초아는 화면 속의 여자를 노려보며 힘들게 말을 이었다.

「조용히 살고 싶은 사람 그만 들쑤시란 말이야. 제발!」

쾅!

그녀가 거세게 내려놓은 수화기는 다시 튕겨져 나와 벽면에 대롱대롱 매달려 흔들거렸다. 여자의 목소리가 계속 들려왔지만, 초아는 귀를 막고 자리에 쭈그리고 앉았다. 한동안 건조했던 그녀의 안구에서 또다시 물기가 차 올랐다.

「으흐흐흑.」

우는 걸 좋아하진 않지만, 가끔 울고 나면 속내가 개운해지는 걸 느낀다. 머릿속에서 뭔가가 명확해지는 것 같은 기분이었다. 한참을 그러고 있다 몸을 일으켰을 때 날은 저물어 있었고 사위는 고요해진 상태였다. 그녀의 마음속 역시.

베란다에서 하늘거리는 식물을 멍하니 바라보고 있던 초아의 귓가에 벨소리가 들려온 건 저녁시간이 지나서였다. 또다시 진효주 그녀일까? 가슴이 답답하니 아렸다. 선뜻 일어날 수가 없어 도어폰을 바라보고만 있던 그녀는 문밖에서 들려온 귀에 익은 목소리를 확인하고서야 몸을 일으킬 수 있었다.

「초아야! 초아야!」

문을 열자마자 땀에 젖어 번들거리는 얼굴로 들어선 이는 민숙이었다. 지금 상황에서 그다지 반가운 이는 아니었지만, 효주처럼 막무가내로 몰아낼 수 있는 이도 아닌 아버지의 여자.

「시원한 물 좀 다오.」

하늘거리는 치맛자락을 모으며 소파에 앉은 민숙은 명령하다시피 부탁했다. 그에 부엌으로 가 서둘러 눈물 자국을 닦아낸 초아는 물 잔을 쟁반에 받쳐 거실로 들고 나왔다. 그것을 들이킨 민숙은 연락도 없이 와 미안하다느니, 잘 지냈느냐느니 하는 말 한 마디 없이 곧장 본론을 끄집어냈다. 참으로 그녀의 성격다웠다.

「너도 알고 있지? 내가 재원이 엄마랑 언니, 동생 하면서 지내는 사이라는 거.」

지금 이 상황에서뿐 아니라 앞으로도 전혀 반갑지 않을 화제였다. 초아는 아무런 대꾸 없이 맞은편에서 이어 들려오는 말을 듣고만 있었다.

「결혼 후 재원이가 마음을 못 잡고 방황하는 모양이더라. 자식이 불행하게 사는 거, 보고 싶은 부모가 어딨겠니. 언니가 오죽했으면 나한테 부탁을 했겠어.」

달칵. 핸드백이 열리는 소리가 들려 초아는 고개를 들었다. 그녀는 벌어진 검은색 가죽 사이로 나온 새하얀 봉투를, 그것이 탁자를 가로질러 자신의 앞에 놓여지는 것을 마치 남의 일처럼 관망했다. 대충 어떻게 돌아가는 일인지 짐작하면서도, 아픈 가슴은 현 상황을 인정하고 싶지 않아했다.

「이 돈이면 지방에 내려가서 자리 잡고 살 수 있을 거다. 너야 능력 되니까 오라는 데도 많을 거고…….」

「그분이 그러시던가요? 절 보고 떠나달라고?」

잔혹하다. 자식에 대한 끔찍한 사랑에 눈이 먼 부모는 남이 상처를 입든 말든 개의치 않는 걸까. 부모님 대의 일로 재원과 그녀의 결혼을 반대하던 이진미 여사는 헤어진 지금까지도 끝까지 철저하게 그녀를 몰아내려 하고 있다.

「그래. 네가 서울에 있으면 재원이가 더 방황할 거고, 피차 힘들어진다고 떠났으면 하더라. 영원히 떠나라는 게 아니라 그냥 한동안만.」

누가 누구보고 떠나라는 건지. 상황이 우스워 웃음이 났다. 바람 새는 소리를 내며 웃은 초아가 민숙을 똑바로 바라보았을 때는 하얀 얼굴에서 미소는 사라져 있었다.

「그래요.」

초아는 허리를 숙여 다시 봉투를 아버지의 여자 앞으로 밀어놓았다. 떨림을 억누르며 바로 앉은 그녀는 선언했다.

「떠나겠어요. 하지만…….」

민숙은 그녀를 마치 낯선 사람 보듯 하고 있었다. 그것에 초아는 묘한 만족감을 느끼며 말을 이었다.

「이런 건 필요없어요. 그분이 떠나라고 해서, 그분을 위해서 떠나는 게 아니니까. 더 이상 저들과 얽히기 싫어 제가 선택한 거예요. 그러니까 가지고 돌아가세요. 그리고 똑똑히 전하세요. 다시는…… 다시는…… 이런 일로라도 서로에 대한 이야기, 전해 듣지 말자고요.」

그녀의 강경한 태도에 어지간히 놀란 듯 민숙의 턱이 쩍하니 벌어져 있었다. 그 모습을 덤덤하니 바라보며 초아는 몸을 일으켰다.

「그럼, 가세요.」

침실로 들어간 그녀는 터덜터덜 걸어 침대에 주저앉았다. 한참 동안 거실에선 인기척이 없었다. 그리고 얼마 후 헛기침 소리에 이어 문이 닫히는 소리가 들렸다. 그에 한숨을 내쉬며 초아는 침대 위에서 몸을 말고 앉았다. 오래 울고 나서인지 더 이상 눈물은 나오지 않았다.

풀썩.

두 팔 사이에 얼굴을 묻은 채 그녀는 동상처럼 오랜 시간을 움직이지 않았다.

그러다 고개를 든 초아는 한숨을 길게 내쉰 다음 침대 옆의 무선 전화기를 들었다.

「이모, 저예요. 초아.」

반색을 하는 이모에게 그녀는 지독히도 덤덤한 음성으로 결심을 굳힌 말을 내뱉었다.

「저, 일본으로 갈게요.」

잠시라도 떠나 있자. 그러다 마음이 내키면 영원히라도.

이제 더 이상 이 땅에 미련은 없다. 전화를 끊고서 그녀는 베란다로 나가 동백나무를 안아 들었다. 아무래도 이 녀석은 오피스텔 앞뜰에서 묻어줘야 할 것 같다. 혼자가 되어버릴지도 모르니.

일본이 처음은 아니었지만, 일본에 와 이모 집에 머무는 것은 처음이었다. 어설프게 흉내만 낸 다다미방과 한 켠에 있는 작은 부엌, 좁은 욕실을 갖춘 원룸형의 방을 둘러보고 있는데 문이 열리며 주스 잔을 받친 쟁반을 든 이모가 들어왔다.

「방이 좀 좁지? 나중에 투 룸에 손님 빠지고 나면 너 내줄게.」

샤워를 마치고 편한 옷으로 갈아입은 초아는 고개를 내저었다.

「아니에요. 혼자 쓰는데 이 정도면 됐지 뭘 그래. 이모도 이런 방에서 지내면서.」

「그래, 이해해 주니 고맙다. 내가 돈 버느라 바빠서 사람 사는 것처럼 못산다.」

「이모부는 여전히…… 그래요?」

예전 야쿠자의 일원이었던 일본인 이모부는 결혼을 하고 나서 마음을 잡는 듯했다가 이내 도박에 빠져 버렸다고 들었다. 그래서 벌써 이십 년이 넘는 세월, 이모 홀로 가계를 책임지느라 참으로 많은 고생을 했다. 이제 오십이 넘은 나이. 그만 이모도 행복해졌으면 하는데, 어두워지는 표정을 보아하니 자신의 바람이 과했던 모양이다.

「제 버릇 개 주겠니. 평생을 배운 게 그 짓뿐인데.」

이모의 한숨이 내려앉는 순간, 초아는 마치 마른 나무껍질처럼 거친 손을 잡아주었다. 이모는 고생만 진탕하다가 돌아가신 어머니랑 달랐으면 좋겠다 생각하는 것만으로도 그녀의 눈매에 눈물이 그렁그렁 맺혔다. 그 속내를 읽은 것인지 이모의 나머지 손이 그녀의 손등을 덮어왔다.

「나는 이렇게 살았으니까, 괜찮아. 하지만 너는 아직 젊잖니. 보란 듯이 행복해져야지. 응? 네가 못살면, 죽은 네 엄마, 아마 저승에서도 눈 못 감을 거다.」

목이 메여 그저 고개만 주억거리는데, 문이 벌컥 열리며 거대한 그림자가 방 안에 드리워졌다. 그와 함께 훅 끼치는 알코올의 역한 내음.

"여, 여보!"

"잘~한다! 남편이 들어왔는데, 여편네라는 게 수다나 떨고 있으니!"

저 사람이, 이모부라고? 아주 어렸을 적 본 기억이 전부인 이모부는 그래도 비교적 잘생긴 인상으로 남아 있는데. 지금 문간에 선 중년 남자는 마치…… 마치, 야만인과도 흡사했다. 손질되지 않은 머리칼과 덥수룩한 수염, 불룩한 배를 간신히 덮고 있는 민소매의 티셔츠. 이모부의 너무도 변한 외양을 훑어보다 고개를 든 초아는 그 눈빛을 마주하는 순간 굳어버리고 말았다. 핏발이 선 눈에 번들거리는 저 욕망이라니. 그것은 이모부가 조카를 보는 시선이 아니었다. 말 못할 두려움이 끼쳐 왔다.

"여보, 초아예요, 초아. 기억 안 나요?"

그러나 세키 준의 귀에 아내의 목소리는 들리지 않는 듯싶었다. 대답없이 니코틴과 알코올에 절어 시커멓게 변색된 이를 드러내고 웃는 남편을 보고서야 당황한 듯 그녀의 손을 놓으며 이모가 몸을 일으켰다.

「초아야, 아무래도 네 이모부가 많이 취했나 보다. 나 갈 테니까 너도 쉬어라.」

「그래요.」

이모가 거의 잡아끌다시피 이모부를 데리고 방을 나가자마자 초아는 문을 잠갔다. 그러나 빈약한 잠금장치 하나로는 극대화된 그녀의 불안감이 사라질 리 없었다. 자꾸만 자신을 보던 이모부의 꺼림칙한 눈빛이 떠올랐다.

도피가 아닌 휴양을 위해서라 자위하며 일본행 비행기에 올랐건만, 첫날부터 예감이 좋지 않았다. 왠지 마음 편하게 쉴 수 없을 거라는 생각이 들었다.

한기가 밀려들어 에어컨을 끈 초아는 이불을 머리끝까지 뒤집어쓴 채 뒤척이다 새벽녘이 되어서야 가까스로 잠이 들었었다.

커다란 민박집을 청소하고 유지하는 것으로 모자라, 방에 묵을 유학생들이나 배낭 여행객들을 마중 나가거나 배웅하느라 이모는 늘 바빴다. 보다 못한 초아는 방에서 빈둥거리느니 이모를 도우며 지내야겠다 생각했다. 그녀는 숙박객들을 역까지 데려다 주기 위해 나가는 이모를 붙잡고 자신의 의중을 밝혔다.

「내가 이 방 청소할게요. 이모는 볼일 봐요.」

처음엔 펄쩍 뛰던 이모는 워낙 일이 바쁘다 보니 결국 그러라 승낙을 했다. 방으로 들어간 초아는 이불을 가지고 나와 탈탈 털고 환기를 시킨 후, 빗자루로 쓸기 시작했다. 그런 와중 들려온 끈적한 목소리에 그녀의 온몸이 경직되었다.

"청소 중이니?"

대낮임에도 역시 술 냄새를 풍기며 준이 서 있었다. 초아는 그에게 고개만 숙여 보인 후 하던 일에 다시 집중하려 했으나 쉽지 않았다. 긴장된 나머지 손에 힘이 들어가지 않았다. 곧 다다미방

위로 실리는 묵직한 느낌에 상대를 바라보는 그녀의 눈동자가 잔뜩 확대되었다.

"도와줄까?"

마치 고릴라처럼 팔을 벌린 채 다가오는 이모부를 피해, 초아는 벽을 등으로 더듬으며 천천히 움직였다.

"너, 내가 무섭니? 것참, 이리 와봐."

다짜고짜 팔을 오므리며 안으려 드는 준을 보고 있노라니 역겨움이 치밀어 올랐다. 희미한 비명을 지르며 초아는 아슬아슬하게 그의 접근을 차단했다. 그러자 점점 상대의 눈빛에서 욕정과 더불어 분노가 엿보였다.

"망할 년! 이리 오지 못해!"

그가 술에 취해 몸을 제대로 가누지 못하는 것이 다행이었다. 초아는 거대한 몸과 팔 사이로 빠져나가 맨발로 미친 듯이 뛰어 자신의 방까지 달아났다. 현관문에 이어 중간 문까지 잠갔지만 안심이 되지 않았다. 두려움에 바들바들 떨던 그녀는 한참이 지나도 밖에서 기척이 들려오지 않자 안도의 한숨을 내쉬며 주저앉아 버렸다.

어찌 된 인생이 이다지도 팍팍한 것인지 모르겠다. 휴양이라고 자위했지만 실상은…… 그래, 도피책으로 선택한 일본행인데. 되레 한국에서보다 더 절망적이었다. 그러지 않아도 힘들게 살고 있는 이모에게 이 모든 사실을 이야기할 수도, 그렇다고 갈 데도 없는데 막무가내로 이 집을 나갈 수도 없었다.

「엄마, 나 어떻게 하지? 여기 오면 마음 편할 줄 알았는데…… 엄마 생각 안 날 줄 알았는데…….」

낮은 천장을 바라보며 중얼거리는 그녀의 볼을 타고 눈물이 흘러내렸다.

그 후, 방 밖으로 한 걸음이라도 내디디는 것이 그녀에겐 공포 그 자체였다. 하지만 식재료와 생필품이 떨어져 아무래도 인근의 '백 엔 샵'에 나가봐야 할 듯싶었다. 초아는 며칠을 벼르다 문을 열고 살그머니 밖으로 나갔다. 민박집 내부는 조용했다. 어떤 인기척도 느껴지지 않는 것에 안도하며 그녀는 계단을 내려가 골목으로 나섰다.

민박집에서 200m가량 떨어진 곳에 위치한 '백 엔 샵'까지 걸어간 초아가 양손 가득 물건을 사고 다시 집으로 돌아왔을 때는 저녁 무렵이었다. 여름이라 해가 빨리 떨어지지 않았지만, 그래도 날씨가 조금은 서늘해지고 있었다.

열쇠로 문을 열고 집 안으로 들어간 그녀는 싱크대 곁에 물건을 내려놓고 욕실로 들어가려 했다. 땀을 많이 흘려 샤워부터 해야겠다 싶었다. 그런데 미처 욕실의 문을 열기도 전, 갑자기 등 뒤에서 나온 손이 입을 틀어막는 것이 아닌가. 심장이 튀어나올 듯 놀랐지만, 커다란 손에 막혀 비명은 소리가 되어 나오지 못했다. 팔다리를 버둥거려 보았지만 헛수고였다.

초아는 거대한 몸에 눌려 까슬한 다다미 위에 쓰러지듯 누워야 했다. 커다랗게 확대된 시야에 그제야 핏발 선 이모부의 눈동자가 들어왔다. 코 바로 앞에서 내뿜어지는 역한 숨결에 고개를 돌리고 싶었지만, 입을 단단하게 봉인하고 있는 손으로 인해 그럴 수도 없었다. 치마 아래로 들어와 맨다리를 쓰다듬는 손길에 초아는 미친 듯 발길질을 해댔다.

"으흐흐흐, 생각했던 대로야. 너 같은 년들이 그 짓을 할 때는 더 팔팔한 법이거든."

스스로의 욕망을 이기지 못한 듯 준은 그녀의 입을 막았던 손을 떼어내며 입술을 내려뜨렸다. 그것을 고개를 돌려 이리저리 피하며 초아는 손을 위로 뻗어 물건을 담은 봉지 속을 더듬거렸다. 살기 위한 그녀의 몸부림을 하늘이 알아주신 걸까. 그녀의 손에 차가운 알루미늄 병이 만져졌다. 그것이 뭔지 감이 왔다. 모기 살충제. 팔을 들어올린 그녀는 숨을 참고서, 준의 면전에서 그것을 뿌려댔다.

"뭐, 뭐야! 캑캑!"

모기 살충제가 눈에 들어갔는지 그가 눈을 감고서 나뒹구는 사이 그녀는 얼른 몸을 일으켰다.

금세 일어나 자신을 쫓을 사람임을 알기에 초아는 뒤도 돌아보지 않고서 내달렸다. 눈물이 쉴 새 없이 흘러내려 얼굴을 다 적셨다. 그 와중에 신발을 맞게 신고 나온 것이 신기할 정도였다.

신오오꾸보 한인촌의 거리를 미친 듯이 내달려 지하철역으로 온 초아는 오가는 사람들 틈에서 한동안 서 있었다. 어디로 가야 할지, 이제 어떻게 해야 좋을지 알 수가 없었다. 그저 죽은 엄마를 따라가고 싶다는 생각뿐이었다. 한참을 그러고 역사에 앉아 있던 초아는 무작정 야마노떼센에 올랐다. 그녀의 어깨와 발걸음에서 짙은 절망감이 묻어났다.

반짝이는 신주쿠의 불빛들을 바라보며 긴 과거의 이야기를 마친 초아의 속눈썹에는 어느새 물방울이 맺혀 있었다. 그녀는 차마 레이를 바라볼 수 없어 그저 입술만 깨물었다. 그러자 가만히 그녀의 손을 쥐고 있던 그의 손가락에 힘이 들어가는가 싶더니, 그가 그녀를 돌려 세웠다.

그의 눈동자에 행여라도 혐오감이나 동정이 드러나 있을까 두려웠던 그녀였다. 하지만 그의 눈동자는 오직 그녀만을 비추고 있었다. 평소와 다름없이 평온하게. 어떤 감정도 드러내 주지 않는 그가 고마웠다.

"초아."

그가 그녀를 그 이름으로 부른 건 처음이었다. 초아는 그 낯설음에, 또 한편으로 느껴지는 희열감에 그저 고개를 주억거리고 말았다.

"당신은 나의 니지(무지개)야."

그의 한 마디에 가슴 밑바닥을 치고 올라오는 벅찬 감정의 파편들. 그녀는 그것을 목구멍 저편으로 애써 밀어 넣으며 그를 외면했다.

"당신에게도 내가 무지개가 되어주고 싶은데, 과한 바람인가?"

믿을 수 없이 다정한 물음. 그에 온전히 의지하고 싶은 것을 초아는 억누르며 냉랭한 목소리를 냈다.

"다 얘기했잖아요. 나에 대해서…… 지금, 동정하는 건가요?"

그녀의 팔을 잡은 그의 손아귀에 힘이 주어졌다. 눈썹을 일그러뜨리며 레이가 그녀에게로 고개를 기울였다.

"동정? 천만에, 오히려 당신에게 화가 나."

그의 지독히도 낮은 목소리가 그녀의 심장을 죄어들었다. 초아는 꿀꺽 침을 삼키며 레이의 다음 말을 기다렸다. 그리고 혹여 그가 자신의 지난 삶을 이해할 수 없다, 경멸한다고 해도 절대 상처받지 않으리라 단단히 결심했다.

그러나 그는 전혀 뜻밖의 말로 그녀를 놀라게 했다.

"왜 진작 내게 모든 걸 얘기하지 않았는지. 날, 아니, 내가 보여준 마음을 믿지 못한 건가?"

"레이."

"말했잖아. 이전에 당신이 누구였든 중요한 게 아니라고."

안 되는 줄 알면서 이런 그로 인해 행복해진다. 그로 인해 자신이 소중한 존재가 된 듯한 착각에 빠져든다.

그가 그녀를 당겨 품에 안아주자, 초아의 입에서 절로 한숨이 새어나왔다. 그 순간이 너무도 만족스러운 반면, 불안했다. 자신이 그의 곁에 이대로 머물 수 없다는 걸 잘 알기에.

"당신의 힘든 지난 삶에 대한 이야기를 듣고서 화가 나면서도, 나는 안도했어. 미안해."

초아는 레이의 향취를 맡으며 눈을 감았다. 그의 낮은 음성이 마치 자장가처럼 들렸다.

"당신이 전 약혼자에게는 절대 돌아갈 수 없겠구나 생각하니."

레이의 고백에 슬며시 입가에 웃음이 번지는 것은 어쩔 수가 없었다. 그녀의 이마에 따스한 입술이 내려앉는가 싶더니, 손가락에 차가운 무엇이 느껴졌다. 초아는 그에게서 몸을 떼어내며 왼손을 내려다보았다.

그리고 약지에서 오색으로 반짝이고 있는 링을 발견한 그녀는 숨을 훅 들이켰다. 그것이 무엇을 의미하는 것인지 알기에 놀랐고, 그것의 아름다움에 다시 한 번 놀랐다. 레이는 한참 동안 반지를 바라만 보던 초아는 눈앞에 선 남자에게로 시선을 돌렸다. 레이는 간절함을 넘어 단호함을 담은 눈빛으로 자신을 응시하고 있었다.

"당신은 이미 나의 무지개이니, 내가 당신의 무지개가 되어준다는 의미야. 거절은…… 용납하지 않겠어."

"하지만……."

그녀가 뭐라 항변할 기회는 주어지지 않았다. 마치 자신의 소유인 양 당당하게 내려온 그의 입술이 그녀의 입술을 삼켜 버린 까닭이었다. 그의 키스는 그녀의 경계심을 허물어뜨리고, 온몸에서 긴장이 빠져나가도록 만들었다. 단단하게 옆구리에 고정되어 있던 그녀의 팔이 스르륵 올라가 그의 목을 껴안았다. 그곳에서 그의 진심을, 무지개를 담은 반지가 반짝이고 있었다.

모든 걸 이야기하면 그가 상처 입지 않을까, 자신을 향한 마음 부질없다 여기고 멈춰주지 않을까 생각했다. 가슴 아프긴 해도 그러면 자신이 좀 더 쉽게 그를 떠날 수 있을 거라고 생각했다.

그러나 여전히 레이는 흔들림없이 그녀의 곁을 지키고 있다. 마음으로는 그것이 온전히 기쁘면서도, 미노루의 말이 떠올라 그녀를 마냥 들뜰 수 없게 했다.

"떠나요. 한국으로 가요. 그리고 다시는 오지 말아요."

"무슨 생각을 하지?"

운전석에서 들려오는 레이의 물음에 초아는 멍하니 반지를 내려다보며 하던 생각을 거두었다.

"여전히 한국으로 떠날 생각을 하고 있는 건가? 형이 한 말에는 신경 쓸 필요 없어."

가끔 이 남자가 내 속에 들어와 있지 않나 하는 생각이 든다. 지금이 바로 그랬다. 진지한 그의 눈동자를 바라보며 초아는 애써 미소를 머금었다. 조건 때문에 자신을 버린 재원과 달리, 조건 따위 상관없이 자신을 사랑한다 하는 사람. 고맙고 소중한 사람.

"반지가 참 예뻐요."

자신이 해줄 수 있는 건, 이런 말뿐이다. 그냥 웃어주는 일뿐이다.

"마음에 든다니, 좋군."

입꼬리가 슬쩍 올라가는 미소를 짓던 레이는 그녀의 손을 찾아 쥐었다. 그러는 동안 차는 레인보우 브릿지로 접어들기 시작했고, 초아의 얼굴에서 차츰 웃음이 걷혀갔다.

자신을 밀어내던 미노루와 오다이바 어딘가에 있을지 모를 재원의 존재가 의식되어 숨이 막혀오는 것만 같았다. 그녀는 더듬더듬 레이를 향해 물었다.

"지, 지금 어디로 가는 건가요?"

미노루의 집으로 돌아갈 수도, 그렇다고 바로 지척인 그의 집으로 갈 수도 없을 텐데.

"하코네에서 그랬었지, 내가 일군 것들을 당신에게 보여주고 싶다고."

그 말을 듣고서야, 회사 일로 그만 오다이바로 돌아가 봐야 한다며 당시 레이가 했던 말이 그녀의 뇌리를 스쳤다.

"지금 가는 거야."

옅게나마 안도의 한숨이 흘러나왔다. 정면으로 시선을 두는 그를 따라 초아 역시 천천히 고개를 돌렸다. 그러자 다리 너머 각양각색으로 반짝이고 있는 오다이바의 건물들이 보였다. 그렇게 레이와 함께 그녀는 해변공원 근처의 쇼핑몰 밀집 지역으로 향했다.

예전 이모부로부터 봉변을 당할 뻔했던 그녀를 그가 구해주었던 날, 신이치라는 친구를 만났던 '조이타운' 앞에서 레이는 시동을 끄지 않고 잠시 차를 멈추었다. 세련된 건물을 바라보는 초아의 입술이 절로 벌어졌다. 신이치와 만났던 그날, 어렴풋이 혹시 그들이 말하는 '파크 일'이 '조이타운'을 의미하는 것일까 라고 생각하긴 했었지만, 워낙 유명한 게임 테마파크인지라 설마했었다. 그런데…….

"이곳이야."

설마 설마 했던 그것이 사실이었다니. 그가 일구었다는 것이 바로 이 '조이타운'이었던 것이다. 이토 씨와 동업을 한다고 했던 그 '파크 일'이 다름 아닌 이것이었던 것이다.

조이타운에 대해서는 이미 오다이바를 방문한 한국인 관광객들의 입을 통해 들어 그녀도 잘 알고 있었다. 보통의 관광객들이 주변에 즐비한 쇼핑몰들을 구경한 후 기분 전환 삼아 들른다는 거대한 게임 테마파크. 다양한 놀이기구와 컴퓨터 게임으로 가득한 환상의 공간. 그곳에 있는 것들을 모두 이용하려면 꼬박 하루가 걸린다고도 했다. 그런 '조이타운'이 레이의 것이었다니. 그가 새삼 대단하게 보였다. 역시 자신과 다른 세계에 속한 사람인 것 같아 씁쓸해졌다.

그녀는 그런 속내를 숨기려 부러 레이를 바라보지 않았다. 다만 순수한 감탄을 담은 눈길로 '조이타운'의 건물을 훑어볼 뿐이었다. 그러다 초아는 그곳의 셔터가 내려진 것을 발견했다.

옆 건물들과 달리 조이타운엔 드나드는 사람들의 모습이 보이질 않았다.

"현재는 내부 리모델링 중이지."

그녀의 의아한 눈빛을 알아차린 듯 대답을 해준 레이는 주차장으로 곧장 차를 몰아 들어갔다.

"이용객들이 없으니 조용할 거야."

차에서 내려선 레이는 그렇게 말을 하며 엘리베이터의 하강 버튼을 눌렀다. 곧 도착한 그것에 몸을 싣고 얼마 지나지 않아 다시 문이 열렸다. 실내를 가득 메운 환한 불빛이 그녀의 눈을 부시게 했다.

"조이타운에 온 걸 환영해."

초아는 레이를 따라 로비처럼 보이는 장소로 한 걸음을 내디뎠다.

높다란 천장과 커다란 분수대를 중심으로 카페테리아, 액세서리점 등 이리저리 위치한 작은 가게들이 보였다. 그것들 사이로 고개를 내밀고 있는 '입구'라고 쓰인 화려한 간판이 초아의 발길을 잡아끌었다.

마치 우주선의 탑승구 같은 문을 지나 그들은 '조이타운'의 내부로 들어섰다. 고공 낙하 스카이다이빙 등의 다양한 탈거리와 각종 컴퓨터 게임의 즐길 거리들이 즐비한 광경에 눈을 어디다 두어야 할지 몰라 두리번거리던 초아는 마침내 곁에 선 남자를 돌아보았다.

파크를 둘러보는 그의 눈빛에는 자랑스러움이 고스란히 드러나 있었다. 그것은 그녀 역시 마찬가지였다. 생각했던 것보다 '조이타운'은 훨씬 거대하고 완벽했던 것이다. 자신을 향해 떨구어진 그의 시선을 피하지 않으며 초아는 자그마하게 속삭였다. 진심을 담아.

"여기 참…… 멋져요."

"고마워. JG와 나는 별개라는 걸 보여주고 싶었어."

그가 뭘 말하고 싶은 것인지 알 것 같았다. 하코네에서 그가 했던 말, JG라는 배경 때문에 자신을 밀어내지 말라고 했던 말이 언뜻 떠올랐다. 하지만 마음이 마냥 가볍지는 않은 초아였다. '조이타운'을 보고 나자, 굳이 JG가 아니라도 그가 충분히 대단한 사람처럼 느껴졌던 것이다. 지금 이 순간이 행복하다는 것만으로 그의 곁에 머물기엔 여전히 자신이 너무 초라하게 느껴졌다.

그렇게 생각에 잠겨 걷던 그녀의 귓가에 각기 다른 커다란 목소리가 파고들었다. 고개를 들자 내부를 왔다 갔다 하고 있는 이들의 모습이 보였다. 꽤나 분주한 분위기였다. 리모델링 중이라고 했으니, 파크 내부에 그들 두 사람뿐일 것이라는 그녀의 예상은 어긋났다.

"아, 리모델링 업체 직원들이니 신경 쓸 것 없어. 잠시만."

놀라는 그녀를 그렇게 안심시켜 준 후, 앞서 나가는 레이였다. 떨어지는 그의 손을 아이처럼 붙잡고 싶은 것을 초아는 눌러 참았다. 직원들 사이에서 고개를 숙인 채 뭔가를 살피고 있는 한 남자에게로 성큼성큼 보폭을 움직여 레이는 걸어갔다.

그가 자신을 남겨두고 떠난 그 자리에 그대로 선 채, 레이와 남자를 지켜보던 초아의 눈동자가 점점 커다랗게 확대되었다. 들고 있던 차트를 덮으며 레이를 돌아보는 키가 큰 남자는…… 긴 머리칼과 안경, 각이 진 턱선 모두가 너무도 눈에 익었다.

설마, 심재원 그일까.

마치 그녀의 속엣말을 듣기라도 한 듯 레이와 이런저런 이야기를 하던 남자의 눈빛이 그녀에게로 돌려졌다. 그녀를 보자마자 그의 입매가 스르륵 굳는다. 그것은 그녀 역시 마찬가지였다. 비로소 상대가 다름 아닌 재원임을 확인하자 입술을 깨문 초아의 턱이 단단해졌다.

참으로 모진 인연, 아니, 악연.

그녀는 레이와 함께 자신에게로 걸어오는 남자를 보며 생각했다. 이젠 그를 봐도 어떤 감정의 동요도 느껴지지 않았다. 초아는 애써 고개를 쳐들며 재원을 철저히 외면한 채 레이만을 바라보았다.

"초아, 소개할게. 여긴 심재원 씨. '가시'라는 한국 리모델링 업체의 실장님이셔. 그리고 심 실장님, 여긴 저의…… 약혼녀 윤초아 양입니다."

레이가 자신을 약혼녀라고 소개할 줄은 몰랐다. 흠칫 몸을 떨며 그녀와 레이를 번갈아 바라보는 재원만큼이나 초아 역시 놀랐다.

떨떠름하게나마 고개를 숙여 보이고서 입술을 깨문 채 침묵을 지키고 있는 그녀에게 레이가 가만히 속삭였다.

"같은 조국 사람을 타지에서 만났는데, 반갑지 않아?"

과거의 이야기를 하면서 자신이 의식적으로 재원의 이름을 이야기하지 않았던 모양이다. 아무것도 모른 채 웃고 있는 레이를 보며 초아는 그런 자신의 행동을 후회했다.

초아는 고개를 들어 자신을 집어삼킬 듯 노려보고 있는 재원을 응시했다. 그는 예전과 변함없이 자유스러운 모습이었다. 하지만 이제 그들의 관계는 변했다. 그는 어떨지 몰라도, 그녀에게 그는 레이의 사업체 리모델링을 맡은 업자에 불과했다.

"반갑습니다."

감정을 드러내지 않으려 초아는 여전히 일본말로 다분히 격식을 차려 인사를 건넸다. 그러자 재원 역시 무뚝뚝하게 대꾸했다.

"네."

또다시 침묵. 그 어색한 분위기 틈으로 낭랑한 음악 소리가 퍼져 나갔다. 레이의 휴대폰이 내는 소리였다. 폴더를 연 그는 '잠시만'이라는 제스처를 취해 보이며 뒤를 돌아 걸어갔다. 무작정 그를 따르고 싶었다. 재원과 단둘이 있는 상황 따위는 피하고 싶었다. 그러나 그녀는 주먹을 틀어쥔 채 그대로 자리를 지켰다.

예상대로 둘이 되자마자 재원에게서 격한 한국말이 터져 나왔다.

「네가 선택한 도피처가, 저 일본 남자였니?」

도피처. 단순히 레이를 그렇게 규정짓는 재원의 말에 경멸이 고스란히 드러났다. 화가 났다. 그에겐 자신을, 레이를 그딴 식으로 말할 권리가 없었다. 속내에서는 불길이 일고 있었지만, 되레 얼음처럼 차가운 어조로 초아는 대꾸했다.

「이젠 우리, 하등 관계없는 사람들이잖아요. 내게 그렇게 추궁할 권리가 있나요?」

「초아야!」

그녀의 이름을 부르며 다가서는 재원을 향해 초아는 손바닥을 들어 접근 금지 신호를 보냈다. 저도 모르게 그녀는 레이가 사라진 방향을 힐끔 돌아보았다. 혹여라도 그가 이런 모습을 보게 될까 두려웠다.

그녀의 귓가에 한층 누그러진 재원의 목소리가 들렸다.

「널 얼마나 찾았는지 몰라. 네가 사라지고 나서야, 난 내가 얼마나 큰 잘못을 했는지 알았어. 네가 얼마나 내게 소중한 존재인지 알았다구. 우리, 다시 시작하면 안 될까?」

정말이지 이기적이다. 좀 더 높이 날기 위해 주머니 속에 있던 물건을 가차없이 버리고선, 가장 높은 곳이 그다지 아름답지 않다는 걸 깨달은 뒤 다시 버린 물건을 찾는 우매한 이기심이라니.

그녀는 대답없이 그저 피식 웃고 말았다. 그건 명백한 비웃음이었다.

효주와 그의 관계를 알게 된 직후엔, 그가 잘못했다고 하면 못 이기는 척 넘어가 줘야지, 라고도 생각했었다. 하지만 지금은 아니다. 이렇게까지 뒤틀리고 어긋나 버렸는데, 어떻게 다시 재원과의 자신을 끼워 맞춘단 말인가.

그는 너무 늦었다. 되돌리기엔 너무 멀리 와버렸다. 그녀의 대답없음을 망설임으로 읽은 것인지 그가 강경하고도 다급한 어조로 말을 이었다.

「효주랑은 헤어질 거야. 널 버리고도 행복할 거라고 생각했던 내가 바보였어.」

「그래, 당신 바보야.」

그녀의 한마디 단정에 마치 뒤통수를 얻어맞은 듯한 표정으로 재원이 되물었다.

「뭐?」

「모르겠어? 이젠 정말 우리, 안 된다는 거?」

'정말 모르겠냐' 는 그녀의 물음에 재원의 눈빛이 흔들렸다. 그러나 그 눈동자 속에 비춰진 여자는 바위처럼 꼿꼿했다. 그제야 그녀가 예전의 그녀가 아님을 인지한 듯 재원의 얼굴에 절망감이 어렸다.

「왜, 왜 안 되는데! 저 남자 때문이니?」

이기적이다 못해 뻔뻔한 물음. 어떻게 '왜' 라고 물을 수 있을까. 자신이 그와 그의 여자로 인해 얼마나 아팠는데.

초아는 자신의 감정에 못 이겨 몸부림을 치고 있는 재원의 모습을 멀거니 바라보다 조용히 대답했다.

「내 마음에서 당신을 지운 지 오래야.」

끈덕지게 달라붙는 재원을 떼어낼 수 있는 방법은 어머니가 어떻게 돌아가신 것인지 다 이야기하는 길뿐임을 안다. 어머니가 그렇게 가신 후, 그와는 일분일초도 마주하고 싶지 않아 피하기만 했지만 이젠 더 이상 아니다. 그녀의 입술이 단호하게 벌어지려 했다.

하지만 그 순간, 그의 흔들리던 눈빛이 불을 내뿜는가 싶더니, 손목을 휘어잡는 거센 힘으로 인해 여의치가 않았다. 도무지 길이 보이지 않자, 이성을 잃은 것이리라. 훅 끼치는 두려움으로 그녀는 몸부림을 쳐보았지만 소용없었다. 되레 휘청하며 넘어지려던 순간, 다행히도 그녀의 어깨를 단단한 두 손이 받쳐 주었다. 그제야 느껴지는 안도감. 돌아보지 않아도 바다를 닮은 청량한 향기는 그가 레이임을 알 수 있게 했다.

"무슨 일입니까?"

건조한 음성에 그녀만이 감지할 수 있는 화기가 묻어났다. 그 전에 초아는 자신의 손목에서 슬며시 물러나는 재원을 느꼈다. 그에 온전히 그녀는 레이에게로 돌아설 수 있었다.

"무슨 일이냐고 물었습니다."

눈빛을 재원에게 고정한 채로 레이는 같은 말을 반복했다. 자연스레 그녀의 어깨에 둘러진 그의 팔을 통해 긴장감이 전해졌다. 초아는 마른 목구멍으로 침을 삼키며, 달싹거리는 재원의 입술을 바라보았다. 적절한 타이밍에 레이가 나타나 주었다 안도한 것은 잠시, 재원이 무슨 말을 할지 두려워졌다.

과연 그녀의 이야기 속 과거의 약혼자가 자신의 사업 파트너임을 알게 되면 레이는 어떤 반응을 보일 것인지. 혼란이 이는 건 싫었다. 초아는 재원의 목울대가 흔들리는 것을 보며 서둘러 침묵을 깼다.

"제, 제가 넘어지려는 걸 붙잡아주신 거예요."

비겁하다 해도 어쩔 수 없었다. 그를 기만하는 것이 아니라, 일을 크게 만들고 싶지 않은 것뿐이었다. 자신에게 황망하게 와 닿는 재원의 시선을 초아는 외면했다.

"그랬군."

가만히 그녀를 내려다보던 레이는 재원을 향해 돌아서, 조금 전과 사뭇 달라진 어조로 사과를 건넸다.

"무례를 범했군요. 미안합니다."

깍듯한 그의 태도에 재원 역시 어쩔 수 없다는 듯 고개를 숙여 보였다. 초아는 그런 그들의 모습을 불안한 심경으로 지켜보았다.

"그럼, 계속해서 고생해 주세요."

레이의 다음 말이 구원처럼 들렸다. 그와 함께 재원의 시야에서 벗어나게 된 순간 초아는 저도 모르게 깊은 한숨을 내쉬었다. 돌아설 때까지, 아니, 돌아선 후에도 자신과 레이에게 따라붙는 남자의 집요한 시선이 느껴졌지만 그녀는 끝까지 모른 척했다. 등 뒤에서 느껴지는 꺼림칙한 기운에 심장이 두근 반 세근 반 뛰었다. 그러나 그런 그녀의 심정을 알아차리지 못한 듯 레이는 이층으로 오르는 에스컬레이터로 가며 말했다.

"신이치와 이런저런 이야기를 하느라…… 통화가 너무 길어졌지. 미안해."

그에 초아는 억지로 웃음을 지어, 괜찮다는 기색을 내비쳤다. 그런 그녀를 보던 레이의 눈매가 금세 찌푸려졌다.

"얼굴이 왜 그러지? 어디 불편한가?"

"아, 아니에요. 괜찮아요."

얼버무리려 했으나 레이는 외려 걸음을 멈추며 그녀를 세밀하게 관찰했다. 그의 손가락이 그녀의 이마를 쓸고 지나갔다. 긴장을 한 나머지 자신도 모르는 사이, 땀이 맺혔던 모양이다.

"안 되겠어. 나머지는 다음에 보도록 하고, 오늘은 이만하지."

사실 더 파크 내부를 둘러본다 한들 지금은 눈에 들어올 것 같지 않았기에, 더 이상 초아는 레이를 만류하지 않았다. 다시 왔던 길로 돌아서던 그녀의 시야에, 여전히 그 자리에 굳은 듯 선 재원이 들어왔다. 먹이를 노리는 맹수마냥 지독히도 사나운 눈빛이었다.

다시금 재원을 향해 고개를 숙여 보이는 레이와 달리 초아는 정면으로 시선을 돌려 버렸다. 입구까지의 짧은 거리가 몇 킬로미터는 되는 듯 멀게 느껴졌다.

"내가 없는 사이, 심 실장과 얘길 해봤나?"

밝은 곳으로 나오는 즉시, 숨을 참다 물 밖으로 나온 사람마냥 한숨을 토해내던 초아에게 갑작스런 레이의 물음이 날아들었다. 당황한 기색을 내비치지 않으려 그의 시선을 피하며 그녀는 애써 침착하게 대꾸했다.

"아뇨."

"한국의 최근 소식이라도 물어보지 그랬어. 별로 궁금하지 않나?"

레이는 정말 별 뜻 없이 물어보는 듯했다. 그러나 그녀는 가시방석에 앉아 있는 기분이었다. 굳은 시선을 정면으로만 두고 있던 그녀의 이마에 레이의 손이 얹어졌다.

"열은 없는데. 아무래도 오늘 너무 무리를 했던 모양이야. 당신, 좀 쉬어야겠어."

그녀의 어깨를 감싸주는 그의 손길이 방어막 같다. 세상 어떤 공격으로부터라도 자신을 보호해 줄 수 있을 것 같은. 그에 그와 함께 주차장으로 가는 동안 초아는 한결 정돈된 음성으로 물을 수 있었다.

"어디로…… 갈 건가요?"

"걱정돼?"

그녀를 조수석에 앉히며 레이가 미소 띤 얼굴로 되물었다. 문을 열고 선 그를 올려다보며 초아는 가만히 고개를 내저었다. 그랬다. 아무 갈 곳도 없고, 반기는 이도 없었건만 이상하게도 걱정이 되지 않았다.

"그럼 됐어."

그녀의 머리칼을 다정하게 넘겨준 그는 조수석 문을 닫았다. 운전석에 앉기 위해 보닛을 지나쳐 걸어오는 레이를 차 앞 유리를 통해 지켜보며 초아는 중얼거렸다.

"미안해요."

그에게 재원이 누구인지 말하지 못한 건, 결과적으로 그를 속인 것이 되어버렸다. 하지만 그녀는 자신의 행동에 후회는 하지 않았다. 또다시 그런 상황이 온다면 그때도 그렇게 할 것이라 초아는 생각했다. 자신의 회색빛 과거와 맞대면해 레이가 흔들리는 건 보고 싶지 않으니까.

다만 불안했다. 행복하면서도 영원한 행복은 없다는 걸 알기에, 그의 곁에서 이대로 머물 수 없다는 걸 알기에 불안했던 심정은 재원과의 재회 이후 더욱 정도가 심해졌다. 그녀는 마치 부적처럼 왼손에 끼워진 반지를 감싸 쥐었다.

08

Black Storm

레이는 그녀를 닛코[日光] 쭈젠지코[中禪寺湖] 인근의 펜션으로 데려갔다. 이층 방에서 쭈젠지 호수가 보이는 펜션은 서양식으로 지어진 목조 건물로, 예전 휴가철에 우연히 들렀다 마음에 들어 가끔 와보곤 하던 곳이었다.

봄가을이 되면 수만 명의 관광객이 모여들고, 호숫가에서 쭈젠지시까지 이어지는 구간에는 각 나라의 대사관 별장이 줄줄이 들어설 정도로 아름다운 호수의 풍경도 풍경이었지만, 그가 이곳을 택한 이유는 단 하나였다. 형도, 아버지도 알지 못하는 이곳이라면 안전할 것 같아서였다. 물론 영원은 아니겠지만, 당분간이라면 가능할 것이다.

피곤했던 듯 오는 동안 잠이 들어버린 니지, 아니, 초아와 달리 레이는 제대로 잠을 이루지 못했다. 원인 모를 두려움과 날뛰는 욕망 사이에서. 결국 그는 계속 선잠을 자기보다 호수를 향해 난 커다란 창을 통해 빛이 비춰들 무렵부터 일어나, 세상모르고 잠이 들어 있는 그녀를 하염없이 바라보는 쪽을 택했다.

아무런 근심도 어려 있지 않은 순수한 모습. 이 모습을 지켜주고 싶었다. 영원히.

스스로를 향해 그런 다짐을 해보던 레이의 시야에 시트 위로 가지런히 나와 있는 그녀의 손가락이 눈에 띄었다. 그 약지에 끼워진 반지는 그의 그런 속내를 고스란히 담은 성질의 것이었다. 어제는 그녀가 놀랄까 봐 직접적인 고백을 하지 못했지만, 오늘은…….

그가 그녀의 손을 살며시 쥐어보던 찰나 파르르 떨리던 그녀의 눈꺼풀이 들려졌다. 그를 보자마자 안심하는 그녀의 눈동자를 마주하는 순간, 레이는 결심을 굳혔다. 사랑이 아니라 해도 좋았다. 자신을 통해 그녀가 안락함을 느낄 수 있다면, 당분간은 그것만으로 만족할 생각이었다.

"벌써 일어났어요?"

가벼운 미소를 띤 입매에서 막 잠에서 깬 탓인지 허스키한 목소리가 흘러나왔다. 너무도 평화로운 광경이었다. 그가 늘 꿈꾸어왔던.

"말했었잖아, 당신이 곁에 있으면 제대로 잠을 이룰 수가 없다고."

하코네에서 그들이 처음 사랑을 나눈 밤이 지나고, 다음날 새벽녘 자신이 했던 말을 되새김하고 있노라니 그날의 열띤 기억이 고스란히 떠올랐다. 그것은 그녀 역시 마찬가지인 듯했다. 점차 붉어지는 두 뺨을 시트를 들어 감추려는 초아를 레이는 제지했다. 그러자 이번엔 고개를 돌려 버리려는 그녀의 턱을 붙잡아 그는 깊숙이 키스했다. 수줍은 듯 물러나던 혀가 자신에게 반응을 보일 때까지 그는 집요한 공격을 멈추지 않았다.

"으음."

그녀의 목구멍에서 흘러나온 무성음을 그는 환영의 제스처로 받아들였다. 입술을 빨아들이던 그의 키스는 그녀의 얼굴과 목덜미, 그리고 살짝 드러난 쇄골까지 끊임없이 이어졌다. 자신이 움직일 때마다 가볍게 떠는 니지의 몸짓, 숨을 훅 들이키는 호흡. 그녀는 여전히 사랑 행위에 대해서 미숙한 모습을 보였지만, 레이는 그런 미숙함조차도 사랑스러웠다.

잠시 키스를 멈추고 그녀를 향해 지어 보이는 여유로운 미소와 달리, 좁은 간격으로 나열되어 있는 그녀의 셔츠 단추를 푸는 그의 손길은 다급했다. 끝이 없을 것같이 이어지던 그것이 완전히 벌어지는 순간, 그는 자신의 아래 드러난 그녀의 뽀얀 나신에 숨을 멈추었다. 햇살 속에서 빛나는 그것은 부서질 것처럼 새하얗게 보였다. 손을 뻗기 겁이 날 정도로…… 아름다웠다.

"레이."

그의 머뭇거림을 눈치 챈 듯 그녀가 이름을 불러왔다. 화장기 없는 하얀 얼굴에 걱정스런 기색이 서려 있었다. 그녀를 안심시켜 주려 그는 파리한 입술에 짧게 키스를 했다. 그리고 좀 더 대담하

게 아래로 움직여 브래지어 위로 봉긋하게 드러난 그녀의 가슴 언
저리를 애무했다.

그녀의 살갗은 따스했다. 그녀는 자신의 앞에 분명히 존재하는
실재였다. 안도의 한숨을 내쉬던 그는 자유롭게 솟아오르는 가슴
의 정점을 느꼈다. 그리고 쉽사리 위로 말려 올라가는 속옷. 그녀
가 후크를 푼 것이다. 사랑 행위에 대한 그녀의 적극적 동참은 그
로 하여금 희열을 느끼게 했다. 비록 그 사랑이 육체적인 것에 국
한될지라도 그녀도 자신을 사랑하고 싶다는 뜻일 테니.

마치 사랑해 달라 애원하듯 파르르 떨리고 있는 유두를 그는 거
침없이 머금었다. 그것을 핥고 쓸고 빨아들이는 동안 그의 손은
자연히 아래로 아래로 내려가 여성의 입구를 매만졌다. 비록 옷감
을 사이에 두고 있었지만, 손가락을 통해 뜨겁게 반응하는 그녀가
느껴졌다. 더 이상 머뭇거릴 이유가 없어진 그는 손으로 스커트를
젖히고 매끈한 다리를 쓸고 올라갔다. 숨을 헐떡이는 그녀의 입술
에 키스를 퍼붓는 것과 동시에 여성이 입구를 찾았다. 그는 쉽사
리 여성의 입구를 찾을 수 있었다. 그의 손가락이 속옷 위에서 천
천히 움직이기 시작했다.

"헉."

그가 문지르고 잡아당길 때마다 그녀는 젖어드는 자신을 느꼈
다. 몸속 깊은 곳에서 치밀고 올라오는 채워지지 않는 욕망은 그
녀를 미칠 지경으로 몰아갔다. 어찌할 바를 모른 채 초아는 허리
를 뒤틀며 그에게 자신의 모든 것을 내주고자 했다. 그러나 레이
는 여전히 더 이상의 진입은 시도하지 않은 채 그 자리에만 머물

고 있을 뿐이었다. 전혀 다급하지 않은 듯한 동작. 애간장이 녹아
나는 건 자신뿐인 듯했다.

"제발."

결국 그녀의 입에서 애원 섞인 흐느낌이 흘러나왔다.

"어떻게 해주길 원하지?"

그녀의 귓불을 깨물며 다가온 낮은 속삭임. 이 남자, 악마 같다
고 생각하며 초아는 입술을 깨문 채 고개를 내저었다.

"말해봐."

다시 이어진 속삭임과 더욱 리드미컬해진 그의 손가락의 움직
임에 그녀의 입술에서 자지러지는 신음 소리가 터져 나왔다. 결국
고문과도 같은 애무를 견디지 못한 그녀는 부끄러워 절대 말하지
못할 것 같았던 한 마디를 털어놓고야 말았다.

"다, 당신을…… 느끼고 싶어요."

그러자 그렇게도 애를 태우던 그가 단번에 그녀의 속옷을 끌어
내리며 손가락을 안으로 깊숙이 밀어 넣었다.

"이렇게?"

"흡."

날쌘 물고기처럼 내부에서 움직이는 그의 손가락으로 인해 정
신을 차릴 수가 없었다. 딱히 그녀의 대답을 기대하지 않았던 듯
그는 묵직한 무게를 고스란히 실어오며 전진과 후퇴를 신속하게
반복했다.

"하악. 하악."

그녀를 무겁게 눌러대던 머릿속의 생각들도 이 순간만큼은 떠

오르지 않았다. 오직 이 남자에게 조금 더 다가가고 싶다는 열망만이 온몸을 가득 채우고 있었다. 초아는 그가 던진 낚싯줄에 걸린 물고기처럼, 그가 잡아당기면 끌려가고 그가 놓으면 밀려갔다. 그리고 마침내 찾아온 환락은 레이만이 줄 수 있는 극도의 쾌감이었다.

그녀의 팔다리와 온몸에서 힘이 쭉 빠져나간다 싶은 순간, 그가 떨어져 나갔다. 섭섭함이 느껴진 것도 잠시, 그녀에게서 시선을 떼지 않은 채 침대가에 서서 레이가 옷을 벗기 시작했다. 그의 나체를 처음 보는 것도 아닌데, 햇살 아래 작은 근육 하나까지 드러나는 지금 그녀의 입술이 바짝바짝 마르기 시작했다.

잘 그을린 피부와 적당하게 잡힌 근육의 조화는 그를 아름다워 보이게 했다. 태초의 모습 그대로 그녀의 시야에 고스란히 노출된 그는 여전히 당당했다. 맨발에서부터 거꾸로 그의 모습을 훑어보던 그녀의 시선은 가운데 우뚝 솟은 남성에서 한동안 움직이지 못했다. 예전의 그녀였다면 상상도 못했을 일을, 지금 그녀는 눈 하나 깜빡하지 않고 해내고 있었다.

마침내 남성의 상징에서 시선을 뗀 초아는 잘 잡힌 가슴 근육과 그의 매끈한 턱선, 웃음 맺힌 눈매까지 차례로 응시했다. 자신을 끈끈하게 훑어보고 있는 그의 시선을 마주하는 순간 그녀의 얼굴이 화끈 달아올랐다. 너무도 대담했던 자신의 시선은 물론이거니와 카디건은 벌어져 있고 치마는 말려 올라간 방종한 차림이 새삼 의식되었던 것이다.

"감상은 끝났나?"

그의 물음에 초아는 입술을 잘근잘근 깨물며 대답하지 못했다. 희미한 웃음소리가 들리는가 싶더니 그의 무게가 다시 느껴졌다. 그 순간 느껴지는 안도감이라니. 초아는 저도 모르게 팔을 들어 남자의 목을 껴안았다. 레이의 숨결이 그녀의 어깨 위로 흩어졌다.

그녀에게서 카디건과 치마, 거의 찢어진 팬티까지 모든 옷가지가 벗겨져 나갔다. 그리고 앞으로 닥칠 일에 대한 기대감으로 숨조차 제대로 쉬지 못하고 있던 초아는 하복부를 관통하는 묵직한 느낌에 훅 하고 거친 숨을 토해냈다. 자신의 내부를 가득 채우고 들어온 남자를 그녀는 더욱 힘주어 끌어안았다. 그렇듯 철저히 가졌음에도 더 깊이, 좀 더 깊이 들어오려는 그를 그녀는 골반을 넓게 벌려 맞아주었다.

"으음."

그에게서 만족에 겨운 한숨이 흘러나왔다. 그것은 그녀 역시 마찬가지였다. 애초 하나였던 듯 그와 합일된 이 순간이 그렇게 만족스러울 수가 없었다.

잠시 동안 그렇게 그녀 안에 머물던 레이가 조금씩 움직이기 시작했다. 그러자 그녀 안에서 점점 자라기 시작한 열정이 보조를 맞추었다. 빡빡했던 그들의 교합은 시간이 지날수록, 그들의 움직임이 격렬해질수록 점점 더 부드러워졌다. 누가 먼저랄 것도 없이, 누가 더랄 것도 없이 그들에게서 쾌락에 못 이긴 신음이 터져 나왔다.

하지만 아직 세상이 비워져 버린 듯했던, 시야에 아무것도 보이지 않는 듯했던 '그 순간'은 아니었다. 레이가 자신에게 다시금 그런 극락을 안겨주기를 기원하며 초아는 조금 더 가까이 그를 느끼기 위해 엉덩이를 위로 들어올렸다. 하지만 그녀의 그런 적극적인 공세에도 불구하고 레이는 갑자기 몸을 굴려 체위를 바꾸었다. 자신이 남자의 위로 올라간 생경한 자세에 초아는 굳어버리고 말았다. 자신의 아래에서 벌거벗은 채 장난꾸러기처럼 웃고 있는 남자와 그의 허리에 역시 벌거벗고 다리를 벌린 채 앉은 자신이 의식되어 그녀의 몸이 움츠러들었다.

"움직여 봐."

그들은 여전히 하나로 연결되어 있었다. 그리고 아직 그토록 바랐던 최고의 쾌락은 찾아오지 않았다. 이 자세에서는 그의 말대로 자신이 움직여야 함을 알 수 있었지만, 그녀로선 쉽지 않은 일이었다. 그러자 더는 참지 못하겠던 듯 한참을 망설이는 그녀의 엉덩이를 붙잡고 레이가 위아래로 흔들어주었다. 차츰 내부에서 자라기 시작하는 뜨거운 불길. 그녀는 저도 모르는 사이 그의 위에서 점차 세게, 빠르게 움직이고 있었다. 레이의 손은 이제 그녀의 가슴을 움켜쥐고 있었지만 그것조차 깨닫지 못하고서 그녀는 무아지경으로 내달렸다.

하지만 자신 혼자만으로는 한계가 있었다. 아직은 그다지 만족스럽지 않았다. 그런 그녀의 심정을 알아차린 듯 레이가 몸을 일으켰다. 그의 목을 껴안자 조금 더 가까워진 기분이었다. 그녀의 등을 껴안은 채 그가 움직이는 것이 느껴졌다. 그녀 역시 본능적으로 엉덩이를 들었다 놓았다를 반복하며 그와 보조를 맞추었다.

맞닿아 부딪치는 상체를 통해 그의 열정이 전해지는 듯했다. 맞닿은 남성과 여성 사이에서 스멀스멀 피어오르기 시작한 열기가 그들을 휘감아 돌았다.

"하아. 하아. 아아."

이윽고 그녀의 내부를 꿰뚫는 쾌감이 찾아들었다. 그것을 남김없이 느끼고자 그의 어깨를 안은 그녀의 손가락에 잔뜩 힘을 주었다. 절정이었다. 세상에 없을 것 같은 미칠 듯한 쾌락. 발가락 끝까지 희열이 전해지는가 싶더니, 그녀의 몸에서 쭈욱 기운이 빠져나갔다. 곧이어 그 역시 극락에 도달하는 듯했고, 그녀는 그가 예전처럼 몸을 빼낼 거라 생각했다. 하지만 뜻밖에도 자신의 내부를 적시는 따스한 느낌에 초아는 굳어지고 말았다.

그가 몸을 떨며 서서히 속력을 줄였다. 그러고도 여전히 그녀를 안은 팔을 레이는 풀지 않았다. 그들은 그렇게 서로에게서 떨어지지 않은 채 한참 동안 앉아 있었다. 기운이 소진된 그녀는 그의 어깨에 가만히 머리를 기대었고, 그는 그런 그녀의 등을 하염없이 쓸어주었다.

"레이."

초아는 그의 어깨에 기댄 채 말을 꺼냈다.

왜 끝까지 자신의 안에 머물렀냐고, 혹시라도 일어날 일에 대해 생각해 본 적 있냐고 물으려 했다. 그러나 그녀의 입술을 쓰다듬듯 그가 키스해 오는 바람에 여의치가 않았다. 언제나처럼 그 순간은 머릿속이 비워져 버리고 마니까.

잠시 후 입술을 떼어낸 레이는 그녀의 손가락에 끼워진 반지를 매만지다가 고개를 들어 시선을 마주했다. 그의 눈빛은 그 여느 때보다 진지했고, 이윽고 그에게서 흘러나온 말은 그녀의 온몸을 뒤흔들어 놓을 정도로 충격적이었다.

"나와 결혼해 주겠어?"

맞닿은 맨살을 통해 뛰는 심장이 느껴졌다. 그것이 그의 것인지, 자신의 것인지는 알 수 없지만.

"항상 곁에서, 당신의 무지개가 되어줄게."

보통의 남자들이 여간해서는 하기 힘든 말을 이 남자는 눈썹 하나 까딱하지 않고 내뱉는다. 전혀 쑥스러움없이.

떨리는 마음을 추스르며 초아는 애써 태연히 물었다.

"여전히 거절의 답변은 용납되지 않는 건가요?"

"아니, 강제로 결혼하는 건 나 역시 원하지 않아. 다만…… 성급하게 결정은 하지 않았으면 해."

너무도 원초적인 자세로 그의 청혼을 받는 지금, 설렘이 이는 건 어쩔 수 없다. 그는 그녀에게 진정 무지개가 되어줄 수 있을 만한 남자였다. 그러나 어제 재원과의 만남, 그리고 미노루와의 약속, 여전히 남아 있는 과거의 편린들은 그녀의 입을 무겁게 했다. 'YES' 라고도, 'NO' 라고도 말할 수 없었다.

그런 그녀의 맨어깨를 레이가 감싸주었다. 그의 품은 언제나처럼 넓고 든든했다.

"처음부터 그랬던 것처럼 기다릴게. 기다리는 게 어려운 일은 아니지."

그의 한숨이 그녀의 목덜미를 스쳤다.

이 남자는 도대체 언제까지 그녀를 미안하고, 면목없게 만들 것인지.

초아는 눈을 감았다. 이렇게 안겨서는 그가 지금 자신의 눈동자를 볼 수 없다는 걸 알면서도 혹시라도 그 속에 깃든 행복하면서도 두려운, 혼란스러운 감정을 들킬까 봐 눈꺼풀로 그것을 감추었다.

일어나자마자 '니지 선생님' 부터 찾는 류타에게 미노루는 차마 사실대로 털어놓지 못했다. 말도 없이 그녀가 떠난 걸 알면, 다름 아닌 자신이 그녀를 내쫓은 걸 알면…… 또 아들이 얼마나 충격을 받을지, 또 얼마나 자신을 미워하게 될지 두려웠기에.

"선생님, 잠깐 집에 가셨어."

"……언제 오는데요?"

조심스레 질문을 던지는 류타에게로 미노루는 무릎을 굽히고 앉아 시선을 맞추었다. 언제쯤 아들의 눈빛에서 자신을 향한 경계심이 사라질는지. 작은 어깨를 감싸자 흠칫 놀라는 기색이 고스란히 느껴져 서글펐다.

"류가 한국말 공부 열심히 하고 있으면 곧 오신댔어."

부질없는 거짓말이었다. 그러나 그 거짓말로 아이의 얼굴에 서리는 안도의 기색을 보니 그 역시 한시름을 놓을 수 있었다.

얼마나 니지를 보고 싶었으면, 아침밥을 먹자마자 공부를 하겠다며 자신의 방으로 들어가 버리는 류타였다. 그 모습을 안타까이 바라보며 미노루는 잠시 그녀를 내쫓은 자신의 행동을 후회했다.

하지만 그것은 잠시일 뿐이었다. 레이를 생각하면, 그녀가 떠나는 것이 올바른 길인 것을.

소파에 앉아 혼란한 머리를 식히고 있던 미노루는 울리는 전화벨 소리에 탁자로 상체를 기울였다. 그는 낯선 번호를 잠시 바라보다 수화기를 들었다.

[유리예요.]

여자의 목소리에 그의 표정이 굳어졌다.

[레이와 얘길 해봤나요?]

잔뜩 기대감을 품은 어조는 마치 자신과 그녀가 어떤 대사를 모의라도 했다는 듯 들려 기분이 별로였다.

"못했어요."

[네? 왜요!]

그의 무뚝뚝한 대답이 전혀 예상 밖이었던 듯 되묻는 여자의 목소리 톤이 날카롭게 올라갔다. 미노루의 미간이 절로 일그러졌다.

[진정 레이를 생각한다면…….]

"아마 했을 겁니다."

마치 훈계를 하듯 이어지려는 유리의 말을 끊어내며 그가 내뱉은 한마디에 잠시 수화기 저편에 침묵이 감돌았다. 그리고 이어진 목소리는 좀 전보다 가라앉아 있었지만 여전히 히스테릭한 느낌을 풍겼다.

[그게 무슨 말이죠?]

"그녀가…… 직접 한다고 했어요."

[뭐, 뭐라구요? 단둘이 얘길 하게 됐단 말이에요?]

경악을 금치 못하는 물음에 미노루는 더 이상 대꾸하지 않았다. 그러자 또다시 다급하게 그녀는 말을 이었다.

[그래서 두 사람, 지금 어디 있죠? 아니. 레이는 출근했나요?]

"직접 알아보는 게 빠를 것 같군요."

그의 대답이 떨어지기가 무섭게, 인사도 없이 전화가 끊겼다. 현실적으로 레이의 짝은 유리가 되는 것이 맞는데, 안하무인인 이 여자는 니지보다 더 반갑지 않다. 아니, 성정만 놓고 봤을 때는 니지가 훨씬…… 더 이어지려던 그의 생각은 문을 열고 나온 류타로 인해 끊겼다.

작은 손에 들린 건 한국어 교재였다. 잠시 망설이는 듯했던 아이는 그것을 쭈뼛쭈뼛 그에게 내밀었다.

"읽어줘요. 모르겠어."

혜원과의 짧은 결혼 생활 동안 한국어를 조금씩 귀동냥으로 듣긴 했지만, 그 역시 쓰는 것과 읽는 것엔 젬병이었다. 난색을 감추지 못하는 그를 보며, 마치 울 것 같은 표정을 짓는 류타였다. 그 순간, 미노루는 진정 니지가 그리워졌다. 그녀가 어떤 과거를 가지고 있던, 레이에게 어떤 악영향을 끼치던 간에 류타에게 좋은 선생님이었음은 부정할 수 없는 사실이었다.

미노루와의 통화가 끝나자마자, 곧 연습 시간이었음에도 유리는 극장을 박차고 나와 차에 올랐다. 그토록 알아듣게 애길 했건만, 물러터지게 행동한 레이의 배다른 형을 향해 욕설을 중얼거리며 그녀는 오다이바로 향했다. 키쿠치 미노루의 말대로 자신이 직접 나설 생각이었다.

한창 리모델링이 진행 중이라 고요한 '조이타운'의 주차장에 차를 밀어 넣은 그녀는 엘리베이터를 타고 일층에 내렸다. 거침없이 로비를 지나 입구로 들어간 그녀는 부산스럽게 움직이고 있는 사람들 틈을 혹시나 하는 심정으로 둘러보았다. 그러던 와중 그녀와 시선이 마주친 남자는 재원이었다. 반색을 하며 유리는 그를 향해 다가갔다.

"혹시 레이 못 봤어요?"

"아직 안 나오셨습니다."

실망감으로 입술을 깨물고 돌아서려던 그녀를 뒤에서 남자가 불렀다. 그제야 유리는 오늘따라 더욱 초췌해 보이는 재원의 행색을 발견했다. 빛을 잃은 눈동자로 그가 한 말에 그녀의 온 신경이 파르르 떨렸다.

"어제, 키쿠치 사장이 초아를 여기 데려왔었어요."

"그, 그걸 왜 이제 얘기해요!"

"약혼녀…… 라고 소개하더군요."

'약혼녀'라는 한 단어에 머릿속 사고 회로들이 완전 뒤엉켜 버렸다. 그녀는 사람들의 이목을 끌든 말든 잔뜩 날이 선 목소리로 소리쳤다.

"약혼녀? 하! 약혼녀라구요? 그들 사이, 뭔가 어색해 보이거나 그런 것도 없었구요?"

"네, 전혀요."

남자의 서글픈 대답은 그녀의 회를 더욱 부채질했다.

설마, 그년이 사실대로 털어놓지 않은 걸까. 아님 모든 얘길 듣고도 그는 개의치 않는 걸까. 후자의 경우는 생각만 해도 싫었다. 도대체 그 여자가 뭐라고, 모든 게 다 용납된단 말인가. 도대체 무엇이 그리 잘나서!

"아아악!"

제 분을 이기지 못해 비명을 내지르며 돌아서던 그녀의 시야에 훤칠한 남자의 실루엣이 들어왔다. 키쿠치 레이. 화가 나 미칠 것 같은 심정과는 별개로, 유리는 넓은 어깨와 탄탄한 가슴을 감싼 푸른빛 셔츠가 그의 거무스름한 얼굴색과 멋있게 어울린다는 생각을 했다. 게다가 무슨 생각을 하는 것인지 한쪽 입가를 기울인 채 웃고 있는 모습이란.

그 미소가 자신을 향한 것이었으면 좋겠다, 유리는 생각을 해보았다. 그러나 그것은 정말이지 상상일 뿐이었다. 그녀를 보자마자 그의 얼굴에서 사라지는 웃음기에 절망감과 수치심으로 유리의 입술이 앙다물어졌다. 이십칠 년 인생 동안 자신에게 이런 열등한 감정을 느끼게 한 이는 키쿠치 레이가 유일했다. 하찮게만 여겼던 사생아 따위가 그녀에게 이런 감정을 맛보게 하다니! 그래서 더욱 그를 놓아줄 수 없다. 그를 철저하게 소유해서, 이 진흙탕에 빠진 것 같은 찜찜한 기분 따위 털어내고 말리라.

"출근이 늦네요."

속내에서 이는 격랑을 숨긴 채 그녀는 명랑하게 말을 건넸다. 방금 전과는 딴판인 유리의 모습에 재원을 포함해 지금껏 그녀를 지켜보던 이들은 아연실색할 수밖에 없었다.

“그러는 당신은? 요즘 무척이나 한가한가 보군.”

“바쁘지만, 당신에게 해줄 말이 있어서요.”

제대로 바라보지도 않고 말을 하는 남자의 시선을 온전히 자신에게로 돌려놓고 싶었다.

“당신의 그녀가 누군지…….”

‘혹시 아냐’ 고 물으려 했다. 그러나 그녀의 말을 끊고 나온 단호한 대답이란.

“알아.”

“알아요?”

그의 시선은 여전히 그녀를 향하고 있지 않았다. 그저 리모델링에 한창인 직원들의 움직임을 바라보고 서 있을 뿐이었다. 그 흔들림없는 모습에 더욱 부아가 치밀었다. 유리는 어금니를 악문 채좀 더 자세히 물었다.

“그녀에게 약혼자가 있다는 걸 안다구요?”

“겨우 그걸 말해주러 여기까지 왔나?”

그에게 뺨이라도 맞은 듯 얼떨떨한 기분이었다. 어떻게 저렇게 태연자약할 수 있는 것인지. 게다가 여전히 자신이 투명인간이라도 되는 양 외면하고 있는 그의 태도는 유리를 극한으로 몰아갔다.

“그럼 그것도 알겠네요?”

먼저 그녀를 도발한 건 그였다. 유리는 입가를 기울여 웃으며 자신이 그때껏 가로막고 서 있던 한국 남자에게서 비켜섰다. 그녀의 몰리섬에 내내 민 곳을 향해 있던 레이의 시신이 곧장 재원을 향했다. 그러나 재원은 오로지 그녀만을 불안하게 바라보고 있을 뿐이었다. 그 시선을 무시하며 유리는 레이를 향해 비꼬듯 말을 이었다.

"그녀의 약혼자가 누구인지."

그 한 마디에 드디어 절대 돌려지지 않을 것 같던 레이의 시선이 그녀에게로 쏠렸다. 그의 눈동자에 어린 형형한 빛은 깨달음을 담고 있었다.

"당신이 어떻게 그 모든 걸 다 알고 있는 거지? 혹시…… 형에게 애길 한 것도 당신인가?"

"그래요, 내가 그랬어요. 우연히도 그녀의 약혼자를 만났거든요. 바로 여기서."

불쾌감을 가득 머금은 채 비틀어지던 그의 입술이 일순 굳었다. 그녀가 레이를 향해 과장적으로 재원을 소개했을 땐 더 더욱.

"여기, 심재원 씨. 그녀의 팔 년 연인이었죠."

놀란 기색이 드러난 건 잠시였다. 레이는 입술을 꾹 다문 채 아무 감정이 투영되지 않는 유리구슬 같은 눈빛으로 남자를 바라볼 뿐이었다. 비웃음으로 유리의 입매가 일그러졌다.

"훗, 당신 반응을 보아하니 몰랐던 모양이네요? 그 여자 참 재미있었겠어요? 현재 애인을 눈뜬장님으로 만들고……."

"닥쳐."

그의 입에서 나온 거친 한마디는 그녀를 단번에 무너뜨렸다. 근근이 영위되고 있던 자존심의 성벽이 무너지며 유리의 온몸이 부르르 떨렸다. 그러나 그런 그녀 따윈 아랑곳없는 듯 레이는 사냥

감을 포착한 맹수처럼 유유히 재원을 향해 다가서고 있을 뿐이었
다.

　유리의 말을 믿을 수 없어, 심재원 그를 똑바로 응시했다. 그가
'아니' 라고 변명이라도 해주길 바랐는데, 남자는 그의 시선을 회
피하며 묵묵히 섰을 뿐이다. 순간 온몸을 감싸고도는 화기는 서른
해를 넘도록 살면서 한 번도 경험해 보지 못한 성질의 것이었다.
남자를 향해 다가설 때까지 참는 것만으로도 이성의 한계가 느껴
질 만큼.
　"제, 제가 넘어지려는 걸 붙잡아주신 거예요."
　어제, 재원과 그녀 사이의 묘한 기류는 그저 그의 망상이 아니
었던 것이다. 자신의 시선을 피하며 그녀가 했던 말이 떠올라 레
이의 주먹에 잔뜩 힘이 주어졌다. 자신을 기만한 초아에 대한 섭
섭함도 섭섭함이었지만, 눈앞의 재원의 존재는 분노 그 자체였다.
　그의 의식 속에서 선명하게 형상화된 그녀의 과거. 그 주인공이
바로 눈앞에 있는 것이다. 이야기를 듣던 동안 그가 느꼈던 증오
가 단번에 폭발해 버렸다. 상대가 미처 피할 겨를도 없이 순식간
에 뻗어진 그의 오른팔이 재원의 왼쪽 턱을 강타했다.
　딱.
　"아악!"
　마치 뼈가 부서지는 것 같은 소리에 이어 나동그라진 재원이 턱
을 부여잡고 비명을 내질러댔다. 덕분에 그 소리를 듣고 달려온
'가시' 의 직원들이 자신들의 실장을 부축하며 에워쌌다. 그를 항

해 한국말로 뭐라고 소리를 쳐대는 그들이었지만 레이는 물러서지 않았다. 그는 되레 재원의 양팔을 붙들고 있는 남자들을 밀어내며, 상대의 멱살을 잡고 들어올렸다. 팔을 잡으며 만류하는 사람들에 아랑곳없이 레이는 잇새로 숨죽인 물음을 내뱉었다.

"당신 얼굴은 도대체 얼마나 뻔뻔한 건가? 어떻게 다시 그녀를 볼 생각을 하지?"

"이, 이거 놔. 당신한테 이렇게 추궁당할 이유 없어."

일그러진 얼굴로 그의 손목을 붙잡으며 빠져나가려는 재원을 레이는 가까운 벽으로 밀어붙였다.

"이유? 굳이 그런 게 필요하다면 말해주지."

그의 속삭임과도 같은 어조에 재원의 미간이 좁혀졌다. 이제 두 사람 사이에는 어느 누구도 끼어들지 못하고 있었다. 침을 삼키는 소리까지 다 들릴 정도의 고요함을 뚫고 레이가 단호하게 선언했다.

"내 여자 곁에 너 같은 놈이 얼쩡거리는 건 용납 못해."

"내, 내 여자? 설마 결혼이라도 하겠단 말인가?"

"그래."

그의 대답에 뒤에서 숨을 훅 들이키는 소리가 들렸지만, 재원도 레이도 신경 쓰지 않았다. 아니, 못했다. 상대에게 몰입한 나머지.

"그게 가능하다고 생각하는 거요?"

믿기지 않는 듯 자신을 바라보던 남자가 물은 말에 레이는 더욱 멱살을 단단히 틀어쥐었다.

"불가능할 이윤 없어. 만약 불가능하다고 생각한다면, 그건 네

기준에서겠지. 조건을 찾아 그녀를 버린.”

“젠장…… 그럼, 당신은 당신을 둘러싼 그 모든 조건들이 중요
치 않단 말이요?”

“그 여자를 아프게 하면서까지 지키고 싶진 않아.”

“보기와 달리 상당히 감성적이시네.”

재원의 배배 꼬인 한마디가 다시 그의 이성을 마비시켰다. 솟구
친 분노의 힘으로 그는 상대를 들어 그대로 바닥으로 내동댕이쳐
버렸다. 널브러진 채 몸을 뒤틀어대는 재원을 레이는 차가운 눈빛
으로 지켜보았다. 상대가 원망의 시선으로 자신을 올려다보는 순
간 그는 애써 침착하게 외마디 명령을 내렸다.

“나가.”

그대로 흡사 석상처럼 굳어버린 남자는, 그의 인내심을 시험하
고 있는 듯했다. 입구를 향해 팔을 뻗으며 다시 한 번 같은 명령을
좀 더 격하게 반복하는 레이의 기세는 성난 사자와도 같았다.

“여기서 당장 꺼지란 말이야!”

그에 그를 노려보면서도 비척비척 일어난 재원은 한참을 서 있
다 쌩 하고 몸을 돌려 걸어나가 버렸다. 그의 뒤를 같은 사무실 직
원들이 뒤쫓고 있었다. 그 공간에 남은 이는 이제 그와 유리뿐이
었다.

“결혼을 해? 하! 당신 정말 미쳤군요?”

그녀의 말도, 그녀의 눈에 드러난 감정도 관여하고 싶지 않았
다. 그는 그저 재원의 지시하에 시행된 리모델링의 흔적들을 노려
보고 있을 뿐이었다. 그러자 스스로의 분을 못 이긴 채 고함을 질

러대던 유리는 잠시 씩씩거리다 다행히 사라져 주었다. 그건 그녀의 구두굽 소리가 멀어져 가는 것으로 알 수 있었다.

혼자 남은 레이의 머릿속은 복잡했다.

재원에 대해 풀리지 않은 분을 해소할 방법은 얼마든지 있었다. 다분히 감정적인 대처이긴 해도, 그를 이 바닥에서 발도 못 붙이게 만들어 버린다든지 하는 방법이 있었다. 그러나 그것보다 지금 더 그의 마음을 붙잡고 있는 것은, 자신에게 재원의 존재를 털어놓지 않은 그녀였다. 그러지 않으려고 해도 섭섭함이 밀려드는 건 어쩔 수 없었다.

점점 못나게 굴려는 자신을 책망하며, 레이는 보다 근본적 해결을 위해 그곳을 걸어나갔다. 이런 마음속의 혼란에 대한 답을 줄 수 있는 단 한 사람, 그녀에게로.

난따이산을 배경으로 한 쭈젠지 호수 주변을 거닐며 초아는 일본에서도 소문난 절경인 그것의 풍경을 감상하려 하였으나, 불쑥불쑥 튀어나오는 생각들은 그조차 여의치 않게 했다.

전혀 예기치 못한 장소에서 재원과의 재회가 남긴 충격에서 벗어나기도 전에 건네어진 레이의 청혼. 레이는 기다리겠다고 했지만 그녀는 그의 손을 덥석 붙잡을 수가 없었다. 삶의 밑바닥까지 추락해 보았지만, 아직 그렇게까지 뻔뻔해질 수는 없었다. 그럼에도 미노루의 부탁대로 떠나려 했던 결심이, 레이의 사랑 앞에 점차 희석되는 건 도대체 어찌해야 좋을지.

"휴우."

절로 그녀의 입술 사이에서 시름 섞인 한숨이 새어나왔다.

"무슨 걱정이 있나?"

갑작스레 들려온 물음은 지나친 걱정으로 인한 환청인가 했다. 뒤를 돌아보았을 때 보이는 익숙한 얼굴 역시 환영인가 했다. 하지만 아무리 눈을 깜빡여 보아도 그의 모습은 사라지지 않았고, 가까이 다가온 숨결은 따스하기까지 했다. 그제야 그의 존재를 실감하는 그녀였다.

"레이? 출근하지 않았어요?"

대답없이 그녀를 왠지 슬픈 눈빛으로 내려다보던 그에게서 뜬금없는 물음이 흘러나왔다.

"당신, 어느 정도 날 믿나?"

"그게 무슨."

"힘들었을 거라는 거 알지만…… 어젯밤, 말했다면 좋았을 거야."

그제야 번뜩 드는 깨달음으로 그녀의 두 손에 힘이 들어갔다. 그가 안 것이다. 재원의 존재에 대해.

설마, 재원이 얘길 한 것일까. 아니, 그는 그렇게 결단력있는 사람이 아니다. 아니, 어제 했던 말로 미루어 어쩌면 했을 수도 있다. 그녀의 입술이 파르르 떨렸다. 미안함과 두려움으로 차마 레이의 얼굴을 똑바로 바라볼 수 없었다.

"미, 미안해요."

"그 말밖엔 할 말이 없나? 왜 그랬는지, 날 납득시킬 이유라도 대야 하는 거 아닌가?"

그가 화를 내고 있었다. 레인보우 브릿지에서 처음 만난 그날처럼.

"젠장, 내려오라는 말 안 들려?"

바람 소리에 섞인 예전 그의 음성이 귓전을 메아리치는 가운데, 헛웃음이 그 사이를 비집고 들어와 그녀의 의식을 일깨웠다.

"난! 난 말이지. 견딜 수가 없었어, 그 자식 앞에서 웃고, 깍듯하게 예를 차려준 게. 당신이 아파하는 동안 바보처럼 아무것도 모른 채…… 그리고 당신에게도 화가 났어. 왜 날 믿고 얘기해 주지 않은 건지. 그런데 당신은 결국 미안하다는 그 말뿐이군. 내 이런 마음 따위 모두 부질없게 만드는."

"레이."

"왜 그랬냔 말이야!"

와락 그녀의 어깨를 붙잡는 그에게서 노기 어린 고성이 터져 나왔다. 초아는 그에 의해 이리저리 흔들리며, 그가 아파하는 모습을 바라보기만 했다. 뭐라고 얘길 해야 좋을지 알 수가 없었다. 그런 그녀를 노려보는 눈빛은 평소의 레이답지 않게 찰랑이고 있었다.

"설마, 아직도 그에게 미련이 남은 건가? 그래? 돌아갈 생각이라도 하고 있는 거야?"

가슴이 아렸다. 그의 말에 상처를 입어서가 아니라, 그토록 강건한 사람이 이런 말을 내뱉기까지 얼마나 괴로웠을지를 헤아리니 그를 향한 미안함 때문이었다.

그녀의 대답없음을 그렇다는 긍정의 뜻으로 받아들인 걸까. 비틀거리는 걸음으로, 입가에 바람 빠진 웃음을 머금은 채로 그가 뒷걸음을 쳤다.

"아니, 차라리 대답하지 마. 됐어."

피하는 건 레이답지 않다. 그는 멋대로 오해하고 있었다. 그게 아닌데.

안타까운 마음에 그에게로 그녀가 한 발 내디디기 전에, 레이가 먼저 몸을 돌렸다. 저벅저벅. 그의 구두가 자갈을 밟는 소리가 그녀의 가슴을 저미는 듯했다.

자신에게서 등을 돌린 그는, 저렇듯 단호하게 멀어지는 그는 처음이었다. 그것이 초아를 진정 두렵게 했다. 세상에 정말 혼자 남겨진 기분이었다. 그녀는 저도 모르게 몸을 움직였다. 점점 더 빨라진 걸음으로 그녀는 레이를 따라잡았다. 그리고 더 생각할 겨를도 없이 그의 앞을 몸으로 막아섰다.

자신을 낯선 이 보듯 바라보는 그의 앞에서 초아는 숨을 고른 후 용기를 냈다. 더듬거리나마 고백을 해나갔다.

"말을…… 말을 할 수가 없었어요. 당신이…… 당신이 아픈 게 싫어서. 나……."

눈시울이 뜨거워져 말을 잇기 힘들었다. 그러나 그녀를 바라보는 그의 눈빛은 여전히 차가웠다. 그것에 더욱 자극을 받은 초아는 용기를 내어 한숨과 더불어 다시 말을 했다.

"그런 사람 때문에 당신이 신경 쓰는 것도, 괜히 기분 나빠지는

것도 싫었어요. 당신에게 늘 받기만 했는데, 나는 아무것도 준 것
이 없는데…… 그 순간, 그의 존재를 모른 척 덮어두는 것이 내가
당신을 위해 해줄 수 있는 최선이라고 여겼어요. 그것이 당신의
마음을 상하게 했다면, 정말…… 정말 미안해요.”

지금까지 한 말은 가슴에서 맴돌기만 하던, 진심이었다. 그녀의
절절함이 그에게까지 닿았던 모양이다. 갑작스레 어깨가 으스러
질 듯 껴안는 레이로 인해 계속 말을 할 수 없었으니. 발끝으로 선
불편한 자세임에도, 초아는 그의 품에서 눈을 감았다. 그러자 뺨
을 흘러내리는 눈물. 스며드는 안도감. 그녀의 손이 가만히 그의
등을 감쌌다.

“울지 마.”

여느 때의 레이로 돌아온 듯 평온한 목소리였다. 가만히 고개를
끄덕인 초아는 울며 웃었다.

고마워요. 그녀의 입술이 그렇게 소리없이 움직였다.

쭈젠지 호숫가에서 그들은 한 덩이가 된 듯 한참을 서 있었다.
육체만큼이나 마음의 거리도 좁혀진 듯했다. 그렇게 서로가 서로
의 마음을 헤아려 보느라 그들은 누군가의 지켜보는 눈이 있다는
것을 알아채지 못했다.

호수에서 조금 떨어진 곳, 붉은 승용차의 운전석에 앉은 여자의
손이 핸들 위에서 파르르 떨리고 있었다.

‘조이타운’ 의 주차장에서 앞으로의 방도를 찾느라 한동안 움직
이지 못하고 있던 그녀의 시야에 마침 레이의 자동차가 빠져나가

는 것이 보였고, 지체없이 그의 뒤를 따라 여기까지 왔다. 그와 그의 여자가 은둔한 장소를 알아냈다는 데서 오는 만족감에 취해 유리는 작은 기대감까지 품어보았었다. 그가 자신을 기만한 여자에게 실망을 하고 떠나지 않을까.

처음엔 그녀의 예상 시나리오대로 되는 듯했다. 레이가 저 하찮은 여자에게서 돌아설 때까지만 해도. 그런데 그를 막아서는 여자와 그녀의 말 몇 마디에 금방 풀어져 버리는 남자라니.

유리는 이제 포옹을 풀고 서로를 다정하게 바라보고 있는 연인을 노려보며 이를 악물었다. 싸구려 같은 저런 여자에게 이렇게 호락호락하게 그를 보내줄 수 없었다. 하지만 오늘 '조이타운'에서 그의 언행은 너무도 확고부동해서 도저히 그녀의 힘으로는 어찌해 볼 수 없을 것 같았다. 그렇다면, 방법은 하나뿐이다.

키쿠치가 안 되면, 키쿠치 가문을 움직이는 수밖에.

그렇게 생각을 정리한 유리는 손을 맞잡은 채 어디론가 향하는 그들을 한참 동안 노려보다 차에 시동을 걸었다. 천천히 그 뒤를 따르던 그녀는 그들이 호수가 정면으로 보이는 순백색의 목조 건물로 들어가는 것을 보고서야 브레이크를 밟았다.

〈호수펜션.〉

나무로 만들어진 간판을 읽는 그녀의 눈빛이 번뜩였다. 지금 저들이 찾아 들어간 보금자리는 그야말로 '임시'가 될 것이다. 자신에게 이렇듯 아픔을 안겨주고서 영원한 행복을 찾을 순 없을 것이다.

주술처럼 중얼거려 보던 그녀는 건물을 노려보며 급하게 후진을 했다. 그리고 왔던 길을 달려나가는 유리의 눈빛은 룸미러를 향해 있었다. 그 속에서 펜션이 점차 작아져 보이지 않을 때까지 그녀는 목표물에서 시선을 떼지 않았다.

JG그룹의 수장인 키쿠치 회장은 자신과 반평생을 함께해 온, 저택의 정원을 내다보고 앉아 있었다. 서재 앞 툇마루에서 바라보는 그것은 잘 정돈된 하나의 우주였다. 담을 둘러싼 꽃과 나무들, 인공적으로 판 연못, 흙과 돌로 쌓아 만든 작은 산.

남들의 눈엔 자신의 삶도 저 정원처럼 한 치의 오차도 없이 조경된 듯 보일 것이라 생각하니 씁쓸해졌다. 그가 늘 편치 않은 마음으로, 불안해하며 살아왔다는 걸 아는 이는 다이키뿐이었다.

"레이가 요즘 빠져 있는 그 계집이 한국인이라는 거 알고 계시나요?"

얼마 전 아내 요시코가 했던 말이 연신 떠올라 그를 괴롭혀댔다. 삼십여 년 전과 같은 상황에서 자신이 어떤 선택을 해야 좋을지 선뜻 결정할 수가 없었다. 깊은 한숨을 내쉰 후, 이치로는 자신의 뒤에 소리없이 서 있던 비서를 불렀다.

"다이키."

"네, 회장님."

곧장 대답이 들려왔다. 그와 동시에 이치로는 자리에서 일어나 연못 주위로 난 길을 천천히 거닐기 시작했다. 소리는 없었지만, 다이키 역시 자신의 뒤를 따르고 있으리라. 복잡한 속내를 털어내

보이는 일은 쉽지 않았으나, 삼십여 년 전의 비밀을 알고 있는 이
는 다이키가 유일했기에 그나마 키쿠치 회장의 굳게 닫힌 입술이
열렸다.

"내가 어찌해야 좋겠느냐."

다이키는 반평생을 넘게 모신 회장의 한마디에 놀라 고개를 들
었다. 언제나 스스로 결정하고 행동해 오던 회장이 자신의 의견을
구하고 있다니. 나이가 들면 마음이 약해진다는 그 말이 맞는 모
양이다. 그럼에도 회장의 어깨에서 느껴지는 애잔한 분위기에 다
이키는 쉽사리 입을 뗄 수가 없었다.

잠시간의 침묵 후 다시 상관의 말이 이어졌다.

"지난 세월, 형님을 꼭 빼닮은 그 아이에게 난 부러 더 엄격하게
굴었다. 그만큼 그 아이가 바르게, 강하게 성장하길 바랐어. 차후
원래의 자리를 찾았을 때 누구에게도 부끄럽지 않은 모습으로 설
수 있도록. 그것만이 죽은 형님을 대신해 내가 할 수 있는 유일한
일이라 생각했다."

"회장님께서는…… 최선을 다하셨습니다. 그건 제가 알고, 돌
아가신 겐타로 님도 아실 겁니다."

죽은 겐타로에게 갚지 못한 마음의 빚을 지고 살아온 이치로였
다. 그것을 누구보다 곁에서 오래도록 지켜본 다이키는 안타까웠
다. 언제쯤 상관이 저 지독한 과거의 속박에서 벗어날 수 있을지.

그의 위로에도 고개를 내저은 이치로에게서 비탄 어린 음성이
흘러나왔다.

"나는 솔직히 두렵구나 레이가 제 아버지의 전철을 똑같이 밟

아가는 것 같아서. 제 아버지에게 그랬듯, 내가 그 아이마저 막아
선다면…… 똑같은 비극이 도래하지나 않을지 두렵구나.”

“겐타로 님의 죽음은 회장님의 탓이 아닙니다.”

“내가 형님을 죽음으로 내몬 것이나 다름없다. 형님이 그토록
사랑했던 여인까지.”

뒷짐을 진 채 하늘을 올려다보며 한탄을 하듯 말을 하는 키쿠치
회장에게로 다이키는 좀 더 가까이 다가섰다. 안타까운 마음 금할
길 없어.

“저는 회장님이 지금이라도 마음의 짐을 모두 털어버리셨으면
합니다. 레이 님이 겐타로 님의 아드님임이 밝혀진다고 해서, 그
분에게 해를 끼칠 사람은 더 이상 없지 않습니까. 명예회장님 내
외분도 모두 돌아가신 마당에.”

“네 말대로 그렇게 쉬웠으면 좋겠는데.”

“그렇게 어려운 일도 아닙니다.”

그의 단호한 대꾸에 이치로의 고개가 돌려졌다. 다이키는 수년
간 처음으로 상관의 시선을 똑바로 마주 보았다. 그건 불복종이
아닌 자신의 생각에 대한 확신으로 인한 행동이었다.

키쿠치 회장의 저택으로 들어선 유리를 맞은 이는 요시코였다.
형식적으로 안부를 묻고 차를 한 모금이나마 마신 후, 그녀는 거
침없이 용건을 털어놓았다. 더 이상 시간을 끄는 건 무모한 짓이
었다.

“회장님은 어디 계신가요? 뵙고 드릴 말씀이 있는데.”

"아마 정원에 나가 계실 거야. 산책 중에 방해하는 걸 싫어하시는데. 먼저 나하고 얘길 하지."

"아뇨. 두 분 함께 들으셔야 할 얘기예요."

그녀의 고집에 느긋하게 차를 들이키던 요시코가 잔을 내려놓았다. 나이에 비해 희고 반듯한 이마가 살짝 찌푸려진 것을 발견하고 유리는 서둘러 말을 덧붙였다.

"레이의 문제를 상의 드리고 싶어서 그래요."

"중요한 일인가 보군? 알았어. 그럼 회장님이 계신 곳으로 우선 함께 나가보도록 해."

기모노를 입은 채 총총걸음으로 앞서 나가는 요시코를 따라 유리는 저택의 마당으로 나갔다. 집을 둘러싼 형태의 그것은 조경이 굉장히 아름답게 잘되어 있었다. 전통 일본식 저택의 뒤로 한참 돌아 들어간 그녀들은, 수행 비서를 거느린 채 연못가를 거닐고 있는 회장을 쉽사리 발견할 수 있었다.

우뚝 멈춰 선 요시코와 달리 유리는 얼른 그에게로 다가가려 했다. 하지만 그런 그녀를 요시코가 제지했다. 짜증스러움이 확 밀려와 '왜 그러느냐'고 물으려다 회장을 바라보는 요시코의 표정이 어찌나 심각한지, 유리는 그저 조용히 귀를 기울이는 편을 택했다. 그러자 두런거리는 이야기 소리가 점점 선명하게 들리기 시작했다.

처음엔 그저 그런 노인의 신세 한탄 정도로만 생각했다. 그러나 고요히 이어지는 회장과 비서의 대화는 엄청난 내용을 담고 있었다. 겐타로, 레이, 죽은 제 아버지…… 멍하니 이야기를 듣고 있던 유리의 머릿속에서 그 세 단어가 딱 맞추어 조합되었다.

전혀 예상도 못한 일이었다. 회장에게 형님이 있었다니. 게다가 레이가 그 죽은 형님의 아들이라니.

황망함에 요시코를 내려다보니, 그녀도 전혀 몰랐던 듯 창백하게 질린 얼굴로 서 있는 것이었다. 마치 금방이라도 쓰러질 것처럼. 아니나 다를까, 휘청하는 요시코를 유리는 반사적으로 부축했다.

"어머니! 괜찮으세요?"

저도 모르게 높아진 그녀의 음성에, 혹시나 회장이 눈치 챌까 염려가 된 듯 요시코는 얼른 몸을 일으켰다. 하지만 이미 회장과 비서의 당혹스런 시선은 그들에게로 돌려진 후였다.

"부, 부인?"

키쿠치 회장이 저렇듯 놀라워하는 모습은 처음이었다. 레이의 의붓어머니가 저렇듯 흔들리는 표정을 드러내는 것도 낯설었다.

삼십 년 묵은 비밀이 드러나는 것은 정말 한순간이었다. 회장은 허망함에 가슴을 치고, 요시코는 얼마나 충격을 받든 간에 솔직히…… 그녀와는 전혀 상관이 없었다. 레이가 적통(嫡統)임을 알게 된 데서 오는 희열은 잠시뿐이었다. 이제 절대 그를 놓칠 수 없다는 의지로 앞으로의 행방을 모색하느라 유리의 머릿속은 분주하게 움직였다.

유리를 돌려보내고, 어둠이 내려앉은 거실에 키쿠치 회장 내외가 마주 앉았다.

늘 무심함과 차가움의 대립으로 일관하던 그들이었으나, 오늘만은 달랐다. 이치로는 앞에 놓인 잔에 물을 들이킨 후 회고하듯 말을 했다.

"당신이 그녀를 집으로 데리고 왔던 그날부터 두 사람은 서로를 마음에 담았던 모양이오. 얼마 후, 내가 알게 되었을 땐 돌이킬 수 없을 지경에까지 이르러 있었으니."

"진서는…… 내가 그렇게 당신과의 관계를 몰아세웠지만, 아무 말도 하지 않았는데."

왜 진작 사실대로 이야기하지 않은 건지. 남편에 대한 원망과 진서에 대한 미안함으로 요시코의 눈시울이 축축하게 젖어들었다.

윤진서는 대학 재학 중 결혼을 해, 아이를 낳은 후 복학하느라 늦깎이 대학생이 된 요시코가 캠퍼스에서 우연찮게 만난 한국인 유학생이었다. 차가운 인상에다 사교성도 제로라 친구가 없던 그녀가, 착하고 싹싹한 진서와 친구가 된 건 당연한 일인지도 모른다. 진서와 있는 동안은 마냥 즐거웠고, 그러다 보니 유학 생활로 외로워하던 그녀를 집으로까지 자주 초대하게 되었던 것이다.

자연히 한 집에 살던 시숙 겐타로와 남편 이치로가 진서와 마주치는 일도 종종 있었다. 그렇게 꽤 오랫동안 잘 지냈는데, 어느 순간부터 진서가 점차 자신을 멀리하는 것이 느껴졌다. 왜 그러는 것인지 묻고 관계를 개선할 틈도 없이 한국인 친구는 학교마저 자퇴해 버렸다. 걱정도 되고 궁금하기도 하여 그녀가 사는 곳으로 찾아가 볼까 하던 차에, 갑작스레 시숙인 겐타로가 교통사고로 목숨을 잃었다. 그 후 졸지에 JG의 후계자가 되어버린 이치로를 보필하느라 요시코도 눈코 뜰 새도 없이 바쁘게 지내는 바람에 진서의 존재를 잠시 잊고 말았다.

그랬는데…… 그렇게 믿었던 친구가 남편의 여자가 되어 나타난 것이다. 이미 한 생명을 품은 채로. 그때, 아꼈던 친구 진서와 남편이 감쪽같이 자신을 속여왔다는 사실을 알았을 때, 얼마나 괘씸하고 절망스러웠던지. 그때부터 요시코는 더 더욱 차가워졌고, 사람을 믿지 않게 되었다. 수없이 진서를 찾아가 애를 지우라고, 어떻게 네가 나한테 이럴 수가 있냐고 폭행과 폭언을 일삼았다. 그럴 때마다 진서는 묵묵히 그녀를 견뎌내기만 했다. 마치 예전의 윤진서가 아닌 것처럼.

얼마나 진서를 증오하고, 원망했는지 모른다. 그래서 레인보우 브릿지에서 그녀가 뛰어내려 생을 마감하는 그날까지 얼마나 괴롭히고 또 괴롭혔는지.

그런데 그 모든 것이 전부, 진실을 몰랐던 자신의 과오였다. 그녀 스스로조차 얼음으로 지어졌다 생각했던 심장이 아릿해지며, 볼을 타고 물기가 흘러내렸다.

"형님은 부모님의 허락없이도 그녀와 결혼을 할 생각이었소. 난 형님이 어긋나는 길로 가는 걸 볼 수 없었고, 주제넘게도 아버님께 모든 것을 말씀드렸지. 내가 말을 한 그날, 형님은 아버지와 싸우고 집을 나가 그렇게 사고를 낸 거요. 내가…… 내가 형님을 죽음으로 몰아간 거요. 그런데도 아무것도 모르는 형님은 병원에서 숨을 거두기 직전에 내 손을 붙잡고 부탁을 하셨소. 진서와 뱃

속의 아이를 부탁한다, 아버지에게서 그들을 지켜달라고."

"그래서, 레이를…… 당신의 아이로 만든 거였군요."

"당신의 자존심이라면, 다른 여자의 아이 따윈 인정하지 않으리라 생각했소. 아버지께 그들의 존재를 털어놓는 일도 없을 거라 여겼지."

그랬다. 이치로의 말대로 그녀는 키쿠치 회장—이치로의 아버지—에게 진서와 아이의 존재를 이야기하지 않았다. 그들이 인정받는 건 용납할 수 없었다. 후에 회장이 죽고 진서마저 자살을 하자 레이를 집으로 데려오게 되었지만 이치로의 생각이 맞았던 것이다.

"형님과의 약속을 지키기 위해 그렇게 했던 날 이해해 주겠소?"

"유난히 형님에게 끔찍했던 당신이니 이해는 하지만, 잘못 알고 있던 사실로 인해 내가 저지른 과오들 생각하면…… 많이 아프네요."

"미안하오."

지난 세월 늘 반복되어 온 사과이지만, 이번엔 다르다. 모든 사실을 털어놓은 이치로의 얼굴엔 여느 때와 같은 무거움이 어려 있지 않았다. 언제나 그를 원망스레 바라보던 요시코의 얼굴엔 이제 회한만이 그득했다.

"난 레이가 제자리를 찾길 바라오. 그리고 그 아이가 제 아버지처럼 아프지 않았으면 좋겠군."

이제야 털어놓을 수 있는 말. 예전 같았으면 요시코의 눈에서 파르르 불길이 일었을 텐데, 그이 희망 서인 발언에도 그녀는 묵묵히 앉았을 뿐이다. 늘 당당했던 아내가 오늘따라 너무 작고 약해 보인다. 상석에서 일어난 이치로는 그녀의 옆 자리로 갔다. 그의 주름진 손이 자신만큼은 아니지만 역시 주름진 아내의 손을 감싸 쥐었다.

"진작 말했더라면, 당신의 고통도 덜했을 텐데. 내가 면목이 없소."

그를 보는 요시코의 눈동자는 더 이상 차갑지 않았다. 그녀의 눈동자에서 늘 어른거리던 그에 대한 원망도 조금은 사그라진 듯 보였다. 삼십 년간 그를 가두고 있던 비밀을 벗어던지자, 늘 어렵던 아내에게 다가서는 것이 이렇게 쉬울 수가 없었다. 이치로는 실로 오랜만에 요시코를 향해 진심 어린 미소를 지어 보였다.

성인이 될 때까지 거의 십 년간을 자란 집이건만, 이곳에 관한 그리움이라든지 반가움 같은 감정은 없다. 레이는 키쿠치 저택의 계단을 그저 덤덤한, 아니, 조금은 긴장된 표정으로 오르고 있었다. 그가 먼저 아버지를 찾는 일은 드물었는데, 오늘은 그랬다. 게다가 사소한 용건이 아닌 초아와의 결혼을 말씀드리기 위해서였으니.

물론 그녀가 아직 YES라고 답을 한 것은 아니었다. 그런데도 그가 오늘 키쿠치 저택을 찾은 것은, 부모님께 미리 자신의 결혼 결심에 관해 말씀을 드리고 혹시라도 더 이상 그녀가 상처받는 일은 없도록 미연에 방지하기 위해서였다. 자신이 키쿠치를 버리게 되는 한이 있더라도.

그는 심호흡을 한 후 문을 열었다. 전통적인 가옥의 형태와 달리 현대식으로 꾸며진 거실로 들어선 레이는 뜻밖에도 회장 내외와 함께 앉은 미노루를 볼 수 있었다.

"레이?"

그의 시선을 느낀 걸까. 고개를 든 미노루의 놀랍다는 듯한 물음에 이치로와 요시코 모두 그를 돌아보았다. 키쿠치 회장의 얼굴에 여느 때 볼 수 없었던 당혹스러움이 짙게 어려 있었다.

"네, 네가 웬일이냐? 이렇게 갑자기."

"드릴 말씀이 있어서요."

그가 가까이 다가가 자리에 앉자 불편한 침묵이 감돌았다. 그건 익숙한 어머니의 냉대 같은 느낌이 아니었다. 왠지 다들 그의 갑작스런 등장에 우왕좌왕하고 있는 듯했다.

"중요한 게 아니라면 다음에 하자꾸나."

"중요합니다. 최소한 제게는요."

키쿠치 회장의 말이 끝나기 무섭게 레이는 단호하게 대답했다. 그럼에도 여느 때 같으면 예의 없다 불호령을 내렸을 아버지는 더 이상 대꾸가 없었고, 곁에서 채찍 같은 질책을 날렸을 요시코마저 잠잠했다. 불길한 느낌이 온몸을 타고 올라왔다. 자신이 모르는 뭔가가 있다는 직감이 번뜩였다.

"레이, 잠깐 얘기 좀 하자."

갑작스레 자리에서 일어난 미노루가 제의를 해왔다. 그러나 그것은 정말 용건이 있다는 것이 아니라, 마치 이곳에서 그를 끌어내기 위한 궁여지책처럼 느껴졌다. 레이는 눈살을 찌푸리며 앉은 채로 형을 올려다보았다.

"아직 아버지께 아무 말씀도 드리지 못했어. 조금 있다가 하지."

"레이."

자신을 부르는 미노루의 목소리를 레이는 외면했다. 요사이 형의 태도가 그다지 탐탁지 않았던 그로서는 뭔가 중요한 용건이 있다 해도 별로 마주 보고 얘기하고 싶은 기분이 아니었다. 그는 대신 복잡미묘한 표정을 짓고 있는 아버지를 향해 굳은 의지가 깃든 어조로 말을 꺼냈다.

"아버지, 저……."

"저 왔어요."

타이밍이 절묘하게도 그의 말을 끊으며 등장한 이는 유리였다. 그가 나타났을 때와는 달리 가족들은 그녀의 존재를 덤덤한 표정으로 받아들이고 있었다. 마치 약속이라도 된 것처럼.

그 사실을 깨닫자 레이의 미간이 절로 좁혀졌다. 그는 맞은편의 미노루에게 묻는 듯한 시선을 던졌지만, 형은 좀 전과 달리 자리에 앉은 채 그를 외면하고 있었다. 그런 와중 유리는 어깨에 메고 있던 가방을 손에 들며 소리없이 나무 바닥을 가로질러 그의 옆으로 와 앉았다. 그녀를 돌아보자, 자신을 향해 머금어지는 환한 미소에 레이는 의아하면서도 불길한 느낌을 감출 수 없었다.

"어머, 당신도 와 있었네요?"

조이타운에서 그에게 분노 섞인 감정을 터뜨린 후 뛰쳐나가 버렸던 그녀의 모습과 지금의 이 미소 짓는 모습은 도저히 매치가 되지 않는다. 도대체 무슨 심경의 변화일까. 레이는 유리에게서 시선을 떼고 바로 앞의 요시코와 미노루, 그리고 아버지를 차례로 바라보았지만 모두들 자신을 외면하고 있었다. 지난 세월 언제나 이방인이었지만, 지금처럼 철저하게 자신을 밀어내려 한다는 느낌을 받은 적은 없었다.

그러나 불편한 분위기의 이면에 뭔가가 감추어져 있다는 생각으로, 레이는 참고 기다렸다. 누군가가 이 침묵을 깨어주길 바랐다. 시간이 갈수록 그의 인내심이 바닥을 보이기 시작했다. 그리고 마침내 스스로의 한계를 느낄 무렵 결연한 키쿠치 회장의 한마디가 내부 공간을 강타했다.

"유리 양은 그날 모든 걸 들었을 테고. 이렇게 된 이상 더는 숨기는 것도 의미가 없겠지."

"아, 아버지."

미노루의 만류 섞인 부름을 키쿠치 이치로는 한 손을 들어 제지했다.

그 후 이어지는 아버지의 이야기를 듣고서도 레이는 믿을 수가 없었다.

삼십 년을 넘게 알아왔던 사실이, 사실이 아니었다니. 제대로 된 정을 표현한 적 없지만 아버지라 믿어 의심치 않았던 키쿠치 회장이 아닌 큰아버지라 생각했던 겐타로가 아버지였다니. 어머니를 그토록 괴롭혔던 요시코는 사실 어머니의 친구였으며, 그녀 역시 이 사실을 모른 채 살아왔다니.

키쿠치 회장에게서 고개를 돌리자 보이는, 회한에 사로잡힌 요시코의 표정이 레이를 더욱 혼란스럽게 만들었다.

"네가 충격이 얼마나 클지 짐작이 간다. 이렇게 갑작스레 말을 하게 될 줄은 나 역시도 몰랐다."

"그런데 왜…… 왜! 왜 갑자기!"

저도 모르게 언성이 높아졌다.

차라리 몰랐다면. 지금까지처럼 아무것도 모른 채 그냥 살았다면.

갑자기 변해 버린 상황을 쉽사리 인정할 수가 없다. 자신을 향해 저렇듯 미안함을 드러내고 있는 아버지도, 죄인처럼 고개를 숙이고 있는 요시코도…… 용서하기 힘이 든다.

그의 머릿속에 어머니는 거의 남아 있지 않지만, 늘 숨죽이며 그리움에 목말라 하며 살다 가셨다는 것만은 가슴이 기억하고 있었다. 그런 어머니를 지켜준다는 명목하에 아프게 하고, 죽음으로 내몬 사람들이 바로 저들이었다. 그리고 어머니의 죽음 이후 그를 데려와 보살펴 준다며 멋대로 가족으로 만들고, 그를 외롭게 초라하게 만든 이들이었다.

그런데 이제 와 저런 말들로 지금까지 소원했던 그들 관계가 한순간에 불식되기를 바라다니. 그들이 지독히도 뻔뻔스럽게 느껴진다. 그가 아무리 휘황찬란한 권좌에 앉게 된다고 해도 그동안의 고통이 모두 지워지는 것이 아닌데.

머릿속에서 휘몰아치는 그런 생각들은 그의 일그러지는 안면 근육을 통해, 손등에서 불거져 나온 힘줄을 통해 고스란히 외부로 전해졌다. 그 조마조마한 분위기 속으로 미노루도, 요시코도 차마 끼어들지 못했다.

"레이, JG그룹을 전부 다 주어도 바꿀 수 없는 여인이 있다고 했지? 삼십여 년 전, 네 아버지도 그랬다. 꼭 너처럼. 그때 난 형님의 선택이 잘못되었다고 생각했고, 결국은 내 성급했던 결정이 그를 죽게 만들었다. 요시코에게서 이야기를 듣고서, 난…… 두려웠다. 네 아버지와 똑같은 전철을 밟고 있는 널 막아섰다가 일이 잘못될까."

지독히도 나약한 모습으로, 나약한 음성으로 키쿠치 회장은 속내를 털어놓았다. 강단있게 JG제국을 다스려 온 제왕도 이제 많이 노쇠해진 듯해 마음이 찌릿했다. 그러나 아버지에게, 아니, 지금껏 아버지라 믿어왔던 이에게 드는 동정심을 그는 억지로 억눌렀다.

조부로부터 어머니와 자신을 지켜내기 위해 이치로가 만든 비밀은 절반의 성공도 거두지 못했다. 겐타로와의 약속은 지켰을지 모르나, 어머니를 자살로 내몰고 그에게서 유년의 기억을 앗아갔으니.

이치로의 선택을 나름 이해는 하면서도, 또 원망스러운 마음이 드는 것은 어쩔 수 없었다. 아무리 생각을 해보려 해도 사진 속에서만 보아온 겐타로와 낡은 유카타로만 남아 있는 어머니 진서의 모습은 하나도 떠오르지 않았다. 문득 뜨거워지는 눈시울을 숨기기 위해 레이는 깊은 숨을 내쉬며 고개를 들었다.

"레이, JG를 위해 그 한국 여인을 버릴 수 있겠니?"

조심스레 들려오는 질문은 대답할 가치도 없는 성질의 것이었다. 그는 순간적으로 치밀어 오르는 화를 참기 위해 어금니를 악물었다.

그런 와중 자신의 곁에서 유리가 숨을 훅 들이키는 소리가 들려왔다. 그제야 레이는 지금껏 그녀가 자리를 지키고 있었음을 깨달았다. 그녀의 존재를 불길하게 느끼며 그가 고개를 떨구자마자, 유리에게서 새된 음성이 흘러나왔다.

"왜 저를 부르신 건가요? 목적이 뭐죠?"

"내 의중을 전하기 위해서였네. 그런데 마침 레이가 왔으니, 이 아이에게 직접 묻는 거요."

유리를 비롯한 좌중의 시선이 그에게로 집중되었다. 레이는 노안으로 흐릿해진 아버지의 눈빛을 똑바로 바라보았다. 그 스스로의 우려와 달리 흘러나온 목소리는 침착하기 짝이 없었다.

"제 대답이 어떠리라는 걸 예상하셨으니, 걱정하셨던 거겠죠? 제가…… 아버지와 같은 비극을 겪게 되지나 않을까. 아닙니까?"

"후……."

깊은 탄식과 더불어 키쿠치 회장은 눈을 감았다. 그러나 그 잠시 동안의 휴식조차 자리에서 벌떡 일어나는 유리로 인해 여의치 않았다.

"뭐예요! 결국 과거를 빌미로 레이의 손을 들어주시겠다? 하! 그래서 절 부른 것이로군요?"

"타치바나 양! 무례하군요!"

악에 받쳐 소리를 지르는 유리를 미노루가 막아섰으나 그녀의 안중에는 누구도 보이지 않는 듯했다.

"도대체 나와 내 가문을 어떻게 보고, 이리 대하는 거죠?"

"유리 양에겐 미안하게 됐소. 타치바나 의원과는 내가 이야기를 매듭짓기로……."

백발이 성성한 노인의 지극히 공손한 사과에도 그녀는 기세를 꺾지 않았다.

"말도 안 돼! 이대로 순순히 물러나라고? 절대 그렇게 못해요!"

"유리."

그야말로 난동을 부리는 그녀를 레이가 조용히 불렀다. 안 그래도 복잡한 머리가 유리의 소란으로 지끈거려 참을 수가 없었던 것이다. 그의 그 낮은 부름에도 놀랍게도 고요해지는 그녀였다.

"아버지가 내 손을 들어주시든, 들어주시지 않든 상관없이…… 당신과 난 안 돼."

"왜! 왜, 난 안 되는데! 왜!"

그녀의 울부짖음이 아주 먼 곳에서 일어나는 일처럼 이질적으로 들렸다. 레이는 유리를 돌아보지도 않은 채, 대답했다.

"사랑하지 않으니까."

치명적인 화살을 맞은 병사처럼 비틀거리는 그녀를 그는 아무런 감정의 동요가 일지 않는 눈길로 돌아보았다.

"그러니까 그만 돌아가. 여긴 당신이 있을 곳이 아니야."

"다, 당신…… 후회하게 될 거야."

"잘못한 게 없으니, 후회할 일도 없어."

그의 단호한 대꾸가 그녀를 자극해 버린 듯했다. 그녀는 부들부들 떨리는 손으로 핸드백을 들어 마구잡이로 그에게 휘둘러 댔다. 핸드백에 어깨와 머리가 부딪쳤지만, 레이는 묵묵히 맞고만 있었다. 마음의 아픔 탓인지 그 정도의 타격은 참을 수 있었다. 유리의 계속된 아우성을 잠재운 이는 달려와 그들 사이를 막아선 요시코 였다.

"그만 해."

믿었던 요시코마저 자신의 편이 아님을, 이곳엔 자신에게 힘을 실어줄 이가 없다는 것을 그제야 완연히 깨달은 듯 유리에게서 실소가 터져 나왔다. 어깨를 축 늘어뜨린 채 그렇게 한참을 섰던 그녀는 몸을 홱 돌려 거실을 빠져나갔다.

한바탕 폭풍이 휘몰아치고 난 것처럼 유리가 사라진 자리는 황폐했다. 기운이 소진된 듯 자리에서 요시코는 털썩 쓰러져 버렸고, 미노루가 달려와 그녀를 부축했다. 손으로 이마를 감싼 채 눈을 감고 있는 키쿠치 회장은 이렇다 할 말이 없었다.

흐트러진 그들 사이에서 레이는 초연한 낯빛으로 앉아 있었다. 그건 이미 생각이 다른 곳을 향하고 있기에 가능한 일이었다.

어머니.

살아생전 미소 한자락 쉽사리 보여주지 않았고, 자신을 내버려 둔 채 생을 마감한 어머니를 원망하려고 노력하며 살아왔다. 그리 워도 그립지 않은 척 그렇게 살아왔다. 하지만 지금 그 어머니가 그립다. 당장이라도 레인보우 브릿지로 달려가고 싶을 정도로.

그러자 떠오른 하나의 장면.

순백색의 옷자락을 휘날리며 다리 난간 위에서 떨고 있던 여린

영혼이 자신을 돌아보았다. 흐릿한 얼굴이 처음엔 어머니라고 생각했다. 그러나 점점 명확해지는 생김은…… 초아였다. 그 순간 레이의 귓가에 조금 전 대수롭잖게 넘겼던 유리의 목소리가 생생하게 메아리쳤다.

"후회하게 될 거야."

와락 불안감이 덮쳤다. 자리에서 몸을 일으키는 그에게 모두의 시선이 따라붙었지만, 레이는 의식하지 못했다. 그저 뭔가에 홀린 사람처럼 그는 저택을 뛰쳐나갔다. 시동을 거는 손이 자꾸 엇나갔다. 어렵사리 차를 출발시킨 레이는 부디 자신의 직감이 현실이 되지 않기를 빌고 또 빌었다.

초아가 어디에 머무는지 알아냈다며 얼마 전 자신에게 전화를 했던 유리의 목소리는 왠지 들떠 있었다.

[그녀의 마음을 돌려놓을 마지막 기회라고 생각하고, 잘해봐요.]

닛코 역에 내리자마자 쭈젠지 호수로 가는 토부 버스를 탄 재원의 시야엔 차창 밖으로 스쳐 가는 아름다운 닛코의 가을 경관도 들어오지 않았다.

"내 마음에서 당신을 지운 지 오래야."

"내 여자 곁에 너 같은 놈이 얼쩡거리는 건 용납 못해."

단호하게 말을 내뱉던 초아와 자신을 죽일 듯 노려보던 키쿠치 레이의 모습이 번갈아 머릿속을 스쳐 그에게서 자신감을 앗아갔다. 하지만 일본까지 온 이상 그녀의 소중함을 이제라도 깨달은 이상, 이대로 물러날 수는 없었다. 유리의 말대로 마지막이라 생각하고 재원은 용기를 내어 쭈젠지온센 버스터미널에 내려섰다.

얼마 걷지 않아 그의 시야에 쭈젠지 호수의 전경이 보였고, 그 뒤로 순백색의 건물, '호수펜션'을 쉽사리 찾을 수 있었다. 떨리는 마음으로 펜션 입구까지 걸어간 재원은 마침 중년의 여인과 앞마당의 나무 의자에 앉아 담소를 나누고 있는 초아를 발견했다. 마치 오래도록 그곳에 살았던 사람처럼 그녀는 너무도 자연스럽고 평화로워 보였다. 자신이 다가가기 두려울 정도로 말이다.

그러나 곧 재원은 여기까지 자신이 어떻게 왔는지만 생각하기로 했다. 그는 낮은 대문을 밀고 안으로 들어갔다. 그의 등장에 웃고 있던 초아의 입매가 스르륵 굳어졌다. 그가 손님인 줄 알고 반갑게 인사를 하던 중년 여인은, 그들 사이의 심상치 않은 분위기를 깨달았는지 조용히 안으로 모습을 감추었다.

그녀는 탁자 위에 올려놓았던 손을 아래로 감추며 그에게서 고개를 비켜냈다. 명백한 거부 의사였지만, 애써 못 본 척하며 재원은 그대로 자리를 지켰다.

「내가 반갑지 않을 거라는 거 알아. 하지만…… 난 다시 시작하고 싶어. 부디 날 한 번만 용서해 주면 안 되겠니?」

진심을 담은 그의 말에도 초아는 흔들림없이 말했다.

「당신은 이미 진효주라는 여자의 남편이에요. 돌아가요.」

「초아야!」

애끓는 부름에도 그녀는 그를 돌아보지 않았다. 그렇게 앉아 있던 그녀는 그가 좀 더 다가서자 결국은 일어나 대문을 밀고 펜션

을 나가 버렸다. 허망한 눈길로 재원은 그녀가 사라지는 방향만을
바라보고 서 있었다.

놀란 데다 어찌나 총총걸음을 내디뎠던지 심장이 주체할 수 없
을 정도로 뛰어 초아는 서서히 멈춰 서야 했다. 그러고 나서 주위
를 둘러보니 어느새 자신이 케곤폭포[華嚴瀧] 앞에 이르렀다는 것
을 그녀는 깨달았다. 어찌 어마어마한 높이의 절벽에서 떨어지는
물줄기와 그것이 토해내는 굉음을 보지도, 듣지도 못했을까. 그녀
는 마치 동양 산수화의 한 장면 같은 그것을 멀거니 바라보았다.
그 대자연 앞에서 어느새 그녀의 마음을 불편하게 만든 심재원이
라는 존재는 점차 미미하져 가고 있었다.

높다란 곳에서 쏟아지는 물줄기를 내려다보고 있노라니, 아찔
한 현기증이 느껴졌다. 하지만 유독 자살하는 이들이 많다는 소문
이 무성한 케곤폭포 앞에서도 몸을 던지고 싶다는 충동은 들지 않
았다. 도쿄만에서 생을 마감할 결심까지 했던 적이 있었지만, 지
금은 아니다. 생을 버릴 수가 없다.

그건…… 그건…… 초아는 뽀얗게 올라오는 물보라 위로 그녀
는 자신을 믿어주고, 따뜻하게 안아주었던 레이의 품을 떠올렸다.
어느새 그가 곁에 없으면 그를 생각하고 그리워하는 것이 습관처
럼 되어버렸다. 미노루에게 떠날 것을 약속했으면서도 그의 곁을
갈구하게 된다. 그로 인해 삶을 살아갈 이유가 생겼다.

이런 감정은 예전 재원에게도 느껴보지 못한 농밀한 것이었다.
그렇다면…… 사랑인가.

그녀는 스스로의 그 물음에 선뜻 아니라고 대답하지 못했다. 아니, 사실 그녀의 마음은 이미 오래전부터 알고 있었다. 자신이 언제부터인지 모르게 그를 사랑하고 있다는 것을. 그토록 '사랑'이라는 감정에 상처 입고 아파했으면서도 또다시 그 바보 같은 감정에 빠져들고 말았다는 것을.

난간을 단단하게 붙잡은 그녀의 손등 위로 물기가 후두둑 떨어졌다. 가슴이 뻐근해지며 그저 눈물이 났다. 초아는 애써 그것을 털어내며 숨을 훅 들이켰다. 이제 얼마 후면 레이가 돌아올 시간, 흐트러진 모습을 보이고 싶지 않았다.

"이 폭포는 일본 3대 폭포 중에서 가장 멋있기로 소문이 나 있는 반면, 자살 건수 1위라는 불명예도 함께 안고 있죠."

물소리를 뚫고 들려온 날이 선 목소리, 왠지 귀에 익으면서도 거부감이 확 끼쳐 오는 그것에 초아는 천천히 고개를 돌렸다. 커다랗게 동공이 확대된 눈망울로 자신을 삼켜 버릴 듯 바라보고 있는 여자는, 단 한 번 본 적이 있는 그의 약혼녀…… 타치바나 유리였다.

"다, 당신이 여길 어떻게?"

"홋, 날 기억하고 있군요?"

왠지 정상적이지 못한 느낌을 주는 눈동자의 번뜩임에 초아는 저도 모르게 뒤로 한 걸음 물러났다. 그러자 그녀의 척추를 딱딱하게 눌러오는 난간. 100m 가까이 되는 높이에서 추락하는 자신의 모습이 그려져 간담이 서늘해졌다. 불안감으로 주위를 둘러보았지만, 성수기임에도 불구하고 날이 저물어가서인지 관광객들도 눈에 띄질 않았다. 입을 벌리고 있는 폭포 주위엔 오로지 그들 두 사람뿐이었다.

조금 더 음산해진 목소리로 유리가 말을 이었다.

"내가 여길 어떻게 알았든 그게 중요한 게 아니에요. 왜 당신이 여기 있냐, 문제는 그거지. 그 사람 배경 때문인가요?"

"무슨…… 무슨 말을 하고 싶은 건가요?"

그녀의 물음에 더욱 높이 올라간 여자의 목소리가 쩌렁쩌렁 폭포 주위를 맴돌았다.

"그 사람, JG의 후계자야! 당신 때문에 지금 아무것도 못하고 있는 거, 안 보여?"

"하지만……."

"혹시 내가 가진 거추장스런 조건들 때문에 그런 거라면…… 마음으로는 이미 버렸어. 그러니까, 밀어내지 마라. 당신이 누구든 상관없으니, 그깟 것들로 날 밀어내지만 마라."

그녀는 하코네에서 절절한 눈빛으로 토해내던 레이의 말들을 기억하고 있었다. 그의 말을 온전히 믿고 싶었다. 그런데 유리의 질책은 그녀의 믿음과 불안이 교차되는 틈을 교묘히 공략했다.

"그가 무슨 말을 했든…… 그는 절대 JG를 버릴 수 없는 사람이야. 훗, 하긴 당신 같은 사람이 뭘 어떻게 이해하겠냐만."

"함부로 이야기하지 말아요. 나 역시, 잘 알고 있으니까."

"그런데! 그런데 왜 아직도 옆에서 미적거리고 있냐고! 당신 때문에 그 사람이 지금 얼마나 난처한 상황에 처한 줄 알아?"

유리의 말이 심장을 쿡쿡 찔러댔다. 초아는 입술을 깨물며 아무런 대꾸도 할 수 없었다.

"스스로도 알긴 아는 모양이네? 하긴 그것도 모르면 뻔뻔을 지나쳐 우매한 거지. 그러니까 레이…… 놔줘요. 그가 쉽게 JG를 선택할 수 있도록 놔줘."

「윤초아 씨? 그만 이 남자, 놔주세요.」

예전에도 이 비슷한 상황에 처했던 적이 있다는 것을, 초아는 아프게 떠올렸다. 하지만 그때의 상대는 진효주, 바로 재원의 아내였다. 그때 그녀가 떠났던 건 자신과의 세월을 아무렇지도 않게 치부한 남자에 대한 배신감 때문이었지만 지금 만약 돌아선다면…… 그건 그 사람을 위해서다.

"그런데 나, 그 사람 아프게 하기 싫어요."

그렇게 말을 하면서도 초아는 확신이 서지 않았다. 자신이 곁에 있는 것이 과연 그를 떠나는 것보다 그를 덜 아프게 하는 길인지. 자신의 존재가 과연 JG보다 그에게 영원한 의미가 될 수 있을 것인지.

"뭐? 결국은 그만두지 못하겠단 말이야?"

다가서는 유리의 기세는 맹렬했다. 뒤로 물러나려 했지만 더는 물러날 곳이 없었고, 옆으로 비켜나려 했지만 초아가 가는 곳마다 유리는 막아섰다.

"왜 이러는 거죠?"

당혹스러움으로 인해 떨려 나오는 물음에 그녀를 노려보던 여자의 입매가 비스듬히 기울어졌다.

"여긴 사람들에게 자살 충동을 일으키는 장소로 유명하지. 오래전, 수학여행을 온 학생들의 무리가 단체로 뛰어들었다는 소문도 있어. 그러니까 여기서 만약 네가 떨어져 죽는다면…… 다들 자살로 믿어 의심치 않겠지?"

광기 어린 눈동자로 서슴없이 잔혹한 말을 내뱉고 있는 여자를 초아는 긴장된 눈으로 바라보았다. 정말 진심으로 하는 말인지, 도저히 믿을 수가 없었다. 그녀의 눈동자에서 '설마' 하는 감정을 읽은 듯 유리가 피식 웃었다. 그리고 다시 없이 진지한 표정으로 상대가 내뱉은 말. 공포심으로 가슴이 턱하니 막히는 것만 같았다.

"널 죽일 거야."

당장이라도 여자를 밀쳐 내고 도망가고 싶은데, 몸이 굳어버린 듯 움직여지지 않았다. 그런 그녀와 가슴이 닿을 듯 가까이 다가선 유리가 미친 듯이 고함을 내질렀다.

"죽여 버릴 거라고!"

마치 냉혈동물처럼 차가운 손가락이 그녀의 목을 휘감아왔다. 팔을 들어 상대를 밀쳐 내려 했지만, 흡사 뭔가에 홀린 듯 여자의 힘은 막강했다. 점점 숨이 가빠왔다. 상체가 차츰 난간 밖으로 밀려 나가는 것이 느껴졌다.

그 순간 죽음에 대한 공포보다도, 이제 다시는 그를 볼 수 없다는 사실이 그녀를 안타깝게 했다. 이럴 줄 알았으면 오늘 아침에 그의 얼굴을 좀 더 오래 보아두는 것이었는데. 기억에라도 그 사람 담아가는 것이었는데. 그런데…… 죽으면 기억조차 지워지는 건가.

더는 생각을 이을 수가 없었다. 의식이 흐릿해지고 있었다. 눈앞에서 만족에 겨워 웃고 있는 여자의 얼굴도 점점 희미해지고 있었다.

"끅. 끅."

막힌 기도에서 숨결이 역류되는 듯한 소리가 끓어올랐다. 팔다리에서 힘이 빠져 더는 몸부림조차 칠 수 없을 것 같아질 무렵, 갑자기 자신을 억누르던 여자의 존재가 너무도 쉽게 사라졌다. 그토록 뿌리치려 해도 뿌리쳐지지 않았는데.

"푸하."

숨통이 트이며 그녀의 몸이 앞으로 급격하게 쏠렸다. 그러나 넘어지지 않을 수 있었던 건, 든든하게 안아주는 사람이 있었기 때문이다. 그가 여자를 밀어내 준 사람과 동일인이라는 건 보지 않아도 알 수 있었다. 익숙한 체온, 익숙한 향기가 그녀에게 안도감을 선사했다. 가슴을 통해 울리는 그의 노기 서린 음성은 더욱 큰 안도감을 주었다.

"뭐 하는 짓이야!"

레이의 품에 안겨 숨을 고르는 그녀의 귓가에, 조금 전과 사뭇 달라진 당황감이 잔뜩 묻어나는 여자의 부름이 들렸다.

"레, 레이."

"지금 당신이 무슨 짓을 저질렀는지 아나? 사람을 죽이려 했어. 이건 명백한 살인미수라고!"

그가 이렇듯 감정을 고스란히 드러내며 펄펄 뛰듯 화를 내는 건 낯설었다. 하지만 그것이 무섭다기보다 기분 좋게 느껴지는 초아였다. 점차 뿌옇던 시야가 맑아지고 심장 박동도 제자리를 찾아가자, 그녀는 자신을 폭포 저 아래로 밀어버리려 했던 여자를 돌아보았다.

이제 광기가 사라진 유리의 눈동자는 불안정하게 흔들리고 있었다. 그리고 그것은 그녀가 아닌 레이만을 향하고 있었다.

"생각 같아선 초아에게 당신이 했던 짓, 똑같이 되돌려 주고 싶어. 하지만 그러지 않겠어. 당신의 죗값은 법이 심판할 테니까."

잇새로 내뱉어진 그의 말 한 마디 한 마디에 점차 여자의 얼굴이 파랗게 질려갔다. 미세하게 떨리는 입술을 벌려 유리가 뭔가를 이야기하려는 순간, 다시 레이가 막아섰다.

"이번 일, 그냥 넘어가지 않아. 당신이 아니라 그 누구라도 이 여자, 건드리는 거 내가 용납 못해."

"그, 그녀가 아픈 것만 보여요?"

여자의 커다란 눈에서 흘러내리는 눈물에 초아는 움찔했다. 그러나 그녀를 안은 팔에 힘을 줄 뿐 레이는 동요되는 기색을 보이지 않았다. 그의 무반응이 유리를 더욱 자극시킨 듯했다. 절규하듯 말을 토해내는 걸 보면.

"나도 아파! 그냥, 그냥…… JG의 후계자인 당신을, 날 밀어내려고만 하는 당신을 오기로라도 가져야겠다고 생각했는데! 그게 아녔나 봐. 내가 갖고 싶었던 건 당신, 키쿠치 레이의 마음이었어!"

그 절절한 고백을 듣고 있노라니, 초아는 왠지 더 이상 유리를 미워할 수가 없었다. 그녀는 잡고 있던 레이의 팔에서 손을 떼어내며 저도 모르게 여자에게 다가가려 했다. 하지만 그건 레이의 우뚝 서인 손길에 의해 제지되었다. 고개를 돌리자 가만치 고개를 젖고 있는 그가 보였다.

그렇게 하염없이 울며 그를 바라만 보던 여자는, 결국 비척비척 몸을 움직여 그곳을 벗어났다. 지독히도 위태로워 보이는 뒷모습이었지만 레이도, 초아도 유리를 붙잡지 않았다. 어둠이 내려앉기 시작한 전망대에서 그들은 손을 꼭 부여잡은 채 격랑이 무사히 지나간 것에 그저 감사하고, 또 감사했다.

곧 그녀를 돌려세워 여기저기를 훑어보며 레이가 물었다. 그의 눈빛에 고스란히 걱정스러움이 묻어났다.

“괜찮아? 다친 데는 없나?”

“네.”

반듯한 그의 얼굴을 하염없이 바라보며 초아는 행복감을 느꼈다. 다시 그를 볼 수 있어, 그 순간이 마지막이 아니어서 얼마나 다행인지. 불안하게 자신을 바라보고 있는 그를 안심시켜주고 싶다는 생각으로, 초아는 애써 밝게 물었다.

“그런데 여기 있는 줄은 어떻게 알고 왔어요?”

“펜션에 갔더니 당신이 없길래, 여기저기 찾아다니다가 근처에 유리의 차가 세워진 걸 보고 달려온 거야.”

그녀의 미간이 슬쩍 찌푸려졌다.

“그럼, 혹시?”

“그래, 심 실장 만났어.”

심장이 다시금 거세게 뛰기 시작했다. 재원이 레이에게 무슨 허튼 소리를 했을지 생각하기조차 두려웠다. 그런 그녀의 표정을 읽은 듯, 그가 여유롭게 웃으며 말을 이었다.

"걱정 마라. 이제 다시는 당신 앞에 나타나지 못할 테니까."

"네?"

그는 우선 그녀가 무사하다는 것을 확인하고 싶은 듯했다. 그 물음에 대한 대답은 미룬 채 머리칼과 볼, 그리고 어깨를 차례로 쓸어줄 뿐이었으니. 그런 그의 마음을 헤아린 초아는 궁금했지만 차후를 기약하며 더는 캐묻지 않았다.

대신 그녀는 절대 절명의 순간 후회했던 대로, 그를 자신의 기억에 담아내는 작업에 몰입했다. 셔츠 깃에 닿는 머리칼의 느낌이 어떤지. 자신을 볼 때 눈동자가 얼마나 따스한지. 그 큰 손이 얼마나 부드럽게 움직이는지. 가만히 그녀의 이름을 불러주는 억양은 어떠하고, 말을 할 때 입매는 어떠한지.

그렇게 지켜보고 있노라니 정말 레이의 모든 것이 하나하나 뇌리에 새겨지는 기분이었다. 그를 다시 볼 수 없게 되어도, 이젠 그를 기억할 수 있을 것 같았다. 그녀의 입매가 스산하게 비틀어졌다.

그러나 레이의 시선이 다시 그녀의 눈에 고정되었을 때, 초아는 애써 웃음을 지었다.

"미안해."

"당신이 왜요?"

"누구도 아닌, 나로 인해 당신을 이렇게 아프고 힘들게 만들다니. 면목없군."

옅은 한숨과 더불어 온몸을 감싸오는 그의 체온. 여전히 불규칙적으로 뛰고 있는 그의 심장 박동. 손끝에서 물결치는 그의 근육의 움직임.

초아는 단단한 가슴에 가만히 얼굴을 기댄 채, 온몸으로 레이를 느꼈다. 그러고 있노라니 그를 다시 볼 수 있게 되어 마냥 좋았던 감정 위로 그와의 생활 틈틈이 그녀를 고뇌하게 만들었던 이성의 목소리가 떠올라 초아는 굳어져 버렸다.

윤초아! 얼마나 더 뻔뻔해질 생각이야. 너, 미노루와 약속했잖아.

"떠나요. 한국으로 가요. 그리고 다시는 오지 말아요."

자신을 혐오스레 바라보던 미노루의 눈초리와 그의 가차없는 음성이 여전히 생생했다.

거기다 조금 전, 타치바나 유리가 했던 말 듣지 않았어.

"그는 JG의 후계자야…… 절대 JG를 버릴 수 없는 사람이야…… 당신 때문에 그 사람이 지금 얼마나 난처한 상황에 처한 줄 알아?…… 그가 쉽게 JG를 선택할 수 있도록 놔줘……."

행동이 도가 지나치긴 했지만, 레이에 대한 유리의 마음만은 진심인 듯했다. 그를 위하고, JG를 위하는 여자의 태도가 그녀를 주눅 들게 했다.

"내가 갖고 싶었던 건, 당신. 키쿠치 레이의 마음이었어!"

게다가 엄밀히 말해 레이는 그녀 타치바나 유리의 약혼자였다. 사정을 알지 못하는 사람들이 본다면, 자신이 끼어들어 그를 빼앗은 것이나 다름없었다. 그 깨달음에 초아의 몸이 움찔거렸다. 순간 자신이 효주와 다를 바 없다는 생각이 불현듯 든 것이었다. 재원을 빼앗기고 나서 절망에 사로잡혔던 자신처럼 유리도 그랬을 것이다. 그렇게 생각하자 조금 전 유리의 행동이 이해가 되었다.

그에겐 자신보다 유리가 훨씬 잘 어울리는 여자였다. 그녀가 그를 사랑하는 만큼 자신도 그를 사랑한다 이젠 확신할 수 있었다. 하지만 자신은 그를 위해 도대체 무엇을 해줄 수 있을까. 그가 무조건적으로 포용한다고 해서, 그의 따스한 마음에 기대어 안주하는 일 빼고는 자신이 할 수 있는 일은 없었다. 유리처럼 그의 가문에 힘을 실어줄 수도, 그의 인생에 든든한 동반자가 되어줄 수도 없다. 그나마 그녀가 해줄 수 있는 일은…… 지금 당장은 마음이 아프더라도, 평생을 후회 속에 살지 않도록 해주는 것. 그래, 그것뿐이었다. 온 마음이 비록 그의 곁에 머물길 원해도 그를 위해서, 그리고 자신처럼 한 여자가 상처 입지 않을 수 있도록 떠나는 일뿐이다.

생애 처음 완전한 행복에 취해, 그의 곁을 떠나는 걸 미루고 또 미루었지만 결국 이렇게 되고 말았다. 그러자 늘 불안했던 마음이 놀랍게도 편안해졌다. 다시는 그를 볼 수 없겠지 라고 생각하니 가슴이 짓이겨지는 듯했지만, 자신이 떠남으로 해서 레이가 편해진다는 것만 염두에 두기로 했다.

미안해요. 그리고…….

초아는 자신의 존재에 안도하고 있는 남자의 품속에서 눈을 감았다. 그녀의 입술이 떨리는 속삭임을 소리없이 토해냈다.

사랑해요, 레이.

다시 닛코역으로 돌아가는 길, 재원의 머릿속에서는 펜션에서 만난 키쿠치 레이가 했던 말이 반복적으로 메아리치고 있었다.

"정말 이해할 수 없는 노릇이군. 당신이란 사람은 양심이란 것도 없나? 당신이 그녀를 버리고 택한 그 여자. 그 여자 때문에 그녀의 어머니가 그렇게 되셨는데…… 그런데도 어떻게 초아의 주변을 맴돌 수 있지?"

헛웃음이 흘러나왔다. 하늘에 맹세코 정말이지 그는 알지 못했다.

지금에야 초아 어머니의 빈소로 찾아갔던 그를 묵묵히 쫓아냈던 기태와 당시 왠지 모르게 불안해 보이던 자신의 아내, 자신을 그토록 극렬하게 밀어냈던 초아의 행동을 이해할 수 있게 되었다. 버스에 맨 앞자리에 앉은 재원의 주먹에 잔뜩 힘이 들어가 부들부들 떨렸다.

사랑이 아닌 조건 때문에 선택한 아내였지만 사랑해 보려 노력했다. 하지만 그녀는 번번이 초아를 들먹이며 그를 의심하고, 그들의 관계에 불안해했다. 그래서 더 초아에 대한 미련을 끊지 못한 건지도 모르겠다.

스스로도 어쩔 수 없는 자신의 연정 때문에 효주에게 일말의 미안한 마음을 가지고 있었는데. 알고 보니 그녀는 그를 감쪽같이 속이고, 초아에게 깊은 상처를 입혔다. 그가 더는 초아에게 다가갈 수 없도록 모든 희망을 산산이 부서뜨려 놓았다.

「젠장!」

효주가 원망스러워 견딜 수가 없었다. 이제 더 이상 그녀와의 관계에 한 치의 미련도 없었다. 더 이상 그녀가, 아니, 그녀의 아버지가 주는 배경도 무의미하게 느껴졌다. 한국으로 돌아가는 즉시, 효주에게 키쿠치가 한 말의 전부를 확인하리라. 그리고 그 모든 게 사실이라면 이혼 수속을 밟으리라.

하지만 자신이 자유의 몸이 된다 해도, 이제 초아의 옆 자리에 설 가망은 없다.

문득 자신을 늘 따스하게 대해주었던, 돌아가신 초아 어머니의 모습이 떠올랐다. 면목없고 죄스러워, 이젠 죄송하다는 말씀조차 드릴 수 없기에 가슴이 시큰거리고 답답했다.

「후…….」

고개를 들어 한숨을 내쉬던 그는 이제 48개의 급커브가 있는 산길 다이이찌 이로하자까[弟一いろは坂]가 시작되고 있음을 깨달았다. 올 때와 마찬가지로 스피커에서 이로하자까와 닛코에 얽힌 이야기가 흘러나오고 있었지만, 자신만의 생각에 사로잡혀 있던 재원의 귀에는 제대로 들리지 않았다.

그때 그의 시야에 위험천만하게 버스의 곁을 쌩하고 스쳐 가는 빨간 승용차가 들어왔다. 좁고 거의 직각으로 굽어지는 길에 신경을 곤두세워 운전을 하고 있던 버스 기사가 기함을 토하며 핸들을 옆으로 휙 꺾었다.

"꺄아악!"

승객들의 비명 소리는 다행히 더 이상 이어지지 않았다. 난간에 부딪치지 않고 버스가 적절하게 멈춰주었던 것이다. 이에 가슴을 쓸어내리거나 화를 내는 다른 이들과 달리 재원은 손잡이를 단단히 틀어잡은 채 커다랗게 확대된 눈동자로 정면만 응시하고 있었다. 조금 전 버스를 앞지른 승용차에서 그는 시선을 뗄 수가 없었다. 너무도 눈에 익은 그 차가 누구의 것인지 그는 잘 알고 있었다. 타치바나 유리.

급커브의 내리막길을 마치 죽으려고 작정을 한 사람처럼 거칠게 차를 몰아 내려가는 여자를 그는 그저 숨을 죽인 채 지켜볼 수밖에 없었다. 그리고 결국은 가속도를 이기지 못해 커브를 제대로 틀지 못한 그녀의 차가 난간을 뚫고 부유하듯 공중을 나는 모습까지도.

흡사 비행을 하듯 천천히 닛코의 하늘을 가로지르던 자동차는 곧 절벽 아래로 요란한 소리를 내며 떨어졌다.

"뭐, 뭐야? 사고야?"

사람들이 우르르 버스 앞으로 몰려들어 그의 시야를 가렸음에도, 재원은 멍하니 그 자리를 지킬 뿐이었다. 너무도 갑작스레 일어난 사고가 아직 실감이 나지 않았다. 그러나.

펑! 퍼펑!!

산 아래서 뭔가가 터지는 소리에 이어 올라오는 연기는 그에게 현실을 인식시켜 주었다. 훅 숨을 들이키며 재원은 눈을 감았다.

그가 깊이 들어오는 순간, 그녀의 뺨을 타고 눈물이 흘러내렸다.

그 찰나 느껴지는 완전한 충만감과 뒤이어 밀려드는 쾌감은 어디에서도, 누구를 통해서도 느낄 수 없을 거라는 걸 초아는 잘 알고 있었다. 그를 떠나면 이 아름다웠던 특별했던 경험도 잊어야 한다고 생각하니 슬프고, 또 지금이 너무 만족스러워 눈물이 났다. 너무 행복해 슬펐다.

그녀의 눈물이 지난 자리를 그의 따스한 혀가 따라 쓸어 내렸다. 그 미세한 접촉에 그녀는 몸을 떨었다. 그녀 안에서 리듬을 타

듯 몸을 움직이기 시작하며 레이가 속삭였다.

"사랑해."

사랑해요. 그녀는 소리 내어 말하는 대신 벗은 팔로 그의 목을 껴안았다. 자신의 눈에 드러난 감정을 그가 읽어버릴까 두려웠다.

가슴과 가슴이 스치고, 뜨거운 숨결이 섞여들었다. 그녀는 못 견딜 듯 깊숙이 파고들었다가 물러났다가를 반복하며 자신을 미칠 지경으로 몰아가는 남자에게 좀 더 다가가기 위해 본능적으로 엉덩이를 움직였다.

"헉. 헉."

점점 율동이 격해지자 거친 신음이 공기 중으로 흩어졌다. 다시금 솟아오른 그녀의 눈물이 베개 위로 흩어졌다. 몸을 섞는다. 마음을 섞는다. 하지만 심신이 완전히 본능에 지배당하는 그 순간에도 그녀는 온전히 자신의 마음을 내보일 수가 없다. 그에게 완전히 섞여 버리면, 떠날 수 없을 것을 알기에.

그와 함께 열락의 기나긴 터널을 통과하면서도 초아는 입술을 깨물어 참았다. 손가락과 발가락 하나하나까지 쾌감에 전율하면서도 그녀는 남자를 마주 안을 뿐 사랑을 답해주지 않았다.

모든 사랑 행위가 끝나고 묵직한 체구를 고스란히 그녀 위로 실어오던 남자는 그녀가 무거울 것을 염려하는 듯 금세 몸을 굴려 옆으로 내려갔다. 그는 대신 여자의 머리 아래로 손을 넣어 팔베개를 해주었다. 아직 조금은 정돈되지 않은 그의 숨결이 그녀의 정수리로 흩어졌다. 가만히 천장을 바라보고 있던 초아는 충동에 굴복해 그의 가슴에 손을 올려놓으며 모로 누웠다.

그런 그녀의 머리에 입술을 댄 채 레이가 말을 했다.

"당신에게서 문득문득 내 어머니를 본다고 했었지? 오늘 하루, 오래전 돌아가신 그분이 못 견디게 그립더니…… 당신이 곁에 있어주니 좋군."

"무슨 일이 있었군요?"

"그가 얼마나 난처한 상황에 처한 줄 알아?"

유리가 했던 말이 문득 떠오르는 가운데, 초아는 상체를 일으켜 그를 불안하게 내려다보았다. 그저 씁쓸히 웃으며 마주 보던 레이는 손을 들어 다시 그녀를 자신의 곁으로 당겨 뉘었다. 그가 말하길 꺼린다 생각하고 체념의 한숨을 내쉬던 초아는 이내 조곤조곤 들려오는 목소리에 반가이 귀를 기울였다.

"아버지라고 깊은 정을 느낀 적은 없지만, 아버지가 아니라고 생각해 본 적은 없었어. 그런데 그분이 내 아버지가 아니라는군."

"네?"

"배다른 어머니의 자식으로서 외롭게 살아온 지난 세월이 모두 거짓이었어. 그런데 이제 와 그 모든 것 잊고, 내 자리를 찾아가라는군."

태연한 척했지만, 그의 목소리에 미세한 떨림이 묻어나는 것을 초아는 눈치 챌 수 있었다. 무슨 일인지 정확히는 몰라도 그가 많이 흔들리고 아파하고 있다는 것은 알 수 있었다. 그녀는 마치 아이를 어르듯 그의 가슴을 손으로 가만히 도닥여 주었다. 그러자 깊은 한숨과 함께 그녀를 마주 안으며 레이가 그답지 않게 자신감 없는 어조로 물어왔다.

"내가 JG의 일원이 되길, 과연 돌아가신 어머니도…… 아버지
도 원하고 계실까?"

초아의 움직임이 뻣뻣하게 굳어버렸다.

그는 역시 망설이고 있었던 거였다. 그녀 때문에 자신에게 주어
진 의무를 받아들이지 못하고 방황하고 있었던 거였다. 자신의 대
답을 기다리는 듯 숨을 죽이고 있는 레이에게 초아는 애써 덤덤히
말을 했다.

"그러실 거예요, 아마. 애초 당신 자리였다면 찾길 바라실 거예
요."

나 때문에 돌아보지 말고, 앞만 보고 가요. 꼭 그렇게 해요.

초아는 따가워지는 눈시울을 막아보려 눈을 감았다. 그러나 감
겨진 눈꺼풀 사이로 흐르는 눈물은 그녀의 의지로 막아지는 것이
아니었다.

하늘은 그가 입은 셔츠 색만큼이나 맑고 푸르렀다. 초아는 쭈젠
지 호수를 배경으로 세워진 승용차 문을 열고 서 있는 레이를 향
해 뛰듯이 걸어갔다.

자는 척, 배웅하지 않으려 했건만 참을 수가 없었다. 떠나기 전,
똑똑히 그를 보아두고 싶었다.

"자고 있는 줄 알았는데?"

열정적이었던 어젯밤의 기억을 떠올리는 듯 그렇게 묻는 그의
입가에 은밀한 미소가 어렸다. 여느 때 같으면 뺨을 붉히며 어쩔
줄 몰라 했겠지만, 오늘의 그녀는 그럴 수가 없었다. '마지막' 이

라는 단어가 그녀에게 용기를 주었다.

"오늘, 늦어요?"

"조금. 본가에 들러봐야 할 것 같군."

"그래요, 천천히 와요."

차라리 다행이라고 가슴 아프게 생각하는 와중, 그녀의 입술을 가볍게 훔친 후 그가 운전석의 문을 닫았다. 곧 출발할 것이라 여겼건만 차창이 내려가고 다시 레이의 목소리가 들려왔다.

"아주 늦진 않을 거야. 근처 온천에 가자. 식사도 그 부근에서 하고."

목이 막혀서 대답을 할 수가 없었다. 아니, 꼭 그게 아니더라도 '그래요'라는 거짓말을 할 순 없었을 것이다. 초아는 그저 일그러진 미소를 돌려주었다. 그러나 다행히도 레이는 그녀의 행동에 별다른 의심을 품지 않았다. 창이 올라감과 동시에 그의 은빛 렉서스가 출발했다. 햇살을 받아 반짝이는 차체를 부신 눈으로 초아는 끝까지 응시했다. 완전히 자신의 시야에서 사라질 때까지 흔들고 있던 손을 내리지 않았다.

"안녕…… 안녕…… 내 사랑."

그에게 들려주지 못한 고백을 전제로 흘러나온 속삭임. 영원히 레이가 들을 수 없을 것이라는 생각만으로 가슴이 에였다. 이제 그도, 그의 차도 보이지 않는데 여전히 그 방향을 보고 선 그녀의 뺨을 타고 눈물이 흘러내렸다. 망부석이 되어버린 듯 초아는 한참을 그러고 서 있었다.

"으이구, 그렇게 좋아? 아주 눈을 떼질 못하네."

등 뒤에서 주인아주머니의 목소리가 들렸을 때야 그녀는 얼른 눈물을 훔쳐 내며 애써 돌아설 수 있었다.

"좀 있다가 쭈젠지[中禪寺]에 가보려고 하는데. 같이 갈 테야? 참, 혹시 카톨릭은 아니지?"

"네."

"그럼 같이 가. 부처님 뵙고 나면 마음이 개운해질 테니까. 무료하게 방에만 있느니."

"저기, 오늘은 제가 갈 데가 있어서요."

그녀의 거절이 뜻밖이었던 듯 주인아주머니의 얼굴에 놀란 기색이 어렸다. 하긴 이곳에 온 이후 외출한 적이 거의 없었던 그녀였다.

"알았어. 그럼 할 수 없지 뭐. 어쨌든 점심 전엔 돌아올게."

"네."

그리고 펜션으로 들어가는 주인아주머니의 뒷모습을 바라보다가 초아는 다시 레이가 사라진 방향을 슬쩍 돌아보았다. 햇살만 가득 비치고 있는 그곳을 바라보노라니 또 눈물이 차 올랐다.

그녀가 알고 있던 사랑의 의미를 다시 정의 내려준 사람. 행복을 가르쳐 준 사람. 부디 행복하기를. 영원히.

천천히 몸을 돌리는 초아의 곁으로 물방울들이 흩날렸다.

어제 초아를 해코지하려 했던 유리의 행동은 도무지 묵과할 수 없는 성질의 것이었다. 사무실에 도착하자마자 곧장 변호사를 호출하여 고소장 작성을 명한 후에야 그는 조금은 속이 풀리는 듯했다. 그리고 잠시 동안의 휴식 후, 이번엔 중단된 리모델링 공사 건이 그의 신경을 건드렸다. 재원의 존재 또한. 옅은 한숨을 토해내던 와중 사장실의 문이 노크도 없이 벌컥 열렸다. 동업자이자 친구 신이치였다.

"키쿠치! 너 도대체 무슨 짓을 저지른 거냐!"

쉬는 동안 신이치는 얼굴이 좋아진 듯했으나 그 표정만은 험악했다. 아마도 '가시'와의 계약을 일방적으로 파기한 일을 알고 달려온 모양이다.

"그렇게 됐어."

"뭐? 그렇게 돼? 도대체 왜 그런 건데? 난 이유를 꼭 알아야겠다."

"후, 그래. 너도 알아야지…… 공적인 일에 사적인 감정은 끌어들이지 말아야 한다는 건 알지만, 그냥 넘어갈 수 없는 경우였어."

그의 대답에 신이치의 미간이 찌푸려졌다. 잠시 뭔가를 생각하는 듯.

그 잠시잠깐의 침묵 속으로 날카로운 벨소리가 울렸다. 마치 누군가가 비명을 질러대는 듯한 착각이 들 정도로 그것은 오늘따라 귀에 거슬렸다. 그는 탁자 위에서 울리고 있는 휴대폰을 집어 들었다. 발신번호는 키쿠치 본가를 가리키고 있었다.

[레, 레이.]

요시코의 떨리는 목소리에도 레이는 입을 떼지 않았다. 그러나 다음 순간 이어진 말은 꼿꼿이 섰던 그의 무릎이 일순 휘청거릴 정도의 엄청난 내용을 담고 있었다.

[유리가…… 유리가 사고를 당했다는구나. 혼수상태란다.]

그녀가 죗값을 치르길 바랐지만, 이렇게는 아니었다. 이럴 수는 없었다. 그는 버텨내기 위해 휴대폰을 더욱 힘주어 잡으며 가까스로 대답했다.

"곧, 곧 갈게요."

전화를 끊자, 그를 심각하게 바라보며 신이치가 다가섰다.

"뭔데 그래?"

"신이치, 리모델링 업체 새로이 물색해 봐. 나 오늘 못 들어온다."

사무실을 박차고 나가는 그의 등 뒤에서 신이치의 부름이 들려왔지만 레이는 멈춰 서지 않았다.

"내가 갖고 싶었던 건, 당신. 키쿠치 레이의 마음이었어!"

유리의 마지막 말이 메아리쳐 그의 가슴을 답답하게 짓눌러 오고 있었다.

해변공원의 벤치에 앉아 레인보우 브릿지를 바라보고 있는 여자의 옆얼굴에 아련한 그리움이 묻어났다. 저 다리 위에서 운명을 만났고, 그 운명을 통해 희망을 배워갔다. 인생이 그다지 삭막하지만은 않다는, 행복할 수 있다는 것을 말이다.

그러나 지금 자신은 그 운명을 떠나려 한다. 그에게 기대어 그를 힘겹게 하지 않고, 스스로의 삶을 만들어보려 한다.

그녀는 레인보우 브릿지에서 시선을 돌려 자신의 텅 빈 옆 자리를 내려다보았다. 아니, 엄밀히 말해 텅 빈 건 아니었다. 짐 가방이 자리하고 있었으니. 그렇게 고개를 떨구고 있던 그녀의 귓가에 낭랑한 목소리가 들려왔다.

“선생님! 니지 선생님!”

잡고 있던 사치코의 손을 놓고서 그녀에게로 달려오고 있는 아이. 이곳 해변공원에서 처음 만났던 그날부터 그녀를 잘 따르는 아이. 초아는 품속에 와락 안겨오는 류타를 꼭 껴안아 주었다.

“선생님, 왜 이렇게 늦게 왔어요?”

곧장 공항으로 향하려던 그녀의 발걸음을 붙잡은 건 이 아이의 존재였다. 그래서 오다이바로 방향을 바꾼 초아는 전화로 미노루의 부재를 확인하고서 사치코에게 마지막으로 류타를 잠깐 밖에서 만나고 싶다고 부탁을 했다. 다행히도 미노루의 가정부는 그녀의 청을 거절하지 않았다.

그들을 조금 떨어진 곳에서 바라보고 있는 사치코에게 그녀가 먼저 목례를 하자, 상대 역시 가벼이 고개를 숙여 보였다.

잠시 후 아이와의 포옹을 풀고 초아는 작은 얼굴을 손가락으로 가만히 쓸며 속삭였다.

“미안해, 류.”

“응? 그런데 선생님 어디 가요? 이 큰 가방은 뭐예요?”

그녀의 무릎 위에 올라온 류타가 묻는 말에, 초아는 여기까지 오는 동안 준비했던 이야기들을 찬찬히 풀어놓았다.

“류, 너한테 이곳이 집이듯이 선생님에게도 한국에 집이 있어. 이제 그 집으로 돌아가야 해.”

“네? 그럼 우리 이제 다시는 못 봐요?”

금세 물기가 어리는 동그랗고 선한 눈동자를 보고 있노라니 그녀의 가슴도 젖어들었다.

"아니, 류타가 한국에 오면 되지. 한국말 많이많이 공부해서 한국에 와."

"흐흐흑."

역시 아이는 아이일 뿐이었다. 그녀의 말에 끝내 류타는 눈물을 쏟아냈다. 목을 껴안으며 막무가내로 매달리는 아이를 초아는 한참 동안 도닥여 주었다. 이별이 이렇게 힘들 줄 몰랐다. 일본으로 올 적엔, 세 달이라는 짧은 기간 동안 누군가와 이렇듯 큰 정을 쌓을 줄도 몰랐다.

초아의 물기 어린 시선이 얼마간의 원망을 담아 레인보우 브릿지를 향했다.

불과 몇 시간 사이, 이제 죄인은 타치바나 유리가 아닌 그가 되어 있었다.

하나뿐인 딸이 사고로 의식불명 상태에 빠진 건 모두 하찮은 여자에 한눈을 판 그 때문이라고, 타치바나 의원은 병원이 떠나가도록 고래고래 소리를 질러댔다. 의원 부인은 산소 호흡기를 낀 딸 곁에서 거의 정신을 놓고 있었고, 그와 함께 병원을 방문한 키쿠치 회장 내외와 미노루 역시 죄인처럼 고개조차 들지 못했다.

유리, 그녀는 끝까지 이기적이었다. 막무가내로 가지려 들고, 사랑을 멋대로 고백하더니 이젠 목숨을 담보로 그를 놓아주지 않을 심산인가 보다.

묵묵히 서서 쉴 새 없이 날아드는 화살을 맞고 있던 레이는 해가 저물 때 즈음에야 부모님과 함께 병원을 나설 수 있었다. 유난

히 창백한 얼굴의 아버지는 양옆에서 미노루와 요시코의 부축을
받으며 차에 올라, 먼저 에비스 본가로 떠났다.

　남겨진 레이의 마음은 무거웠다. 그는 시동을 걸고서도 차를 출
발시키지 못했다. 어디로 가야 할지는 알지만, 선뜻 그럴 수가 없
었다. 유리, 그녀의 존재가 어둠처럼 그와 초아의 사이를 가로막
고 있었다.

　그러나 한참을 생각한 끝에 그가 내린 결론은 매한가지. 아무리
그래도 초아를 놓을 수는 없다는 사실이었다. 유리가 끝까지 자신
을 물고 늘어져, 지쳐 쓰러지는 한이 있어도.

　결연한 표정으로 레이는 액셀러레이터를 밟았다. 그러자 현실
로 되돌아온 그의 의식이 그제야 초아와 온천에 가기로 약속을 했
던 것을 떠올렸다.

　"젠장."

　이미 많이 늦은 시간이었지만, 서두른다면 못 지킬 것도 없었
다. 그는 더욱 차체에 힘을 실어, 속도를 냈다.

　해가 금세 떨어졌다. 칠흙 같은 어둠이 오늘따라 불길하게 다가
왔다. 본디 무서움을 타는 성격이 아닌데, 원인도 모를 공포심이
밀려왔다.

　닛코로 가는 산길로 접어들기 시작했을 무렵, 그의 온 신경을
곤두서게 만드는 벨소리가 들려왔다. 액정화면에서 깜빡이고 있
는 이름은 미노루였다. 안도의 한숨을 내쉬며 그는 핸즈프리로 통
화를 시도했다.

　[레이, 지금 어디니?]

"······초아에게로 가고 있어."

이제 더는 그녀의 존재를 감출 이유가 없었다. 감추고 싶지도 않았다. 내일 날이 밝는 대로 그녀를 오다이바로 데리고 올 생각이었다. 그의 단호한 말투에 미노루가 잠시 머뭇거리는가 싶더니 한숨을 쉬듯 말을 했다.

[그녀가 오늘 류타를 만났던 모양이다.]

놀란 나머지 좁고 구불구불하게 이어진 길에서 그는 하마터면 차를 멈춰 세울 뻔했다. 이어폰을 좀 더 귓가에 바짝 붙이며 레이는 이어지는 말에 귀를 기울였다.

[한국의 집으로 돌아간다고 했단다. 어찌나 울었던지 애는 기운이 빠져서 아무 말도 안 하고, 사치코가 그러는군.]

"뭐?"

[넌 몰랐던 거니?]

미노루의 말이 뇌로 인지되기까지 수초가 걸렸다.

그녀가 한국으로 돌아갔다니. 오늘 아침까지 다정한 얼굴로 자신과의 저녁 약속에 미소 짓던 그녀가 아니었던가. 아이가 잘못 들은 것이라 자위해 보면서도 그는 어서 빨리 펜션으로 가 그녀의 존재를 확인해야겠다는 다급한 마음으로 이어폰을 뽑아 던져 버렸다.

그야말로 미친 듯이 차를 몰아댔다.

마침내 쭈젠지 호수를 지나쳐 불이 밝혀진 펜션 앞에 차를 급하게 멈춰 세운 레이는 안으로 뛰어 들었다. 벌컥 문을 열고 들어서는 그로 인해 놀란 듯한 표정의 주인아주머니가 모습을 드러냈다.

"그녀는요?"

가느다란 희망을 품고서 레이는 물었다. 그러자 돌아온 대답은 그를 절망의 구렁텅이로 몰아넣었다.

"오전에 절에 다녀왔더니 외출하고 없더군요. 연락없던가요? 아직 돌아오지 않았는데."

어금니에 지그시 힘이 들어갔다. 그는 굳은 표정으로 두세 계단씩 성큼성큼 뛰어올라 이층 방으로 향했다. 그리고 굳건히 닫힌 문 앞에 섰을 때, 손잡이로 가져가는 손가락이 주체할 수 없이 떨렸다.

달칵.

열린 문을 통해 그녀의 향기가 스며들었다. 그것에 마음이 안정되는 것도 잠시, 사람의 온기라고는 느껴지지 않는 방에 불을 켜며 들어서는 그의 발걸음은 위태로웠다. 곧장 벽장으로 걸어간 레이는 나무로 짜인 그것의 문을 조심스레 열었다. 텅 빈 내부를 확인하는 순간, 그의 얼굴에 황망함이 어렸다. 헛웃음이 흘러나왔다. 고개를 저으며 뒷걸음을 치던 레이는 기운이 빠져 침대에 주저앉고 말았다.

머리카락 사이로 두 손을 넣은 그는 자신의 두개골을 부스러뜨리기라도 할 듯 힘을 주었다.

그러던 와중 그의 침대 옆 협탁에서 반짝이는 무엇이 그의 시선을 끌었다. 레이는 핏발 선 눈으로 그것을 멀거니 지켜보다 집어 들었다. 무지개를 담아 건넨 반지. 주인을 잃은 그것에 하얀색 종이가 묶여져 있었다.

가늘게 떨리는 손으로 레이는 그것을 풀어냈다. 혹시나 하는 기대감과 더불어 드는 불안감으로 안절부절못하던 그의 마음이, 차츰 펼쳐진 종이 위로 드러난 그녀의 글씨에 얼어붙어 버렸다.

〈당신 마음은…… 두고 갈게요. 그동안 고마웠어요.

—초아.〉

"후, 후후."

무지개를 잃은 남자의 입술 사이로 허망한 웃음이 흘러나왔다. 자신의 사랑을 밀어내고 도망치듯 떠나 버린 그녀도, 그녀의 흔들림을 알아차리지 못한 자신도 원망스러웠다. 절망에 사로잡힌 남자의 눈길이 달님마저 삼켜 버린 듯한 밤하늘을 향했다. 어쩌면 그녀가 날아가고 있을지도 모르는 그곳을.

그러나 그녀의 일방적인 결정에 서운하면서도 결국 자리를 박차고 일어나고야 마는 레이였다. 짙은 어둠이 이미 주위에 내려앉았지만, 그는 가야 했다. 그녀를 설득할 수 없다면 마지막 모습이라도 보아야 했다.

비행기를 타기 전, 불현듯 이즈미가 떠올랐다. 잠시 망설이던 초아는 다국원으로 전화를 넣었다. 숫자에 유난히 약한 그녀였지만, 그 번호는 잊지 않고 있었다. 일본을 떠나기 전 꼭 자신을 만나고 가라 했던 이즈미의 말이 꽤나 신경 쓰였던 모양이다.

전화를 받은 이는 마침 이즈미였다. 초아는 숨을 고른 후 애써 밝은 목소리를 냈다.

「이즈미, 나아. 니지.」

[언니! 잘 지냈어요?]

「응, 난 좋아. 너랑 야마다 씨도 잘 지내지?」

[그럼요. 요즘 성수기잖아요. 온천에 방이 모자랄 지경이에요. 요즘 야마다 씨 완전 입 찢어져요.]

이즈미의 이야기는 그 후로 더 이어지려 했다. 하지만 시계를 흘끔 바라본 초아는 다급한 마음에 말을 가로챌 수밖에 없었다.

「이즈미, 지금 나 떠나.」

[네? 어디로요? 설마, 한국으로 돌아가는 거예요?]

「응. 혹시 한국 올 일 있으면 010-234*-**** 이 번호로 '윤초아'를 찾아. 나의…… 한국 이름이야.」

[어, 언니.]

또다시 울먹이는 이즈미에게 초아는 작별 인사를 건넸다.

「윤지, 잘 있어. 나한테 잘해줘서 정말 고마웠어.」

네 사촌 오빠만큼이나, 넌 참 좋은 사람이야.

그 뒷말을 삼킨 그녀는 어렵사리 수화기를 내려놓고서 돌아섰다. 사람들이 줄을 지어 들어서고 있는 문을 향해 초아는 천천히 발걸음을 내디뎠다.

마치 그가 건넸던 반지처럼, 저 아래서 반짝이고 있는 도쿄의 풍경을 초아는 하염없이 바라보았다. 그것은 비행기가 이륙을 해서 고도를 높여갈수록 점차 그녀의 시야에서 작아져 이윽고 보이지 않게 되었다.

습관적으로 왼손 약지를 매만져 보았으나, 이제 그곳은 비어 있었다. 텅 빈 그녀의 마음처럼. 애써 차갑게 적은 종이의 글귀와 달리, 두고 온 건 그의 마음이 아닌 그녀 자신의 마음이었다. 그것은 그가 영원히 알아선 안 되는 비밀. 울컥하는 마음에 그녀는 창에서 시선을 돌렸다. 이제 보이지도 않는 일본 땅에 계속해서 미련을 두는 자신을 막아보고자.

애써 눈을 감은 채 그녀는 잠을 청했다. 하지만 그렇다고 해서 생각이 모두 사라지는 건 아니었다.

「남들은 내가 네 아버지한테 버림받았다고 생각하지만, 아냐. 내가 떠난 거야. 네 아버지가 힘들어하는 모습 더 이상 볼 수 없어서 사랑해서 떠난 거다, 초아야.」

학창 시절, 야간 자율학습을 마치고 돌아온 그녀의 앞에서 소주잔을 기울이며 어머니가 주정을 하듯 고백했던 말이 갑작스레 귓전을 스쳤다. 사랑해서 떠났다 말을 하는 어머니가 그땐 어찌나 바보스럽게 느껴지던지, 씩씩거리며 방으로 들어와 이불을 뒤집어쓰고 얼마나 울었는지 모른다.

그런데 지금, 그 말이 가슴에 와 맺힌다. 이제 와 생각하니 이해할 수 있을 것 같았다.

그러면서도 또, 이해하는 것과 별개로 그녀는 묻고 싶었다. 대답할 수 없는 먼 곳에 어머니가 계신 줄은 알지만 그래도 꼭 물어보고 싶었다.

엄마, 그런데 그렇게 아버지를 떠나서…… 한 번이라도 행복했던 적 있었어?

밤하늘을 올려다보며 그녀는 그곳 어딘가에 계실 어머니가 답을 해주길 바랐다. 한참을 기다려 보았지만 역시나 대답은 들려오지 않았다. 그러나 초아는 알고 있었다.

그 대답이 확실한 NO라는 것을. 그것은 어머니의 곁에서 십 년이 훨씬 넘는 시간을 지켜보았기에 알 수 있었다. 그래서 내색하진 않았지만, 그녀는 두려웠다.

그를 떠나 행복할 수 없을까 봐. 그를 영원히 가슴에 품게 될까 봐.

거둘 수 없는 미련 때문에 그녀는 다시금 눈을 뜨고 창을 바라보았다. 어느새 구름 속으로 들어온 것인지 주위엔 아무것도 보이지 않았다. 그러나 그것을 멍하니 응시하는 그녀의 시야엔 레인보우 브릿지와 그 위에 선 레이의 모습이 선연히 그려지고 있었다.

사랑을 두고 떠나는 것이 이다지도 힘들 줄 몰랐다. 이렇게 아플 줄 몰랐다. 홀로 다리 위에 외로이 서 있을 그 남자를 그리는 것만으로도.

너무 울어 눈물샘이 말라 버렸다 생각했건만, 그녀의 뺨을 타고 또다시 물기가 흘러내렸다. 말하지 못한 자신의 사랑도, 응답받지 못한 그의 사랑도 생각하면 아프고 아파서 가슴에 맺혔다. 이대로 그를 떠나면, 아마도 정말 영원히 행복할 수 없을지도…… 모르겠다.

09

Rainbow Hope

일 년 후, 서울.

「참새! 짹짹! 오리! 꽥꽥!」

병아리마냥 노란색 체육복을 똑같이 차려입은 열댓 명의 유아들이 줄을 지어 덕수궁 정문을 나오는 모습에, 지나는 관람객들의 흐뭇한 눈길이 따라붙었다. 뒷모습을 보인 채 아이들의 맨 앞에 선 여자는 아마도 선생님인 듯했다. 차분하지만 또렷한 음성으로 그녀가 말을 시작하자, 집중을 하는 듯 아이들의 눈망울이 똘망거렸다.

「오늘 우리 무지개 어린이들~ 정말 질서있게 교육 잘 받았어요. 자, 박수!」

그녀의 말이 끝나기 무섭게 꺄아 환호성과 더불어 고사리 손들이 신나게 박수를 쳐댔다. 그 모습을 흐뭇하게 바라보던 젊은 여자는 다시 말을 이었다.

「이젠 집으로 갈 시간이에요. 끝까지 질서 잘 지켜서 차에 타도록 해요.」

마침 '무지개어린이집'이라는 글자가 적힌 승합차가 도착을 했다. 이내 아이들이 모두 차에 올랐으나, 그녀는 매표소 저 건너편을 힐끔거릴 뿐 탈 생각을 하지 않았다.

「이 선생님! 원장님, 어디 가셨어요?」

운전석에서 젊은 남자가 물었고, 이 선생이라 불리어진 여자는 고개를 끄덕한 후 대답했다.

「네, 잠시 어디 좀 다녀오신다고 하더니.」

「거참, 여기 차 오래 못 세워두는데. 전화 좀 해봐요.」

고개를 끄덕인 이 선생은 가방에서 주섬주섬 휴대폰을 꺼내 들었다.

덕수궁에 온 건, 온전히 어린이집 일 때문이다. 이곳 미술관에서 주관하는 전시 설명회에 참가하기 위해. 그렇게 자신의 책임과 의무를 주지시켜 보아도, 이 장소가 떠올리게 만드는 기억을 애써 배제하려 노력해 보아도, 아이들을 인솔해서 교육을 받는 내내 귓가에 '광화문 연가'의 가락이 스며들어 그것을 쉽지 않게 했다. 정신을 차렸을 때 이미 그녀는 홀로 돌담길을 거닐고 있었다.

"몇 년 전 단 한 번 한국을 다녀온 적이 있어. 단지 광화문과 덕수궁 돌담길을 보기 위해서."

낯선 일본 땅, 그의 차에서 흘러나오던 한국 가수의 노래는 그녀에게 강렬한 인상으로 남아 있다. 당시 그가 했던 말들까지. 그의 서글픈 어조를 그땐 이해하지 못했지만 차후 알게 되었다. 그의 어머니가 한국 분이셨으며, 이문세를 좋아하셨다는 사실을.

그 언젠가 그도 이렇게 혼자 돌담길을 거닐었었겠지. 그러면서 돌아가신 어머니를 생각했겠지. 지금 내가…… 그를 떠올리듯이.

「후…….」

그녀의 입술 사이로 깊은 한숨이 흘러나왔다.

그렇게 그를 떠났으면서 여전히 그와 관련된 기억 하나도 놓지 못하고 있는 자신이 한심해서 견딜 수가 없었다. 언제쯤이면 완전히 잊을 수 있을지, 그런 날이 오기나 할지…… 두려웠다.

길이 거의 끝나갈 무렵, 점퍼 주머니에서 음악 소리가 들려왔다. 발신인이 이유라 선생이라는 것을 보자마자, 그녀는 시간을 확인하고 놀란 표정이 되어 전화를 받았다. 혼자만의 생각에 빠져 시간이 이렇게 흐른 줄도 모르고 있었다.

[원장님, 어디에 계세요?]

「미안해요. 정문 다 왔거든요? 조금만 기다려요.」

전화를 끊고, 빠른 걸음으로 걷던 그녀는 비상등을 깜빡이고 있는 어린이집 승합차를 발견하고는 뛰기 시작했다. 키쿠치 레이에 대한 생각들도 조금씩 걷혀갔다.

호텔 스위트룸 창문으로 보이는 저 하얀 탑이 남산 서울 타워란다. 도쿄 도청의 전망대에서 서울에도 야경을 볼만한 곳이 있냐고 물었을 때, 그녀가 대답했던. 남산 서울 타워.

그때는 생소하기만 했던 곳이었는데 이렇게 보게 될 줄이야.

진회색 빛 정장 수트만큼이나 어두운 눈빛으로 그는 계속 바깥의 풍경을 응시했다. 밤이 깊어지고 있었으나 자리에 들어야겠다는 생각 따윈 들지 않았다. 그의 머릿속에서 일 년 전, 그녀의 말들이 연신 맴돌고 있었다.

"멋지죠. 회전식 라운지가 있어 시시각각 다른 야경을 볼 수도 있고."

저곳에 그녀가 말했던 레스토랑이 있겠지. 어쩌면 그동안 그녀가 한 번은 다녀갔을지 모를 그곳.

뒷짐을 진 그의 손아귀에 잔뜩 힘이 주어졌다. 그토록 수없이, 떠난 그녀를 원망하며 잊으려 했건만…… 한국 땅에 발을 내려놓는 그 순간부터 생각은 윤초아 그녀에게로 이어져 멈춰지질 않는다.

그는 시선을 곁에 놓인 탁자 위로 돌렸다. 그 위에 흩어진 수많은 사진들.

그것은 모두 하코네에서의 니지를, 아니, 초아를 담고 있었다. 그녀는 아니라 부정할는지 모르지만 그가 찍은 사진 속의 그녀는 어떤 표정을 짓고 있어도 행복해 보였다. 그것을 바라보는 레이의 입가에까지 미소가 어릴 정도로.

그러나 이것은 사진일 뿐 그녀는 곁에 없다. 냉혹한 현실을 인식한 즉시 마른 그의 입술 사이에서 깊은 한숨이 흘러나왔다. 이어 가슴팍에서 휴대폰의 가느다란 진동이 느껴졌다. 그는 초아의 사진에서 힘겹게 시선을 떼어놓았다.

[잘 도착했니?]

착 가라앉은 음성은 미노루였다. 레이는 여전히 남산 타워에서 시선을 떼지 않은 채 짧게 대답했다. '응'이라고.

[유성 전자와 기술 제휴건 잘 마무리되고 나면…… 그녀, 만나 보고 오지 그래.]

대답하지 않았다. 대답하고 싶지 않았다. 그때 형이 그녀를 밀어내지 않았던들, 이런 결과가 도래했을지 새삼 어리석은 원망의 감정이 피어올랐다.

[내가 이제 와 너한테 이런 말할 자격 없다는 거 알아. 하지만 그땐 그게 최선이라고 생각했어.]

"그만둬. 문제는 그게 아냐."

그는 한숨 섞인 말로서 형을 제지했다.

키쿠치 가(家)에서 그의 선택을 용인해 주었고, 끝까지 붙잡고 놓아주지 않던 유리도 이 세상 사람이 아닌 지금…… 미노루의 말대로 그녀에게 다가서는 것이 쉬워졌을지 모른다. 하지만 불행히도 가장 큰 문제는 그녀였다. 그가 다가서면 훨씬 멀리 도망가 버리는 그녀.

일 년 전 그의 사랑을 믿지 못하고 그녀가 말없이 떠나 버렸을 때, 느꼈던 세상이 부서지는 듯한 절망감은 다시는 경험하고 싶지 않았다. 그래서 그녀를 찾는 게 두려웠다. 잊기 위해 미워해야 했지만 미워할 수도 없게, 그렇다고 쉽사리 다가설 수도 없게 해, 자신을 한없이 미약한 존재로 만들어 버리는 세상에 단 한 사람. 윤초아.

사업상 찾은 서울, 이 어딘가에 있을 그녀가 오늘따라 크게 느껴진다. 불 밝혀진 남산의 모습과 미노루의 전화를 통해. 또 끊임없이 되새김질되는 자신의 기억과 더불어.

한국으로 돌아오자마자 그녀는 적금을 깨고 살고 있던 원룸을 나와, 작은 서민 아파트에 어린이집을 꾸몄다. 일본에 두고 온 마음이, 그 사람이 혹시라도 그리워질까 봐 더욱 거세게 자신을 몰아붙였다. 그렇게 열심히 한 결과 '무지개어린이집'은 동네 주민들의 입소문을 점점 더 타게 되었고, 규모도 제법 키울 수 있었다.

초아는 흐뭇한 눈길로 유아들의 눈높이에 맞춰 꾸며진 아기자기한 인테리어와 각종 시설들을 훑어보았다. 그러다 그녀는 잠시 손을 씻으러 나온 것임을 자각하고, '초록반'이라는 팻말이 붙은 방문을 열고 들어갔다.

동그란 탁자에 모여앉아 열심히 크레파스를 움직이고 있던 아이들은, 그녀의 등장에 너도나도 들고 있던 그림을 들어 보이며 소리를 쳐댔다.

「선생님, 어제 본 기와집이랑 똑같죠?」

「이거 보세요. 우리 집 강아지 '돌이' 예요. 귀엽죠오?」

하나같이 칭찬을 바라는 반짝이는 눈동자를 외면해서는 안 될 일. 자리에 앉은 초아는 아이들의 그림을 하나하나 봐주며, 작은 칭찬이라도 돌려주었다. 분위기가 조금 가라앉고 나서 간식이라도 챙겨와야겠다 싶어서 일어나려는데, 한 아이의 그림 밑에 깔린 신문이 그녀의 시선을 사로잡았다. 아니, 정확히 말해서 흑백 사진 속의 그 사람.

「자, 잠깐만, 세은아. 선생님이 신문 좀 보고 줄게.」

당황한 아이의 표정에 신경을 쓸 여력도 없었다. 조심히 스케치북을 들어 신문을 빼내는 손길이 주체할 수 없이 떨리고 심장이 후들거렸다.

아이들 앞에서 그것을 제대로 살피지도 못하고 방을 나온 그녀는 부엌으로 갔다. 더듬더듬 의자에 앉고 한참이 지나서야 초아는 신문을 펴 보았다. 어제 날짜의 경제면임을 확인하고 좀 더 시선을 내려뜨리자 아까 보였던 그 사진이 들어왔다. 한 지면에서 가장 많은 부분을 차지하고 있는 것은 낯익은 누군가의 모습이었다.

흑백사진에서 옆모습을 보이며 슬쩍 미소 짓고 이는 분명 그였다. 키쿠치 레이.

예전처럼 냉랭하고도 단정하긴 하지만 좀 더 권위 어린 분위기다. 꽉 졸라 맨 넥타이와 딱딱한 정장 탓일까. 그의 얼굴로 다가가던 손가락을 애써 거둬들인 초아는 기사의 제목과 사진 설명을 침착하게 읽어 내렸다.

〈유성전자, JG와 액정패널 기술 제휴 / 방한한 JG전자의 키쿠치 레이 사장.〉

그러자 빼곡하게 들어찬 기사 내용은 더 이상 눈에 들어오지도 않았다. 신문을 차마 접지는 못한 채 그녀는 멍하니 허공만을 응시했다.

그가 제자리를 찾아갔구나 싶어서 기쁜 반면, 왠지 모르게 허탈한 기분이었다. 그를 떠난 건 자신이니, 이런 감정 따위 느낄 자격도 없는데. 생각했던 것만큼 그가 아파 보이지 않아서, 아니, 되레 너무 좋아 보여서 씁쓸했다.

윤초아, 그가 괜찮아 보이면 안도해야 되는 거잖아. 너 도대체 무슨 심보니.

마음의 질타에 초아는 입술을 깨물었다. 그렇게 한참을 굳은 듯 앉아 있던 그녀의 시선이 다시 한 번 신문 위로 떨어졌다. 그토록 그렸던 그의 미소. 결국 손가락으로 만져 보고야 만다. 느껴지는 까슬한 종이의 감촉은 그녀와 그의 '거리'를 철저히 확인시켜 주었다.

처연한 마음이 되어 초아는 자신 안의 또 다른 자신을 향해 중얼거렸다.

있지. 이렇게 허탈한 건…… 나 바보같이 기대하고 있었나 봐. 그 사람이 혹시라도 나 찾아주진 않을까. 그런데 저렇듯 완벽하게 자기 자리를 찾은 사람이 나 같은 걸 기억이나 하고 있을 리가 없겠지 싶어서. 저 사람이랑 나 사이가 하늘과 땅보다 더 멀다 싶어서. 그러니까 나 너무 못된 애라고 뭐라고 하지 마. 마지막 희망이 무너져서 그래.

그녀의 손이 천천히 신문을 접었다. 그 사이로 웃고 있는 레이가 사라졌다.

하루가 어떻게 흘렀는지 모르겠다. 정신을 차려보니 벌써 해는 저물어 이 선생이 퇴근할 시간이었다.

「원장님, 오늘 정말 몸 많이 안 좋으신 모양이에요. 푹 쉬세요.」

「그래, 이 선생도 조심해서 가.」

그녀보다 일곱 살이나 어린 유라가 마냥 동생처럼 느껴져 걱정스러운 초아였다. 그래서 덧붙인 말에 이유라 선생의 얼굴이 불그스름해졌다.

「대수 씨 바쁘지 않음 좀 태워주면 좋을 텐데.」

「아, 아니에요. 버스 타면 금방인데요 뭘. 그럼 저 가요. 몸조리 잘하세요.」

어린이집 승합차를 몰아주는 대수에게 전화를 해보려던 초아는 굳이 싫다며 가버리는 유라로 인해 관두었다. 홀로 남자, 하루 종일 신경을 써서인지 피곤함이 밀려들었다. 아이들 때문에 소파를 치워 버리고 대신 놓아둔 커다란 쿠션 위에 그녀는 앉았다. 그러나 눈을 감고 아무리 휴식을 취해보려 해도 생각은 자꾸 오전에 본 신문으로 향했다. 이제는 폐휴지 박스로 들어간 그를 다시 한 번 보고 싶었다.

그리움이라는 감정에 줄이 묶인 그녀의 몸이, 손가락이 제멋대로 움직여 상자 맨 위에 놓여 있던 그것을 가지고 돌아왔다. 그 사진을 들여다보고 또 들여다보며 초아는 그와의 아름다웠던 순간들을 떠올렸다. 지금 와 생각하면 마치 꿈처럼 느껴지는 나날들이었다.

"사랑해."

하코네 온천에서 그의 첫 고백 이후 닛코 펜션에서의 마지막 순간까지, 초아는 그 말에 답해주지 못했다. 처음엔 사랑을 믿을 수 없었기 때문이었고, 나중엔…… 사랑한다 말해 버리면 자신이 도저히 그를 놓을 수 없을 것 같아서였다. 그를 떠날 용기를 그러모을 수 없을 것 같아서였다.

「흐흐흑.」

소리없이 흘러내리던 눈물은 격한 흐느낌으로 바뀌었다. 그녀의 손아귀에서 신문이 구겨졌다. 떨어진 물기로 축축하게 젖어갔다.

이제 그로 인해 눈물짓는 일은 없을 줄 알았는데. 어느 정도 잊었다 생각했는데.

절망감으로 그녀는 입술을 깨물었다. 이미 그를 떠나올 때 예상했던 바이지만, 자신도 어머니처럼 영원히 행복하지 않을까 봐 두려웠다. 열심히 살고는 있지만 아직 행복을 찾지 못했으니.

한참을 울고 난 후 흐느낌이 섞인 한숨이 입술 사이로 흘러나왔다. 그제야 그녀는 자신이 신문을 구기다 못해 찢고 있음을 깨닫고 손에 힘을 늦추었다. 그런 와중 그의 커다란 사진에 가려 들어오지도 않던 한 켠의 작은 기사가 눈에 띄었다.

〈효성건설, 부도 후 매각.〉

효성건설이라면, 설마 진효주의 부친이 대표로 있는?

그녀의 다급한 시선이 기사를 훑어 내렸다. 내용인즉슨 원자재 파동과 더불어 주택 경기가 안 좋아지면서 효성이 금융권에서 돌아온 어음을 막지 못한 채 부도 처리되었으며, 채권단에 의해 매각은 이미 시작되었고, 이달까지 입찰을 마감한 후 다음달 초 협상 대상 업체를 선정할 계획이라고 했다.

원래 TV 뉴스나 신문 등에 별로 눈과 귀를 기울이지 않는 그녀로서는 오늘에서야 알게 된 소식이었다. 어머니를 그리 만든 효주이지만, 남의 불행에 마냥 기뻐할 수는 없는 초아였다. 한숨이 더욱 깊어졌다. 무겁게 내려앉은 대기 중으로 이질적인 경쾌한 벨소리가 울려 퍼졌다. 휴대폰이 아닌 어린이집 번호로 이 시간에 전화를 걸어올 이는 몇 되지 않았다. 받기 전에 발신인을 확인해 보니 아니나 다를까, 희서였다.

[저녁 먹었어?]

진짜 결혼하더니 아줌마가 다 됐다. 전화를 걸자마자 맨 먼저 물어보는 말이라니. 그래도 정스럽게 챙겨주는 친구의 한마디에 가슴이 따스해지는 것은 부정할 수 없었다.

「응.」

[이거 너한테 말한 거 알면 희원 아빠한테 무지 혼날 텐데. 그래도 나만 알고 있을 수가 있어야지.]

심장이 팔딱거리기 시작했다. 그녀가 묻지 않았음에도 희서는 더욱 목소리를 죽여 말을 이었다.

[재원 선배랑 그 여자, 이혼한 지 꽤 됐다나 봐. 그리고 참 타이

밍도 요상하게…… 곧장 그 여자 아버지 사업 부도 나고, 지금은 매각 추진 중인 거 같던데. 너, 일본 JG그룹 알지? 거기서 입찰 경쟁에 뛰어들었다나 봐. 그런 대기업이 일개 중소규모의 건설업체에 웬 관심인지 그것도 좀 이상해.]

희서에게서 JG라는 단어가 흘러나오는 즉시 머릿속이 멍해져 아무런 생각도 할 수가 없었다. 입술을 떨리기만 할 뿐 어떤 대답도 할 수가 없었다.

레이, 당신은 도대체 무슨 생각을 하고 있는 거죠.

그녀의 시선이 그가 머물고 있을 남산의 유성 호텔 부근의 하늘을 배회했다. 그를 생각하노라니 또다시 그녀의 귓가에 울리는 목소리. 도쿄 도청 전망대 카페에서였다.

"서울에도 야경을 볼만한 곳이 있나?"

그가 물었을 때, 그녀는 남산을 이야기했었다. 그리고 레이가 덧붙인 말에 그녀는 역시 대답해 주지 못했다.

"한국에 가보고 싶어. 내가 모르는 당신이 있는 곳."

그랬던 그가 이곳에 와 있다. 레이는 그때 자신과 나누었던 대화들을, 남산이라는 장소를 기억이나 하고 있을까. 그녀의 입술에 쓸쓸한 미소가 어렸다.

사실 그녀도 남산엔 단 한 번밖에 가본 기억이 없다. 가보고 싶다고 생각한 적도 없었는데…… 불현듯 지금 가야겠다는 열망이 피어올랐다. 곧장 방으로 들어간 그녀는 얇은 트렌치코트를 걸치고, 옅은 화장까지 해 외출 준비를 마무리 지었다.

거울 속의 자신을 바라보며 그녀는 생각했다. 그곳에 가면 그와 조금은 가까워진 듯한 기분이 들지 않을까. 헛된 희망임을 알면서도 초아는 그렇게 무작정 집을 나섰다.

유성과 JG의 성공적인 합작을 기원하기 위한 파티가 있는 밤이었지만 레이는 얼굴만 잠시 비춘 후, 몸이 아프다는 핑계로 그 자리를 금세 빠져나왔다. 곤란한 표정이 되어 어쩔 줄 몰라 하는 직속 부하직원을 남겨둔 채.

한국에서의 일정은 이제 모두 끝났다. 내일이면 다시 일본으로 돌아가야 한다. 그러자 격랑을 만난 듯 흔들리는 마음을 다잡을 수가 없었다. 호텔 연회장을 나온 레이는 대기 중이던 차에 올랐다. 목적지를 지시하지 않은 채 차창만 내다보던 그는 한참 후에야 차가 같은 곳을 맴돌고 있음을 깨달았다. 고개를 돌리자 룸미러를 통해 그의 눈치만 살피던 기사와 시선이 마주쳤다. 순간 그는 저도 모르게 어제부터, 아니, 한국에 온 후로 내내 생각했던 장소를 내뱉고야 말았다.

"남산 서울 타워로 갑시다."

"네? 거긴 일반 승용차가 올라갈 수 없는데. 케이블카나 순환버스를 타셔야 해요."

비교적 일본어에 능숙한 기사였다. 레이는 그 말에 고개를 끄덕한 후 다시 차창으로 시선을 두었다. 그러나 그가 생각을 잇기도 전에, 차가 멈췄다. 호텔 룸에서 보일 정도였으니, 지척일 것이라 예상은 했지만 생각보다 더 가까웠다. 이 정도면 돌아갈 때는 택시를 타도 될 것 같아, 레이는 기사에게 먼저 들어가라 이른 후 케이블카를 탈 수 있는 매표소로 들어갔다. 늦은 시간이라 그런지 사람들은 거의 없었다. 그는 왕복표를 끊고 케이블카가 올 때까지 잠시 동안 허름한 의자에 앉아 기다렸다.

곧 도착한 케이블카에 탄 사람은, 그와 커플로 보이는 남녀가 전부였다. 서로에게 밀어를 속삭이느라 정신없는 그들을 외면한 채 레이는 케이블카의 진행 방향만을 바라보고 서 있었다. 화려한 조명 속에 우뚝 선 서울 타워가 그의 시야로 점점 확대되어 들어왔다.

잠시 후, 케이블카에서 내린 그는 계단을 올라 남산 타워 앞에 섰다. 표를 끊고 엘리베이터에 오른 그는 그것이 가장 위층에 이르렀을 때까지도 모르고 멍하니 서 있다, 안에 아무도 없다는 것을 깨닫고 서둘러 내렸다.

뜻밖에도 그가 내린 곳은 전망대가 아닌 레스토랑이었다. 아마도 여기가 그녀가 말한 시시각각 풍경이 바뀐다는 라운지인가 보다. 그 장소에 자신이 직접 와 있다 생각하니 가슴이 벅찼다. 레이는 종업원들의 안내를 받아 자리에 앉았다. 레스토랑의 모든 좌석은 창가에 있었고, 벽에 적힌 한국어는 그 위치에서 보이는 서울의 명소를 표기해 놓은 듯싶었다.

식사 생각이 없어 그는 미소와 함께 다가온 종업원에게 영어로 'Black Tea(홍차)'를 부탁했다. 그러자 그가 한국인인 줄 알았던 듯 당황하며 여자는 어쩔 줄 몰라 했다. 어차피 차 역시 마실 생각이 없었기에 그는 '커피'로 바꾸어 주문을 하고서 다시 창으로 고개를 돌렸다.

이 거대한 도시, 현란한 불빛들 중에 그녀가 켜고 있는 것도 있겠지 생각하니 도저히 야경에서 시선을 뗄 수가 없었다. 그러나 커피 잔이 앞에 놓여졌을 때 종업원을 바라보며 그는 'Thanks'라는 말을 잊지 않았다. 얼굴을 붉히며 종종걸음을 치는 여자의 모습 위로 초아가 겹쳐져 떠올랐다. 그의 입술가에 흐릿한 미소가 맺혔다.

다시금 맞대한 서울의 야경은 좀 전과 달라져 있었다. 벽에 적혔던 한국말 역시. 그는 그렇게 라운지가 몇 번을 회전할 때까지 자리에서 몸을 일으키지 못했다. 서울의 야경도 나름 멋있었지만, 도쿄에서와 달리 가슴이 설렐 만큼은 아니었다. 그 이유가…… 지금을 공유할 그녀가 없기 때문이라는 것을 알기에, 그의 눈빛이 서울에 내려앉은 어둠보다 더 어두워졌다.

초아는 남산 타워의 삼층 전망대에 서서 서울의 야경을 무감각한 표정으로 지켜보고 있었다. 아마도 저 높은 건물이 밀집된 어딘가에 레이가 묵고 있는 호텔이 있겠지 생각을 해보아도, 그와의 거리는 여전히 멀게만 느껴졌다. 혼자인 지금, 도쿄 도청에서의 그때처럼 야경이 아름답게 다가오지도 않았다. 레이와 함께했던 기억, 그것에 비교하면 언제나 현실은 초라하기 짝이 없다.

야경은 멀어져 가고, 이제 그녀의 눈에 유리창에 비친 짧은 머리칼을 한 마른 여자의 모습이 들어왔다. 한국으로 돌아오자마자 머리를 잘랐다. 재원과 헤어졌을 때도, 심지어 어머니가 돌아가셨을 때도 고스란히 남겨두었던 그것을 자른 건 심경의 변화를 위해서였다. 하지만 머리칼을 잘라낸다고 해서, 그 역시 마음속에서 잘려져 나가는 건 아니었다.

자신의 행동을 비웃듯 피식 웃은 그녀는 야경으로부터 돌아섰다. 애초 이곳에 오는 게 아니었다. 도대체 자신은 무얼 기대한 것일까.

엘리베이터를 타고 타워를 내려온 초아는 잠시 봉수대 부근에서 머뭇거렸다. 뭔가가 잡아끄는 듯한 기분에 주변을 돌아보고 싶었지만, 그것이 자신의 바람과 희망으로 인함임을 알기에 그녀는 더욱 단호하게 걸음을 내디뎠다.

입도 대지 않은 커피가 잔 속에서 식어가고 있었다. 그러나 그것에 아랑곳하지 않고 내내 창밖만을 응시하고 있던 레이는 한숨을 뒤로하고 자리에서 일어나려 했다. 그녀와의 기억을 잊지 못해 이곳을 찾음으로서, 그녀의 존재가 더욱 절실해졌다. 나약해지려는 자신을 다잡으며 그렇게 레이는 레스토랑을 뜨려 했다.

그런데 그가 고개를 돌리던 와중 창문을 통해 봉수대 근처로 걸어가고 있는 여자의 뒷모습이 확대되듯 시야에 들어왔다. 천천히 걷고 있는 걸음이, 외로움이 묻어나는 어깨가 너무도 익숙했다.

"니, 니지?"

그대로 창가에 선 채 레이는 저 아래 작게 보이는 여자의 존재를 확인하려 했다. 하지만 여자는 뒤도 돌아보지 않은 채 점점 멀어져 가려 했다.

마음이 다급해졌다. 더는 망설일 겨를도, 생각할 겨를도 없었

다. 마침 가지고 있던 한국 돈을 대충 집어 계산을 한 그는 뛰다시
피 레스토랑을 나왔다. 하지만 그의 초조함을 아는지 모르는지 엘
리베이터는 올라올 기미를 보이지 않았다. 선택은 오로지 하나.
레이는 계단을 한 번에 두서너 개씩 뛰어 내려가기 시작했다.

　끝이 없이 이어지는 듯하던 그것을 다 내려간 그는 거친 숨을
몰아쉬면서도 주위를 둘러보며 뛰길 멈추지 않았다. 하지만 위에
서 보았던 베이지 빛 코트를 걸친 여자의 모습은 좀처럼 눈에 띄
질 않았다.

　혹시나 싶어서 그는 봉수대와 팔각정을 지나 케이블카를 타는
곳까지 한달음에 내려가 보았다. 그러나 눈앞에서 이미 저만치 멀
어져 가고 있는 케이블카. 레이는 언뜻 그 속에서 낯익은 옆모습
을 보았다는 생각이 들었다.

　"젠장!"

　안타까움으로 그의 주먹이 가까운 벽을 때렸다.

　차라리 착각이었으면 좋겠다. 그녀에 대한 그리움으로 보인 환
영이었다면. 그렇다면 이런 아쉬움 따윈 느낄 필요 없을 테니. 큰
숨을 내쉬며 의자에 풀썩 주저앉은 레이는 그렇게 자신을 위로하
려 노력했다. 그의 한국에서의 마지막 밤이 저물고 있었다.

　어젯밤 그녀의 환영인지 실제인지를 본 이후, 한숨도 이루지 못
했다. 피곤한 육신을 이끌고 공항으로 가는 차에 오를 무렵 비가
내리고 있었다.

　추적추적 내리는 가을비를 보고 있노라니, 레인보우 브릿지에

서 그녀를 데려온 다음날이 떠올랐다. 그때도 스산하게 비가 왔었
다. 빗소리와 더불어 어머니의 보랏빛 유카타를 입은 그녀의 영상
이 어우러져 잊혀지지 않는다.

그렇게 잠시 예전 생각에 잠겼던 레이는 비서의 재촉에 어쩔 수
없이 차에 올랐다. 차창 밖의 풍경이 서서히 움직이기 시작했다.
이대로 한국을 떠난다. 이제 어제처럼 우연이라도 그녀를 만나는
일 따위는—만약 정말 그녀였다면—일어날 수도 없다.

그 순간 자신을 말없이 떠나 버린 그녀에 대한 원망도, 또다시
다가서 밀쳐질까 하는 두려움도 모두 중요하게 느껴지지 않았다.
중요한 건…… 지난 일 년, 자신이 여전히 그녀의 뒤에 서 있었다
는 것. 여전히 그녀를 잊지 못하고 있다는 것.

잊었다면, 그녀가 어디서 무엇을 하며 살고 있는지 지금 자신은
알고 있어서도 안 되며, 그녀에게 해코지를 했던 인물들을 나서서
정리하려 들어서도 안 되는 것이었다. 예를 들면 '효성건설'이나
세키 준의 문제 같은. 대 JG그룹의 후계자가 일개 중소 건설업체
에 남몰래 자금 압박을 가해 부도까지 이르게 했다는 사실을 알
면, 일개 도박꾼을 사람을 시켜 죽지 않을 정도로 두들겨 팼다는
것을 알면…… 세상이 얼마나 비웃을 것인지.

머리는 쉴 새 없이 잊었다고 하면서, 마음은 그렇게 머리가 용
납하지 못하는 행동들을 시행하게 했다. 그것은 지금 역시 마찬가
지였다. 곁에서 뭐라고 이야기를 하는 비서의 말은 귀에 들어오지
도 않았다. 그는 운전석으로 상체를 기울여 짧지만 단호한 명령을
내렸다.

“차 돌려요.”

그녀를 만나서 꼭 묻고, 확인받고 싶었다. 일 년을 외면하며 버텼는데, 지금에 와서 그것이 너무도 중요하게 느껴졌다.

“네?”

되묻는 기사를 향해, 황망한 눈빛이 된 비서 이시카와를 외면한 채 레이는 좀 더 목소리를 높였다.

“차 돌리라고 했습니다.”

“하지만 사장님, 지금 공항으로 가셔야…….”

“일본으로 돌아가는 것보다…… 더 중요한 일이 있어서 그런다.”

비서의 말을 막아선 레이는 참을성있게 설명했다. 그와 비서의 눈빛이 한동안 팽팽하게 맞닿았다. 그러다 그의 눈빛에서 결연함을 읽은 듯 젊은 비서가 한 걸음 물러났다.

“그분, 때문입니까?”

기사가 유턴을 하는 동안, 지면과 타이어의 젖은 마찰음 틈으로 이시카와의 낮은 물음이 스며들었다. 레이는 꼿꼿한 자세로 앉은 비서를 놀라움 섞인 눈초리로 돌아보았다. 그의 반응에 아랑곳없이 이시카와는 계속 말을 이었다.

“저한테 수시로 근황 보고를 부탁하셨던 그분, 한국에 계신 그분 말입니다.”

그저 정면으로 시선만 두고 있던 레이는 자신을 바라보는 비서의 눈길에 결국 짧게 고개를 끄덕여 주었다. 그리고 초아의 어린이집이 있는 동네에 이를 때까지 차 안에는 침묵만 가득했다.

소식을 듣긴 했지만, 눈으로 보긴 처음이었다. 작긴 하지만 생각보다 괜찮아 보이는 아파트, 일층 집들 중에서도 베란다 창이 시트지로 장식이 된 한곳이 눈에 띄었다. 아마도 저기가 그녀가 운영한다는 어린이집이리라. 저곳에 그토록 원망하면서도 그리워했던 그녀가 있는 것이다. 그는 문의 잠금장치에 손을 올려놓았다. 그러면서도 선뜻 그것을 밀치고 밖으로 나서지 못했다.

쏴아아—

빗줄기가 아스팔트 위로 작렬하는 소리가 더 커지고 있었다. 그의 시야를 뿌옇게 가릴 만큼 그것의 기세는 대단했다. 그러나 레이는 그 속으로 발을 내디뎠다. 문을 여는 순간 밀려든 비에 고급 정장이 금세 젖어들었지만 물러나지 않았다.

"사, 사장님! 비가 좀 멎고 나면……."

이시카와의 제안을 뿌리치며 레이는 문을 닫고 완전히 우중(雨中)으로 나와 섰다. 가느다랗게 눈을 뜨고 그녀가 새로이 찾은 보금자리를 응시하던 레이는, 갑자기 온몸을 때리던 빗줄기가 사라진 것을 느끼고 옆을 돌아보았다. 검은 우산을 받쳐 든 이시카와가 서 있었다.

"그새 많이 젖으셨습니다."

그때 아파트 입구로 들어서는 승합차를 발견한 레이는, 수건으로 자신의 어깻죽지를 닦아주려는 비서의 손길을 제지했다. 분명 그 승합차엔 그녀의 집과 같은 마크와 같은 글씨가 찍혀 있었다. 뚫어져라 그것을 바라보던 레이의 시야에 풀쩍 뛰어내리는 젊은 여자가 들어왔다. 그녀는 웃는 낯으로 운전기사와 인사를 하고 돌아서 아파트로 들어가려 하고 있었다.

여기까지 온 이상 이대로 돌아갈 수는 없다. 레이는 성큼성큼 걸음을 내디뎠다. 군데군데 만들어진 물웅덩이로 인해 사정없이 물이 튀었으나 개의치 않았다. 그의 뒤를 이시카와 역시 허겁지겁 뒤쫓고 있었다.

"실례합니다."

귀에 선 일본어에 놀란 듯 여자가 커다래진 눈동자로 그를 돌아보았다. 레이는 정중하게 고개를 숙여 보인 후, 길게 말을 하려다 어차피 여자가 알아듣지 못한다는 생각에 짧게 자신이 원하는 바를 표현했다.

"초아, 윤초아."

그의 간절한 눈빛과 어조 앞에, 의문에 차 있던 여자의 눈동자에 점차 깨달음의 빛이 어렸다. 곧 아파트 안으로 뛰어들어 가는 여자의 뒷모습 위로 레이의 기대 어린 시선이 내려앉았다.

빗소리에 신경을 집중한 채 초아는 자꾸만 드는 생각을 잊어보고자 했다. 오늘이 그가 일본으로 떠나는 날이며, 지금쯤은 공항으로 갔겠지 어쩌면 비행기에 올랐겠지 라는 등등의.

그런데 하늘이 너무 궂다. 비행기가 제대로 뜰 수 있으려나 걱정 반, 그가 한국에 좀 더 머물길 바라는 헛된 기대 반으로 초아는 창을 바라보고 앉아 있었다. 앞에 놓인 작은 탁자에서는 밀크티가 식어가고 있었다. 그것을 멀거니 보고 있노라니 또다시 도쿄 도청에서의 그날이 떠올랐다.

"그저 가끔은 자신에 대해서도 얘기해 줘."

애써 초아는 이제 미지근해진 차를 한 모금 들이키며, 그의 목소리를 비워내려 노력했다. 그러던 와중 걸려온 전화는 희서로부터였다.

[휴무지? 지금 너네 동네 지나는 길인데, 잠깐 들른다?]

곁에서 희원의 목소리가 들렸다. 그녀를 바꿔달라는 듯 옆에서 아이가 칭얼거리는 소리도 들렸다. 행복한 세 사람의 모습을 상상해 보노라니, 절로 입가에 미소가 어렸다.

「이 선생, 오기로 했어. 대수 씨랑. 모처럼 어린이집 식구들끼리 점심 먹기로 했는걸.」

[비싸게 굴긴. 그냥 얼굴만 보고 갈게. 희원 아빠도 사무실에 일이 밀려서 가봐야 한대.]

일부러 들르는 것도 아니고, 지나는 길이라니 더 이상 말릴 수가 없었다. 알겠다고 전화를 끊은 초아는, 지난번 어린이 서점에 갔다가 희원을 주려고 산 동화책을 기억해 내고는 방으로 그것을 가지러 들어가려 했다.

그러나 몇 걸음 떼어놓기도 전에 그녀는 도어벨 소리에 다시 돌아서야 했다. 아마 이유라 선생일 것이다. 다음 순간 잔잔한 미소를 머금은 채 문을 연 그녀의 앞으로 상기된 얼굴의 유라가 뛰어들다시피 했다.

「워, 원장님!」

초아는 자신보다 키가 큰 상대의 팔을 붙잡으며 놀라 물었다.

「무슨 일이야? 왜 그래?」

「저기, 밖에 원장님을 찾아오신 분이…… 한국 분이 아니신 거 같던데.」

그녀의 입매가 스르륵 굳어졌다. 유라를 잡고 있던 손에서도 힘이 빠져나갔다. 설마, 설마 그는 아닐 것이다. 그일 수가 없잖아. 안 그래? 이미 떠났을 텐데. 그러면서도 이렇듯 심장이 후들거리는 건 왜일까. 무엇도 기대해서는 안 되는 일인데.

「안 나가보세요?」

멍하니 서 있기만 하는 그녀에게 유라의 물음이 날아들었다. 그에 초아는 되레 몸을 돌려 집 안으로 들어갔다. 그리고 거실을 서성이며 잠시 생각을 고르던 그녀는 베란다로 천천히 다가갔다. 굵은 빗줄기로 인해 밖이 제대로 보이지 않았다. 조마스러운 마음을 안고서 초아는 유리창에 좀 더 가까이 다가섰다.

그제야 아파트 입구에 세워진 커다란 검은 차가 눈에 들어왔다. 그 앞으로 시선을 옮겨 좀 더 세밀히 살피자, 검은 우산은 쓴 두 남자의 실루엣이 보였다. 우산에 가려 그들의 얼굴은 제대로 보이지 않았다. 그러다 우산을 든 남자가 그것을 좀 올리는 순간, 마침내 초아는 그들의 존재를 확인했다. 비록 선명하게 보이진 않지만, 그들 중 한 남자는 분명…… 레이였다. 심장이 두근거리다 못해 박동을 멈춰 버린 듯했다. 그가 여길 어떻게 알고. 아니, 그보다…… 왜 온 것일까. 일본으로 돌아가지 않고서 날 찾아온 이유는 뭘까.

온몸에 힘이 빠져 주저앉아 버리기 전에, 초아는 창틀을 손으로 꼭 부여잡았다. 그의 등장에 이토록 혼란스러워하면서도, 그녀의 시선은 하릴없이 그의 모습을 훑고 있었다. 어제 신문에서 보았듯, 그는 빗속에서도 당당함과 권위를 잃지 않고 있었다. 예전보다 좀 마른 것 같지만, 더 강인해 보였다.

그토록 그리워했던 사람. 그를 지금 보고 있다는 것이 아직도 믿기지 않았다.

「누군지 물어봐도 돼요? 귀티가 좔좔 흐르는 게, 되게 멋진 분이던데.」

언제 다가온 것인지, 유라의 목소리가 바로 뒤에서 들려왔다. 대답하지 못한 채 입술만 깨물고 있던 초아는 현관에서 들리는 발자국 소리에 화들짝 놀라 몸을 돌렸다.

「문도 안 잠그고 뭐 해!」

희서였다. 그녀는 붉어지던 눈시울을 애써 깜빡여 지워내며 초아는 거실로 올라섰다.

「이모~!」

그녀를 부르면서 달려오는 희원을 안아준 초아는 기태에게 고개를 숙여 보이며, 희서에게 단출한 인사를 건넸다.

「왔어?」

「베란다서 뭐 했어?」

희서 가족의 등장에 인사를 한 이 선생은 교실로 슬그머니 자리를 비켜주었다. 초아는 희원의 머리를 매만지는 척 희서의 물음에 대한 답을 회피했다. 그러나 밑반찬이 들어 있음이 분명한 그릇들을 바닥에 내려놓으며 친구는 더욱 캐물었다.

「울었니?」

「아니.」

「뭘 아냐. 딱 보니까 울었는데.」

희서의 단정을 부정하려던 찰나, 기태의 진중한 음성이 들려왔다.

「혹시, 밖의 저 남자…… 초아 씨를 찾아온 거 아닌가요?」

순간 목구멍에 뭔가가 턱 걸려 버린 듯 말을 할 수가 없었다. 고개를 든 순간 그녀의 마음을 모두 꿰뚫어볼 듯한 냉철한 남자의 눈동자와 마주쳤다. 초아는 그의 시선을 피했다.

「맞아? 그런 거야?」

희서의 재촉에 초아는 되레 화제를 바꾸었다. 아직은 누군가에게 그의 얘기를 털어놓을 만큼 편해지지 않았다. 그 누군가가 다름 아닌 희서라 해도.

「지난번에 갖다준 반찬 있는데, 또 가져왔어?」

희원의 손을 잡은 채 애써 웃으며 묻는 그녀였음에도, 희서는 심각한 표정을 바꾸지 않았다. 거기에 다시 흘러나온 기태의 물음으로 인해 친구의 얼굴엔 놀라움까지 더해졌다.

「키쿠치 레이, JG전자 사장…… 맞죠?」

「그게 정말이에요? 헉. 윤초아, 너 똑바로 말해. 저 사람이랑…….」

또다시 재촉이다. 순간 위태롭게 인내하고 있던 그녀의 신경이

뚝 끊어졌다. 갑작스레 등장한 그의 존재로 인한 초조함이 그녀를 히스테릭하게 몰아갔다. 초아는 곁에서 그들을 지켜보고 있는 아이의 존재도 잊은 채 그만 소리를 치고 말았다.

「말하고 싶지 않아! 그만 돌아가 줘!」

「초, 초아야.」

놀란 희서의 부름에도 불구하고 그녀는 돌아서 버리고 말았다. 자신의 마음속에서 휘몰아치고 있는 혼란스러움도 다스리지 못하는 지금, 친구를 납득시킬 만한 여력이 없었다. 어색한 침묵이 흐르다, 마침내 가라앉은 희서의 음성이 들려왔다.

「오늘은 나 그만 간다. 네가 말하고 싶을 때, 언제라도 들을게.」

멀어져 가는 발소리에 이어 현관문이 열리는 소리가 귓가를 파고들었지만, 아직 문이 닫히진 않았다. 문가로 신경을 곤두세우고 있던 그녀에게 아니나 다를까, 희서는 마지막 물음을 던지고 사라졌다.

「윤초아, 예전에 기태 선배랑 나 서로 많이 상처 입히고 힘들어 할 때…… 네가 그랬어. 솔직해지라고. 그런데 지금 네 모습이 그때의 날 닮아 있는 거 알아?」

탁. 현관문이 닫히는 즉시 초아는 깊은 숨을 내쉬며 눈을 감았다.

안다. 자신이 지금 솔직하지 못하다는 것을. 아니, 지금껏 충분히. 하지만 그건 그를 위해서였다. 습관이 된 변명이 이어지려는 찰나 마치 세상이 요동치는 듯한 소음이 들렸다. 하늘이 그녀를 질책하듯 미친 듯이 빗줄기를 쏟아 붓고 있었다. 걱정이 된 나머지 슬며시 창으로 고개를 내민 순간, 초아는 그가 이제 그 엄청난 폭우 속에 홀로 서 있는 걸 발견했다. 갸름한 뺨에 비바람이 사정없이 부서지고, 뿌리 깊은 나무처럼 흔들림없던 몸이 조금이나마 휘청거리고 있었다.

흠뻑 젖어서도 여전히 당당하게 선 그를 지켜보는데, 가슴이 울컥했다. 다음 순간, 더 생각을 이을 겨를도 없이 초아는 우산을 들고 밖으로 달려나갔다. 아파트 입구에서 우산을 펴는 순간부터 그의 시선은 그녀를 붙잡고 놓지 않았다. 그것이 주는 떨림을 애써 못 느낀 척하며 초아는 그에게로 걸어갔다. 차가운 물이 발바닥 전체에 와 닿는 순간, 그녀는 자신이 맨발임을 깨달았다.

그의 바로 앞에까지 간 그녀는, 자신보다 훨씬 키가 큰 남자를 위해 팔을 높이 들어 우산을 씌워주었다. 우산 아래 형성된 좁은 공간에서 그의 시선을 피하기란 무리였다. 초아는 일 년 만에 레이의 눈동자를 그토록 가까이서 응시했다. 원망이 깃들어 있으리라 생각했건만 뜻밖에도 그것은 언제나처럼 평온했다.

"잘…… 지냈어요?"

이 상황에서 너무도 우스운 질문이라는 걸 알면서도 초아는 물었다. 무슨 말을 어떻게 꺼내야 좋을지 몰라서. 레이의 눈빛이 잠시 그녀의 맨발을 향해 떨어졌다가 다시 들려졌다. 굳은 듯 그녀를 지켜보기만 하던 그가 드디어 입술을 뗐다.

"내 마음 따위는 아무것도 아니라는 듯 떠나 버린 당신인데. 그리워하지 않으려고, 미워하고 잊으려고 무던히도 노력했는데. 결국 여기까지 와버렸어."

"레이."

차라리 죽을 때까지 미워했다면 좋았을 것을. 그랬다면 그가 자신을 이렇게 찾아오지도, 자신도 그를 보며 이리 흔들리지도 않았을 텐데.

"당신 마음속에…… 여전히 비가 내리나?"

"네?"

"무지개가 되어주겠다던 내 마음, 여전히 거절인가?"

초아는 고개를 떨구었다. 그에게 그런 쪽지를 쓰고 그를 위해서라는 명목하에 떠나온 건 자신이었다. 그런데 이제 와 레이가 제자리를 찾았다 해서, 어떻게 뻔뻔하게 'YES' 라는 답변을 쉽사리 내뱉으며 돌아갈 수 있을까.

"한 번도, 정말 한 번도…… 나로 인해 그 비가 그쳤던 적은 없었나?"

그의 마지막 물음은 너무도 애절해서 그녀의 가슴을 후벼 파는 고통이 되었다. 대답을 회피하기 위해서이기도 하지만, 따가워지는 눈시울을 숨기기 위해서라도 초아는 더욱 고개를 들지 못했다.

'당신 곁에서 많이 행복했어요. 당신으로 인해 희망이라는 걸 다시 품게 되었어요' 라고 솔직히 말하지 못하는 날 이해해 줘요. 아니, 이해하지 못한다면 그냥 미워하고 돌아서요. 헛된 희망 꿈 꿀 수 없게.

절대 입 밖으로는 소리 내어 말할 수 없는 독백에 결국 초아의 눈에서 물줄기가 떨어졌다. 하지만 이내 그건 굵은 빗줄기에 섞여 비인지, 눈물인지 쉽사리 알아볼 수 없었다.

"초아."

그의 낮은 부름에도 그녀는 고개를 들지 못했다. 그에게 우는 모습을 보일 순 없었다. 하지만 레이의 차가운 손가락이 턱을 잡아 올리는 바람에 더는 피하기도 어려웠다. 그녀의 젖은 눈시울을 바라보며 내뱉는 그의 음성 또한 젖어 있었다.

"당신 생각하지 않으려고 일에 파묻혀 살았어. 그리워질 때마다 피하고, 도망쳤지. 당신이 미운 것만큼 또한 깊어지는 감정, 사랑이…… 밀어낸다고 밀려지는 게 아니란 걸 알았어."

"레이."

"난 아마 당신이 돌려준 내 마음, 다시 찾으러 올 때까지 그 자리에서 기다릴 거야. 그것만 기억해."

흐느낌을 참기 위해 초아는 입술을 깨물었다. 그런 그녀를 물끄러미 바라보던 레이의 손이 턱에서 떨어져 나갔다. 아무런 인사말도 없이, 아무렇지도 않게 돌아서 그는 빗속을 걸어갔다. 그가 차로 가까이 가자, 얼른 나온 젊은 남자가 우산을 씌워주며 뒷좌석의 문을 열었다. 젖은 시선으로 그의 일거수일투족을 바라보고 있는 그녀와 달리 레이는 그녀를 돌아보지 않았다. 문이 닫히고 그의 모습이 어두운 차 안으로 사라졌다. 그리고 서서히 그를 태운 차가 출발을 하기 시작했다.

그가 간다. 떠난다.

"사랑이 밀어낸다고 밀려지는 게 아니란 걸 알았어."

그의 말은 낙인처럼 점점 더 그녀의 심장을 깊숙이 파고들었다. 차가 이미 저 만치나 밀어져 가고 있을 때야, 자신의 마음의 소리를 외면하지 못한 채 초아는 우산을 손에서 놓고 달려갔다.

"레, 레이!"

맨발이 아스팔트에 부딪혀 따끔거렸다. 이미 코너를 돌아 사라져 버린 그를, 잡지 못한 마음은 더 아팠다. 엄청난 비로 인해 인적이 드문 아파트 입구에 멍하니 서서 초아는 그렇게 또다시 놓쳐 버린 사랑이 드리운 그림자만 바라보았다.

하루하루가 무의미하게 흘러갔다. 아이들과 함께 있을 때는 그나마 현실을 잊고 행복해할 수 있었지만, 혼자가 되는 저녁시간이면 아무것도, 심지어 잠을 이룰 수도 없었다. 빗속에서 자신을 보던 레이의 변함없는 눈빛이, 사랑을 고백하던 목소리가 떠올라 그녀를 괴롭혔다.

그렇게 일주일이 지나고 일요일이 되었다. 완전히 혼자여야 하는 하루, 또다시 상념이 밀려올까 두려워 대청소를 시작했다. 거실 여기저기 어질러진 놀이기구들과 장난감, 한 켠에 꽂힌 동화책들을 정리했다. 그러던 중 들려오는 벨소리에 초아는 몸을 일으키고 한동안 현관을 바라보기만 했다. 올 사람이 없는데. 불안하면서도 가슴이 두근거렸다.

초아는 하던 일을 멈추고 현관으로 나갔다.

「누구세요?」

"선생님!"

이 목소리는! 와락 반가움이 끼쳐왔다. 서둘러 문을 열자 일 년 전보다 부쩍 자란 류타가 그녀에게 안겨왔다.

"선생님. 선생님."

그녀의 가슴에 얼굴을 마구 비벼대는 아이를 쓸어주며 초아는 여전히 현관에 버티고 선 미노루를 올려다보았다. 그의 존재는 놀랍지 않았다. 아이가 혼자 올 거라고는 생각하지도 않았으니.

"연락도 없이 미안해요."

처음 해변공원에서 만났을 때처럼, 그는 하얀 얼굴에 가식없는 미소를 머금고 있었다.

"들어오세요."

초아는 자신에게서 떨어지지 않으려는 류타 때문에 한 덩어리처럼 움직여야 했다. 소파에 앉은 미노루에게 차를 권했지만, 그는 괜찮다며 사양했다.

"그냥 얘길 하고 싶어서 왔어요. 류타, 넌 저기서 좀 놀고 있으렴."

이제 아버지와의 관계가 어느 정도 회복이 된 듯 미노루를 보는 류타의 눈빛에 거리감 같은 건 그다지 느껴지지 않았다. 그건 여느 아이들과 같은 아이스러운 답변을 통해서도 알 수 있었다.

"싫어. 나 선생님 옆에 있을래."

"류, 너 한국 데리고 와주면 아빠 말 잘 듣는다고 약속했지?"

엄격함이 서린 미노루의 말에 류타는 그녀의 품에서 아쉬운 듯 떨어져 거실 한 켠에 놓인 미끄럼틀로 다가갔다. 처음엔 별로 내키지 않은 듯하더니, 다행히도 놀잇감이 재미있게 느껴진 모양이다. 아이는 그들 사이에 끼어들지 않고서 혼자서 잘 놀았다.

그 모습을 흐뭇하게 바라보며 초아가 먼저 말을 했다.

"많이 컸네요."

"네. 한국어도 꾸준히 배우고 있어요. 니지, 아니, 초아 당신 덕이 커요."

뜻밖의 답변에 놀란 나머지 초아는 상대를 돌아보았다. 레이의 손에 이끌려 그 집을 나올 때, 미노루는 마치 다른 사람 같았는데 지금은 다시 예전처럼 부드럽다. 그런 그녀의 의구심이 눈빛에 고스란히 드러났던 모양이다. 미노루가 죄책감 어린 목소리로 금세 말을 잇는 걸 보면.

"그땐, 내가 경솔했어요. 늦었지만 정말 미안해요."

그의 사과에 초아는 씁쓸하게 웃었다.

잠시 그를 원망했었다. 레이의 곁에 머물기엔 자신이 부족함을 잘 아는데, 또다시 철저히 일깨워 주는 잔인함에. 그러나 시간이 지날수록 형으로서 동생을 위하는 마음이 크면 그럴 수도 있다 그를 이해할 수 있게 되었다.

"다 지난 일인걸요."

그녀의 무덤덤한 대답을 듣자마자 미노루가 덥석 손을 잡아왔다. 그로부터 느껴지는 간절함에 초아는 고개를 들어 상대를 바라보았다. 그 눈빛에 깃든 속죄의 감정은 그녀를 약해지게 만들었다.

"우린, 레이의 선택을 존중하기로 했어요."

그에게서 흘러나온 한마디. 도대체 무슨 뜻인지. 너무도 갑작스러운, 뜻밖의 말은 쉽사리 인지가 되지 않았다. 그녀의 어리둥절한 표정을 보며 미노루가 물었다.

"레이에게서 이야길 듣지 못했나요?"

"자세히는…… 못 들었어요."

그러자 잠시 머뭇거리다 미노루가 털어놓은, 레이의 아버지와 어머니, 그리고 지금의 키쿠치 회장이 연계된 과거의 비밀을 초아는 믿을 수가 없었다.

"아버진 과거의 과오를 되풀이하고 싶어하지 않으세요. 그래서 레이의 선택이라면 당신의 존재도 받아들이겠다 하셨는데."

"내가 떠난 거로군요."

그녀의 목소리가 떨려 나왔다.

우습게도 자신이 그를 위한다며 떠난 것이, 그를 더욱 힘들게 만든 꼴이 되어버렸다. 부모님들 세대에 얽힌 비밀을 알게 된 그가 방황할 시기에, 의지가 되어주긴커녕 말도 없이 사라져 버렸으니.

"레이가 많이 힘들어했어요. 하지만 그 아인 혼자서 잘해냈어요."

"그런 것 같더군요."

자랑스러움이 묻어나는 미노루의 말에 동조를 하며 초아는 목구멍에서 뭔가 울컥하는 것을 눌러 참았다. 그가 외로움을 견뎌내며, 홀로 얼마나 노력을 했을지 생각하니 감정이 복받쳐 올랐던 것이다.

"다시…… 돌아올 수 없나요?"

미노루의 조심스런 물음에 잠시 머뭇거리던 초아는 가만히 고개를 내저었다. 유리의 말만 믿고 우매하고 성급한 행동으로 그를 떠나 버린 자신이 무슨 자격으로. 더욱 거세게 고개를 내젓는 그녀에게 다시 한 번 미노루의 사과가 이어졌다.

"나 때문이라면, 정말 미안해요. 그러니까⋯⋯."

"아뇨. 전 그 사람을 위한다는 명목하에 더 아프게 했어요. 사랑받을 자격도 없어요."

"그 자격이란 거⋯⋯ 당신이 정한 거 아닙니까. 레이는⋯⋯ 당신이 이러는 동안 더 힘들어해요, 아파해요. 지금이라도⋯⋯ 진심으로 내 동생을 사랑한다면, 돌아와 줘요."

젖은 눈시울로 토로하는 미노루를 바라보는 초아의 마음이 휘청거렸다.

그동안 애써 틀어막고 있던 레이를 향한 물줄기가 조금씩 새어 나오고 있었다. 변함없이 따스했던 그의 눈동자와 미노루의 말이 반복적으로 떠오르더니 그녀의 마음속 수로를 막고 있던 커다란 돌들을 마침내 치워내 버렸다. 일시에 터져 나온 물줄기는 이제 막을 수 없을 정도로 큰 강이 되어 흐르고 있었다.

그를 위한다는 미명하에 자신이 그를 떠났을 때, 레이가 얼마나 아프고 힘들었을지 이제야 마음에 와 닿는다. 왜 몰랐을까. 그를 떠나는 것이 그를 위하는 일이 아님을. 그의 곁에서 힘이 되어주어야 한다는 것을. 그를 떠나 자신이 절대 행복하지 않은 것처럼, 레이 역시 그러하리란 것을.

침대에 오롯이 앉아 스스로를 또 자책하고 자책하느라 시간이 어떻게 가는 줄도 몰랐다. 그렇게 밤을 새운 그녀는 레이와의 재회 이후 내내 흔들리던 마음을 정했다. 그와 동시에 창을 통해 햇빛이 비춰들기 시작했다.

아침이었다, 새로운 시작을 알리는.

모처럼 가뿐하게 자리에서 몸을 일으킨 그녀는 뉴욕으로 전화를 넣었다. 한창 바쁜 시간이겠지만 그래도, 지금 당장 가장 통화가 절실한 이는 쌍둥이 동생 시아였다.

[네.]

「나야, 초아. 통화 가능하니?」

[좋아, 괜찮아. 어린이집은 잘돼?]

「응…… 시아야.」

그녀의 급작스런 부름에 쌍둥이 동생은 전화를 어깨에 끼고 자판을 치는 듯 건성으로 '어?' 라고 대답했다.

「네가 자주 하는 말 있잖아, '늦었다고 생각할 때가 가장 빠른 때이다' 라는.」

[어, 너 그거 무지 싫어했잖아. 나보고 미리미리 준비 안 한다고, 벼락치기 최강자라고 뭐라고 했었잖아.]

「그런데, 나…… 그 말 처음이자 마지막으로 믿어보려고.」

[뭐? 무슨 말이야?]

그제야 그녀의 기색이 심상치 않음을 눈치 챈 듯 시아의 목소리도 심각해졌다. 초아는 그에 오랜만에 화사하게 미소를 지었다. 마음을 정하고 나니 이렇게 평온할 수가 없었다.

「응. 늦었지만 찾고 싶은 사람이 있어.」

[뭐어? 너! 너! 그동안 나 몰래 연애를 했단 말야? 그런 거야?]

「네 인생관처럼 그렇게 잘 된다면…… 그 사람, 소개해 줄게.」

[누군데? 설마, 또 심재원…….]

재원이 이혼했다고는 하나, 말도 안 되는 가정이다. 그는 이제 그녀에게 글자 그대로 '남'이었다. 시아에게서 나온 말에 초아의 미간이 절로 찌푸려졌다. 그녀의 입에서 단호한 한 마디가 흘러나왔다.

「아니, 그 누구와도 비교할 수 없는 사람이야.」

[그렇게 대단해?]

레이를 생각하는 것만으로도 그녀의 입술에 잔잔한 미소가 어렸다.

「응. 나한테…… 무지개를 안겨줬거든.」

[얘가. 얘가. 그 남자 얘기 좀 들어보려고 했더니, 무슨 뚱딴지 같은 소리야.]

못마땅한 시아의 질타에도 초아는 소리 내어 웃고 말았다. 자세한 설명은 차후에 해도 될 터였다.

「윤시아, 오늘은 내가 좀 바빠. 이만 끊자.」

늘 바쁘다는 말로 전화를 끊는 건 시아였는데. 그 익숙하지 않은 상황에 미소를 지으며 초아는 수화기를 내려놓았다.

그녀는 어느 때보다 공을 들여 씻고, 화장을 했다. 그리고 최근에 산 코트와 치마를 입은 후 작은 가방에 대충 짐을 꾸려 집을 나섰다. 아파트 앞 큰길에서 택시를 잡기 위해 주위를 두리번거리던 초아는 자신을 부르는 목소리에 놀라 옆을 돌아보았다. 그녀의 위아래를 어안이 벙벙한 표정으로 훑어보는 이는 이유라 선생이었다.

「원장님, 어디 가세요? 수업은요?」

그제야 초아는 자신이 상당히 충동적이고 대책없는 짓을 저질러 버렸다는 것을 깨달았다. 하지만 그 상황이 이상하게도 즐거웠다. 모든 속박으로부터 자유로워진 느낌이었다. 초아는 싱긋 웃으며 대꾸를 했다. 그런 자신이 햇살 아래 얼마나 아름다워 보이는지 그녀는 알지 못했다.

「미안해, 연락도 없이. 그런데 이 선생.」

「네?」

「며칠간만 나 좀 봐줘.」

「어디…… 멀리 가세요?」

유라의 조심스런 물음에 초아는 잠시 하늘을 올려다보다 대답했다.

「무지개를 잡아볼까 하고.」

어리둥절한 상대를 보며 그녀는 이가 보이도록 환하게 웃었다. 그리고 그녀는 마침 온 택시에 몸을 실으며 여전히 멍하니 선 유라에게 손을 흔들어 보였다.

레인보우 브릿지에서 도쿄만을 내려다보는 남자의 눈빛은 바다를 담고 있었다. 때론 청명하고 때론 사나운 그것을 고스란히 담아낸 채, 그는 딱히 무엇을 본다기보다 생각하고 있었다. 예전, 이곳에서 만난 한 여자를. 난간 위에 선 그녀를 봤을 때부터 이미 마음을 빼앗겨 버렸던 자신을.

그래, 돌아가신 어머니를 순간 떠올리게 해서인지도 모른다. 저음엔 동정이었는지도 모른다. 하지만 삼십이 년의 삶을 살아오면서 그녀만큼 자연스럽게 그의 마음을 가져간 여자는 없었다. 그녀의 무엇을, 왜 사랑하는지 설명할 수는 없었다. 다만 그녀니까. 그의 니지, 윤초아니까.

그를 떠났다 해도, 여전히 그의 사랑을 거부한다고 해도 그녀를 마음에서 밀어낼 수 없다. 비록 아무런 대답은 하지 않았지만, 우산 아래서 울고 있던 그녀의 얼굴에서 레이는 무언가를 읽었다. 하지만 기대하지 않으려 했다. 그러면 여전히 이 자리에서 홀로 기다리는 자신의 처지가 너무 우울하고 절망적으로 느껴질 테니.

레이는 주머니에서 작은 반지를 꺼내 보았다. 저물어가는 태양빛을 받아 그것이 은은한 빛으로 반짝이고 있었다. 이렇듯 혼자라는 사실이 뼈저리게 느껴질 때면 그는 그녀가 놓고 간 이 반지를 꺼내어보곤 한다. 그의 입술이 자동적으로 그녀를 찾았다.

"니지."

나의 무지개. 나의 생명. 나의…… 사랑.

그 순간 마치 꿈결처럼 그녀의 목소리가 들렸다.

"혹시, 날 부르는 건가요?"

지난 일 년간 반복되어 온 환청. 레이는 고개를 저으며 스스로를 향해 쓴웃음을 날렸다. 여전히 유유히 흐르고 있는 도쿄 앞 바다에서 시선을 떼지 않은 채.

"설마 거기서 뛰어내리려는 건 아니죠?"

약간의 장난기마저 어린 목소리가 다시금 들려오자, 레이는 하마터면 들고 있던 반지를 바다 속으로 그대로 떨어뜨릴 뻔했다.

가까스로 손아귀에 힘을 주어 그것을 붙잡은 그는 천천히 소리가 들리는 쪽으로 돌아섰다.

처음 보았던 그날처럼 긴 머리도, 긴 치마도 아니었다. 짧은 머리와 비교적 짧은 치마 차림이었지만 그녀는 분명 초아였다. 두 눈을 믿을 수가 없어 눈꺼풀을 몇 번이나 깜빡였지만 그녀의 모습은 사라지지 않았다. 허상이 아니다.

지난 일 년 동안 끊임없이 상상했던 순간이다. 떨리는 가슴을 억누르며 레이는 미소를 머금은 채 서 있는 그녀를 향해 천천히 걸음을 옮겨놓았다. 그러나 그것은 초아의 뜻 모를 제지로 곧 멈춰졌다.

"잠깐만요."

실망감이 엄습하려는 순간, 제법 먼 거리에서도 속삭임과 같은 그녀의 말이 이어졌다.

"내가…… 내가 갈게요."

그녀가 달려온다. 짧은 머리칼과 짧은 코트 자락이 바닷바람에 펄럭인다. 그것은 늘 꿈꾸어왔던 광경. 그리고 마침내 자신에게 초아가 온몸의 체중을 실어오는 순간, 더 이상 그것은 꿈이 아니었다. 가슴 시리도록 만족스러운 현실. 코끝에 스며드는 향취를 마음껏 들이키며 레이는 실제임이 분명한 그녀를 안은 팔에 힘을 주었다. 그의 벅찬 가슴에 대고 그녀가 마음을 이야기했다.

"너무 오래 기다리게 해서…… 미안해요."

이렇듯 따스하고 든든한 것을 나는 왜 그렇게 밀어내려고만 했을까.

삶을 마감하려 들었던 다리 위가 마치 고향에 돌아온 듯 정겹게 느껴지는 건 바로 이 남자 때문이다. 자신에게 희망을 선사한 이 남자.

"그리고…… 사랑해요."

그토록 오랫동안 털어놓지 못해 안타까웠던 말이건만. 어쩌면 영원히 말하지 못할 것 같아 아팠던 말이건만. 사랑한다는 이 한마디로도 그를 향한 이 마음, 모두 드러내기가 부족해 말을 하는 지금도 아쉬웠다. 초아는 그의 품에서 상체를 떼고, 오로지 자신만을 내려다보고 있는 시선을 응시했다. 그리고 분명한 어조로 다시 한 번 말했다.

"사랑해요, 레이."

믿을 수 없다는 듯 그녀를 응시하던 그의 얼굴에 서서히 미소가 떠올랐다. 저 수평선 위로 저물고 있는 주홍빛 태양보다 더 환한.

천천히 그는 자신의 허리를 감고 있던 그녀의 팔을 떼어내더니, 가만히 왼손 약지에 반지를 끼워주었다. 그녀가 일 년 전, 두고 떠났던 그것은 여전히 찬란한 무지갯빛으로 반짝이고 있었다. 기울어가는 햇살 아래 반지는 아름다웠다. 그의 마음을, 자신의 마음을 담아서일까. 그러나 그 반지보다 더 아름답게 느껴지는 건, 그녀를 내려다보며 진심으로 미소 짓는 레이였다. 자신은 알지 못했지만, 그의 품에서 만족스레 그 미소에 답하는 그녀였다.

"돌아온 것을 환영해."

그와 손가락에 다시금 끼워진 반지를 번갈아 바라보던 초아는 힘겹게 찾은 사랑의 품에 안겨들었다. 그를 떠나서도 행복할 수 있을까 불안했던 지난날들이 마치 몹쓸 악몽처럼 느껴졌다. 이렇게 행복해지기가 쉬운 것을. 이 남자 곁이라면 언제, 어디서라도 행복할 수 있는 것을. 거기다 예전과 변함없는 마음을 담은 그의 고백이 그녀를 더 더욱 행복하게 했다.

"사랑해, 초아."

그의 속삭임이 그녀의 입술로 내려앉았다. 태양빛 아래서 한 덩이가 된 듯 서 있는 두 남녀의 표정은 세상에 다시없이 행복해 보였다.

예전 절망감으로 레인보우 브릿지 위에 섰던 그녀는, 그 다리에 아픔을 묻은 그를 만났었다. 그런데 이제 무지개 다리에서 다시 만난 그들은 진정한 '무지개'를 찾았다. 서로의 곁에서만 행복할 수 있다는, 서로가 서로에게 영원한 사랑이라는 희망이 바로 그것이었다.

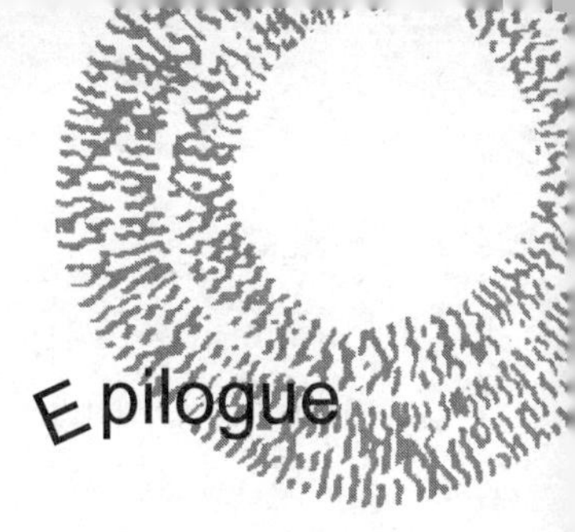

결혼식은 그녀의 기준에서뿐만 아니라, 하객들도 너나없이 감탄하여 마지않을 정도로 완벽한 준비와 진행으로 성대하게 치러졌다. 모든 것이 만족스러웠다. 단 한 가지만 빼면. 아버지의 옆자리에 앉을 사람은 절대 민숙이 아닌데. 식 내내 젊고 세련된 민숙의 모습 위로 죽은 어머니의 영상이 겹쳐져 눈물이 쏟아졌다. 그런 그녀의 속내를 읽은 듯 곁에서 레이는 아무런 말 없이 장갑 낀 손으로 눈가를 닦아줄 뿐이었다.

"3월에 설악산에 가본 적 있어?"

레이의 어깨에 기대어 생각에 잠겨 있던 그녀를 일깨운 건, 그 물음이었다. 지금 그들은 설악산으로 신혼여행을 떠나는 차 안에 나란히 앉아 있었다. 결혼 후 일본에서 살아야 하는 그녀를 위해,

그녀가 나고 자란 고국에 대해 좀 더 알기 위해 신혼 여행지를 굳이 대한민국으로 고집했던 건 레이였다. 그러면서도 그는 장소 선정만은 그녀에게 일절 위임했다. 초아는 별다른 고민 없이 설악산을 선택했다.

비록 해피엔딩으로 끝나진 않았지만 부모님이 결혼생활의 서막을 연 곳이고, 엄마를 먼저 떠나보낸 곳이기도 한 설악산. 생각하면 늘 마음이 짠했지만, 그러면서도 그와 함께 꼭 가보고 싶었다. 엄마에게 '이 든든하고 멋진 남자가 내 남자다. 내 사람이다' 보여드리고 싶었다. 결혼식에도 자리하지 못한 어머니이니 말이다.

다시금 코끝이 시큰거려 오는 것을 초아는 애써 미소로 누르며 대답했다.

"아뇨. 하지만 아마도 눈 구경은 할 수 있을 거예요."

"그래? '설악' 이라는 이름과 같군. 당신이 가고 싶어하던 곳이니, 나 역시 기대가 커."

아직 그는 모른다. 그녀가 어머니를 가슴에 묻은 장소가 그곳이라는 것을. 그녀에게 설악은 '기대' 라는 감정과 어울리지 않는 곳이다. 초아는 그저 씁쓸히 웃다가 문득 생각난 물음을 내뱉었다.

"이모부는 어떻게 된 거에요?"

결혼식장에 이모와 함께 등장한 이모부 준을 보고서 얼마나 놀랐던지 모른다. 그의 존재가 마냥 거북스럽다가, 또 한편으론 의아했다. 재작년에 보았을 때보다 훨씬 인간다운 모습을 하고 있었기 때문이다. 게다가 자신을 때려눕히고 그녀를 빼내온 레이에게 놀랍도록 순순한 태도를 보이는 것도.

그녀의 어깨를 쓸어주며 대답하는 레이의 음성은 태연했다.

"당신을 아프게 한 그 사람, 나라고 곱게 보이진 않았어. 하지만 응징하고 처벌하는 것이 근본적인 해결책은 아니라는 생각이 들었지. 그에게도 일을 줘야겠다 싶었어. 아무래도 자신이 죽고 못 사는 일이면 더 좋겠지."

"레이, 당신 설마?"

"당신 이모부, 파친코점을 하나 열었어. 지금까지는 비교적 잘 해내고 있는데, 두고 봐야겠지."

그래서였구나, 이모의 얼굴이 그렇게 밝아 보였던 것이.

자신이 미처 신경 쓰지 못한 부분까지 챙겨주는 그에게 고마웠다. 초아는 그를 잠시 올려다보다가, 커다란 오른손 위로 자신의 두 손을 겹쳐 놓았다.

"고마워요."

"어허, 고맙다는 말은 남에게나 쓰는 거 아닌가? 난 이제 당신 남편이라고. 당신은 내 아내고. 한국 옛말에 부부는 일심동체라는 말도 있다면서."

남편, 아내 그리고 부부.

그 호칭들을 듣고 있노라니 이제 변한, 확실한 그들의 관계가 현실화되는 듯했다. 어머니를 잃은 자리, 이제 자신에게도 또 다른 가족이 생긴 것이다. 가슴이 훈훈해졌다.

차 안에 흐르는 조용한 음악을 배경으로, 창밖에 가느다란 눈발이 날리기 시작했다. 설악산에 가까워지고 있는 모양이다. 세상이 점차 하얗게 변해가고 있는 걸 보니. 드문드문 보이던 눈이 이젠 주위를 가득 메우고 있었다.

그 광경을 아련한 눈동자로 응시하던 초아의 귓가에 레이의 밝은 음성이 들려왔다.

"그나저나 부케를 이즈미가 받을 줄은 몰랐어. 난 처제 차지일 줄 알았는데."

"잘된 일이죠 뭐. 이즈미와 야마다 씨, 곧 좋은 소식 들릴 것 같던데요?"

"당신도 눈치 챘나? 저런, 마사키 형은 아직 비밀이라고 쉬쉬하더니, 정작 본인이 칠칠맞게 감정을 흘리고 다닌 모양이군."

질책하듯 말은 해도, 그의 입매엔 미소가 가득했다. 그녀 역시 서로를 사랑하며 살아갈 한 쌍이 또 탄생할 것이라는 생각만 해도 기분이 좋아졌다. 게다가 그들이 다름 아닌 마사키와 이즈미, 레이와 그녀가 무척 아끼는 사람이었으니까.

지금 자신들처럼 그들도 행복하길 초아는 진심으로 바랐다. 그러자 어김없이 행복한 시작을 하지도 못한 채 생을 마감해 버린 그녀가 떠올랐다. 타치바나 유리. 그녀를 생각하면 아직도 마음 한 켠이 묵직해져 왔다. 갑작스레 대꾸 없이 표정이 어두워지는 그녀를 감지한 모양이다. 잡은 손에 힘을 주며 그가 물었다.

"무슨 생각 해?"

"아뇨, 아무것도 아니에요."

"초아, 이제부턴 내 곁에서 행복한 생각만 해. 아무런 걱정도 하지 말고, 아파하지도 말고. 힘든 건 내가 다 짊어질 테니."

그의 다정한 말을 처음 듣는 것도 아닌데, 바보처럼 눈물이 쏟아지려 했다. 너무 행복해서 눈물이 난다는 기분…… 이 남자가 가르쳐 주었다. 초아는 그의 어깨에 더욱 기대며 저도 모르게 중얼거리고 말았다.

"고마워요."

"또 또. 미안하다, 고맙다는 말 싫다니까. 대신 그럴 때마다 사랑한다고 말해. 그건 대환영이야."

그의 농 섞인 그러나 다분히 진지한 말에 그녀는 웃었다. 그런 그녀를 어깨를 붙잡고 시선을 마주하는 레이의 얼굴에도 미소가 어려 있었다. 하지만 그의 눈빛은 너무도 진지하게 그녀의 답을 기다리고 있는 듯했다.

"당신이 원한다면 그럴게요."

그에 레이의 반듯한 입매가 급격한 곡선을 그렸다. 이제 조금은 자란 그녀의 머리칼을 쓸어 넘겨주는 그의 손길이, 그 눈빛이 좋았다. 행복했지만, 이제 더 이상 불안하지 않았다. 그래서 더욱 행복했다. 그녀는 다시금 남편의 어깨에 기대었다. 그녀의 수줍은 두 손이 그의 날렵한 허리를 감쌌다. 당당하게 자신의 허리에 올려진 그의 손처럼.

3월이지만 올해 들어 유난히 심한 폭설 때문일까. 설악산은 여전히 눈에 뒤덮여 있었다. 깊이 들어가진 않아도 등산화가 묻힐 정도로 쌓인 눈을 밟으며 초아는 레이와 함께 어머니를 보낸 설악산 봉우리까지 올랐다. 힘들어하는 그녀를 부축하면서도, 가끔 사진을 찍는 것을 잊지 않으며 레이는 설악의 풍경에 만족감을 드러냈다.

"멋지군."

그가 건네는 물을 마시고서 초아는 좀 더 아래가 잘 보이는 곳까지 걸어갔다. 그런 그녀를 걱정스러운 듯 붙잡으며 레이는 곁으로 와 나란히 섰다. 어머니를 보냈던 겨울, 그때도 이렇게 눈이 많았다. 하얀 풍경 속으로 마치 하얀 뼛가루들이 사라지는 것 같아 얼마나 안타까웠던지. 얼마나 보내기가 싫었던지.

여전히 동장군의 기세가 가시지 않은 차가운 바람 사이로 그녀의 뺨을 타고 눈물이 흘러내렸다.

"초아."

그녀를 지켜보고 있던 레이에게서 놀란 부름이 들려왔다. 그에 초아는 눈물을 장갑 낀 손으로 닦아냈다. 이제 어머니에게 그를 소개할 때가 되었다 생각한 그녀는 파르르 떨리는 입술을 열었다.

"레이, 인사해요. 우리 엄마한테."

"응? 그게 무슨……."

"삼 년 전, 여기서 엄마를 보냈어요. 지금보다 더 추울 때. 여기에 온 건, 엄마께 당신을 꼭 한 번은 보여 드리고 싶어서예요."

그녀의 물기 어린 음성을 가만히 듣고 있던 레이는 한 걸음 앞으로 나섰다. 방한복 점퍼로 감싸인 그의 듬직한 뒷모습을 비켜 설악산 봉우리와 계곡에 쏟아지고 있는 햇살 그 너머를 초아는 바라보았다. 어머니가 계실 그곳을.

엄마, 너무 오랜만이지. 미안해요. 하지만 이해해 줄 거죠? 엄마는 언제나 그랬잖아. 내가 무슨 짓을 해도 다 예쁜 딸이라고만 했었잖아. 게다가 오늘은 이렇게 사윗감까지 데려왔잖수. 인사해요. 내 남편이지만, 정말 괜찮은 남자야. 나한테 과분할 정도로. 엄만 참 복도 많아? 어디서 이렇게 잘생기고 멋진 사위를 보겠어요? 봐봐. 시아가 아무리 노력해도 좀 힘들 거야. 그죠?

그런 와중 갑자기 무릎을 굽히는 그로 인해 초아는 시선을 내려뜨려야 했다. 놀랍게도 언제 익힌 것인지, 레이는 한국식으로 눈밭 위에서 큰 절을 하고 있었다. 그녀의 가슴이 따스해졌다. 그러나 그러고도 한참을 일어나지 않은 채 허공만 바라보고 있는 그였기에 걱정이 된 나머지, 초아는 옆으로 가 그의 소매를 잡아끌었다.

"일어나요. 옷 다 젖어요."

그에 마지못한 듯 레이가 몸을 일으켰다. 태양을 등진 채 그는 그녀를 마주 보고 섰다. 그로 인해 설악산의 계곡도, 봉우리도 아무것도 보이지 않았다. 오직 레이만이 그녀의 시야를 가득 메우고 있었다.

「사랑해.」

어색함이 감돌긴 하지만, 그것은 분명한 한국말이었다. 이것은 또 언제 연습을 한 것일까. 그녀가 채 감동을 받기도 전에, 다시금 흘러나온 한마디.

「영원히.」

가슴에서 시작된 전율이 발끝까지 퍼져 갔다. 감동의 물결에 휩싸여 버린 초아는 레이의 품으로 안겨들었다. 그는 그녀를 언제나처럼 마주 안아주었다. 그의 체온과 점퍼로 인해 따스하고 푹신한 느낌이었다. 한참을 그러고 있던 초아는 안긴 그대로 웅얼웅얼 그에게 물었다.

"엄마한테 뭐라고 했어요?"

"감사하다고, 당신같이 고운 딸을 내게 주셔서. 그리고 오늘 당신이 얼마나 예뻤는지도 말씀드렸지."

그의 말을 듣는데, '예쁜 내 딸'이라는 엄마의 부름이 너무도 생생하게 겹쳐 떠올랐다. 또 눈물이 쏟아질 것 같았지만, 초아는 울지 않았다. 더는 울지 않으리라 다짐했다.

"날 여기 데려와 줘서 기뻐."

그저 고개만 끄덕이며 초아는 레이의 뒤편에서 자신들을 지켜보고 있을 어머니를 떠올렸다. 그녀의 입가에 아련한 미소가 맺혔다.

거봐, 엄마. 정말 괜찮은 사람이죠? 내가 엄마 닮아서 안목이 높잖아.

나, 이 사람 곁에서 이젠 많이 행복할게. 더 이상 아파하지도, 슬퍼하지도 않고…… 엄마 생각도 조금만 할 거야. 아주 조금만. 그러니까 엄마도 거기에서 내 걱정하지 말고, 행복해야 해요. 다시 만날 때까지.

그들 주위로 탐스럽게도 희고 굵은 눈발이 떨어지기 시작했다. 남편의 품 안에 있던 초아는 그것이 하얀 한복을 입고, 하얀 가루를 날리며 떠난 어머니의 인사라…… 생각했다.

작가후기

　먼저 한 권이라기엔 너무 긴 분량, 읽느라 고생하셨다는 말씀드리고 싶습니다. ^^

　후기를 쓰려고 보니, 이 글의 전작인 『비의 재회』도 작년 이맘 때쯤 출간했던 기억이 떠오릅니다. 『비의 재회』에서 '사랑은 애증이다' 라는 것을 보여드리고 싶었다면, 이번 글 『레인보우 브릿지』에서는 '사랑은 희망이다' 라는 메시지를 전하고 싶었습니다. 상처가 많은 여주 초아와 남주 레이. 그들이 서로에게 희망이 되어주는 과정이 제대로 독자 여러분들께 전해질지, 글을 마친 지금도 무척이나 떨립니다.

　『레인보우 브릿지』는 제가 2005년 1월, 일본 본토로 여행을 갔다가 와서 시놉을 잡아 쓰게 된 글이랍니다. 글 속에 나온 하코네나 오다이바, 신주쿠 등은 모두 제가 일일이 발품을 팔아 다녀온 경험의 소산으로 쓰여졌지요. 그 중에서도 가장 기억에 남았던 장소가 바로 오다이바의 '레인보우 브릿지' 였답니다. 도쿄만을 가로지르는 순백색의 그 다리를 보면서 이 글의 시놉이 번뜩 떠올랐다는(^^;;;). 또 제가 가장 좋아하는 뉴에이지 연주가 스티브 바라캇의 곡 중 '레인보우 브릿지' 가 있죠. 이 글을 쓰면서 참 많이 들었습니다.

　음, 벌써 여섯 번째 출간이네요. 헌데 제가 쓴 그 어떤 글의 여주와 남주보다 초아와 레이가 가장 마음에 짠합니다. 많이 아팠던 그들이라서일까요. 부디 독자 여러분들께는 조금이라도 예쁨을 받았으면 하는 소망을 품어봅니다

(어째 후기를 쓸 때마다 갖는 소망인 것 같아요. —.—).

간단하게 감사 말씀 전합니다.

파우더룸에서 연재시 '레이사마' 라는 과분한 호칭으로 레이를 예뻐해 주셨던 경희님, 부족한 사람의 팬클럽 회장임을 자청해 이벤트까지 해주신 희진님, 대형 사이트에서 『레인보우 브릿지』 연재 중단을 한 저를 찾아 어렵사리 파우더룸으로 와주신 그린님. 그리고 부끄럽게도 '레이 폐인' 을 형성해 주셨던 다른 독자님들. 일일이 열거하기도 힘듭니다. 모두모두 너무 감사하고, 파란이 무지 사랑하는 거 아시죠? ^^ 우리 작가 언니들, 미루, 향도 알라뷰~

청어람 로맨스 식구들~ 벌써 네 번째 작업이네요. 고생 많으셨어요. 특히 이종민님~ 저두 사랑합니다!

마지막으로 나에게 언제나 희망이 되어주는 사람. 믿고 기다려 준 사람. 고맙고, 사랑해. 이젠 늘 함께하자. ^^

이번엔 정말 짧게 쓰려고 했는데. ㅠ.ㅠ 이 정도에서 그만 접습니다.

다음 글의 후기에서, 늦지 않게 또 뵙죠.

2006년 10월, 가을이라기엔 너무도 따뜻한 날

정 유 하.